古典文獻研究輯刊

八 編

曾 永 義 主編

第 23 冊

林文寶古典文學研究文存(上)

林 文 寶 著

國家圖書館出版品預行編目資料

林文寶古典文學研究文存(上)／林文寶 著 — 初版 — 新北市：
花木蘭文化出版社，2013〔民 102〕
序 8+ 目 2+234 面；19×26 公分
（古典文學研究輯刊　八編；第 23 冊）
ISBN：978-986-322-398-6（精裝）
1. 林文寶　2. 學術思想　3. 古典文學
820.8　　　　　　　　　　　　　　　　102014698

ISBN-978-986-322-398-6

古典文學研究輯刊
八　編　第二三冊　　　　　　　　ISBN：978-986-322-398-6

林文寶古典文學研究文存（上）

作　　者　林文寶
主　　編　曾永義
總 編 輯　杜潔祥
出　　版　花木蘭文化出版社
發 行 所　花木蘭文化出版社
發 行 人　高小娟
聯絡地址　235 新北市中和區中安街七二號十三樓
　　　　　電話：02-2923-1455／傳眞：02-2923-1452
網　　址　http://www.huamulan.tw 信箱 sut81518@gmail.com
印　　刷　普羅文化出版廣告事業
初　　版　2013 年 9 月
定　　價　八編 24 冊（精裝）新台幣 42,000 元　　版權所有・請勿翻印

林文寶古典文學研究文存(上)

林文寶 著

作者簡介

　　林文寶，輔仁大學中文系碩士、曾任台東師範學院語教系主任、學務長、教務長、台東師院語教系教授兼所長、台東大學兒童文學研究所所長、台東大學人文學院院長、毛毛蟲兒童哲學基金會董事長，現為台東大學榮譽教授兼台東大學兒童文學研究所教授、兒童文化藝術基金會董事長。

　　專長於新文學、兒童文學、台灣兒童文學、語文教學、曾獲五四兒童文學教育獎、中國文藝協會文藝獎章（兒童文學獎）、信誼特殊貢獻獎等。編著作品四十來冊、定期發表期刊論文不輟，現在仍致力於兒童文學研究。

提　　要

　　本文存有兩冊，收林文寶已正式發表過有關古典文學研究九篇，其寫作年代自 70 年代初至 90 年代中期。前後長達 24 年。依其屬性可分為三類。

　　第一類是研究生時期作品：《段氏六書音均表》，《牛僧孺與「玄怪錄」》。

　　第二類是狹義的古典文學論文：《吳梅村及其文學批評》，《顏之推著作考》，《顏之推及其思想述要》，《柳宗元「永州八記」之研究》。

　　第三類是有關民俗的論述：《笑話研究》，《謎語研究》，《元宵夜炸寒單爺迎財神——台東民俗之一》。

　　綜觀文存九篇，雖長短不一，亦可見作者之毅力與用心，更見作者創新與卓見。

回首來時路

林文寶

　　個人自 1971 年 8 月任職當時的台東師專，至 2009 年 1 月 31 日退休，共計有 37 年又 6 個月。退休後，蒙當時蔡典謨校長關愛，新設國立台東大學榮譽教授敦聘辦法，於是我成為校方第一位榮譽教授。

　　在校服務期間，就學校體制而言，歷經師專、師院與綜合大學等不同階段。亦曾兼任各種不同職務。其中，最難於忘情的，仍是學術。就學術行政而言，曾創辦語文教育學系、兒童文學研究所、籌設教育研究所、以及首任人文學院院長。而我的學術歸屬是兒童文學。

　　走進兒童文學之路，原非本意，亦非所願，或許是因緣與巧合所致，想不到幾經努力，卻發現其中別有洞天，於是乎一頭栽進而無悔。並於 2011 年 10 月將歷年發表單篇論文中，尚未出版且自珍者，依論述性質分成四類（兒童文學與書目、兒童文學與閱讀、兒童文學與語文教育與兒童文學論集），每類集結一冊，目錄則依發表時間為序。

　　今蒙花木蘭願意刊印早年有關古典文學論文集，除感謝與惜福之外，似乎早年就學之路，又歷歷如在眼前。於是借此補足所謂「因緣與巧合所致」的個人學術因緣。

　　我是雲林縣土庫鎮馬光鄉下的農家子弟，不是富農，當然也沒有顯耀的家世。至於上學是被鼓勵的，小學時期頗受師長的照顧，初中雖然考上虎尾中學，卻有如劉姥姥進大觀園，似乎在茫然與無所適從之中度過中學時期。唯一明白的是：要讀書、要上大學。唯一喜歡的是閱讀。雖然成績不出色，卻也考上了輔仁大學中文系。而當時中文系是個人唯一的堅持與選項。

　　我在輔仁大學中文系所時間，是 1964 年 9 月到 1971 年 6 月。同年 8 月

應聘到台東師專。60 年代考上大學，是一件不容易的榮耀事。而上大學則是我人生的轉折點。

在大學期間，使我眼界大開。雖然不是風雲學生，卻也不是孤行怪異。基本上，雖然歡喜接觸外界與新知，卻也潔身自愛，亦有自己的堅持，尤其是對讀書的執著。

當時輔仁大學的系所主任是王靜芝，他是書、畫家，學術專長詩經。當時系所的專任教授不多，而兼任教授皆是一時之選，如鄭騫、台靜農、高明、孔德成、許世瑛、嚴靈峰、張秀亞、葉嘉瑩、葉慶炳、杜維運、蔣復璁（歷史系）、南懷瑾（哲學系）。在這些名師的教導下，苦讀了甲骨文、殷曆譜、史記、說文解字、易經、尚書、左傳、禮記、昭明文選、老莊、四書、韓柳文、唐詩、宋詞、戲曲、唐宋明清小說、禪宗等。

當時的中文系是以古典的經、史、子、集為主。張秀亞在研究所開新文藝，對我是有致命的吸引力。因此在正課之外，所接觸的就是所謂的新文學、新文藝以及所謂現代藝術與新思潮，如五月畫會、存在主義等。也幾乎讀盡當時的新潮文庫、文星叢刊。而倪匡、金庸更是當時的必讀書目。

除外，又與蕭水順（蕭蕭）等人參與編輯學生會的《輔大新聞》、《新境界》。

而當時同寢室的好友，有呂家恂、陳維德、蕭水順、何寄澎、徐漢昌、林明德等人，皆是典型年少輕狂的損、益友。

當時的中文系，似乎是門戶森嚴，碩士未能擠上名校，似乎也上不了博士班。雖然，我自我感覺良好，但輔仁並非一流中文系，專任名教授不多，而所謂兼課名教授，只有上課時間才會碰面。因此，師生間缺乏師徒的情誼。想入門當弟子，似乎有如緣木求魚。當時，能入門者，博士生似乎是幾本條件。而當時只有台大、師大與政大有博士班。因此，在門戶與入門弟子的潛規則之下，他校碩士生想上博士班，可說戞戞乎其難哉！

總之，就學術師承而言，我似乎無師承可言。（有的只是私淑而已。）所以，在碩士畢業，進修無機會之下，毅然決然的應聘到台東師專。

到台東，又是人生的另一轉向，也是正式邁向學術之途。

在台東師專第二年（1972 年 8 月）接任教務處出版組，隔年創辦《台東師專學報》，在稿源升等壓力之下，正是我古典文學研究的盛產時期。

1973 年 9 月，台東師專語文組有新文藝習作與兒童文學與習作兩門科，

由於其他教授不接觸新文學，於是我因緣與巧合搭上另一條全新的兒童文學之路。

70 年代的台東，地處東隅，文風不盛，學術資源不足，於是只能用郵局劃撥購書。其次遊說校方購書，印象中七、八十年代裡，校方購有《四庫全書珍本》、《百部叢書》。而個人 80 年代前期，因民俗與妻子匡交往，其間除書信來往之外，前後上陽明山多次，除自己購買多數他複印主編的民俗叢書外，校方亦幾乎購進全套。

由於研究需要，個人也購買大量的古典文學文本，如全唐詩、全宋詞，以及專家詩文集。工具書如《說文解字估林》、《甲骨文集釋》、《五史》、新興版《筆記小說大觀》（似乎有二十編左右）。

其實，這個時期的學術走向，是古典文學與兒童文學並行。這是在現實考量與因緣巧合的抉擇。在現實考量之下，如以兒童文學作為升等論文的研究方向，似乎機會不大，因為兒童文學在台灣是 1960 年從師專語文組冒出來的一門學科，尚未取得學術界的認同。因此，只能以古典文學論著升等。於是有了這些古典文學的論述，試將相關論著條列說明如下：

1. 牛僧孺與玄怪錄，1971 年 9 月《現代文學》雙月刊第 44 期，頁 135～147。又收錄於 1977 年 10 月巨流圖書公司，《中國古典文學研究叢刊（小說二）》，頁 45～64。

2. 段氏六書音均表，1973 年 4 月《台東師專學報》，第一期，頁 1～14。

3. 吳梅村及其文學批評，1974 年 4 月，《台東師專學報》，第二期，頁 1～84。

4. 顏之推著作考，1976 年 4 月《台東師專學報》，第四期，頁 153～179。

5. 顏之推的文學思想，1976 年 5 月，《中外文學》，四卷十二期，頁 188～204。

6. 顏之推及其思想述要，1977 年 5 月，《台東師專學報》，第五期，頁 1～146。

7. 柳宗元「永州八記」之研究，1980 年 4 月《台東師專學報》，第八期，頁 201～322。

8. 歷代「啟蒙教育」地位之研究，1982 年 4 月，《台東師專學報》，

第十期，頁 227～254。

9. 歷代啓蒙教材初探，1983 年 4 月《台東師專學報》，第十一期，
頁 1～122。

10. 笑話研究，1985 年 4 月《台東師專學報》，第十三期，頁 57～121。

11. 謎語研究，1992 年 6 月《臺東師院學報》，第四期，頁 1～34。

12. 元宵夜炸寒單爺迎財神──台東民俗之一，1995 年 6 月《台東師院學報》，第六期，頁 1～48。

其中，除兩篇啓蒙論文，曾合集出版爲《歷代啓蒙教材初探》外，其餘論文一併結集成古典文學研究文存上下兩冊，這些論文的書寫，當時最得力的助力，即是我的賢內助吳淑美教授。

〈牛僧孺與玄怪錄〉、〈段氏六書音均表〉兩篇是碩士生時期的論文，前者能刊登於《現代文學》，純是當時葉慶炳教授的厚愛（〈顏之推的文學思想〉一文亦同。）〈吳梅村及其文學批評〉是升副教授的論文，〈顏之推的文學思想〉與〈顏之推及其思想述要〉，則是升教授的論文。至於〈柳宗元「永州八記」之研究〉，當是有關古典文學的最後論述。在這些古典文學論述裡，可見除受研究所教授影響之外，並有當外來思潮的影子，尤其是新批評，以及其他社會科學。這也是求學之路時期的雜食現象。至於其他與古典文學有關的論文，如啓蒙教育、笑話、謎語等研究，其間可見俗文學、教育學、心理學的影子，但基本上已是從兒童文學入手，而其走向已然朝兒童文學之路前行。

奔向台東，或許是當年的豪情與壯志？或許是年少輕狂？但至少執著與不服輸的心是不變的，處在陌生的師範體系中，驀然發現兒童文學，以及教育的無限魅力，與原來單向中文師承體系大爲不同。在師範體系中，我看到了所謂社會科學，於是鞭策自己努力於進德修業，在人文與社會科學之間取得互補平衡的主體。因此，70 年代是我反省與細嚼的時期，在古典文學與現當代文學（尤其是兒童文學）、社會科學（教育學、心理學）中涵泳。80 年代則毅然走向兒童文學，而古典文學則成爲我主要的源頭活水。

在 70、80 年代裡，幾乎接觸各種小眾文學性刊物，同仁刊物、並於 1983 年 4 月，與好友吳當創辦《海洋兒童文學》刊物。（1987 年 4 月出 13 期後停刊）

在細嚼古典文學中，在其間並思考中文系的名師，皆屬卓然成家，卻不易得其門而已，基本上似乎無理路可循，因爲他們都博學多聞，甚至記誦如

流。簡單的說缺乏系統結構，也就是缺研究法。而社會科學為我開啓了科學性研究的另一道窗。一般說來，文學論述，以敘事為主；社會科學的論述，則以實證為主。而 70 年代中期則引進所謂教育研究方法的新取，亦即是所謂質的研究法，這種質的研究法，其實就是從量化轉質化的敘事方法。

西方引進的論文書寫格式，流行的有心理學的 APA 格式，所謂格式，即是制約、是標準化，亦即是另一種的文化霸權。在科學研究方法的轉移過程中，似乎無視文化的異同，以及思維方式的差異。只見西方學者的系統性與實證性。於是逐漸成為沒有歷史與記憶的學者。均不見，中文出版書籍中皆有出版年、月（或日），可是在參考書目裡，卻僅見出版年，其理由是 APA、MLA 都沒有出版月。外文為什麼不寫出出版月，其實是他們的出版品只有出版年，為什麼只有出版年，這是文化不同使然。既是學術，理當求眞、求準確，既然有出版年、月，為什麼不書寫。

其實，所謂的學術，或稱為科研（科學研究），它是人類追求知識或解決問題的一種活動。科研採用了一種特殊的方法或程序，這種方法西方稱之科學研究方法。亦即是有系統的實證研究方法。

一般說來，這種科學方法是由四個主要步驟所組成：建立假設、收集資料、分析資料與推演結論。而這四個步驟，實際上是由兩個重要的成份所組成，此即歸納法（inductive method）與演繹法（deductive method）。歸納法是先觀察、蒐集及記錄若干個別事例，探求其共同特徵或特徵間的關係，從而將所得結果推廣到其他未經觀察的類似事例，而獲得一項通則性的陳述。例如，我們如果觀察與記錄了 500 個人的生活史，便會發現每個人都有死亡的一天，也就是說死亡是這 500 個人的共同特徵；不過，我們通常不會滿意於這樣一項結論，而會推廣其適用範圍，進而獲得如下的通則性敘述：人皆有死。至於演繹法的進行方向則正好相反，是自一項通則性的陳述開始，根據邏輯推論的法則，獲得一項個別性的陳述。例如：人皆有死；張君是人；所以張君必死。

科學方法中雖然兼含歸納與演繹兩種成分，但卻以前一成分最能代表其特色，而歸納活動所涉及的程序幾乎是全是實徵性的，因此我們可以說科學方法主要是一種實徵性的方法。因此，所謂的學術研究（或論文書寫），一言以蔽之，即是歸納與演繹而已，其間，又以歸納為先。但知識領域有別，從研究「對象」為判準，因對象不同，其研究的取向與方法亦有別：

一、自然科學：以人類以外的自然現象為研究對象的學科。

二、社會科學：以研究人類的社群組織，人際關係為重心，著重點在群體及其運作上。

三、人文學科：探討人類的思維與精神產物為主，著重點在個體及其表達上。

知識領域不同，研究方式就會有不同，因此伊瑟（Wolfgang Iser）在《怎樣做理論》一書，提出硬理論和軟理論之別，試將其列表如下：

	硬理論	軟理論
思維工具	進行預測	意在勾勒
基本概念	法則	隱喻
驗證程序	可	不可
消長	不可驗證	興趣變更

（見南京大學，2008 年 10 月，頁 5-8）

而所謂的軟理論，似乎是針對人文學科而言。

回顧早期有關古典文學的論述，可見自己是在摸索中前行，其行文書寫與格式也在摸索與省思中成長。為什麼西方對我們的影響無所不至，甚至學術亦被殖民化而不知覺，就其根源，或曰始於中國的現代化。所謂現代化，是歷史學者、社會科學者給予的名詞之一。現代化是指人類又經歷著一個巨大的革命性的形變。這個現代化運動的特色之一是它是根源於科學與技術；其特色之二是它是全球的歷史活動。更明確地說，這個現代化運動是人類社會所經歷的巨大形變的最近期現象，它是 17 世紀牛頓以後導致的科技革命的產物。

而中國之巨變，是因 19 世紀末葉西方帝國主義船堅炮利的轟擊而開始的。亦即是始於 1838 年，以湖廣總督林則徐為欽差大臣，前往廣東查禁鴉片。1940 年引發鴉片戰爭，至 1942 年 7 月簽訂南京條約。中國也因此門戶洞開，傳統解組，被迫走上現代化之途。

且我們對現代化的認知亦環繞在「認同」與「變革」中，至今仍未能自拔。

個人從 70 年代的自我反省與細絮，到 80 年代毅然走向兒童文學，尤其是 1987 年 8 月接掌語文教育系，更是確立了兒童文學的方向，其間年年舉辦

大型學術研討會，至 1996 年籌設兒童文學研究所，更首開系所行銷的先例，並將其過程出版《一所研究所的成立》（1997 年 10 月）一書。

　　個人在學術行政時期，因地處偏遠，因此皆以刊行學術刊物為先。且個人的論述，亦皆以刊登在自己的刊物為優先。

　　90 年代初期，我的兒童文學研究方向於焉形成。因此，我的兒童文學研究，其立足處亦即始於中國的現代化。如何看待台灣的兒童文學，個人擬以後殖民論述之，並立足於「台灣意識」和「文化中國」，其目的在於重現主體性與自主性。

　　以上因早期有關古典文學論文的結集出版，而引發多端的警言與贅詞，其目的在於記錄個人的心路歷程，仍請方家見諒。

目

次

段氏六書音均表

　　段玉裁，字若膺，號茂堂、懋堂，又號硯北居士、長塘湖居士、僑吳老人，江蘇金壇人。生於清世宗雍正十三年（1735），卒於仁宗嘉慶二十年（1815）九月八日，享年八十一。

　　段氏十三歲，補諸生，學使尹會一教他小學，乾隆卅四年（1769）到京都，拜戴東原爲師。卅九年（1774）中舉人。四十九年（1784）以教習得貴州玉屏縣知縣，累調巫山縣，以父老引疾歸，定居在蘇州楓橋，閉戶不問世事凡三十餘年，著作甚多，彙刻爲經韻樓叢書，其目如下：經韻樓集十二卷，尙書古文撰異三十二卷，重訂毛詩故訓傳三十卷，周禮漢讀考六卷，儀禮漢讀考六卷，春秋左氏古經。除外尙有汲古閣說文訂一卷，說文解字注三十卷（後附有六書音均表）。

　　段玉裁、王念孫皆拜戴氏門下，因此戴氏學有段、王二家，段氏小戴氏四歲。段氏卒後，王念孫對段氏弟子長州陳奐說：「若膺死，天下遂無讀書人矣。」段氏弟子有吳縣江沅，長洲徐頲、嘉興沈濤及女夫仁和龔麗正，皆有名於當時，而其中以陳奐最爲有名。

　　段氏專注小學，所撰說文解字注，王念孫謂一千七百年來無此作，後所附六書音均表，亦是清儒中言古韻書中最爲精要的著作。段氏自稱自幼即好聲韻文字之學，乾隆十九年二十年間從同邑蔡一帆遊學，始知有古韻學，廿五年到京都，得顧氏音學五書，驚嘆顧氏考據之博。廿八年問學戴氏東原，又得知江永古韻標準。卅二年（1767）還鄉後，與弟玉成細繹毛詩，於是發現顧氏，江氏分部的不當，由此釐定平入的分配，定古韻十七部，同時完成

詩經韻譜、羣經韻譜。卅四年（1769）再到京師，卅五年一月，詳加注釋，三月授命貴州玉屏縣，卅七年（1772）四月回京城，以是書請益戴氏，戴氏認爲尙未盡善。而後段氏又奉命到四川候補，八月到四川，署理富順，南溪縣事，又辦理化林坪站務，當時朝廷正討伐大小金川，而段氏每在公事完畢後，細繹深思，損益其書。直到乾隆四十年九月全書始告成，並改名爲六書音均表。段氏說均即古韻字，鶡冠子有「五聲不同均。」成公綏說「音均不恒，陶者以鈞作器樂，樂者以均審音。」全書共計五表。第一表是爲今韻分十七部表，取廣韻二百零六韻，補鄭庠、顧炎武、江永三家的不足。並且釐定平入相配的不當，定古韻爲十七部，並由各部的分用獨用以闡明古本音。第二表爲古十七部諧聲表，由同一諧聲，古必同部。由此審定古音，以說文形聲字分繫十七部。對於後來轉韻現象可一目瞭然。第三表爲古十七部合用類分表，古韻既分十七部，然而彼此之間仍有合韻的現象，於是因其音近合韻分爲六類，所謂同類爲近，異類爲遠，以明古合韻，並由此打破了切始東終乏的系統。第四表爲詩韻分十七部表，取詩經韻彙成十七部，並立古本音古合韻二例。第五表爲羣經韻分十七部表，臚列詩經以外的先秦典籍語彙成十七部，用以佐證。

至於全書體例，南滙吳省欽在六書音均表序裏云：

> 今官韻依劉淵之一百十七部，而顧氏，江氏及是書，依陸氏法言二百六部之舊。何也？曰：必依二百六部之舊，而後可由今韻以推古韻也，如支脂之分爲三，尤與矦，元與魂痕各分爲二，皆與三百篇合，而一百十七部者去之遠也。曰：是書何以於顧氏十部，江氏十三部之後，確然定爲十七部也？曰：詩三百篇之韻，確有是十七部，而顧氏、江氏分析未備，其平入分配多未審，是書上溯三百篇，下沿廣韻，廣韻分爲數韻，而三百篇合爲一韻者，則爲一部，是書第一表及第四表，古本音之義也。然則一韻而廣韻析爲數韻者何也？曰：音之變也，冬、鍾之侈而爲東；支、脂、之之侈而爲佳、皆、咍；耕、清之斂而爲青，眞之斂而爲先，十七部皆有是也。第二表何以作也？曰：今韻於同一諧聲之偏旁，而互見諸部，古音則同此諧聲，即爲同部，故古音可審形而定也。曰：以古之本音正後人合韻協音說之非矣，而仍言合韻何也？曰：古與今異部，是爲古本音，如丘、謀、尤古在之、咍部，而今在尤、幽部，曹、菽、茅、滔古

在尤、幽部，而今在蕭、宵、肴、豪部是也。古與古異部而合用之，是爲古合韻，如母字古在之咍部，詩凡十七見，而蝃蝀協雨；興字古在蒸、登部，詩凡五見，而大明協林心是也。知其分而後知其合，知其合而復愈知其分，凡三百篇及三代、秦、漢之音，研求其所合，又因所合之多寡遠近，及異平同入之處，而得其次第，此十七部先後所由定，而第三表第四表古合韻之義也。曰古四聲與今四聲不同何也？曰：古今部分之轉移不同若是，其四聲之轉移不同猶是也。其言表何也？曰暴諸外以示人也，是太史公十表之義也。其言音均何也？曰古言均，今言韻也，韻韻皆不見於說文。而韻字則見於薛尚功所載會稽鐘銘是也。其冠以六書何也？曰：知此而古指事、象形、諧聲、會意之文舉得其部分，得其音韻；知此而古假借轉注舉可通，故曰六書音均表。

又段氏寄戴東原先生書亦明言所以分爲五表之旨，其云：

爲表五：一曰今韻古分十七部表，別其六位也；二曰古十七部諧聲表，定其物色也；三曰古十七部合用類分表，洽其愷趣也；四曰詩經韻分十七部表，臚其美富也；五曰羣經韻分十七部表，資其參證也。改名曰六書音均表。

按段氏六書音均表其精密在顧江之上，因此江有誥在古韻凡例裏云：

段氏始知古音之絕不同今音，故得十七部，古韻一事至今日幾如日麗中天矣。取而譬之，吳才老古音之先導也，陳季立得其門而入也，顧氏、江氏則升堂矣，段氏則入室矣。

今就全書重點析紋如下，其間表四表五，本爲彙集韻語用以佐證，因此本文闕而不論，讀者可自行參閱。

1. 段氏古韻分部的創見

在古韻研究的過程中，韻語的利用遠在諧聲字之前。早期的學者，爲了解說古書中唸起來不能協調的韻語，於是有了「取韻」「合韻」與「叶韻」之說，直到陳第始能領悟「時有古今，地有南北，字有更革，音有轉移。」由此澈底廓清叶韻說的錯誤，陳氏著有「毛詩音考」。而後吳棫作「韻補」，講求古代韻語，就澈底實行「古人韻緩」的主張，同時鄭庠作「古音辨」，析唐韻分古韻爲六部，這是古韻研究的初期。等到顧炎武分古韻十部，古韻研究才走上系統化的路，顧氏一方面受陳第和焦竑的影響而認爲古人用韻與後人

不同；另一方面鑒於吳棫以古韻遷就今韻的失敗及其疏漏，於是積三十年的功力，成「音學五書」以明古韻，而後有江永著「古韻標準」，增訂顧氏分古韻爲十三部。而後段氏則認爲鄭氏六部，「其說合於漢魏，及唐之杜甫、韓愈所用，而於周秦未能合也。」至於顧氏雖比鄭氏精密，而江氏又能「訂其於三百篇所用有未合者。」可是仍與三百篇有不合者，段氏在今韻古分十七部表裏云：

> 今既泛濫毛詩，理順節解，因其自然，補三家部分之未備，釐平入
> 相配之未確。定二百六部爲十七表於左。

由此可知，段氏今韻古分十七部表乃是爲增補和刪定顧、江等人的不足處，今列段氏六類十七部表如下：

類　別	部　別	平		上		去		入	
第一類	第一部	七 十六	之 咍	六 十五	止 海	七 十九	志 代	廿四 廿五	職 德
第二類	第二部	三 四 五 六	蕭 宵 肴 豪	廿九 三十 三十一 三十二	篠 小 巧 皓	三十四 三十五 三十六 三十七	嘯 笑 效 號		
	第三部	十八 二十	尤 幽	四十四 四十	有 黝	四十九 五十一	宥 幼	一 二 三 四	屋 沃 燭 覺
	第四部	十九	矦	四十五	厚	五十	候		
第三類	第五部	九 十 十一	魚 虞 模	八 九 十	語 麌 姥	九 十 十一	御 遇 暮	十八 十九	藥 鐸
	第六部	十六 十七	蒸 登	四十二 四十三	拯 等	四十七 四十八	證 嶝		
	第七部	廿一 廿四 廿五	侵 鹽 添	四十七 五十 五十一	寢 琰 忝	五十二 五十五 五十六	沁 艷 㮇	廿六 二十九 三十	緝 葉 怗

	第八部	廿二	覃	四十八	感	五十三	勘	二十七	合
		廿三	談	四十九	敢	五十四	闞	二十八	盇
		廿六	咸	五十二	嗛	五十七	陷	三十一	洽
		廿七	銜	五十三	檻	五十八	鑑	三十二	狎
		廿八	嚴	五十四	儼	五十九	釅	三十三	業
		廿九	凡	五十五	范	六十	梵	三十四	乏
第四類	第九部	一	東	一	董	一	送		
		二	冬	二	腫	二	宋		
		三	鍾	三	講	三	用		
		四	江			四	絳		
	第十部	十	陽	三十六	養	四十一	漾		
		十一	唐	三十七	蕩	四十二	宕		
	第十一部	十二	庚	三十八	梗	四十三	映		
		十三	耕	廿九	耿	四十四	諍		
		十四	清	四十	靜	四十五	勁		
		十五	青	四十一	迥	四十六	徑		
第五類	第十二部	十七	眞	十六	軫	廿一	震	五	質
		十九	臻					七	櫛
		一	先	廿七	銑	卅二	霰	十六	屑
	第十三部	十八	諄	十七	準	二十二	稕		
		二十	文	十八	吻	二十三	問		
		廿一	欣	十九	隱	二十四	焮		
		廿三	魂	二十一	混	二十六	慁		
		廿四	痕	二十二	很	二十七	恨		
	第十四部	二十二	元	二十	阮	二十五	願		
		二十五	寒	二十三	旱	二十八	翰		
		二十六	桓	二十四	緩	二十九	換		
		二十七	刪	二十五	潸	三十	諫		
		二十八	山	二十六	產	三十一	襇		
		二	仙	二十八	獮	三十三	線		

第六類	第十五部	脂（六）微（八）齊（十二）皆（十四）灰（十五）	旨（五）尾（六）薺（十一）駭（十三）賄（十四）	至（六）未（八）霽（十二）祭（十三）泰（十四）怪（十六）夬（十七）隊（十八）廢（廿）	術（六）物（八）迄（九）月（十）沒（十一）曷（十二）末（十三）黠（十四）鎋（十五）薛（十七）
	第十六部	支（五）佳（十三）	紙（四）蟹（十二）	寘（五）卦（十五）	陌（廿一）麥（廿二）昔（廿二）錫（廿三）
	第十七部	歌（七）戈（八）麻（九）	哿（三十三）果（三十四）馬（三十五）	箇（三十八）過（三十九）禡（四十）	

由上表可以知道段氏古韻分部比顧氏多七部，比江氏多四部，今就其比江氏所多四部略敍如下：

（1）支、脂、之三部獨立。支、佳、脂、微、齊、皆、灰、之、咍等九韻，顧氏爲第二部，江氏亦爲第二部〔案江氏多一尤韻〕，而段氏析支、佳一類，爲第十六部；脂、微、齊、皆灰一、類，爲第十五部；之咍一類，爲第一部。支、脂、之三部獨立，是段氏的創見，他隨便舉了下列證據，如：

詩經鄘風相鼠二、三章

相鼠有齒，人而無止；人而無止，不死何俟？（齒、止、俟屬第一部。）

相鼠有體，人而無禮；人而無禮，胡不遄死？（體、禮、死屬第十五部。）

詩小雅鹿鳴之什魚麗二、三章

魚麗于罶，魴鱧。君子有酒，多且旨。（鱧、旨屬第十五部。）

魚麗于罶，鰋鯉。君子有酒，旨且有。（鯉、有屬第一部。）

詩大雅生民之什板五、六章

> 天之方懠，無爲夸毗。威儀卒迷，善人載尸。民之方殿屎，則莫我
> 敢葵。喪亂蔑資，曾莫惠我師。（懠、毗、迷、尸屎、葵、資、師屬
> 十五部。）

> 天之牖民，如壎如篪，如璋如圭，如取如攜，攜無曰益。牖民孔易，
> 民之多辟，無自立辟。（篪、圭、攜屬第十五部。）

孟子公孫丑篇上

> 雖有智慧，不如乘勢。（慧、勢屬十五部。）

> 雖有鎡基，不如乘時。（基、時屬第一部。）

屈原卜居

> 寧與騏驥抗軛乎？將隨駑馬之迹乎？（軛、迹屬第十六部。）

> 寧與黃鵠比翼乎？將與雞鶩爭食乎？（翼、食屬第一部。）

秦琅邪臺刻石文

> 維二十六年，皇帝作始。端平法度，萬物之紀；以明人事，合同父
> 子；聖智仁義，顯白道理。東撫東土，以省卒士；事已大畢，乃臨
> 于海。皇帝之功，勤勞本事；上農除末，黔首是富。普天之下，搏
> 心揖志；器械一量，同書文字。日月所照，舟輿所載，皆終其命，
> 莫不得意。（始、紀、子、理、士、海、事、富、志、字、載、意屬
> 第一部。）

> 應時動筆，是維皇帝。匡飭異俗，陵水經地；憂恤黔首，朝夕不懈。
> 除疑定法，咸知所辟；六伯分職，諸治經易。舉錯必當，莫不如畫。
> （帝、地、懈、辟、易、畫屬第十六部。）

以上衹是千百例當中的幾個例子而已，段氏在「第一部第十五部第十六部分用說」裏云：

> 三部自唐以前分別最嚴，蓋如眞文之與庚，青與侵，稍知韵理者，
> 皆知其不合用也。自唐初功令不察，支脂之同用，佳皆同用，灰咍
> 同用，而古之畫爲三部，始湮沒不傳，迄今千一百餘年，言韻者莫
> 有見及此者矣。

支、脂、之分部，乃是當時及後世古音學家所公認的事實，這是段氏在古音學上的一大發現，戴東原在六書均表序文裏云：

> 夫丘克異於六脂，猶清異於眞也，七之又異於克、脂，猶蒸又異於
> 清眞也。實千有餘年莫之或省者，一旦理解，按諸三百篇劃然，豈
> 非稽古大快事歟。

又夏燮述韻卷一云：

> 段氏支、脂、之三部之分，蓋莫有易之者。

（2）侯韻的獨立。顧氏把侯韻和魚、虞、模、歸爲同一類，是爲第三部，江氏則歸魚、虞、模、麻爲一類，是爲第三部，而尤侯爲一類，是爲第十一部。直到段氏始以爲侯部應獨立爲一部，是爲第四部，另立尤幽爲第三部，魚、虞、模爲第五部。段氏以爲第二、第三、第四、第五等部，漢以後多四部合用，可是在三百篇裏却劃然有別。段氏在「第三部、第四部、第五部分用說」裏云：

> 顧氏誤合矦於魚爲一部，江段又誤合矦於尤爲一部，皆考之未精。
> 顧氏合矦於魚，其所引據皆漢後轉音，非古本音也。矦古音近尤而
> 別於尤，近尤故入音同尤，別於尤，故合諸尤者亦非也。

段氏認爲毛詩中凡以侯、尤、幽通押者，並非同韻，乃係轉韻，如

> **詩鄘風載馳一章**
> 載馳載驅，歸唁衛侯，馳馬悠悠，言至于漕，大夫跋涉，我心則憂。

江氏以爲侯、悠、憂是同韻，而段氏則以爲驅矦一韻，悠漕爲一韻，亦即是由四部轉三部韻。

> **大雅生民之什板人章**
> 敬天之怒，無敢戲豫。敬天之渝，無敢馳驅。昊天曰明，及爾出王。
> 昊天曰旦，及爾游衍。

段氏認爲怒豫一韻，渝驅一韻。亦即是五部轉四部，而非通叶。

段氏侯部獨立爲第四部，立論可信，分別劃然，爲後世所承認，江有誥古韻凡例云：

> 顧氏改侯從魚，春齋改侯從尤，均未善也。段氏以尤幽爲一部，侯
> 與虞之半別爲一部，雖古人復起，無以易矣。

（3）眞文分別。顧氏以廣韻眞、諄、臻、文、殷、元、魂、痕、寒、桓、刪、山、先、仙等十四韻爲第四部。江氏析眞、諄、臻、文、殷、痕、先爲第四部；元、寒、桓、刪、山、先（之半）、仙爲第五部。而段氏則析江氏四

部裏眞、臻、先爲第十二部，諄、文、欣、魂、痕爲第十三部，段氏在「第十二部第十三部、第十四部分用說」裏云：

> 鄭庠乃以眞、文、元、寒、刪、先爲一部，顧氏不能深考，亦合眞以下十四韻爲一部，僅可以論漢魏之間之古韻，而不可論三百篇之韻也。江氏考三百篇，辨元、寒、桓、刪、山、仙之獨爲一部矣，而眞臻一部，與諄、文、欣、魂、痕一部，分用尚有未審，讀詩經韻表，而後見古韻分別之嚴。唐虞時：明明上天，爛然星陳，日月光華，宏予一人，第十二部也。南風之薰兮，可以解吾民之慍兮，第十三部也。卿雲爛兮，糾縵縵兮，日月光華，旦復旦兮，第十四部也，三部之分，不始於三百篇矣。

段氏眞文分別，在當時仍有爭論，如戴氏在聲類表九類廿五部裏，仍是合爲一部。江有誥復王石臞先生書云：

> 段氏之分眞文，人皆疑之，有誥初亦不信也。細細繹之，眞與耕通用爲多，文與元合用較廣，此眞文之界限也。

眞耕通用多，可知眞、先與文、殷有「清濁之微分。」眞文分部自王念孫、江有誥信從後，至今日已成定論。

入聲配陰聲，自顧氏提出後，清朝古音學家都無異議，可是顧氏有時並不遵守自己的原則。相同的，段氏在這方面仍有不盡處，如：

> 第七部侵、鹽、添有入聲緝、葉、怗。

> 第八部覃、談、咸、銜、嚴、凡有入聲合、盍、洽、狎、業、乏。

> 第十二部眞、臻、先有入聲質、櫛、屑。

考第七、八、十二等部爲陽聲韻，入聲配陽聲，乃是中古切韻系統的配法，這便是段氏未盡之處。除外，段氏對於入聲同用的看法，是和江氏「異平同入」相同，段氏有「古異平同入說」一文。段氏以爲平聲多，而入聲少，所以每個入聲字必有幾個平聲相配，如職德木是第一部的入聲，但同時可作第二部和第六部的入聲，所以第一、第六、第二的平聲可同一入聲，當然，段氏這種「異平同入」之說，並不爲後人所接受。

2. 古本韵、古今韵和古韵目之排列

段氏在古韻學上，又有所謂古本韻、古合韻之說，段氏在「古十七部本音說」裏云：

> 三百篇音韻，自唐以下不能通，僅以爲協音，以爲合韵，以爲古人
> 韵緩，不煩改字而已。自有明三山陳第深識確論，信古本音與今音
> 不同，如鳳鳴高岡，而啁噍之喙盡息也。自是顧氏作詩本音，江氏
> 作古韻標準，玉裁保殘守闕，分別古音爲十七部。凡一字而古今異
> 部，以古音爲本音，以今音爲音轉，如尤讀怡、牛讀疑、丘讀欺，
> 必在第一部，而不在第三部者，古本音也；今音在十八尤者，音轉
> 也，舉此可以隅反矣。

又「詩經韵分十七部表」裏云：

> 知周秦韵與今韵異，凡與今韻異部者，古本韵也。

段氏所謂的古本音，即是指古與今異部。段氏析古韻爲十七部，每部之中，
又認定今韵若干爲古本韵，今韵字不在本韵，而詩經韵在一部，則視爲古本
音。如段氏第一部以之、咍、職、德爲本韵，亦即是指周、秦韻在第一部，
今韵在之、咍諸韵者，則爲本韵。若是周秦韵在第一部，而今韵則轉入之、
咍諸韻之外者，如「尤」「牛」「丘」等字，周秦韻在第一部押，今韵則轉入
尤韻，案段氏條例，稱爲古本音。段氏有「詩經韻分十七部表」，讀者可以觀
其古今異部分合的情形。

　　至於古合韵，則以周秦韻本不同部，而互相諧協者，亦即是古與古異部
而相合用的現象，段氏在「古合韻說」裏云：

> 古本音與今韵異，是無合韵之說乎？曰有聲音之道，同源異派，合
> 侈互輸，協通靈氣，移轉便捷，分爲十七而無不合，不知有合韻，
> 則或以爲無韵，如顧氏於谷風之嵬萎怨，思齊之造士，抑之告則，
> 瞻之鞏後，易象傳之文炳蔚，順以從居是也。或指爲方音，顧氏於
> 毛詩小戎之驂與中韻，七月之陰與冲韻，公劉之飲與宗韻，小戎之
> 音與膺弓縢興韻，大明之興與林心韻，易屯象傳之民與正韻，臨象
> 傳之命與正韻，離騷之名與均韻是也。或以爲學古之誤，江氏於離
> 騷之同調是也。或改字以就韵，如毛詩匏有苦葉，改軌爲軌以韵牡，
> 無將大車改痕以韵塵，劉原甫欲改烝也無戎之戎爲戍以韵務是也。
> 或改本音以就韵，如毛詩新臺之鮮，顧氏謂古音徙，小雅杕杜之近，
> 顧氏謂古音悇是也。其失也誣矣。

又「詩經韵分十七部表」裏云：

> 其於古本音有齟齬不合者，古合韵也。

段氏的古合韵，本是由於古韵部不同，而相互押韵者，段氏的古合韻，其意思和江有誥的「合用」「通用」「通」相同，這種合用、通用、通、合韻，都是指音近的意思，因此所謂的合韻，乃是指依音的遠近，而合十七部為六類（見前十七部表），然後定其同類相通之跡，段氏在「古今韻次第近遠說」云：

> 合韻以十七部次第分為六類，求之同類為近，異類為遠，非同類而
> 次第相附為近，次第相隔為遠。

我們可以說段氏的合韻和「異平同入」是相輔相成的，除外段氏亦指明「古諧聲偏旁分部互用」「古一字異體」「古異部假借轉注」等皆合韵之理。

段氏因相近為同類，由此打破了始東終乏的切韻系統，這種以音近為次第的排列法是有他的道理在，段氏在寄戴東原先生書裏云：

> 十七部次第，出於自然，非有穿鑿。

這種以音近為次第的排列法，為後世古韻學者所遵用。

3. 正韻、變韻之說

段氏把古韻分為十七部，而每部之中，又有正韻變韻之說，段氏在「古十七部音變說」云：

> 古音分十七部矣，今韻平五十有七，上五十有五，去六十，入三十
> 有四，何分析之過多也？曰音有正變也；音之斂侈必適中，過斂而
> 音變矣，過侈而音變矣。

又「古十七部本音說」云：

> 凡一字而古今異部，以古音為本音，以今音為音轉，如尤讀怡，牛
> 讀疑，丘讀欺，必在第一部，而不在第三部者，古本音也，今音在
> 十八尤者，音轉也，舉此可以隅反也。

段氏的正變之分，是以韵的斂侈為準，大致說來，正韵以斂者為多，而變韻以侈為多，段氏所謂的斂侈，依據他所舉的例子來看，是指韻中主要元音的開口度大小而言，開口度大者為侈，小者為斂，試以之部為例。

之止志職－是正音

而變入

哈海代德
灰賄隊　　　　是變音
皆駭怪麥

又變入

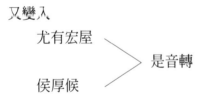

尤有宏屋
　　　　　　是音轉
侯厚候

此種純就主要元音開口度大小，以為斂侈正變之別，江有誥亦有類似的說法，雖說是為餘杭章氏唐正韵支韻、蘄春黃氏古本韻今變韵說的先河，其實所謂的斂侈乃屬段氏個人的臆說而已，在我們今日看來，正變之說是有問題的，略述如下：

（1）正與變（或轉）的規定，未免持之不能有故，言之不能成理。之止志職的字全自上古之部來，就是這幾韻代表先秦整個之部字的古讀證據嗎？咍德尤屋諸韵字，只有一部份來自上古之部，這就是另外咍德尤屋韻諸字不能代表古讀的證據嗎？關於這一點，是清儒未能把音類與音值兩個觀點分清楚。若祭泰夬廢都是完全導源上古祭部，那又如何決定誰是祭部的正音呢？

（2）照段氏的歸併，是否承認古代祇有十七個韵母，由古至今，語音的變化都是由繁而漸簡，難道由先秦至隋唐是由極簡至繁的嗎？

由此可知段氏雖能明白音韵隨時代遷移，可是對於正韻，變韻之說，於理並無可依據。

4. 古十七部諧聲表

段氏以前的古韻學家，雖曾以說文諧聲字為古韻分部的根據，但是並沒有人像段氏把諧聲偏旁彙成表。段氏以為今韻雖然同一諧聲之偏肪而互見諸部，則古音同此諧聲，即為同部，所以審諧聲偏旁可以定古韻的部居，段氏在「古十七部諧聲表」云：

六書之有諧聲，文字之所以日滋也，考周秦有韻之文，某聲必在某部，至噴而不可亂。故視其偏旁以何字為聲，而知其音在某部，易簡而天下之理得也。許叔重作說文解字時，未有反語，但云某聲，某聲所以為韻書可也，自音有變轉，同一聲而分散於各部各韵，如一某聲，而某在厚韵，媒腜在灰韵；一每聲，而悔晦在隊韵，敏在軫韵，晦痗在厚韵之類。參縒不齊，承學者多疑之，要其始則同諧聲者必同部也，三百篇及周秦之文備矣，輒為十七部諧聲偏傍表，補古六藝之散逸，類列某聲某聲分繫於各部以繩今韻，則本非其部

之諧聲而闌入者，憭然可考矣。

段氏「古十七部諧聲偏旁表」（參見六書音均表三）即是據此而作。段氏依諧聲偏旁把古字歸類，結果竟是和古韻的類別大致相同，這項發現，不但可以增加古韻分部的可靠性，更重要的是以諧聲偏旁爲綱領，不見於古書韻脚的字，也可以網羅無餘了，由此材料添多，各韻部又得到不少的新修正，江有誥訂段氏入聲各部的分配，多半是利用諧聲。大致說來，段氏聲類與後來孔廣森、江有誥、夏炘、張惠言、嚴可均等人的聲類並無多大出入，孔、江、夏、張、嚴等人大多是以段氏爲藍本而加損益，段氏在「古諧聲說」裏云：

> 一聲可諧萬字，萬字而必同部，明乎此而部分音變，平入之相配，
> 四聲之今古不同，皆可得矣。

這便是段氏作諧聲表的緣起，江有誥在音學十書「古韻凡例」裏云：

> 古人同聲之字，必是同部，取三代有韻之文證之說文諧聲，大抵脗
> 合，自法言聲與韻分，於是一每聲也，而母字入厚，悔字入賄，敏
> 字入軫，海字入海；一者聲也而者字入馬，瘏字入模、渚字入語；
> 一各聲也而各字入鐸，路字入暮，客字入陌，如此者不可勝數，古
> 韻晦冥之故，職由於此，段氏諧聲表一作，所爲能補顧、江二君之
> 未逮也。

5. 古四聲與音義之說

四聲之論雖然是從沈約等人才開始談論，但是我們相信聲調當是自古有之，在古韻研究的初期，顧氏認爲「古人四聲一貫」，這是說古人有如後人有四個聲調，祇是其間有混用可通，而段氏則不以爲然，段氏在「古四聲說」裏云：

> 古四聲不同今韻，猶古本音不同今韵也，考周秦漢初之文，有平上
> 入而無去。洎乎魏晉，上入聲多轉而爲去聲，平聲多轉爲仄聲，於
> 是乎四聲大備，而與古不侔。有古平而今仄者，有古上入而今去者，
> 細意搜尋，隨在可得其條理。今學者讀二百篇諸書，以今韻四聲律
> 古人，陸德明、吳棫皆指爲協句，顧炎武之書云：平仄通押，去入
> 通押，而不知古四聲不同今，猶古本音部分異今也。明乎古本音不
> 同今韻。又何惑乎古四聲不同今韻哉！如戒之音亟，慶之音羌，享
> 饗之音香，至之音質，學者可以類求矣。

段認爲周秦時僅有三聲，即平上入，而沒有去聲，到了魏晉時才漸有去聲字，

去聲字是上入而來。又周秦時的平聲後來漸成爲仄聲，他說古代平卜是一類，去入爲一類，上平相近，去入相近，段氏這種說法，大概是因爲有幾個韻都可以分出三個小部分來，而每一個小部分即是分別以後來的平聲，上聲或入聲爲主體的，不過我們知道，所謂入聲是兼有韵尾的不同（即是-p-t-k 之別）；除去入聲，古韻部能分出平上的只有之、魚、脂、微等幾部，而其餘絕大多數的韻部，尤其是全體陽聲韻部，又都不能分，而段氏統名之爲平。持此，段氏古三聲說立論並不堅實。雖然段氏「古四聲說」裏自負的說：

> 古無去聲之說，或以爲怪，然非好學深思不能知也，不明乎古四聲，
> 則於古諧聲不能通。

而後人終無採信古三聲之說。

至於字音和字義之間的關係，段氏則認爲字義不隨字音而不同，段氏在「古音義說」裏云：

> 字義不隨字音爲分別，音轉入於他部，其義同也；音變析爲他韻，
> 其義同也；平轉爲仄聲，上入轉爲去聲，其義同也。今韵例多爲分
> 別，如登韻之能爲才能，哈韵之能爲三足鼈；之韵之台爲台予，哈
> 韻之台爲三台星；六星之譽爲毀譽，九御之譽爲稱譽；十一暮之惡
> 爲厭惡，十九鐸之惡爲醜惡者，皆拘牽瑣碎，未可以語古音古義。

綜觀以上所述，段氏在古韻上最大的貢獻有三：

（1）分古韻爲十七部。

（2）立古本韻、古合韻。

（3）利用諧聲偏旁歸類古韻。

（寫于民國六十年）

參考書目

1. 《清代通史》，蕭一山，商務版。
2. 《清史列傳》，中華版。
3. 《中華音韻學》，泰順版。
4. 《中國語音史》，董同龢，中華文化出版事業社。
5. 《古音學發微》，陳師新雄，打字油印本。
6. 《段注說文解字》，藝文版。
7. 《音韻學叢書》，廣文版。

吳梅村及其文學批評

第一節　緒　論

王漁洋於分甘餘話云：

> 明末暨國初，歌行約有三派：虞山源於杜陵，時與蘇近；大樽源於東川，參以大復；婁江源於元白，工麗時，或過之。

又鄧之誠於清詩紀事初編序裡云：

> 若以詩論，順康兩朝為最盛。初則虞山、雲間分派角立。而婁東左右其間，莫不才氣浩瀚，運以健筆，稱為大家。婁東派與虞山、雲間鼎立為三，因此婁東派於詩學史上自有他的地位，而做為婁東派祭酒的吳梅村更有研究的價值。前人有關梅村文學的研討，散見別集或詩話詞話裡，可謂論之已多，〔註1〕尤其趙翼於甌北詩話裡更是把他提升至錢牧齋之上，而事實上由作品本身的考驗，吳梅村仍

―――――――――――――

〔註1〕 最有名的批評首推四庫提要，另舉有名批評二則。

　　甌北詩話卷九云：

> 梅村詩有不可及者二：一則神韻悉本唐人，不落宋以後腔調，而指事類情又宛轉如意，非如學唐者之徒襲其貌也。一則取材多用正史，不取小說家故實，而選聲作色又華豔動人，非如食古者之物而不化也。

　　又李慈銘越縵堂讀書記集類云：

> 梅村長歌，古今獨絕。製兼賦體，法合史裁。誠風雅之適傳，非聲韻之變調。而世人不學，皮傳唐人，輒藉口杜、韓，哆言正變。豈知鋪陳終始，正杜陵之擅場；蚍蜉毀傷，入昌黎之雅謔。羌茲聾瞽，難語精微；世有知言，必契斯恉。至其諸體，未可概論。五古間有佳篇，七絕亦饒雋致。五律七律，沿襲雲間要旨，具體古賢，不足專門自立。枚庵之註，亦未為精。

是有清的大詩人。至於近人談論梅村文學亦不在少數，祇是所論皆無由獲見。〔註2〕梅村處易朝之際，多有難言之處。其詩歌，皆與時事有關，就詩史而言，是杜甫元遺山後之大家，〔註3〕遠非吟風弄月者可比。至於用典之功，隸事之切，堪稱獨步。因此梅村與牧齋可謂有「兼崇白陸，下啓朱王」〔註4〕之功。

梅村有詩話一卷，所記皆為故事，而無理論之闡發，因此歷來研究者皆謂梅村無文學批評，〔註5〕文學批評本屬美學的範圍，其範疇至廣，我們這兒所謂的文學批評是指實際的批評與理論而言，或謂值得我們研究的文學批評，必需是：

1. 理論本身完善
2. 對後世影響大
3. 開創者或集大成者〔註6〕

我們不敢說梅村的文學批評體系是完美，但我們知道它在當時是具有相當大的影響力，至少在挖揚風雅這點，是無人可比擬。我們的信念是美學不用建立體系，因為體系一建立，也就是它衰敗的開始，美學所需要的是原理或原則而已，認識這點，方能體認傳統的詩話、詞話那種片段的文學批評的價值。雖然格調、神韻、性靈等詩論派的興趣，可以證明詩的鑑賞已達到極度精微的程度，可是另方面也證明詩學的瑣碎與個人的獨斷。因此四庫總目提要論二十四詩品云：

> 各以韻語十二句體貌之。所列諸體畢備，不主一格。王士禎但取其

〔註2〕時下所見論梅村詩者有香港何朋及周法高，又高陽有「祭酒」吳梅村一文。至於三十年代以前有關談論吳梅村著作皆無由得見，就如張爾田之論亦僅由周法高著作中略見一二。

〔註3〕陳其年寄雲間宋子建並令嗣楚鴻書云：

> 余有論詩一首云：少陵詩格獨稱尊，風雅親裁大義存。繼起何人堪鼎峙，前為元老後梅村。元老謂遺山也。

〔註4〕見鄧之誠清詩紀事初編序。

〔註5〕就目前所見較為完整的批評史之類的書有：

> 朱東潤中國文學批評史大綱。
> 郭紹虞中國文學批評史。
> 方孝岳中國文學批評。

其中僅朱氏談及吳梅村。又郭紹虞於清詩話裡梅村詩話提要云：

> 詩話多記述故事，而於理論較少闡發，即其文集中亦少詩論之語，殆所謂「善易者不言易。」

〔註6〕見吳宏一常州派詞學研究第一章緒論第一節。

「采采流水，蓬蓬遠春」二語，又取其「不著一字，盡得風流，」
二語，以爲詩家之極則，其實非圖意也。

申言之，體系精微，表示對純文學的極度透視，可是也表示文學已漸脫離社
會與人生。我們相信這種精微詩論的發生，並非一朝一夕所能產生。因此我
們跨過精微的各家詩論，而重尋主風雅的梅村文學批評，似乎仍有某種的意
義。我們相信能夠成就爲一代詩派，必定有他們的文學批評在，於是企圖從
梅村詩文集裡勾畫出梅村的文學批評。

論其人文學批評，勢必對其人有所了解，因此首列吳梅村事略。此章在
文體的形式上與他章略有不同，即是行文純以語體爲主，而把原文附註于後。
又文學批評的產生一定有他的文學背景，所謂的文學批評亦當有他的實際批
評與理論。因此我們以文學產生背景、批評、與理論等三部分，構成所謂的
梅村文學批評，其間以梅村詩文爲立論。根據我們的信念是作品即是作者整
個「人格」的具現，也就是說從作品中可以看到原作者的情感、思想與個性。
而後再就梅村詩文承受問題做一種合理的解說，且進而提出一己的看法做爲
本論文的餘論。

從整個研究過程中，披閱了多少有關的野史，其間借助於臺灣銀行經濟
研究室編印的臺灣文獻叢刊頗多，且從許多野史裡印證出梅村詩文集的眞誠
性，這種眞誠性正是研究過程中最大的收穫，而梅村的眞誠於「與子暻疏」
一文裡表露無遺。同時我們可以更明白的了解，吳梅村的文學批評，在體系
上談不到周延，在理論上更沒有什麼過人之論，而在批評的態度上也不驚人，
他的文學批評祇是屬於傳統的文學與政治合一的載道論的延伸而已，這種載
道論很平實，且眞誠。因爲他並沒有忘記人生在這個世界裡應盡的責任。我
們相信若能明白梅村的文學批評，對於梅村文學的了解自然會有增益，同時
對於整體的中國文學批評亦當有所幫助。

最後要說明的是：本文取用吳氏的晚號梅村，乃是從先生之志。

第二節　吳梅村事略

吳偉業，字駿公，號梅村。〔註7〕生於明萬曆三十七年（西元 1609 年）

〔註7〕 太倉州東舊有故銓部王士騏貢園曰莘莊。擅林泉之勝，後爲偉業所得，改稱
　　　　梅村，因以自號。

五月二十日。

祖籍鹿城，元朝末年避兵亂，七世祖（子材）遷居於蘇州崑山縣（今江蘇縣名）積善鄉。〔註8〕至祖父竹臺公（議）因入贅僑居太倉的瑯琊王氏，於是定居江南太倉州（今江蘇太倉縣，舊縣治位婁江之東，亦稱婁東。）。

偉業自幼即聰慧異常，篤好秦漢古文，但體弱多病，不是屬於那種外向

考偉業築梅村園當在戊子（西元 1648 年）八月以前。偉業有張南垣傳，謂：「其所爲之園，則李工部之橫雲，虞觀察之預園，王奉常之樂郊，錢宗伯之拂水，吳史部之竹亭爲最著。」而未提到梅園，或自謙，或此文作於丙戌（西元 1646 年）丁亥（西元 1647 年）間，而舊學庵記一文署期爲戊子（西元 1648 年）八月。顧思義考云：「先方伯松霞公日記甲申正月晤張南垣於吳駿公之居，梅村當時申酉間所購。」申即甲申年（西元 1644 年），酉即乙酉（西元 1645 年），依顧義云：則梅村當於甲申正月前所購，購後擬請張南垣營建。是年三月後變亂叢生，營建工程亦止。又樊清湖詩序云：

> 余以乙酉五月，聞亂倉皇攜百口投之……湖中煙火晏然，予將卜築買田，耦耕終老，居兩月而陳墓之變作，於是流離遷徙，僅而後免，事定將踐前約，尋以世故牽挽，流涕登車，疾病顛連，關河阻隔，比三載得歸，而青房過訪莫堂，見予髮白齒落，深怪早衰，又以其窮愁煢獨，妻妾相繼下世，因話昔年湖山兵火，奔走提攜，心力枉枯，骨肉安在，太息者久之……。

「比三載而歸」，已是戊子年（西元 1648 年），元配郁淑人卒於前年（西元 1647 年）。因此梅村園的營建，乃因避世隱居，他的正式營建當在王煙客治西田之後，而建舊學庵之前。梅村有樂志堂、梅花菴、交盧庵、嬌雲樓、鹿樵溪舍、梘亭、蒼溪亭等勝處。據與子暻書說：建梅村所費約萬金。

〔註 8〕梅村於先方伯祖玉田公墓表示：

余家世鹿城人，自禮部公以下參鴻臚三世皆葬於鹿城。

又梅村於徐季重詩序云：

余本崑人，遷而去之者三世。

所謂遷而去之者三世，即是指祖父竹臺公。祖父因入贅而易籍，則祖父以前爲崑山人。又顧師軾梅村先生世系云：

七世祖子才，名無考，河南人，元末避兵始遷蘇州崑山之積善鄉。

就顧師軾梅村先世系記，謹列梅村世系簡表如下：

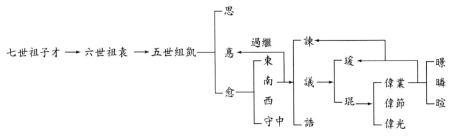

又於京江送遠圖歌序亦有言及遠祖事。

且健談的人。〔註9〕

父親約齋公（琨）以教書爲業。偉業早年曾隨父親在各處家塾讀書。〔註10〕十四歲時，游學張西銘門下，〔註11〕立志於通今博古之學，爲西銘入室弟子。偉業不注重時文，〔註12〕經過四次才考上童子試（西元 1628 年）。崇禎二年（西元 1629 年），西銘聯合太倉七郡諸社，擴大成爲復社，並以文章氣節相標榜，而後偉業開始用心研習時文，崇禎三年（庚午，西元 1630 年）舉鄉試，四年（辛未，西元 1631 年）舉會試第一名，莊烈帝批他的試卷爲「正大博雅，足式詭靡。」，〔註13〕殿試以一甲第二名授翰林院編修。當時，西銘繕疏授意偉業彈劾溫體仁「通內結黨，授引同鄉」等罪，偉業因立朝不久，

〔註9〕 秦母于太夫人七十序云：

　　吾因留仙之言，而喟然有感於余祖母湯淑人也，哀以貧約，吾母操作勤苦，以營舅姑滫瀡之養，湯淑人憐其多子，代爲鞠育，余自少多病，衣服飲食保袍提攜，唯祖母之力是賴。

　　又與子暻疏云：

　　吾少多病，兩親護惜，十五六不知門外事。

　　吳偉業體弱多病，每於文中自述，如於周子俶東岡稿序，梁水部玉劍尊聞序，座師李太虛先生壽序，志衍傳，致孚社諸子書等。又有關揭疏文章（見家藏稿五十七卷）與上馬制府書，答黃總戎書。

〔註10〕 見鈕琇觥賸、嘉議大夫按察司使江公墓誌銘、穆苑先墓誌銘、志衍傳、哭志衍等詩文。

〔註11〕 見於梅村先生年譜天啓二年十四歲條引程穆衡婁東耆舊傳云。

〔註12〕 於德藥稿序云：

　　雖然吾之致力於應舉一二年耳，至今陬窮邑知吾名字尚以制科之時文，吾爲詩古文詞二十年矣，而閻芃之小以氣排之，而詆吾空言爲無用。

〔註13〕 陸世儀復社紀略卷二云：

　　明年辛未會試……主試爲周延儒首相也。舊例會試，主裁元老以閣務爲重，應屬次輔：乃用以越例得之，大非次輔溫體仁意，是以會元幾掛更議。蓋延儒諸生時游學四方，曾過婁東，與偉業之父禹玉相善：而偉業本房師乃南星李明睿，李昔年亦游學吳館於邑紳大司馬王在晉家，曾與禹玉相善。是科延儒欲收羅名宿，密囑諸分房於呈卷前，取中式封號竊相窺視，明睿頭卷即偉業也；延儒喜爲禹玉之子，遂欲中式。明睿亦知爲舊交之子，大喜悅，取卷懷之，填榜時至末而後出以壓卷。偉業由此得冠多士，爲烏程之黨薛國觀洩其事於朝。御史袁鯨將具疏參論，延儒因以會元卷進呈御覽，烈皇帝親閱之，首書「正太博雅，足式詭靡」八字，而後人言始息。此溫、周相軋之第一事也。

　　又與子景疏云：

　　不意年踰二十，遂掇大魁，福過其分，實切悚慄，時有攻宜興座主，借吾爲射的者，故榜下即多危疑，賴烈皇帝保全。

而師令又難拒絕，於是損益原文，改換彈劾德清蔡奕琛。〔註14〕而後告假歸娶郁氏，舉世讚美。

八年（西元1635年），入都補原官，充實錄纂修官。立朝正直，無所避忌。當時，太倉陸文聲因入社遭受拒絕，入都與張漢儒同結一氣，依附體溫仁、薛國觀等人，極力詆毀復社與時賢，〔註15〕企圖傾盡東南名士，偉業疏論辯駁。九年（西元1636年）秋，典試湖廣。又因召對，暢言考選之得失。〔註16〕

十年（西元1637年），充東宮講讀官，疏劾首輔張至發，〔註17〕直聲動朝廷。明年（西元1638年）又與楊士聰共同彈劾史部田惟嘉、太僕寺卿史葷，〔註18〕三月二十四日召對，進正本清源之論。

十二年（西元1639年）七月，奉命封延津孟津兩王於禹州。〔註19〕後轉升南京國子監司業，到差三日，聞漳浦黃道周論楊嗣昌奪情事受廷杖，〔註20〕

〔註14〕陸世儀復社紀略卷二云：

> 及殿試，偉業所得榜眼，館選天如庶吉士。初，延儒但聞天如名，未識其面；及榜發後晉謁，延儒恨相見晚，恩禮倍至，天如由此得館選。翰苑規制：庶常居造就之列，遇館長如嚴師，見先達稱晚進；公會隅坐，有命唯諾惟謹。溥任意臨事，輒相可否，有代天言作誥命者，文稿信口甲乙；同館皆忌之。有譖於內閣者，延儒猶委婉為解。溫體仁則曰：「是何足患，庶吉士有教讀成例，成材則留，不成材則去：去之亦何難！」溥聞之恚甚，乃緝其通內結黨，援引同鄉諸事，繕成疏稿，授偉業參之；偉業立朝未久，於朝局未習練，中情多怯，不敢應。時溫之主持門戶，操握線索者，德清蔡奕琛為最；偉業難拒師命，乃取參溫體仁疏增損之，改坐奕琛。體仁大怒，將欲重處，延儒從中曲解之；體仁、奕琛由此側目溥。明睿又以刻稿唧之，時時督過。溥不自安；壬申，告請葬親，給假歸。

〔註15〕於與子暻疏云：

> 給假歸娶先室郁氏，三年入朝，值烏程當國，吾與楊伯祥諸君子，正直激昂，不入其黨，烏程去，武陵繼之，蘄水又與吾不合，種種受其摧挫，先是吳下有陸文聲、張漢儒之事，吾以復社黨魁，又代為營救，世所指目，淄川傳烏程衣鉢，吾首疏攻之，又因召對，與比濟楊亀岫謀擊大姦史葷。……
> 又見復社紀事與陸世儀復社紀略。

〔註16〕於左諭德濟寧楊公墓誌銘云：

> 尋以經筵講官召對，面論考選得失。疏劾吏部尚書田唯嘉及其鄉人太僕卿史葷所為諸不法……。

〔註17〕有劾元臣疏一文。

〔註18〕彈劾田、史兩氏事。詳見左諭德濟寧楊公墓誌銘一文。進正本清源之論，見顧湄吳梅村先生行狀。

〔註19〕見感舊贈蕭明府詩序、勅贈大中大夫盧公神道碑銘。

〔註20〕楊嗣昌奪情案，詳見明史列二百五十二卷楊嗣昌本傳，及二百五十五卷黃道周本傳。

即刻遣太學生涂仲吉入都訟冤，觸怒皇上，嚴旨責問主使，幾乎不能免。後黃道周獲釋南歸，在唐縣（今河南沘源縣）樓舟中相遇，得黃道周所註釋易經。〔註21〕明年（西元 1640 年），升中允諭德，丁嗣父文玉公憂，同時立志絕意仕進，閉門讀書。又一年（西元 1641 年）五月，西銘死。

十五年（西元 1642 年），洪承疇降清。十六年（西元 1643 年），升庶子。流賊李自成破潼關（今陝西縣名），督師孫傳庭戰死。明年（西元 1644 年）三月，流賊陷京師，莊烈帝殉國，偉業家居，消息傳來，痛不欲生，擬從皇上殉身報國，為家人發覺，母親抱持哭泣，而後以養親苟活人間。山海關總兵吳三桂引清兵入關，〔註22〕四月鳳陽（今安徽縣名）總督馬士英等人迎福王由崧自立於南京，國號宏光。五月，滿清定都燕京，稱順治元年（西元 1644 年）。

順治二年（西元 1645 年），南京召拜少詹事，而馬士英、阮大鋮等人專橫用事，挾持舊怨逼迫朝士。〔註23〕偉業立朝一月，知事情已無挽救，於是辭歸杜門不通請謁。六月，祖母湯氏去世。四年（西元 1647 年）元配郁氏死。偉業歸隱後開始營建梅村園，並自號為梅村。五年（西元 1648 年）七月，在梅村西邊建舊學菴，作為往來同志，商榷學問集會場所，以期發揚先朝盛德，裨補正史所不記載的遺事。〔註24〕而後，若干有關史實的記載，常以國史氏，舊史氏自稱。

清廷自順治二年以後，江南初定，即南北二闈開科取士，用以牢寵一般讀書人，當時江南名士也多出來應試，並且結社提倡風雅，儼然有復社的遺風。偉業以當年復社領袖人物，雖杜門不出，但仍然主持文社。七年（西元 1650 年），參加慎交、同聲兩社聯合舉行的十郡大社。〔註25〕

〔註21〕見工部都水司主事兵科給事中天愚謝公墓誌銘。
〔註22〕或謂吳三桂引清兵入關是為陳圓圓，偉業圓圓曲有「慟哭六軍俱縞素，衝冠一怒為紅顏」句，有關圓圓事，另見明史卷三百零九流賊傳、鈕琇觚賸圓圓、陳維崧婦人集，王朝甲申朝事小紀圓圓傳、陸沈雲陳圓圓傳。今人小說家南宮搏、章君毅有圓圓曲、另張國雄有圓圓曲劇本。
〔註23〕見冒辟疆五十壽序。
〔註24〕見舊學菴記。
〔註25〕毛奇齡駱明府墓誌云：
　　　駱姓諱復旦，字叔夜，山陰人。嘗同會稽姜烈徐允定，蕭山毛甡赴十郡大社，連舟數百艘，集於嘉興南湖。太倉吳偉業，長州宋德宜實穎，吳縣沈世英，彭瓏，華亭徐致遠，吳江計東，宜興黃永，鄠祇漠，無錫顧辰，崑山徐乾學，嘉興朱茂暉彝尊，嘉善曹爾堪，德清章金牧金苑，杭

　　順治年間，清廷用以漢治漢的政策，漢人頗能取得權勢，而這般漢人，一方面勾結滿洲大臣；另一方面厚植自己的勢力，其中以馮銓、陳名夏、陳之遴等人最爲有名。馮銓，順天涿州人（今河北縣名），是魏忠賢逆黨的舊人，代表北方勢力；陳名夏，江南溧陽人（今江蘇縣名）是東林黨的後裔，代表南方勢力。〔註26〕兩人皆依附多爾袞，同時薦引名流。而陳名夏與陳之遴（由陳名夏所推薦）兩人更極力巴結多爾袞和譚泰等人。多爾袞在順治七年（西元1650年）十二月去世，世祖福臨親政，任法嚴肅，冬天，譚泰因驕縱被殺。兩陳時遭彈劾，而馮銓因此入內閣。陳名夏本屬幾社人物，陳之遴與偉業屬姻親，〔註27〕兩人頗想借偉業的聲望以鞏固自己的地位，因此屬意江南總督馬國柱具疏力薦，〔註28〕並敦促就道，當時反對偉業出仕的人頗多，〔註29〕經年不能解決，而後有司催促緊迫，雙親畏逼，勸請就道，路過虎丘（西元1653年），爲同聲、慎交兩社解和，合七郡人士，藉春禊社飲之時舉行虎丘大會，奉偉業爲宗主。〔註30〕順治十年九月入都授秘書院侍講，奉修孝經演義，又轉國子監祭酒，十一年（西元1654年）陳名夏因「結黨懷奸，情事叵測」處絞刑。十三年（西元1656年）十月，嗣母張氏去世。明年（西元1657年）二月，奔喪南歸。十一月丁酉科場案件揭發，蔓延幾達全國，其中以順天、江南兩省最嚴重。吳兆騫、陸子元等人被流放寧古塔（今吉林寧南縣治）。吳

　　　　州陸圻，越三日乃定交云。
　　　　並見致雲間同社諸子書，致孚社諸子書。可知當時的文社內閧情形，而吳氏極力以風雅相營，因此提倡十郡大社。
〔註26〕馮銓、陳名夏等人之生平與水火不融情形。詳見清史卷四、卷五世祖本紀、卷二百四十六、卷二百五十一本傳。又見清史列傳貳臣傳卷七十八與七十九。
〔註27〕見亡女權厝誌銘。
〔註28〕清史列傳卷七十九吳偉業本傳謂偉業出仕是由馬國柱、孫承澤、馮銓等人所薦。考馮銓屬逆黨人物，或無引薦之理。貳臣傳卷七十九馮銓傳云：
　　　　十一年正月，與大學士陳名夏同疏薦原任少詹事，巡按御史郝洛，給事中向玉軒，中書宋微璧，知縣李人龍，可擢任。前明翰林楊延鑑，宋之繩，吳偉業，方拱乾，中書陳士本，知縣黃國琦，可補用。
　　　　列傳把推薦人歸屬馮銓，或因陳名夏、陳之遴等人無治績，且皆名敗，而馮銓仍不失爲有清開國勳臣。至於孫承澤本屬兩陳一系人物。又偉業有陳百史文集序，極力稱讚陳名夏。並見陳廷敬吳梅村先生墓表。
〔註29〕其中侯方域最爲有名，壯悔堂集有與吳駿公書，偉業於懷古兼弔侯朝宗詩自注「朝宗歸德人，貽書約終隱不出，余爲世所逼，有負夙諾，故及之。」即是指此事而言。
〔註30〕關於癸巳虎丘社集事，偉業有補禊并序，癸巳虎丘四首，楚兩生行並序，癸巳春日禊飲社集，虎丘即事四首等詩，其詳細情形並見靳榮藩集覽。

兆騫也因吳梅村的一首「歌贈吳季子」及顧貞觀的兩闋「金縷曲」而名譟一時。（偉業有「贈陸生」詩送陸子元）。

十五年（西元 1658 年）陳之遴又因賄結吳良輔案，被革職流放到盛京（今遼寧瀋陽縣），（陳之遴順治十七年死於徒所）。十七年（西元 1660 年），陸鶯借鄭成功率師攻鎮江事詆毀偉業結社禍國，並攻擊慎交、同聲兩社。〔註31〕此事雖未釀成冤獄，而陸鶯亦遭受反坐，但此後即明文嚴禁結社集會，甚至往來信件，也不許用同社同盟字樣，文人從此潛心於經史庭戶之間。十八年（西元 1661 年），又有江南奏銷案件發生，〔註32〕偉業在籍，雖未銀鐺上刑，但亦被牽累幾至家破，幸賴門人盧紘等人營救而後免。當時因鄭成功事，清廷遷怒南方人心未服，於是特假大獄以示威，是案牽連達一萬多人，奏銷案至康熙元年（西元 1662 年）五月，才奉特旨釋放，偉業也因此削籍終隱在家。

十八年（西元 1662 年），生母朱氏去世。明年（西元 1663 年）長子暻始生，時年已五十三。

康熙二年（西元 1664 年），生父約齋公逝世。

八年（西元 1669 年），編定詩文集四十卷問世。詩詞，由顧湄編，盧紘序；文集由周瓚編，陳瑚序。

十年（西元 1671 年）十二月二十四日逝世，享年六十三歲。遺命以僧服收斂，埋葬在靈巖山，〔註33〕墓前題詩人吳梅村之墓。偉業元配郁氏，後又娶浦氏、朱氏。有子女十二人：女九人，郁氏四，浦氏二，朱氏三。子三人，暻、瞵、暄皆爲朱氏所生。瞵早亡。〔註34〕

偉業天性孝順，友愛兄弟，喜愛山水。早期少年得志，自明朝滅亡後，

〔註31〕見杜登春社事始末。

〔註32〕見婁東無名氏研堂見聞雜記及蕭一山清代通史。

〔註33〕顧師軾年譜、陳廷敬吳梅村墓表謂葬於蘇州郡治西南二十里西山之麓。（顧氏作二十里、陳氏作三十里）又引蘇州府志謂墓在靈巖山麓。鄧尉靈巖皆有山，鄧尉山在江蘇西南七十里。因漢有鄧尉隱此，故名。偉業詩文中所提到的鄧尉即是。靈巖山在江蘇吳縣西，有靈巖寺。而顧湄吳梅村先生行狀謂「葬吾於鄧尉靈巖相近」，陳廷敬吳梅村先生墓表「葬吾於靈巖鄧尉間」。所謂的鄧尉靈巖即是指山名而言，而此鄧尉靈巖在當時卻以出名僧爲者。考香山白馬寺巨冶禪師教公塔銘云：

當今海內尊宿，如鄧尉、靈巖、靈隱三四大老，皆以性相圓通，了無窒礙。

〔註34〕顧著年譜引太倉州志謂連舉十三女而子暻始生，而顧湄吳梅村先生行狀與陳廷敬吳梅村先生墓表皆作九人。

遭遇可說憂患重重，無一刻不歷艱難，無一境不嘗辛苦，實爲天下大苦人。
〔註35〕偉業苟且偷生在世間，一者牽戀骨肉親情；〔註36〕再者欲保存一代
文獻，〔註37〕百善以孝爲首（父母不要子死，子不敢死），回首當年朋友，
或殉難，或凋謝，所存不多，眼見一代文獻將湮沒，偉業更戰戰兢兢，不敢
荒廢學業，其間除了詩文集外，又完成春秋地理志，春秋氏族志、復社紀事、
綏寇紀略、鹿樵紀聞及雜劇臨春閣通天臺二種、傳奇秣陵春等書。〔註38〕

　　梅村多才多藝，於書、畫、詩、詞、古文、劇曲無所不擅長。其中以詩
最有成就，梅村詩陶冶漢魏、潤澤盛唐，根植於德性，而煥發於典籍，爲清
初第一家，其中以歌行最有名。

第三節　梅村文學的時代背景及個人因素

　　一般說來，文學的結構，包括想像、經驗和技巧。就某些觀點來看，想
像及技巧之產生，亦是來自經驗。這種所謂的經驗，除了自然賦予的本能外，
其餘的能力都是由環境培養出來。而所謂的環境，從大的方面說即是時代背
景，小的方面就是屬於個人的周遭。因此討論到一個作家的作品的產生，我
們不能不注意到他所接觸的時代背景，和屬於他個人的體性、家世、交遊等
個人的因素方面，關於吳梅村文學的產生，我們就想從這兩大方面來透視。
在透視過程中，儘量避免屬於主觀的偏見，當然，我們不能肯定的說吳梅村
的文學是受了誰的影響，我們所能做到的即是企圖從比較中得到一種較爲周
延的說法。這種說法或許有失籠統，但我們不得不如此，因爲處在一個大變
動的時代裡，他所受到的衝擊是多方面，因此他所受的影響也就不僅是屬於
單方面的。

〔註35〕見與子暻疏。
〔註36〕與子暻疏云：
　　　　蒙先期巍科拔擢，世運既更，分宜不仕，而牽戀骨肉，逡巡失身。
〔註37〕彭燕又五十壽序云：
　　　　自古遭兵火而磨滅如臥子志衍者不少，而遺民佚叟爲造物所留以當文獻
　　　　者，亦往往見焉，余既自力於學，懼弗克，而以勉燕又。
〔註38〕蕭一山清代通史附表第六所列吳梅村著作有：梅村集四十卷，詩集四十卷（詩
　　　　集十八卷，詩餘二卷，文集二十卷。）梅村詩話一卷，樂府雜劇三卷，鹿樵
　　　　記聞三卷（四庫著錄綏寇記略非原書），春秋地理志十六卷，春秋氏族志二十
　　　　四卷，吳都文獻四十卷，梅村家藏稿五十八卷補一卷年譜三卷（今人董康刊，
　　　　四部叢刊本）。

一、梅村文學的時代背景

這裡所說的時代，即是指所處的時空大背景而言，而一般所謂的時代，大都指的是帝王的朝代而言，當然，我們說到時代不能不用帝王的朝代來解說。大致說來，帝王的朝代與文學是有相當的關係，一個朝代的政治、經濟、教育、社會等設施發生變動，文學也就會發生變動，因此吳梅村文學的產生時代大背景裡，我們企圖從政治、學術、地理等方面來考察。

（一）政治方面

在封建的農業社會裡，才智之士，謀生無門，只有作官一條路，所以中國文學與政治的關係，比任何國家都顯得密切。

明初的國力非常雄厚，實有充分的條件以建立一個現代的國家。不幸明太祖等人採取閉關政策、八股制度，形成一個孤陋的政府。結果，限制了自己的發展，並造成明朝的政治與經濟、文化之間的激烈矛盾，終於造成經濟的破產，與士大夫之不學與無恥。

明朝末期，政治與經濟、文化之間矛盾的惡化，終於有東林諸人希望改革政治，而造成東林與閹黨之衝突。東林諸人氣節有餘，學問不足，結果反遭殺戮，而於國事無補，政治的信用破產，變兵與餓民合為流寇。後來毅宗即位，鏟除了閹黨，而太倉的張溥張采等人，又利用當時文社，把周鍾等所成立的應社，與孫淳吳翻所辦的復社合併，承東林而起。第一步就提倡鎔經鑄史的方法，來改革成弘派的文章。〔註39〕不久他的社員皆中了考科，這是他的計劃成功了。第二步他就利用羣眾作後盾去干涉政治，其間三次的虎丘大會可說是復社的極盛時期，周延儒於崇禎十四年（西元 1641 年）再相，就是復社所導演的傑件。不幸張溥也就在當年去世，而復社也因此多災，終告平息。承復社而起的是幾社，幾社聲勢雖然沒有復社大，但流傳的時代比復社久。而後弘光立國南京，馬、阮當政，復社、幾社名流全受打擊。今就崇禎朝的政治分期如下：

（1）崇禎初年（西元 1628～1632 年），是溫體仁、周延儒合作的時期。

（2）六年到十年（西元 1633～1637 年）是溫氏專政時期。

（3）十年～十三年（西元 1637～1640 年）是薛國觀當政時期。

〔註39〕成弘派當是指前七子而言。成指明憲宗的年號成化，成化有二十二年（西元 1466～1488 年）弘是孝宗的年號弘治，弘治有十八年（西元 1489～1505 年）。

（4）十年～十六年（西元 1640～1643 年）是周延儒再相時期。

（5）十六年～十七年（西元 1643～1644 年）是陳演、魏藻德等專政的時期。

崇禎皇帝本身祇不過是一個剛愎自用，猜忌無常的人而已，因此有所謂崇禎朝五十宰相，〔註40〕而事實上當權的也祇不過是上述幾人。五十宰相之中屬於東林系的正人君子祇有文震孟、錢龍錫、孫承宗、范景文等人，周延儒雖因復社而再相，事實上他祇是一個騎牆的人物，再相時期授馬士英督師鳳陽，於是給與逆黨南明福王朝復活的機會。

明朝至萬曆起，就是在黨爭中，其間所爭或有宗旨、有目標，但到了魏忠賢專權以後，就像是在鬧家務，而國家也就在鬧家務中丟掉了。這種的爭吵鬧了六十年還不夠味，一直鬧到偏安的弘光，與局促一方的永曆，甚至那般腆顏事奉新朝的無恥之徒，仍在新朝的那兒相互傾軋，而吳梅村也就在們相互傾軋中被逼徵召而成犧牲者，這般人可真是太不知輕重。至於亡國的責任，雙方皆不能推卸，黃宗羲汰存錄引夏彝仲語曰：

> 三黨之於國事，皆不可謂無罪，公平論之，始而領導者為顧（憲成）鄒（元標）諸賢，繼為楊（漣）左（光斗），又繼為文（震孟）姚（希孟），最後如張溥，馬世奇輩，皆文章氣節，足動一世；而攻東林者，始為四明沈（一貫），繼為元（詩教）趙（興邦），繼為崔（呈秀）魏（忠賢），又繼為馬（世英）阮（大鋮）皆公論所不與也。東林中亦多敗類，攻東林者，亦間有清操獨立之人，然其領袖之人，殆天淵也。

彝仲本為幾社的創社人之一，這種論調，可說持平。梅村於致孚社諸子書亦云：

> 往者門戶之分，始於講學，而終於立社，其於人心世道有稗者，實賴江南兩浙十數大賢以身持之，其後黨禍之成，攻訐者固敢為小人，而依附者亦未盡君子，主其事者不得不返而自咎也。夫盛者必衰，盈者必昃：苟於始事之初不能盡化同異，則開端造隙，何以持其後乎？

而後清人入關，由利用而高壓而懷柔，逼使文人就範，極盡威脅迫害之能事，

〔註40〕詳見曹溶所作崇禎五十宰相傳所附宰相年表。本文崇禎朝政治分期則取自謝國楨「明清之際黨社運動考」第四章「崇禎朝之黨爭」。

梅村於與子暻疏裡云：

> 改革後，吾閉門不通人物，然虛名在人，每東南有一獄，長慮收者
> 在門，及詩禍、史禍，惴惴莫保。十年，危疑稍定，謂可養親終身，
> 不意薦剡牽連，逼迫萬狀，老親懼禍，流涕催裝，同事者有借吾爲
> 剡矢，吾遂落彀中，不能白衣而還矣。……而亦東南之大幸也。

以上所述便是梅村文學的政治背景，其間所發生的大變動，在梅村本人
不能不有所調整與適應，如自殺不得後的處置，友朋殉難的感受，亡國的適
應，徵召的反應。對於自己所採取的調整，不論正確與否，對他的文學自然
不能沒有影響。

（二）學術方面

明朝以八股取士，讀書人除了永樂皇帝欽定的性理大全外，幾乎一書不
讀，當年金華的胸懷已不復見。王陽明以一代豪傑之士，給五百年的道學做
個結束，並且吐出更大的光芒。而到錢緒川、羅近溪、王心齋等人，更把師
門宗旨發揮光大，勢力籠蓋全國，然而反對者亦日益增加，反對派別有三：

1. 事功派，如張居正輩，認爲王學不切時務。
2. 文學派，如王世貞輩，認爲王學空疏且乏味。
3. 勢利派，毫無宗旨，惟利是趨，依附魏忠賢，專和正人君子作對。

事功文學兩派，看不起道學派，而道學派也看不起們，由相輕變爲相攻，結
果這兩派爲勢利派所用，隱然成爲三角同盟以對付道學派，中間經過「議禮」
「紅丸」，雙方爭吵到最後二三十年間，道學派大本營前有「東林」，後有「復
社」，可說是屬於王學的反動與反省，而以學術團體名義，實行政黨式的活動。
〔註41〕

萬曆、天啓年間，江西艾南英、陳際泰、章大力等人號召拿成弘派的文
章，來改革當時的風氣，當時一呼百應，披靡一時，而張溥、張采等人就利
用機會，擴大組成復社，以學術團體名義，進而干涉政治，張溥主張「文必
六經，詩必六朝。」明史卷二百八十五文苑傳序論云：

> 明初宋濂、王禕、方孝孺以文雄、高（啓）、楊（維楨）、張（以寧）
> 徐（一夔）、劉基、袁凱以詩著。其他勝代遺逸風流標映，不可指數，
> 蓋蔚然稱盛已。永宣以還，作者遞興，皆沖融演施，不事鉤棘，而

〔註41〕以上所述參見梁啓超「中國近三百年學術史」第一章「反動與先驅」

氣體漸弱。弘正之間，李東陽出入宋元，潮流庶代，擅聲館閣。而李夢陽、何景明倡言復古，文自西京，詩自中唐，而下一切吐棄，操觚談藝之士，翕然宗之，明之詩文於斯一變。迨嘉靖時，王慎中、唐順之輩，文宗歐曾詩倣初唐。李攀龍、王世貞輩，文主秦漢，詩規盛唐，王、李之持論，大率與夢陽、景明相倡和也。歸有光顧後出，以司馬、歐陽自命，力排李、何、王、李，而徐渭、湯顯祖、袁宏道、鐘惺之屬，亦各爭鳴一時。於是宗李、何、王、李者稍衰。至啟禎時，錢謙益、艾南英準北宋之矩矱，張溥、陳子龍擷東漢之芳華，又一變矣。

於此可是明朝末期的文學系統，今就成弘以後文學演變做一簡表如下：

姓　名	年　代	文　學　理　論	附　註
李東陽	1420～1495	論詩主於法度音調、而極論剽竊摹擬之非。	
李夢陽	1472～1529	倡言文必秦漢，詩必盛唐，主擬古。	與王九思、王廷相、康海、邊貢、徐禎卿、合稱爲前七子。
何景明	1483～1521		
李攀龍	1514～1570	承前七子，主張文必欲準秦漢，詩必欲以盛唐。	與謝榛、徐中行、宗臣、梁有譽、吳國倫等人合稱後七子。
王世貞	1526～1590		
歸有光	1506～1571	反對李、王之論，主經術，好史記，尊歐陽。	與王慎中、唐順之合稱嘉靖三大家。
湯顯祖	1550～1617	主曾、王之學。	
袁宏道	1568～1610	反對擬古、注重個人靈智、不避鄙俚之言，力主唐宋以後文風，宗白、蘇。主性靈。	與兄宗道、弟中道爲三袁，是爲公安派。
鍾惺	1570～1624	反對前後七子擬古覆轍，主張輕修辭，重性情，遂流于深幽孤峭。	與譚元春爲竟陵派領袖。
錢牧齋	1582～1664	反對前後七子，公安竟陵，主宋元、反擬古。	
艾南英	～1647	主唐宋秦漢文，其法則效成弘。	
張溥	1602～1641	文必六經，詩必六朝。	
陳子龍	1608～1647	遠尊秦漢，近推李、王。	

　　由此可知亦即是屬於復社、幾社的支脈。明末，就文學言，成三派鼎立，即錢謙益爲虞山派，陳子龍爲雲間派，張溥、吳梅村爲婁東派，而雲間、婁東皆導源復社，復社於思想上主經世救國，以氣節相尚。清初就學術而言，仍是明末的延續，於思想而言，總算已捨空談而趨實踐；詳細點說，就經學而言，清初經學的特點有三：

　　1. 提倡讀書

　　2. 懷疑精神

　　3. 致用思想

就理學而言，清初理學其特點亦有三：

　　1. 反對王學

　　2. 注重實踐

　　3. 衞道之精神

　　於文學而言，仍是虞山、雲間、婁東的天下。而其特點，即是皆以崇尚唐、宋，並且已經漸趨蛻變。清初的學術仍是由復社，幾社人物在支持，這般人除了保持故國之思，保存明代和明末史料外，更是把他們的感受和希望寄托于後人。但自順治十七年（西元 1660 年），嚴禁會盟結社，乃由學術團體，一變而爲私人研究，清朝學術由此又轉向另個方向。而梅村身處其中，本身是屬於復社人物，爲婁東派主腦，其間能說與此學術環境無關嗎？

（三）地理環境

　　中國文化發展的趨勢，是由黃河流域，擴大到長江流域，再延展到珠江流域。近人張躍翔作「清代進士之地理的分佈」，統計北平國子監進士題名碑上的進士及第人員，就一甲狀元、榜眼、探花、計三四二人，考其籍貫分配，其中以江蘇爲首位，佔全數百分之三四。浙江爲其次，佔全數百分之二四、七。可知在清朝二百多年，全國才士的集中程度。大致說來，這種由北而南的文化趨勢是漸進，而原則上，凡同一地區的作品，在形式上或內容上，常有共同傾向，詳細的說，生長在同一地區的文人，除了風土社會的共同自然影響外，前後的師承私淑，自然也有極大的影響，景仰鄉賢，讀其書，慕其人，輾轉得其遺說玄言，不知不覺的就會走向同一的作風。〔註 42〕梁容若於中國文學的地理觀察一文裡云：

〔註42〕以上所述參見劉申叔「南北文學不同論。」梁啓超「中國地理大勢論。」梁容若「中國文學的地理觀察。」

江蘇文人的主要類型是：高大博學，溫文爾雅，長於做古藻麗，短於風骨遠見，有因利乘便，流蕩宛轉的傾向，如陳琳、陸機、陸雲、江淹、蕭統、徐陵、馮延巳、徐鉉、王世貞、錢謙益、吳偉業、徐乾學、阮元等，都是適當的例子。〔註43〕

吳梅村是江蘇太倉州人，對於太倉的風土人物，他有一種無比的榮譽感，於毛卓人詩序云：

夫吾州素以文獻重海內。

於題龔同李虞山書冊云：

吾吳屬城海虞，山水爲尤勝。

於宋轅生詩序云：

吾吳詩人以元末爲最盛，其在雲間者莫如楊廉夫、袁海叟。

於白林九古柏堂詩序云：

即吾州褊小，而廸功、弇州，後先壇墠，海內重焉。

於顧母陳孺人八十序云：

當先朝啓禎之際，吾州文社擅天下，先師張西銘偕受先讀書七錄齋，相繼取科第，而麟士與子常談經講藝於江邨，寂寞之濱，遠近目之曰兩張、曰楊顧。

於兩郡名文序云：

余唯吾州自西銘先生以教化興起，雲間夏彛仲、陳臥子從而和之，兩郡之文遂稱述於天下。

於蕭孟昉五十壽序：

往者神廟盛時，吾吳如顧端文公、高忠憲公，吉水如鄒忠介公，紹續微言，倡明絕學，而憨山紫柏二大師，唱演宗風於吳會、豫章之間，兩地學者，習其義而盛其傳。雖千里之遙猶同堂也。

又於太倉十子詩序云：

吾州固崑山分也，當至正之季，顧仲瑛築玉山草堂，招諸名士以倡和，而熊夢祥、盧昭秦、約文質、袁華十數君子所在雅村，居鶴市之間，考之定爲吾州人。蓋其時法令稀簡，民人寬樂，城南爲海漕市舶之所，帆檣燈火歌舞之音不絕，蝦鬚三尺，海人七寸，至以形諸篇什，居人慕江南四大姓之風，治館舍，它酒食。楊廉夫、張伯

〔註43〕見三民版梁容若「中國文學史研究」。

兩之徒自遠而至，嗚呼抑何其盛也？淮張之難，城毀於兵，休息養
生百五十載，張滄洲始詩才重館閣，與李茶陵相亞而早死，則弗以
其名傳桑民懌，徐昌國家本穿山與鳳里，名成之後徙而去之，則弗
以其地傳。故至於瑯琊、太原兩王公而後大，兩主既沒，雅道漸減，
吾黨出，相率通經學古為高，然或不屑屑於聲律。又二十年，十子
者乃以為詩問海內，然則詩道之興，豈不甚難矣哉！

於贈照如師云：

以余所聞，神宗皇帝時，士大夫以讀書講學相尚，吾州先達如管東
溪、曹魯川兩先生研綜六經，穿穴訓詁，而又能保得佛法大旨。

以上所謂吾州即指太倉州，吾吳，或指蘇州府屬，或稱整個江蘇而言。〔註44〕
今就梅村詩文集所提到的明朝著名文人其中屬江蘇的有：高啓、楊基、歸有
光、王世貞、顧憲成、陳繼儒、張溥、張采、陳子龍。清初的有：錢謙益、
王時敏、王原祈、顧炎武、毛晉、陸世儀、吳兆騫、陳維崧等人。由此可見
吳梅村受江蘇風士人物之影響乃是事實。

二、個人環境因素

個人是時代裏的一份子，時代背景能左右一個人，而在個人本身仍有不
可移的個人因素。此節所敘個人環境因素有三：個人的體性、家世、師友的
交遊，略述如下：

（一）個人的體性

從梅村的著作裏，我們可以很明顯的看出來，梅村的身體並不健康。梅
村於周子椒東岡稿序裏云：

余稟受嬴弱，積痰沈綿。

於秦母于太夫人七十序裏云：

余自少多病，由衣服飲食保抱提攜，唯祖母之力是賴。

於與子暻疏云：

〔註44〕今江蘇省古為吳地，因此別稱吳。又清史卷五十九地理志云：
蘇州府，順治初因明制，州一，縣七。
考明史卷四十地理志所謂州一，即是太倉州；縣七，即吳、長洲、吳江、崑
山、常熟、嘉定、崇明等。因此梅村所謂的吳，從大而言，或稱江蘇，從小
而言，或稱蘇州府。

> 吾少多疾病,兩親護惜,十五六不知門外事。

又顧著梅村年譜四十八歲條引王崇簡吳母張太孺人墓誌銘云:

> 先生始生時,朱太孺人尚育三歲子,太孺人念其勞瘁,從襁褓中乳
> 字先生。及夫顧復醫禱,恩義眞切,此太孺人以無忘撫育恩詔先生
> 也。

自國難之後,「流離疾苦,精神昏塞」,年四十,而髮已蒼蒼,視亦茫茫,再
加上早年喀血,久治未瘥,因此梅村晚年可說在病裡過日子,甚且又有頭風
症。〔註45〕從體型心理學的觀點來看:人類行爲,基於身體上的構造,多半
都有預先決定的某種特定的趨勢。人體的構造,顯著的「類型」是不易區別,
但約略可分爲脂肪型、筋骨型、神經型等三類。梅村早年多病,且得到過多
的照顧,似乎是傾向於神經型的人,這種人是瘦削的、脆弱的,在行爲上的
表現是拘謹、抑制、過份的敏感,不善於社交;在情感上是隱藏感情,抑制
感情,沈默的忍受痛苦,不輕易洩露情感和感情,他們縱使有十分強烈的感
情,也都是有力的抑制者,而不向外表露。〔註46〕梅村雖然成名早,可是在
各方面的表現皆比不上吳志衍、周子椒、穆苑先與張秎庵等人。梅村於穆苑
先墓誌銘裡云:

> 吾師張西銘先生方以復社傾東南,君(穆苑先)進而從之遊,先生
> 之幼弟曰秎庵,其遇君特厚,同社中推朱子昭芑、周子子俶,皆與
> 君交極深;此吾黨友朋聚會之大略也。君自少能文章,有大志,吾
> 兩人以兒童時並驅齊名,既同補諸生,而媿先一第,君之負氣屈強,
> 未肯讓余,余亦事必推君。……是以西銘數老成士,必首苑先,志
> 衍用意氣結客,昭芑、子椒多在坐,方辨論蠭湧,得苑先一言折衷,
> 則人人自失也。

梅村成爲文社首要人物,那是在復社同輩皆凋謝以後的事情。梅村在本質上缺
少那種做爲一代祭酒的素質,再加上早年親人過份的照顧,因此在他的潛意識
裡或有一種深深戀親情結,這便是所謂的「牽戀骨肉,逡巡失身。」〔註47〕
「我因親在何敢死」,這種神經型的人,在家人的過分照顧之下,他的職業祇有

〔註45〕梅村於與冒辟疆書丁未第三封書云:
　　　然得快書一讀,名什縱觀,未嘗不可瘥我頭風也。
〔註46〕以上所述體型心理學,參見大林版徐道鄰譯「兒童行爲」一書第三章「個性」
　　　部分。
〔註47〕見與子暻疏,與七古遺閱之三。

讀書，何況他父親又是一個教書匠。是以顧湄於梅村先生行狀裡云：

> 有異質，少多病，廢讀，而才學輒自進，迨爲文，下筆頃刻數千言。

這或許是梅村個人體質與性格的最好說明。他一生雖無大過，可是皆活在那種痛苦與掙扎之中，痛苦於不能報國；掙扎於事親。在痛苦與掙扎中，便自然的更會抱緊他的書堆，梅村於吳六益詩序云：

> 余嘗念身名頹落，惟讀書一事，未敢少懈。

又於彭燕又吾十壽序云：

> 自顧平生無可表見，將以其餘年肆力於文學。……自古遭兵而磨滅如臥子、志衍者不少，而遺民佚叟爲造物所留以當文獻者，亦往往見焉。余既自力於學，懼有克，而以勉燕又。

這種痛苦與掙扎是難以終止的。又鄭方坤於清朝詩人小傳裡梅村詩鈔小傳云：

> 少負絕人姿，過目成誦，凡經史百家、稗演小說、山海地志、釋典、道藏以及酉陽之典，羽陵之蠹，珠囊玉笈之道，亦文綠字，金匱石室之秘，自十五六歲時，印已原本，兼綜共貫，作爲文章，如兔起鶻落，風發泉湧，千言倚馬，莫能窺其涯涘。

這便是他在於與子暻疏裡所說的：

> 吾一生遭際，萬事憂危，無一刻不歷艱難，無一境不嘗辛苦，今心力俱枯，一至於此，職是故也，歲月日更，兒子又小，恐無人識吾前事者，故書其大略，明吾爲天下大苦人，俾諸兒知之而已。

申言之，梅村這種神經型的人，再加上過份的照顧，使他成爲一個孝子與好長輩。梅村於王母徐太夫人壽序云：

> 夫百行莫先乎孝，孝莫大乎事之以禮。

又顧湄於吳梅村先生行狀云：

> ……一意奉父母歡……先生天性孝友，初登第後，嘉議公敕理家事，歲輒計口授食，蕭然不異布衣時，俸入即上之嘉議公，未嘗有私蓄也，後析產與二弟均其豐嗇，舉無間言。

而這種孝的執著，却使他痛苦終生。

（二）家　世

梅村的祖先本是鹿城人，七世祖因避兵亂遷居崑山，至祖父一代又遷至

太倉。嚴格說來，他家並未出過煊赫的大官，〔註40〕但却是屬於有德望的仕宦世族。在祖父以後家道中衰，梅村於先伯祖玉田公墓表云：

> 余家世鹿城人，自禮部公以下大參鴻臚三世，皆葬於鹿城，公爲鴻臚長子，次即贈嘉議大夫少詹事諱議，余祖也。又次則諱詰，偉業四、五曾及見之，老且貧，衣食於卜肆。余祖嘗抱偉業於膝顧叔祖而嘆曰「爾知吾宗之所以衰乎？世仕宦，廉吏之橐，固足以傳子孫。爾伯祖實主其帑用，之爲飲食裘馬費，產遂中落，余與爾叔祖庶出也，少孤，故皆貧。」余祖亡，後祖母湯孺人每談及鴻臚公時事，輒言嘉隆中，鹿城有倭難，伯祖自以私財募兵千餘人，轉戰湖泖間，兵敗，左右皆歿，得一健卒負之免，家遂以破。

祖父因爲是庶出，且家境不好，早年即入贅太倉瑯琊王氏。父親以教師爲業，梅村在父親的薰染之下，養成了好學的習慣。就梅村本身來說，父親對他的影響，除好學外，另有較大的影響如下：

1. 親以教書爲業，執館不定。梅村隨父親讀書〔註49〕因此交上幾位知己朋友，如志衍、穆苑先、周子俶、純祐、許堯文、朱昭芑、張救庵。他們可說都是青梅竹馬的朋友，並且志同道合，所謂「屬同巷、學同師、出必偕、宴必共」〔註50〕即是。而這些人對梅村來說，影響是不小的，尤其是易朝之後，知交零落之餘，寧能無感慨？

2. 父親學行，爲親友所重，梅村後來頗受父執輩的照顧，如李繼貞、李明睿。顧師軾梅村先生年譜二十三歲條顧思義考云：

> 李少司馬（繼貞）萍槎年譜：辛未會試同考得士二十有一人，是年榜元爲吳偉業，世通家也。填榜止餘第二，第一尚有推敲，首揆周諱延儒偶思吳卷爲太倉人，係余同里，因招余首問家世，以及年貌文望。余一一答之甚悉，且云行文直似文肅公，首揆喜，大聲偏語同考，更首肯文肅公一語，於是遂定吳卷爲第一，余因筆記云。憶

〔註48〕詳見顧師軾著「梅村先生世系」。

〔註49〕梅村七歲讀書江用世家塾（見嘉議大夫按察司使江公墓誌銘）十一歲讀書穆苑先家中（見穆苑先墓誌銘）十四歲讀書志衍家（見志衍傳及歐志衍詩）依穆苑先墓誌銘所記，當時一起讀書的有穆苑先、志衍、魯岡、孫令修業人，又依張救菴黃門五十序、周子俶東岡稿序、許堯文詩小引等文所記，與三人皆謂同里同學。有關他們的交情關係，並詳以上所提及諸。

〔註50〕見穆苑先墓誌銘一文。

> 吳之祖竹臺公與先君子爲筆硯交，白首相歡，其父禹玉受業於余，
> 余子又受業於禹玉，蓋三世通家矣。

又陸世儀復社紀略卷二云：

> ……延儒諸生時游學四方，曾過婁東，與偉業之父禹玉相善；而偉
> 業本房師乃南星李明睿，李昔年亦游吳館於邑紳大司馬王在晉家，
> 曾與禹玉相善。是科延儒欲收羅名宿，密囑諸分房於呈卷前，取中
> 式封號竊相窺視，明睿頭卷即偉業也；延儒喜其爲禹玉之子，遂欲
> 中式。明睿亦知爲舊交之子，大喜悅，取卷懷之，填榜時至末而後
> 出以壓卷。

除外，祖母嗣父母，及生母，對梅村的感情都有很深的影響。

又從他本人來說，我們實在看不出他的婚姻關係。因爲在的詩文裡缺少
這方面的記載，但是我們從他五十二歲才得到兒子這點來看，他並不可能是
幸福的，所謂「吾五十無子，已立三房，姪爲嗣，五十二生子，而後令歸宗。」
〔註51〕當有無限的感慨，同時他並未替妻子立傳。

（三）師　友

就梅村詩文來看，梅村的交游不下幾百人，可謂頗廣，早年因張西銘復
社的關係，廣見四方多士，易朝後，以復社遺老主持文社，極盡提拔後學，
其間與陳繼儒、毛晉、歸莊、侯方域、冒壁疆、陳貞慧、方以智、吳兆騫、
陳維崧、王漁洋等人皆有交往，當然切磋的師友頗多，但我們不能一一詳述，
於此我們僅能選擇一些比較重要，且對梅村較有影響的人物做爲記述的對
象，而所謂的比較重要與有影響，則純就梅村詩文裡所敘而言，其中有些人
事蹟不詳，但確實影響了梅村，因此我們仍存而不廢。本目分爲經世、論史、
詩文與方外人士等四方面，這僅是爲方便描述起見，並非有特別的意義。

1. 經　世

所謂經世，即是指經世濟民之學而言，亦即是所謂的理學，或學術的講
求而言。明末的理學下開顧、黃、顏等人的客觀實踐之學，也就是經世之學，
是以沿用經世之名。

（1）孫愼行〔西元 1565～1636 年〕

孫愼行，字聞斯，號淇澳，常州府武進人（今江蘇武進縣）。萬曆二十三

〔註51〕見與子暻疏。

午（西元 1594 年）進士，累官至禮部尚書，及逆閹興大獄，被削職議遠戍。崇禎八年（西元 1634 年），以原官召至京師而卒。贈太子太保，謚文介。

淇澳為東林大儒，他以學、問、思、辨、行為動察工夫；以戒、懼、慎、獨為靜存工夫，所謂德業雙修。東林之學，始於顧憲成，至高攀龍漸入精細，而淇澳則另闢蹊路。

梅村於封徵仕郎翰林院檢討端陽孫公暨鄒孺人合葬墓誌銘云：

> 余所知先達如毘陵尚書孫文介公，以理學為名臣，偉業初以後進禮
> 請見，會公病薨，不果，恨當吾世失之，庶幾得公之子弟及門與聞
> 公之道者，傳其緒言餘論，則猶之乎見公也。……文介家居講學，
> 先生早有聞於止躬慎獨之訓，其所辨曰義利，所重曰盡倫。文介以
> 盡倫為止至善……。

（2）黃道周（西元 1585～1646 年）

黃道周，字幼玄，號石齋，福建漳浦縣人（今福建漳浦縣）。天啟二年（西元 1621 年）進士，授編修。崇禎初，官至少詹事，兼侍講學士，以好直諫，曾下獄遠戍。福王時，起為禮部尚書。南京破，又從唐王，為武英殿大學士。後兵敗被執而死。

石齋為當時的大儒，論學首重致知，深辨宋儒氣質之性之非。他認為千古聖賢的學問，祗是致知，而知字在止於至善；又謂氣、質、性的三者不同，氣有清濁，質有敏鈍，因此氣質不關性。人當體天地之體，陶鑄萬物，而後與天地萬物一體，如此方能盡性之妙，惟有通天徹地，執此一性，何用纖毫氣質。

梅村嘗從石齋游學，並且曾經為石齋受廷杖事而干上怒。梅村於工部都水司主事兵科給事中天愚謝公墓誌銘云：

> 余嚮以後進得交於漳浦黃先生，先生用直諫忤時宰，余與其及門諸
> 生幾以罹黨禍，最後先生用國事殉。……
>
> 余之從黃先生游也，竊嘗記其遺事一、二，先生好易，而尤工楚
> 詞。……萬死南還，余與司馬遇之唐栖舟中，出所註易讀之，十指
> 困拷掠，血滲瀝楮墨間，余兩人腭眙歎服，不敢復出一語相勞苦，
> 以彼其所學，死生患難，豈足以動其中哉！

又於送林衡者還閩序：

> 石齋黃先生以道德起漳南，忠孝大節光顯於朝廷，而文章經術以教

訓鄉里生徒，榕壇之下，巷舍常滿，閩土之盛，天下莫隆焉。……
蓋是時，天下太平，江南文事大振，如余者夙爲石齋新知，能推明
其教，故舟車之通，聲氣之合，有如此也。自先生殉節以死，余臥
病海濱，不與當世接，遠方之士徒步而過我者，亦已少矣。……往
者在長安，石齋曾以易傳授余及豫章楊機部，未及竟，石齋用言事
得罪，相送出都城，機部曰：「絕學當傳，大賢難遇。」

（3）張愼言（西元 1578～1646 年）

張愼言，字金銘，號藐山，亦稱藐姑，陽城人（今山西陽城縣）。萬曆三
十八年（西元 1610 年）進士，累官至吏部尚書，梅村於白東谷詩集序云：

在南中，從張藐姑先生游，先生家晉之陽城，年六十餘矣。德高而齒
宿，憂時傷亂，有家國飂薄之嘆，顧奉其經書，講誦不輟，予得侍函
交，聞緒論，心誠服之。世故流離，名賢抑沒，竊慨典型不可復作。
既而遇白東谷於京師，知爲先生之同里，攻實學，修篤行，不役役於
富貴，不隕穫於流俗，沖乎其自下，確乎其自持，有先正之風焉。

（4）張　溥（西元 1602～1641 年）

張溥，字天如，號西銘，太倉婁東人（今江蘇太倉縣）。崇禎四年（西元
1631 年）進士，改庶吉士。

天如爲婢女所生，不爲鄉里所重。於是刻苦力學，讀書必手鈔六七遍。
因名書齋爲七錄齋。當時婁東文風卑靡，與張采立志匡正。溥取法樊宗師、
劉知幾，歲試不中，與張采負笈造謁金沙周鍾介生，加入應社。天如歸後，
盡棄所學，專究經史。崇禎二年，聯合太倉七郡文社擴大成爲復社，以文章
氣誼相標榜，並期共復古學。天如文章，雖然不脫八股習氣，而詩亦平庸，
但他以書生報國，主張「文必六經，詩必六朝。」而屹立於錢牧齋。艾南英
之間，因此亦不失爲一代才俊。梅村十四歲游學西銘門下，立志於通今博古
之學，爲西銘入室弟子，在經、史、文章方面皆深受張溥影響。梅村更因張
溥而見識了當時的先達。〔註52〕梅村稱張溥爲西銘，在文集裡處處流露出虔

〔註52〕陸世儀復社紀略卷二云：
社事以文章氣誼爲重，尤以獎進後學爲務。其於先達所崇爲宗主者，皆
宇內名宿：南直則文震孟、姚希孟、顧錫疇、錢謙益、鄭三俊，瞿式耜，
侯峒曾、金聲、陳仁錫、吳牲等。兩浙則劉宗周、錢士升、徐石麟、倪
元璐、祁彪佳等；河南則侯恂、喬充升、呂維騏等。江西則姜曰廣，李
邦華、熊明遇、李日宜等。湖廣則梅之煥、劉弘化、沈維炳、李應魁等。

誠的敬意。梅村於張牧菴黃門五十序云：

> 初吾師西銘先生，用經術大儒，負盛名於當世。

又致孚社諸子書云：

> 偉業嘗親見西銘師手鈔註疏大全等書，規模前賢，欲得其條貫，雖所志未就，而遺書備矣（原書作乙，今改爲矣。），夜之覽吾師不沒於地下，今諸公遵傳註而奉功令，務以表章六經，斥奇邪而補闕失，如此則西銘之遺緒將以再振，偉業昔見之於師者，今復見之於友。

又於宋玉叔詩文集序云：

> 余幼執經張西銘門。

（5）陳 瑚（西元 1613～1675 年）

陳瑚，字言夏，號確庵，自稱七十二潭漁父，太倉人（今江蘇太倉縣）。崇禎十六年（西元 1643 年）舉人，貫通五經，務爲實學。

與陸桴亭同講義理之學，認爲學有小學與大學之別，小學先行後知，大學先知後行。小學之終，即大學之始，每日課程以敬怠善過自考。蓋其學以敬爲主，所謂敬以直內，義以方外，遷善改過，即爲集義之學。確庵講學語語切近，處處鞭辟近裏，不落巢臼，稱爲婁東學，以篤實稱著。梅村於陳確菴尊人七十序云：

> 嗟呼！世衰道微，士大夫走通都，騖聲利，其遺民逸叟以道德風義相高者，不可復作矣。自確菴以孝廉守身事親，躬耕弗屈，而後人知教忠，自公以孝廉之父，樂道安貧，窮居無悔，而後人知教孝，君子於陳氏得君臣父子之禮焉。余交於確菴者十年，知之最深，故論公父子，質言其事，庶幾與漢陰之丈人、尋陽之漁父同傳而存之，以徵以信史，則亦吾鄉人之所願也。

2. 談史方面

梅村易朝後，以保持明朝史實自任，其間有關歷史著作亦頗多，且有詩史之稱，這方面切磋的師友如下：

（1）姚希孟（西元 ？～1636 年）

姚希孟，字孟長，號現聞，長州人（今江蘇吳縣），嘉靖三十八年（西元

山東則李遇知、惠世揚等，福建不使之知。事後彼人自悟，乃心感之。不假結納，而四海盟心。

1559 年）進士，與楊漣、左光斗相善。梅村於宋幼清墓誌銘云：

> 初余游京師，從現聞姚先生商榷人物，余進曰：「今天下漸多事矣，士大夫顧浮緩養名，無一人慷慨俠烈以奇節自許者，先生詎有其人乎？」先生慨然曰：「吾同年生宋幼清俠烈士也。」

（2）孫子喬

孫子喬，名不詳，虞山人（今江蘇常熟縣）。梅村於孫孝若稿序云：

> 余初以制藝起家，常歉然自以爲不足，好從諸先達考求故實，以增益其所聞，見其之虞山也，獲與孫子喬先生游，先生年已六十餘，嘗爲余言：少時猶及見皇甫司勳（皇甫汸）、王弇州兩公云。蓋先生之父三川公，以能詩名海內，兩公親與之定交，先生侍函丈，聞緒論，追敘其事，歎詫爲不可復得，余聞語亦慨然者久之。當是時，先生之二子，恭甫居顯官，而光甫與余同舉進士，先生不以爲榮，好舉往賢之流風軼事以相諷勉，余以知先生之不可及，而其澤深且長也。

（3）談 遷（西元 1594～1657 年）

談遷，字孺木，海寧人（今浙江海寧縣）。孺木好觀古今之治亂，尤其關注明朝之典故。梅村於吳六益詩序云：

> 余留京師三年，四方之士以詩文相質問者，無慮以十數，其間得二人焉。於史則談孺木，於詩則吾家六益而已。孺木之於史也，考據異同，搜揚隱頤，年經月緯，條分而鈎貫之，五都之肆，斷編廢褚，腐爛齾缺，不可復讀，孺木典衣易錢，欣然購之以去，嘗策寒衛襆入西山，訪舊朝遺跡，草木蒙蔚，碑碣殘落，故老僅存之口，得一字，則囊筆疾書，若恐失之，會天大雪，道阻糧盡，忍饑寒而歸，同舍生大笑之，弗顧。

3. 文學方面

梅村綜其一生，以文學的成就最大，這方面切磋的師友亦多，略述如下：

（1）錢謙益（西元 1582～1664 年）

錢謙益，字受之，號牧齋，虞山人（乃江蘇常熟縣），萬曆三十八年（西元 1610 年）一甲三名進士，官至禮部侍郎，坐事削籍歸。後福王召爲禮部尙書，多鐸南下後，牧齋迎降。

　　牧齋與程孟陽一意排斥嚴羽、高棅、前後七子，以及竟陵之說，而馮舒、馮班兩兄弟衍伸其意，是爲虞山派。清初，牧齋以舊朝文壇領袖身份，雖不參與文社活動，但仍是清初文壇祭酒人物，對晚輩亦百般提攜。明亡後，梅村即謝絕人事，而與牧齋門生王時敏等人過著一種所謂閒適的生活。梅村早年對牧齋有所批評，〔註53〕但晚年則推崇不已。牧齋文學，得力於嘉定四君子王世貞、湯義仍、唐時升、婁堅、程嘉燧、袁小修等人，而後融會貫通，論文方面則偏重於史。他認爲文壇之所以紛亂，是因爲文人不學，不學則模擬剽竊，不學則師心自用，而後流爲相互詆排，所以論文要通經汲古，於明人裡則皈依歸有光。論詩主多師爲師，宗杜甫，以排比鋪陳爲勝，於明人裡則皈依李東陽，要皆以多學爲主。牧齋於順治十六年（西元1660年）替梅村詩文集寫了一篇序文和一封信，把梅村推到極端的頂點。梅村稱錢謙益爲錢宗伯或牧齋。梅村於龔芝麓詩序云：

> 牧齋深心學杜，晚更放而之於香山、劍南，其投老諸什爲尤工，既手揖其全書，又出餘力，以博綜二百餘年之作，其推揚幽隱爲太過，而矯時救俗，以至排詆三四鉅公，即其中未必自許爲定論也，誠有見於後人之駁難必起，而吾以議論與之上下，庶幾疑信往復，同敝天壤，而牧齋之於詩也，可以百世。

又致孚社諸子書云：

> 弇州先生專主盛唐，力還大雅，其詩學之雄乎！雲間諸子，繼弇州而作者也。龍眠、西陵繼雲間而作者也，風雅一道，舍開元大曆其將誰歸？至古文辭，則規先秦者，失之模擬；學六朝者，失之輕靡，震川、毘陵扶衰起敝，崇尚八家，而鹿門分條晰委，開示後學，若集眾長而掩前哲，其在虞山乎？

（2）陳子龍（西元1608～1647年）

　　陳子龍，字人中，更字臥子，號大樽，華亭人（今江蘇松江縣），崇禎十年（西元1637年）進士。擢兵科給事中，命甫下而京師陷，後受魯王職，兵敗被俘，乘間投水死。

　　臥子早年曾入應社，〔註54〕後因應社擴充爲復社，而雲間諸君子不欲參

〔註53〕詳見與尚木論詩書、太倉十子詩序兩文。
〔註54〕陸世儀復社紀略卷一云：

加政治活動。於是陳臥子、夏允彝、杜麐徵、周立勳、徐孚遠、彭賓、李雯等人另結幾社。幾爲絕學有再興之幾，幾社同志，閉門埋首讀書，純爲文人集會，是爲雲間派，與虞山、婁東鼎立爲三。〔註 55〕雲間詩人除創社諸君子外，另有宋直方、李舒章、宋尚木、宋子建、宋讓木等人，這般雲間詩人與梅村情同弟兄，其間相互切磋不已，後來幾社更繼承復社而爲文社宗壇。陳臥子論文主秦漢，論詩宗盛唐，於近則推服李攀龍、王世貞。梅村於宋直方林屋詩草序：

往余在京師，與陳大樽游沐之暇，相與論詩。

於與宋尚木論詩書云：

自陳（臥子）李（舒章）云亡，知交寥落。

臥子於文，早年服膺李、王，其後肆力六朝；詩則由右丞入，後乃摹擬太白。竹垞詩話引龔蘅圃語云：

若詩當公安、竟陵之後，雅者漸亡，曼聲並作，大樽力還於正，剪其榛蕪刑，驅其狐狸貒狢。廓清之功，詎可藉口七子流派，並攢譏及焉？

梅村詩話云：

（臥子）其四六跨徐、庾，論策視二蘇。詩特高華雄渾，睥睨一世。好推崇右丞，後又擬摹太白，而少陵則微有異同。要亦崛強語，非由中也。

（3）周延瓏

周延瓏，字芮公，福建晉江人（福建今縣名）天啓進士。授鎭江府推官，擢吏部文選司主事，歲考功員外郎。芮公爲梅村舉鄉試時房師。梅村於傅石漪詩序云：

余早歲受知於溫陵周芮公先生，先生以吏部郎典選，相國東崖黃公時在左坊，兩公者同里同籍，有詩名，余由及門後進，唱酬切靡於其間者四、五年，而後別去。

始，周介生之應社，社目若茂苑楊維斗延樞、徐九一汧、常郡荊石兄良、虞山楊子常彝、顧麟士夢麟、吳江吳茂申有涯、吳來之昌時、松郡夏彝仲允彝、陳臥子子龍及閩中陳道掌元綸、蔣八公德璟咸在列……

〔註 55〕帶經堂詩話卷首云：

明末暨國初歌行約有三派：虞山源於社、時與蘇近；大樽源於東川，參以大復；婁江源於元白，工麗時，或過之。

又於寄房師周芮公先生序云：

> 偉業以庚午受知於晉江芮公師，進謁潤州官舍，維時上流無恙，京
> 口晏然，吾師以陸機入洛之半，弟子亦終軍棄繻之歲，南徐日夜，
> 北固江聲，揮麈論文，登樓置酒，笑談甚適，賓從皆賢，已而入主
> 銓衡，地當清切，周旋禁近，提挈聲華，拜別河梁，十有八載。……

（4）吳懋謙

吳懋謙，字六益，號華苹山人，江南華亭人（今江蘇松江縣），爲布衣之
士。梅村於吳六益詩序云：

> 余留京師三年，四方之士以詩文相質者，無慮以十數，其間得二人
> 焉，於史則談孺木，於詩則吾家六益而已。……六益之於詩也，自
> 漢魏以下，及三唐諸作，各窮其正變，約其指歸，取材宏博，選詞
> 豐腴，沈鬱頓挫，鏗鏘鏜鞳，居然自成一家，或閉門踢壁，拄煩苦
> 吟，或伸紙搦管，刻燭立就，自居長安以來，關河官闕，郊原城市，
> 人事之遷變，日月之消沉，無不發之於詩，此兩人者，天資朴厚，
> 一切富貴、利達，險巇憂患，皆不以入其胸中，故覃思竭精，能各
> 造其力之所庄，雖所好不同，其成就一也。今春孺木別我以歸，未
> 幾月，六益又將行矣。余嘗念身名頹落，惟讀書一事，未敢少懈，
> 思得乞身還山，偕孺木鍵戶讀史，俟稍有所得，則又攜六益入天臺，
> 訪禹穴，極山川之高深，煙霞之變幻，以助吾詩之所未備。而惜乎
> 尚有所待也？……

4. 方外人士

國變之後，昔日的師友或殉節，或隱居。梅村於復社紀事裡云：

> 明年，南都覆，九一、彝仲、臥子、維斗諸君子，或抱石沈淵，或
> 流腸碎首，同時老成具盡。而受先爲邑蠹里狷乘亂摽擊，刺剟幾無
> 完膚，絕而復甦。又兩年，而病歿於避迹之荒野。其老儒佚叟，零
> 落僅存，於往事都不復記憶，亦罕有能言之者矣。熊魚山流離南國，
> 削髮祝融峰，攜柳栗來吳中，縛禪靈巖山寺，號藥菴和尚，今無恙。

梅村目擊悲殘的大變動，而又不允許殉死，於是祇好隱居以養親，這種的歸
隱養親，亦即是政治上失意的一種抉擇，因此梅村帶有釋家的宗教思想。因
爲宗教能提供文學家一種生活的理念，以做爲昇華自己的途徑。其間與王煙
客酬唱在西田、梅村之間最爲有名，於王奉常煙客七十序云：

> 余生也晚，奉常筮仕，猶及見先朝之郅隆，而余已駿駮乎末造，時
> 就奉常以訪吾所不逮。

梅村與煙客交往有三代（玉孫王原祈）。同時又頻頻與僧侶等人交往，梅村於
周子椒東岡稿序云：

> 子椒，尚黃老，而余好佛。

我們認爲梅村所謂的好佛，或許是一種的逃避，本質上他仍是屬於儒家的性
格。據梅村詩文所見交往僧侶有：

> 邵山人、巨治、具德、照如、蒼雪、願雲、香海、玉京道人、輪庵、
> 宏璧、聞果、宏儲、心函上人、徹上人、若鏡、無生上人、致言上
> 人、古如、則公、鶴如上人、道開、孫山人、太白山人、汰如。

又所見歌伎有：

> 楚雲、朗圓、寇白門、倩扶、董小苑。

除外更與蘇崑生、柳敬亭、張南垣等異人來往。

三、餘　言

　　大致說來，個人碰到巨大的社會變遷，總會有某種反應。而事實上，除
非採取的是自殺，否則是很難得到一種合理的昇華。在明亡後，吳梅村在不
被允許自殺之餘，所採取的是退出屬於清政府的社會，可是在清廷的高壓和
懷柔之下，又何其不幸的不能免於不被徵召，而科場案、文字獄、通海案、
奏銷案等連續發生時，梅村總該會想起願雲與侯朝宗，〔註56〕以及多少殉
節的師友，千古艱難總是惟一死，而最難斬斷的又是親情。總總外在壓力，
非但在情感上要得到出路，更重要的是要對歷史有個交待，因此有關吳梅村
的文學背景，我們不用主觀的判斷，而祇是訴之於客觀的陳述。吳梅村何以
自殺不了，又何以被夾在黨爭之中，又何以在文學理論有詩垂教易俗的主
張，並且認爲君子之學所以「扶氣類、明志節、弘道而教俗」，〔註57〕又何
以有詩史之稱，又何以會受王弇州、錢謙益、張溥、陳子龍等人的影響，以
上諸如此類的問題，或許在上述的兩節裡都能得到一種比較合理的解釋。

〔註56〕願雲、侯朝宗皆曾勸梅村終隱不出，詳見喜願雲師從廬山歸時序，願贈雲師
　　　　詩序，懷古兼弔侯朝宗詩自注。與侯方域壯悔堂集與吳駿公書。
〔註57〕見德藻稿序。

第四節　吳梅村對各家的批評

在梅村詩文集裡，看不到那種潑辣與激昂的詩文，更看不到那種盛氣凌人與抹煞一切的批評姿態。梅村有的是溫厚長者的風度，因此在梅村的批評裡，別具一種親切的誠意，這是同時代裡艾南英、陳臥子、錢謙益等人所沒有的，或許是背景使然。

今就梅詩文集與詩話裡對各家所作的批評分為明代以前，明代與同時代等三部分，其中各節所列有詩評、文評；而所評或一人，或多人，或整個時期則不一定。

一、對明代以前作家的批評

梅村對明代以前的文人絕少作一種正面的價值批評，雖然所提到的文人可說是不少，但皆非屬文學之批評，今就所見批評臚列如下：

（1）詩　經（西元前 1122～600 年）

梅村詩文裡所引用往聖典籍，要以詩經為最多，他認為詩是始以先王教化天下，而詩經正是先王教化所遺留下來的典籍，詩經為大雅之音，為正始之音，為後世的典範。於與宋尚木論詩書裡云：

> 大雅其於詩也，可謂美且備矣，弟何人敢置一喙耶。

除外，梅村亦有對詩經之單篇批評，於清河家法述裡云：

> 谷風刺而朋友衰，脊令歌而兄弟怨。

於龔芝麓詩序云：

> 板蕩極而楚騷乃興。

又於宋直方林屋詩草序云：

> 昔文武盛而伐木興，周德衰而谷風作。

（2）屈　原（西元前 343～年）

屈原，名平，楚國人。投汨羅江自殺。梅村於永愁篇序云：

> 昔屈原赴湘流葬魚腹，為離騷以見志……世之言愁者，莫過乎原，原之死以不得乎君。

（3）晁　錯（西元～前 164 年）

　　賈　誼（西元前 200～前 168 年）

晁錯，穎川人（今河南禹縣治）；賈誼，洛陽人（今河南洛陽縣）。梅村

於江南巡撫韓公奏議序云：

> 竊惟古來奏疏，莫善於晁、賈，亦嘗建積粟鑄錢，韓、范、歐陽本
> 經術大儒，在西夏河北所進劄子，首以理財足國為務，夫論事人主
> 之前，先使之知經制，出入充然，其有餘則仁義道德之言始可得而
> 進，自古然矣。

（4）卓然自立之大家

梅村於陳百史集序裡云：

> 迨乎昇平累葉，文事逦興，用以粉飾鋪張，而無所緩急，不得已借
> 瓌異詭僻之辭以自見，其有卓然越於流俗者，漢賈誼、董仲舒、司
> 馬遷、劉向之屬，皆在高惠以後，韓柳則當唐之既衰。有宋慶曆嘉
> 祐之間，歐曾並起。此數君子者，各成一代之文，聲施後世。

（5）謝靈運（西元 385～433 年）

謝靈運，小名客兒，陳郡陽夏人（今河南太康縣治）。祖父謝玄，襲封康樂公。易朝後，降公爵為侯，後被殺。梅村於余澹生海月集序云：

> 康樂祖父為晉室功臣，通侯貴重，劉宋易姓，心念故國，憤憤不得
> 意，以自放乎山澤之游，其本志如此，史謂其欲參權要，恨不見收，
> 肆意遨遊，無復期度，逦沈約誣詆前賢，以自文其過，要未為知康
> 樂者也，獨是志與時違，才非世用，康樂何不早棄侯封、絕人事，
> 以介於孤峰疊嶂之間，而逦鑿山浚湖，伐木開徑，義故門生，隨從
> 數百，善游者固如是耶！彼蓋負曠代逸才，不屑當世，凌雲霞，弄
> 泉石，庶幾古人入山採藥，長往不返之風，而又以門第之重，聲名
> 之高，僶勉蜷跼，終莫能躝屣去之也，不得已而傲世輕物，縱誕詭
> 越以自發其無聊之氣，若康樂者所謂有志而未聞道，不足以語乎游
> 者也。嗟乎！世之季也，士大夫或沈湎麴糵，或游戲倡樂以自晦，
> 而輒以取敗，若夫涉名山遊五岳，可謂與人無患，與世無爭矣，然
> 亦必貧賤之士，不為當時所指目者而後能。

（6）李　白（西元 701～762 年）
　　杜　甫（西元 712～770 年）
　　韓　愈（西元 768～824 年）
　　歐陽修（西元 1007～1072 年）

李白，字太白，綿州人（今四川綿陽縣）。杜甫，字子美，本襄州襄陽人

（今湖北襄陽縣），後遷河南鄭固（今縣名）。韓愈，字退之，鄧州南陽人（今河南南陽縣），其祖先居昌黎（今河北昌黎縣）。歐陽修，字永叔，廬陵人（今江西吉安縣）。梅村於宋尚木論詩書云：

> 夫詩之尊李杜，文之尚韓歐，此猶山之有泰華，水之有江河，無不仰止而取益焉，所不待言者也。……彼其於李杜之高深雄渾者，未嘗……。

又於古文彙鈔序云：

> 若夫韓歐大家之文，後人尊而奉之，業已家昌黎而戶廬陵。

（7）大　曆（西元 766～779 年）

大曆是唐弋宗的年號，大曆時期的詩以十才子為代表，大曆十才子即是盧綸、吉子孚、韓翃、錢起、司空曙、苗發、崔峒、耿湋、夏侯審、李端等人。梅村於致孚社諸子書云：

> 風雅一道，舍開明大曆其將誰歸！

（8）柳　貫（西元 1270～1342 年）
　　　黃　溍（西元 1277～1357 年）

柳貫，字道傳，婺州浦陽人（今浙江浦江縣）。黃溍，字晉卿，婺州義烏人（今浙江義烏縣）梅村於陳百史文集序云：

> 文憲雖典司文章，不與機務，又得黃溍、柳貫之徒倡明藝學，適會其成功。

（9）楊維楨（西元 1296～1370 年）
　　　袁　凱（西元～1367 年）

楊維楨，字廉夫，自號鐵崖，山陰人（今山西山陰縣）。詩名擅一時，號「鐵崖體」。梅村有和楊鐵崖天寶遺事詩二首。袁凱，字景文，自號海叟，松江華亭人（今江蘇松江）。楊、袁兩人皆生於元末，卒於明初，本文權且列於此。梅村於宋轅生詩序云：

> 吾吳詩人，以元末為最盛，其在雲間者，莫如楊廉夫、袁海叟。廉夫築玄圃蓬台於淞江之上，披鶴氅吹鐵笛作梅花弄，命侍兒奏伎，自撥鳳琶和之。海叟讀書九峯山，背戴方巾，倒騎烏犍，往來三泖間，此兩人者皆高世逸群，曠達不羈之士也。古來詩人，自負其才，往往縱情於倡樂，放意於山水，淋漓潦倒，汗漫而不收，此其中必有大不得已，憤懣懊鬱，決焉自放以至於此也。廉

夫爲准張所蹴迫，流離世故，晚節以白衣宣召，僅得歸全。海叟
從御史放遷，數爲詞宰所邏察，佯狂病發，得免於難至。今讀其
詩有漂泊顛連之感，有沈憂噍殺之音，君子論其世，未嘗不悲其
志焉。

二、對明代各家的批評

吳梅村對明朝整個學術的最壞批評是八股文，他認爲八股束縛了文人，
非但束縛文人，甚且敗壞了國家。於嚴修人宜雅堂集序云：

迺三百年來不免汩沒於帖括之時文，夫帖括者摘裂經傳，破碎道術，
朱考亭氏早鰓然憂之，雖其中非無卓然名家，而超軼絕羣之才，撥
去其筌蹄，不害於所爲古學，然敝一世以趨之，而人才之磨耗固已
多矣。

又於何季穆文集序云：

余嘗惟國家當神宗皇帝時，天下平治，而士大夫風習不能比隆往古
者，良由朝廷以科目限天下士，士亦敝敝焉束縛於所爲應世之時文，
以吾耳所聞見，如吳中邵茂齊、徐汝廉、鄭閑孟三君子，皆號通人
儒者，而白首一經，穿穴書傳，於朝政得失，賢奸進退之故，則不
聞有所論述，故其不遇以死也，姓氏將泯滅而勿傳。

又梅村對明朝太倉州的文人有一種格外親切的好感，關於這點可參照前章「地
理環境」的部份。就梅村對明朝文人的批評略述如下：

（1）高　啓（西元 1336～1374 年）
　　　楊　基（西元 1273～　年）
　　　劉　基（西元 1311～1375 年）
　　　宋　濂（西元 1310～1381 年）

高啓，字季廸，長洲人（今江蘇吳縣）。楊基，字孟載，吳縣人（今江蘇
吳縣）。劉基，字伯溫，青田人（今浙江青田縣）。宋濂，字景濂，其先爲金
華人（今浙江金華縣）。至濂乃遷浦江（今浙江浦江縣），宋濂曾遊學柳貫，
黃溍之門。以上四人爲明初一代之文宗。頗具開國氣象，梅村於觀始詩集序
云：

明初高、楊、劉、宋諸君子，皆集金陵，聯鑣接轡，唱和之作爛焉。

於陳百史文集序云：

明初宋文憲公以大儒而膺佐命，上自詔敕訓令，下至於碑銘記之文，援據六經，鎔鑄百氏，幾與三代比隆。

又於程翼蒼詩序云：

昔金華宋文憲為文以送河南張翀，翀之由編修出為南陽教授也，文憲始幸其遭，繼重其職，而終勉以不負天子作人立教之意。雖其時設官之制容有不同，而士君子隨地循分以自處，於出入進退之間者，其道不當如是耶！

（2）蘇伯衡（西元 1360 年）

蘇伯衡，字平仲，金華人（今浙江金華縣）。梅村於蘇小眉水音序云：

訖乎近世有蘇平仲者，與宋景濂同史局，能文章。每一代之興，其家必出異才，以垂聲聞而典著作，忿生之後，詎可謂無其人哉？

（3）曾　啟（西元 1372～1432 年）
　　崔　銑（西元 1478～1541 年）

曾啟，字子啟，吉安永豐人（今江西縣名）。永樂二年（西元 1404 年）進士第一，授翰林院修撰。崔銑，字仲鳧，又字後渠，安陽人（今河南安陽縣），一作樂安人（今江西縣名）。弘治十八年（西元 1497 年）進士。梅村於座師李太虛先生壽序云：

盛明之際，詞林先達如曾子啟，崔後渠諸公，皆忼爽闊達，有詩酒稱，嘉隆而降，則齪齪拘謹以為常。

（4）沈　周（西元 1427～1509 年）

沈周，字啟南，號石田，晚號白石翁，長洲人（今江蘇吳縣），為明朝大畫家。梅村於沈伊在詩序云：

自來儒雅詩與丹青為兩家，惟石田之畫擅名當代，而一時鉅公推挹其詩，以為舒寫性情，牢寵物態，彷彿少陵、香山之間。

沈伊在為石田孫。又於孫孝維贈言序云：

其（指孫孝維）先處士西川公，學詩於長洲沈啟南。

（5）王廷陳（西元 1531 年）
　　馬汝驥（西元 1531 年）

王廷陳，字稚欽，黃岡人（今湖北黃岡縣）。馬汝驥，字仲房，綏德人（今陝西綏德縣）。兩人皆為正德十二年（西元 1517 年）進士。梅村於程翼蒼詩

序云：

> 成弘以降，館閣之體益重，其有高世之才，負俗之累，不容於侍從
> 者，輒隱居自放，作爲歌詩以發其憂愁悁迫懣憤無聊之思。余初入
> 館中，好訪求前輩故實，有言正德中黃岡王稚欽，綏德馬仲房爲同
> 年同館選，後先同讁補外，稚欽以通倪竟廢，仲房終躋尊顯，此二
> 君者皆詩人也，稚欽穎悟絕倫，所爲詩縱恣詼謔，脫去繩束，以慢
> 侮當世，仲房詩整練有法，步伍秩然，雖才不及稚欽，而用意過之，
> 今其集具在，讀其書論其世，以考其人之得失，不亦可乎？

（6）**歸有光**（西元 1506～1571 年）

　　唐順之（西元 1507～1560 年）

　　茅　坤（西元 1512～1607 年）

　　歸有光，字熙甫，崑山人（今江蘇崑山縣），嘉靖四十四年（西元 1565 年）進士。唐順之，字應德，武進人（今江蘇武進縣），嘉靖八年（西元 1529 年）會試第一。和歸有光、王愼中爲嘉請三大家。茅坤，字順甫，號鹿門，歸安人（今屬江蘇吳縣），嘉靖十七年（西元 1538 年）進士。梅村於致孚社諸子書云：

> 至古文辭，則規先秦者，失之模擬；學六朝者，失之輕靡，震川、
> 毘陵扶衰起敝，崇尚八家，而鹿門分條晰委，開示後學，若集眾長
> 而掩前哲，其在虞山乎？

又於傅錦泉文集序云：

> 余論次前朝，當肅皇在御，凡先後首南宮者十有五人，僅袁文榮、
> 王文肅兩公至宰相，次有尚書華亭陸文定，侍郎海虞瞿文懿，巡撫
> 則毘陵唐應德，平涼趙景仁，太僕則樂安李懋欽，此七公者最著，
> 應德以古文名其家，饒經世大略，後追諡襄文，無論度越趙李，自
> 相國以下莫及也。

（7）**張　泰**（西元 1436～1480 年）

　　李東陽（西元 1447～1516 年）

　　徐禎卿（1479～1511 年）

　　王　鏊（西元 1450～1524 年）

　　王錫爵（西元 1534～1610 年）

　　張泰，字亨父，太倉人，天順八年（西元 1464 年）進士初與李東陽齊名，

（9）何允泓（西元 1584～1625 年）

何允泓，字季穆，虞山人（今江蘇常熟縣）。梅村於何季穆文集序云：

> 虞山何季穆，天下博聞辯智之也，讀書負奇氣，以文章志節自豪，
> 嘗挾其冊走京師，欲有所建白，會逆璫用事，應山楊忠烈公（楊漣）
> 特疏擊之，季穆引義慷慨，贊成其決，已而楊公遇害，季穆憂時感
> 世，發病嘔血，曰：「吾之生則不如其死也。」死二十年，其子璧以
> 能詩聞，乃收父平生所爲詩與文詞而編輯之，得十餘卷。余讀之，
> 太息曰：嗟乎！與之爲士者，非公車特徵，則宰府交辟，次亦屈志
> 志郡耳，其有淹頓牢落沒世而無聞者，蓋亦少矣。……若使季穆不
> 死，忠言異謀必大有益於時，而其文章論著，足以軼往昔而示來世，
> 斷不止於此也，而竟不幸早死，詩有之曰：「人之云亡，邦國殄瘁。」
> 其季穆之謂夫！

（10）趙南星（西元 1550～1627 年）

趙南星，字夢白，號脩鶴，又稱清都散客，高邑人（今河北高邑縣），萬
曆二年（西元 1574 年）進士。梅村於梁水部玉劍尊聞序云：

> 梁公之祖貞敏公爲名太宰大司馬，致政里者二十年，自公爲兒童時，
> 習聞先朝掌故，長而與趙夢白先生游，先生一代偉人，其緒言遺論
> 可指數而述也。

（11）董其昌（西元 1555～1636 年）

董其昌，字元宰，號思白，華亭人（今江蘇松江縣）。萬曆十七年（西元
1589 年）進士，官至禮部尚書，追諡文敏，爲有明大畫家。梅村於董蒼水詩
序云：

> 余游於董氏祖孫間，俯仰三十載……董爲江南望姓，余猶及見大宗
> 伯文敏公，館閣老成，文章書畫妙天下，然其儔偶異同，猶訾謷翰
> 墨風流，非救時幹濟者所急，故不究於大用，由今視之，當時所謂
> 大用者，於文章翰墨，固目爲不急而棄之矣，吾不知其救時幹濟，
> 於世會之得失竟何如也。

（12）賀逢聖（西元～1643 年）

　　呂維祺（西元 1587～1641 年）

賀逢聖，字克繇，號對揚，江夏人（今湖北武昌縣），萬曆四十四年（西

元 1616 年）殿試第二。呂維祺，字介孺，號豫石，江南新安人（今屬河南鐵門縣）。萬曆四十一年（西元 1613 年）進士，好講學。梅村於太傅兵部尚書呂忠節公神道碑銘云：

> 以吾所見聞，學術醇正，忠孝完人，若江夏賀公，洛陽呂公者，斯可謂之無媿也已。當思陵之季，此二公者，兩河去就，三楚安危，名藩乃盤石之宗，元老實腹心之舊，身搘狂寇、家扞嚴疆，其效節同，濂洛橫經，湖湘講學，心惟致命，道在成仁，既入水而不濡，雖結纓而何懼，其畢志同。余欲訪求其軼事而世人罕有言之者，悲周哀郢之作，不可得而聞矣！

三、對同時代名家的批評

明朝末年的文壇，幾乎陷於混戰的局面，梅村生於其間，自不能無感慨，今考梅村詩文所存苛論不多，或謂：

> 梅村早歲執經西銘，名重復社，中年以後，爲藝林宿老，集中所存大抵多中年以後之作也，少作毀棄，存者無多。〔註58〕

今就梅村詩文與詩話所見，有關對同時代文人之批評條例如下，而其間所引亦不限於純文學之批評。其間有名字生平不詳者，亦皆收錄以見梅村批評。

（1）宋　玫（西元 1604～1640 年）

宋玫，字文玉，別號九青，萊陽人（今山東萊陽縣）。年十九，舉天啟五年（西元 1624 年）進士。梅村詩話云：

> 少穎異，爲詩學少陵，愛蒼渾而斥婉麗，然不無踳駁。當其合處，不減古人。日課五言詩一首。爲亞卿，將大用，遽嬰疾卒，年尚未四十。

於書宋九青逸事云：

> 九青姿望吐納，天下無雙，通經術，能文章，其五言最工，章奏亦詳雅。……當是時江南告訏日起，九青與所交如金沙、婁東、吳門、雲間諸子，岌岌不自保，皆曰九青必用，九青用，吾徒老丘壑無慮也，即九青亦雅自負云，顧視天下亂甚。嘗謀於余，謂江南可以圖全，乃爲僉憲公請補蘇松兵備……。

〔註58〕見吳詩集覽凡例。

於龔芝麓詩序云：

> 凡友朋之稱詩者以百數，舉其最，曰：海虞錢宗伯牧齋、萊陽宋少
> 司寇九青。九青鎖闈論文，江行紀勝，與吾輩三人同事於楚。……
> 九青好矜慎，其詩嘗追擬少陵，頗能得其一二，日必課五言一首，
> 冀其學大有成就，始肯出以示人，乃不幸而以兵歿，雖其斷篇零落，
> 百不一存，余每與先生言而傷之。

於宋玉叔詩文集序：

> 吾友故司空九青在其間（指萊陽）尤稱絕出，詩文踔屬廉悍，雄視
> 漢唐以來諸家，遭時兵火，篇章蕩為煙壒。

（2）吳繼善（西元 1606～1644 年）

吳繼善，字志衍，太倉人。崇禎三年（西元 1630 年）進士，殉死成都。
梅村於志衍傳云：

> 當是時，天如師以古學振東南，海內能文家聞其風者，靡然而至，
> 余羸病不能數對，客過志衍，則人人自得也。志衍博聞辯智，風流
> 警速，於書一覽輒記，下筆瀾瀾數千言，家本春秋，治三傳，通史
> 漢諸大家，繼又出入齊梁。工詩歌，善尺牘，尤愛圖繪，有元人風，
> 下至樗蒲、六博、彈琴、蹴踘、無不畢解，性好客，日具數人饌，
> 賓至者無貴賤，必與均，每三爵之後，詞辨鋒起，雜以諧謔，輒屈
> 其坐人。余口不識杯鐺，同其醉醒，而志衍白擲劇飲，與人決度，
> 不勝不止。岸幘笑詠，酬飲絕叫以為常，生平負志節，急人患難。
> 其成進士也，會里中兒刊章告密，天如師為所構，勢張甚，志衍銳
> 身為營救，卒以免。大司馬鄖仙馮公聞而嚴重之，願與交。

（3）楊廷麟（西元～1646 年）

楊廷麟，字伯祥，號機部，江西清江人（今江西清江縣）。崇禎三年（西
元 1630 年）進士。梅村詩話云：

> 為文排盪峭刻，在韓、蘇間。書法出入兩晉，傚索靖體。詩則好用
> 奇思棘句，不甚合律。然秀頎聳拔，往往出入。機部偕臥子同出吾
> 師姜新建之門，以文章節氣相砥礪。既遇黃石齋先生於京邸，一見
> 道合。……余作臨江參軍一章，凡六十韻。余與機部相知最深，於
> 其參軍周旋最久，故於詩最真，論其事最當，即謂之詩史，可勿愧。

（4）瞿式耜（西元 1590～1650 年）

瞿式耜，號稼軒，南直常熟人（今江蘇常熟縣）。萬曆四十四年（西元 1616年）進士。梅村詩話云：

> 若兩公者（何騰蛟、瞿式耜），眞可謂殺身成仁者矣。錢宗伯爲詩哭之，得百二十韻。其序浩氣吟，文辭抗烈，絕可傳。稼軒在囚中亦有頻夢牧師之作。蓋其師弟氣誼，出入患難數十餘年，雖末路頓殊，而初心不異，其見於詩文者如此。余亦爲詩哭稼軒云：「萬里從王擁節旄，通侯青史姓名高。禁垣遺直看封事，絕徼孤忠誓佩刀。元祐黨碑藏北寺，辟疆山墅記東皋。歸來耕石堂前夢，書畫平生結聚勞。」其言通侯者，蓋稼軒用翼戴功，以留守大學士封臨桂伯也。

（5）周　鍾（西元～1644 年）

周鍾字介生。金沙（今江蘇南通縣金沙鎮）望族。爲金沙應社領袖。梅村詩話云：

> 以陷賊污僞命，自投南歸。南中誣其賀賊表有堯、舜、湯、武語，論斬西市。其實乃張嶙然陝西賀表語，非鍾筆也。……鍾以文章負海內重名，不能徇節，死固其罪。獨爲黨人所殺，誣以大逆，則冤甚矣。

（6）黃淳耀（西元 1605～1645 年）

黃淳耀，初名金耀，字蘊生，號陶菴，嘉定人（今江蘇嘉定縣）。崇禎十六年（西元 1634 年）進士。南都亡，陶菴與弟淵耀自縊僧舍。梅村於黃陶菴文集序云：

> 陶菴深沈好書，於學無所不闚，居常獨坐一室，不交當世，邊固以下諸史，朱黃鉤貫，略皆上口。其於考據得失，訓詁異同，在諸儒不能通其條要，陶菴頓五指而數之，首尾通涉，銖兩歷然，雖起古人面與之讐問，莫能難也。其爲人清剛簡貴，言規行矩，蚤有得於濂、洛之傳，嘗謂人曰：「吾比來爲文，初無所長，然皆折衷大道，稱心而立言，質之於古，驗之於今，其不合於理者，亦已少矣。」此其一生讀書之大略也。

（7）湯燕孫

湯燕孫，字元異，號嚴夫，姑熟（今安徽當塗縣）人，〔註59〕僑居蕪湖

〔註59〕吳梅村詩話作：湯燕孫，字元異，姑熟人。近人鄧之誠清詩紀事初編作：湯

（今安徽蕪湖縣），入清棄諸生，教蒙自給。梅村詩話云：

赭山懷古二首云：「赤鑄山頭鳥不飛，上皇曾此易青衣。無多侍從爭投甲，有限生靈但掩扉。五國城西邊月苦，景陽樓下暮鐘微。傷心莫唱淋鈴曲，未得生從蜀道歸。」「淚逐天風向北揮，山僧指點舊重圍。翠華東駐泉偏咽，代馬南來草不肥。野老久知今日事，先臣猶護昔年非。延秋門外王孫盡，司馬元戎自錦衣。」二詩於乙酉（西元 1645 年）五月事極切，哀婉淒節，使人不忍讀，武塘夏雪子極稱之。

（8）**讀　徹**（西元 1588～1656 年）

讀徹，字見曉，又字蒼雪，號南來。幼落髮于妙湛寺，年十九，入吳受法諸高僧，俗姓趙。滇南呈貢人（今雲南呈貢縣），與梅村酬唱頗多，梅村稱其爲蒼雪師。梅村詩話云：

其詩蒼深清老，沈著痛快，當爲詩中第一，不徒僧中第一也。……其金陵懷古四首，最爲時所傳，師雖方外，於興亡之際，感慨泣下，每見之歌詩。嘗自詠云：「翦尺林頭挑寶誌，山河掌上見圖澄。休將白帽街頭賣，道衍終爲未了僧。」益以見其志云。

（9）**傅錦泉**

傅錦泉，名不詳，南安人（今福建南安縣）。〔註 60〕嘉靖二十九年（西元 1550 年）舉會試第一。梅村於傅錦泉文集云：

先生之學，歿用晦者也，自其初治制舉義，根據經術，不肯纖靡以投時好，累罷春官，垂老始遇，即以樸直失權貴，人指等輩皆顯仕，而先生浮沈自如，進不爲利，退不爲名，終身寥落，而未嘗有一言不平以自詡復用，雖其垂世不朽之文，亦即窮年矻矻，深沈有得矣。同時以古文擅聲譽，主壇墠者爲其鄉人，先生落落其間，不欲有所標榜也。吾聞之，古君子之善易者，識進退得喪之道，藏器斂德，遯世不見知而不悔，若先生者其庶幾乎？……今就斯集讀之，言皆歸於道德，以躬行爲本。視世事粥粥然，不欲顯短長之效。即其齟齬分宜者，非徵諸家乘，後人之所稱述，則亦無所表白，此其用意深矣，士君子當出

燕生，字玄翼，號巖夫，太平人，僑居蕪湖。考姑熟，或爲姑孰，姑孰，今安徽當塗縣治。太平，當指太平府，即今安徽，故治即今當塗縣。

〔註 60〕梅村於傅錦泉文集作溫陵。又於傅石漪詩序，謂傅氏與周延鑨同里，月謂南安爲溫陵屬縣。依明史卷四十五地理志，則溫陵或爲泉州府。

慮之間，潛鱗戢翼，圖之不早，讀公集者未嘗不喟焉三歎也。

（10）王時敏（西元1592～1680年）

王時敏，字遜之，號煙客，又號西廬老人。太倉人（今江蘇太倉縣），與梅村交往頗深。梅村於王奉常煙客七十序云：

> 余每傷近時風習，士大夫相遇，惟飲酒六博為娛，獨過奉常，見丹黃勘讐，插架千卷，賓朋雜坐，舉史傳中一事，輒援據出入，穿穴舊聞。於尺牘師蘇子瞻、黃山谷；於詩倣白香山、陸渭南。諸子濡染家學，作為篇章，人人有集。四方徵文考獻、屈指江南地望，咸曰彼有人焉。固不止絹素流傳，以書畫專門已也。

（11）梁維樞（西元1587～1662年）

梁維樞，字慎可，真定人（今河北正定縣治），早年與梅村相識於京師。梅村於梁水部玉劍尊聞序云：

> 梁公之祖貞敏公為名太宰，大司馬，致政里居者二十年，自公為兒童時，習聞先朝掌故，長而與趙夢白先生游，先生一代偉人，其緒言遺論，可指數而述也，既而子弟位卿貳，備法從，出入兩朝，百餘年來中外之軼事，皆耳聞目擊，若坐其人而與之言，無不可以取信，而公為人又忼爽軒豁，少年好畋獵聲酒，馳逐燕趙之郊，折節讀書，官禁林，被黨錮，志氣不少挫，歸所居雕橋莊，杜門著述且十年，家世貴盛，修飾醇謹，踰於素門寒士，而聽其論辨，則恢奇歷落，滾滾不休，噫！公之書其本於為人者如是，是足以傳矣。

（12）朱明鎬（西元1607～1651年）

朱明鎬，字昭芑，太倉人（今江蘇太倉縣）。梅村於朱昭芑墓誌銘云：

> 鳴呼！史學之不明於天下也久矣，兵火散亂，書卷殘闕，間留一二碩儒，將以紹明絕學，天必欲困苦之，挫折之，甚至夭閼其年，俾所著書勿就，若吾舅氏朱昭芑，可不為之深痛乎……君每讀一書，手自勘讐，朱黃鈎貫，上自年經月緯，政因事革，下至於方言、物考、音義、章句，無不通以訓故，參以稗家，攟摭補綴穿窒，疑定紐繆，絲分縷析而後止，長身修偉，負意氣，好持論，恢奇多聞，上下千百年，若指諸掌，聽者驚悚莫敢奪，國事雅有論述，藏弄不以示人。……余與子椒哭之極哀，屈指二十餘年，知交漸滅，唯君及吾等三人，每酒闌燈炧，君輒悲余之遇，而傷子椒之貧……鳴呼！

君既死，誰復有知余者乎！不覺嗷然以哭。

（13）陳名夏（西元 1611～1654 年）

陳名夏，字百史，江南溧陽人（今江蘇溧陽縣）。明崇禎十六年（西元 1643年）進士，明亡後降清，後因案賜死。梅村於陳百史文集序云：

> 溧陽陳先生以詩古文詞名海內者二十餘年。……先生勤勞經國大
> 業，能出其餘力爲文章，且自文憲公後三百年來，紹修絕學者，不
> 過數家，剽竊摹擬，抽青媲白者，榛蕪塞路，先生慨然起而釐正之，
> 此其視文憲爲尤難也已，余既序先生之文，因以正告天下，俾知大
> 雅復作，斯文不墮，士君子務爲原本之學，扶運會而正人心，無矜
> 篡組薈蔓之長，弊弊焉從事於所無用，此先生之志也。

（14）謝泰宗（西元 1598～1666 年）

謝泰宗，字時望，晚號天愚山人，定海人（今浙江定海縣）。爲黃道周於崇禎三年（西元 1630 年）主試浙江時所得門生。崇禎十年（西元 1637 年）進士。梅村於工部都水司主事兵科給事中天愚謝公墓誌銘云：

> 生平手抄經史百餘卷，爲文章取材於管子莊周諸子諸書，騷雅尤其
> 所長。

（15）謝泰交（西元 1611～1658 年）

謝泰交，字時際，別號天童山人，爲天愚山人弟。順治十四年（西元 1657年）舉人，梅村於謝天童孝廉墓誌銘云：

> 君幼敏博學，於詩文多所該貫，原本經術。……往余在太學，頗欲
> 按經術考求天下士，而君所對極深美，故於眾中識君，同時有南中
> 何君次德、同里周君子椒，咸通儒洽聞，……處師友之間，其相知
> 爲深，次德、子椒與余世講，而君初交。其候余也，見之於便坐，
> 解說經義，間談及於居身行事，其釋我之疑，規我之失，有兩君所
> 不能盡者，而君言特切，余善之，而或未能盡用，最後追驗其可否，
> 未嘗不流涕曰：「君愛我，嗟呼！余於天下之交，零落蓋無幾矣，竊
> 不自意，晚而得君，深幸可托之以死，而君又前沒，君沒後，次德、
> 子椒連蹇不遇，而余益失志寡偶，甚憔悴以抵於衰，嗚呼！君死，
> 余於斯世復奚望哉？」

（16）龔鼎孳（西元 1615～1673 年）

龔鼎孳，字孝升，號芝麓，安徽合肥人（今安徽合肥縣）。崇禎七年（西

元 1634 年）進士。與錢牧齋、吳梅村合稱爲江南三大詩人。梅村詩話云：

> 孝升於詩最秀穎高麗，聲調遒緊，有義山之風。

又於戴滄州定園詩集序云：

> 孝升之詩，忼慨多楚聲，余輒讀輒泣，且疑其何以至是，今又得公
> 所作，迺知文人才士所蘊略同，而非尋常拘墟之見，可得而闚測者
> 也。

（17）宋徵與（西元 1616～1667 年）

宋徵與，字直方，一字轅文，江蘇華亭人（今江蘇松江縣），順治四年（西
元 1647 年）進士。梅村於宋直方林屋詩草序云：

> 天下言詩者，輒首雲間，而直方與大樽、舒章齊名，或曰陳李，或
> 曰陳宋，蓋不敢有所軒輊也。大樽既前死，舒章得一官，又不究其
> 用，直方乃以名位大發聞於時，既躋顯要、進卿貳，爲天子之大臣
> 矣，復不幸蚤死。……舜納（直方子）工詩，有儁才，而年少，余
> 恐其略於舊聞，故舉直方學行有關當世者，著之家集，蓋不止於詩，
> 亦不止於宋氏已也，庶幾舜納知所勉焉。

（18）宋 琬（西元 1614～1673 年）

宋琬，字玉叔，號荔裳，別署二鄉亭主人，山東萊陽人（今山東萊陽縣）。
順治四年（西元 1647 年）進士，與施閏章有南施北宋之稱。梅村於宋玉叔詩
文集序云：

> 玉叔天才儁上，接聞父兄典訓，胚胎前光，甘嗜文學，自九青之存，
> 駸駸乎欲連鑣而競爽，弱冠，南踰大江，薄遊吳會，日尋英儒，酌
> 酒唱和，長歌短賦，春容寂寥，他文皆厖蔚炳朗，濯濯其英，曄曄
> 其光，盛年值際興運，縉紳登朝，羽儀京國，不可謂不遭時也。而
> 仍見窴跲用誣，浮繫於理，凡浹月而獲湔祓，還官郎署，踐歷計銓，
> 僅循年，出調外省，遠跡窮邊絕徼，人咸謂非所宜，而玉叔不然。
> 當夫履幽憂，乘亭障，羈縶憔悴，浮沈遷沈之感，一假詩文以發之，
> 其才情儁麗，格合聲諧，明豔如華，溫潤如璧，而撫時觸事，類多
> 淒清激宕之調，又如秋隼盤空，嶺猿啼夜，境事既極，亦復不盭於
> 和平，庶幾乎備文質而兼雅怨者。

（19）冒 襄（西元 1611～1693 年）

冒襄，字辟疆，號巢民，又號樸巢，江蘇如皋人（今江蘇如皋縣）。幼有

俊才，負時譽，性至孝，梅村家藏稿補遺裡收存有與冒辟疆書七函，可見兩
人之交情。與方以智、陳貞慧、侯方域等四人時稱爲「四公子」。梅村於冒辟
疆五十壽序云：

> 能文章，善結納，知名天下垂三十年。……余獲交於賢士大夫不爲
> 少矣，流離世故，十不一存，幸與辟疆生長東南，年齒相亞，君方
> 始衰吾已過矣，昔人所謂遺種之叟，吾兩人足當之耳。

又丁未與冒辟疆書云：

> 若兄翁之陶寫詩歌，流連賓從，有子弟以持門戶，有田園以饘粥，
> 海內誠復幾人哉！

（20）魏裔介（西元 1616～1686 年）

魏裔介，字石生，號貞庵，一號崑材，直隸柏鄉人（今河北柏鄉縣）。順
治三年（西元 1646 年）進士。梅村於魏貞庵兼濟堂文集序云：

> 公以銓衡重望，入居政府，於時重熙累洽，海內晏安，從容於黃扉
> 綸閣之間，得以留心述作，博游才藝。而公又邃於關、閩、濂、洛
> 之旨，其學以性善爲本，以致知爲要，所輯聖學知統錄，及大全纂
> 要、學規彙編諸書，皆足以闡繹微言，紹明聖緒，而以其餘閒作爲
> 詩歌，則又能籠挫萬物，匠心獨妙，至於悲鼎湖之莫逮，痛子期之
> 云亡，其忠孝氣節，於君、父、友朋之間，尤惓惓乎三致意焉，所
> 謂理學、文章、政事，公殆兼而有之，蓋公之才與學，其積之也有
> 本，而出之也無窮。

（21）張粈菴（西元 1068～ 年）

張粈菴，名不詳，爲張溥弟。與梅村少同里，長同學，晚且同事京師。
梅村於張粈菴黃門五十序云：

> （粈菴）雅擅絕才，涉獵疆記，發爲文章，風起泉湧，一時傳誦其
> 制義，謂富貴可以俯拾，鉅公長者握手定交，不敢以後進相期。語
> 曰：「駁二龍于長途。」斯粈菴當日之謂矣。……當吾師西銘在日，
> 敦氣誼，尚名節，慨然有康濟斯世之心，屬黨論紛紜，壬夫設械，
> 幾罹不測。位不酬其望，年不配其德，論者至今以爲恨，粈菴薰陶
> 濡染，於國是民生，邪正利弊之關，平居講求有素，世會雖移，家
> 學不改，當官立事，探囊底而出之，清河著書談道，易世而後施行，
> 惜乎西銘不及見耳。歷數三十年來，唯吾兩人爲遺種之叟，今者比

間接席，蒔花藥、治亭圃，營垂者里巷之娛，顧吾已髮齒竟墜，疲
曳不堪……救菴之語人曰：「梅村知我勝我自知。」……

（22）施閏章（西元 1618～1683 年）

施閏章，字尚白，號愚山，晚號矩齋，安徽宣城人（今安徽宣城縣）。順
治六年（西元 1649 年）進士，康熙十八年（西元 1679 年）召試博學鴻辭，
授翰林院侍講。梅村於蕭孟昉五十壽序云：

今天下士大夫講學者，無如吾友少參愚山施公，由服官之暇，倡其
道於廬陵，而青原山中無可大師，修出世之教，與之相應和。於是
吉水之黑白二學，盛為海內所宗。

（23）宋穎實（西元 161～1705 年）

宋穎實，字既庭，號湘尹，江蘇長洲人（今江蘇吳縣）。順治十七年（西
元 166 年）舉人。梅村於二宋稿序云：

既庭家貧好學，早負物望，而天性醇謹，不以行能高人，其為文也，
深厚詳雅，有度有則。

（24）宋德宏（西元 1630～1663 年）

宋德宏，字疇三，為既庭弟。梅村於二宋稿序云：

疇三少孤夙成，器實不凡，而雅志刻苦，不以門第自許，其為文也，
聰明穎拔，朗悟絕倫。

（25）周 肇（西元 1615～1683 年）

周肇，字子俶，太倉人（今江蘇太倉縣）。順治十四年（西元 1657 年）
舉人，與梅村為同里同學。梅村於周子俶東岡稿序云：

其文章議論，卓然見於當世者，人盡知之，其合乎性情，決乎道義，
則恐人未盡知之也。

（26）王 翬（西元 1632～1717 年）

王翬，字石谷，號耕煙散人，又號烏目山人，劍門樵客，常熟人（今江
蘇常熟縣）。梅村於王石谷贈行詩序云：

王石谷者善畫，其畫也無地勢而尊，不蓄積而富。非宿素而老，處
於蓬茅沮洳之間，一日而傾天下，遼廓乎三百年諸家之所莫及，噫
嘻亦異哉！

（27）王士禎（西元 1634～1711 年）

王士禎，本名士禎，後以避世宗廟諱，改名士正，乾隆三十九年，詔諭改正爲禎。字貽上，自號阮亭，又號漁洋山人，山東新城人（今山東桓台縣），順治十五年（西元 1658 年）進士，阮亭少受詩於兄士祿，長復奉教錢牧齋、吳梅村。在京師與汪琬等人相倡和，阮亭持論略本嚴羽，以神韻爲宗，所謂不著一字，盡得風流，蔚然爲一代風氣，是爲一代詩宗。梅村於程崑崙文集序云。

> 吾友新城王貽上爲揚州法曹，地殷務劇，賓客日進，早起坐堂皇，目覽文書，口決訊報，呼譽之聲沸耳，案牘成於手中，已而放衙，召客，刻燭賦詩，清言霏霏不絕，坐客見而詫曰：「王公眞天才也。」……識貽上在十年之前，而崑崙別去已三十餘載，貽上年盛志得，一以爲趙張，一以爲終賈，其材具誠不可揣量。

又於與冒辟疆書（甲辰）云：

> 老盟翁（冒辟疆）開名園揖文士，又有兩令子穀梁青若，如機雲競爽，此世界可易得哉！上流有杜于皇之詩，戴務斿之畫，陳伯磯之識，林茂之邵潛夫以八九十老人，談開元、天寶之遺事，君家橋梓，提挈其間，王貽上公祖即內除，尚以公事小留，按部延訪，揚扢風雅，共商文事，石城邗溝之間，不大落寞也，視吳會遠過之矣。

（28）宋犖（西元 1634～1713 年）

宋犖，字牧仲，號漫堂，又號西陂，河南商邱人（今河南商邱縣）。康熙間以任子入官，累擢江蘇巡撫，官至吏部尚書。梅村於宋牧仲詩序云：

> 牧仲之於詩也，其有悩人之心哉！

（29）王原祁（西元 1642～1715 年）

王原祁，字茂京，號麓台，父王撰，祖王時敏。梅村於王茂京稿序云：

> ……皆以爲王氏之祥，其後當有興者，不數年，而藻儒、茂京後先鵲起，噫嘻！詎偶然哉！藻儒秀外惠中，標舉儁異，茂京雄駿閎達，二者望而識其遠器。余老矣！無以長茂京，蓋舉舊聞於王氏者還以告之。夫以茂京之才，出其餘技，詩歌翰墨，卓絕出乎流輩，他年讀書行誼，定有過於所期。是編也，揣摩匠心，辛根本乎家學，其以度越當世之君子，則已遠矣。

（30）彭　賓（西元 1611 年）

彭賓，字燕又，一字穆如，江蘇華亭人（今江蘇松江縣）。明崇禎三年（西元 1630 年）舉人，為幾社創始人之一。梅村於彭燕又偶存草序云：

> 今燕又之詩，雖出於亡失之餘，而其言皆發乎性情，繫乎風俗，使人讀其詩，論其世，深有得於比興之旨，雖以之百世可也，而偶存乎哉？

又於彭燕又五十壽序云：

> 燕又盡出詩文讀之，則余又驚其才之壯，而意之新，博聞辯智，有精強少年所不能及者，其生平著述之足以服當時，而垂後世無疑也。

（31）余　懷（西元 1617 年）

余懷，字澹生，一字無懷，號曼翁，福建莆田人（今福建莆田縣）。僑居金陵，與杜濬、白夢鼐齊名，時稱余、杜、白。梅村於余澹生海月集序云：

> 其詩之繁富佚蕩，甚有似康樂也，而性度既殊，境會復異，故能以其才處乎紛亂之會，優游勿仕，卷懷自得，雖至乎海濱蕭瑟無之之境，葦萑之與居，魚蝦之與游，而聽潮聲觀日出，徜徉肆覽，不廢詠歌。

（32）董　俞（西元 1661 年）

董俞，字蒼水，號樗亭，江蘇金山衛人（今江蘇金山縣），順治十七年（西元 1660 年）舉人。梅村於董蒼水詩序云：

> 蒼水之所學，尤長於詩，雲間固才藪，而詩特工，在先朝由經術取士，士之致身者，廢風雅於弗講，獨雲間壇坫，聲名擅海內，至今日零落盡矣，蒼水又起而繼之，其才與地既足自拔，而又使之優閒不仕，蘊其骯髒牢落之氣，一發之於詩，故講求益密，而寄託益深，其篇什將為當世所推，不獨雄雲間。

（33）田茂遇（西元 1661 年）

田茂遇，字摂公，號髯淵，江蘇青浦人（江蘇青浦縣）。順治十四年（西元 1657 年）舉人。梅村於田髯淵夢歸草堂詩序云：

> 其為詩，於登臨贈答之什，天才富捷，伸紙立就，思若宿構，而語必出，人見者驚詫為莫及，王公卿士虛左倒屣，無不知有田子者，且將薦其才為可用，……今田子恬泊寡營，夷猶自放，行止進退，一之乎道，而外物不以攖其心，嗒然忘而蘧然覺，此田子所為夢，乃所以為覺也，而豈僅發之於詩哉？

又於田髴淵詩序云：

> 田子才辨器識，有以絕出於流輩，讀書穿穴經傳，落筆爲詩歌、古
> 文，袞袞不能自休，與人交好傾身爲之盡，窮達盛衰誓不得移也。

（34）許 煥

許煥，字堯文，太倉人（今江蘇太倉縣）。順治四年（西元 1647 年）進
士。與梅村少同里，長同學，比鄰而居。梅村於許堯文詩小引云：

> 堯文之才，開敏樂易，於讀書能采掇其菁華，而出之以杼軸，故其
> 詩妍秀深美，聲病穩貼，雖專門名家莫或過之。

又於鴻雪詩集序云：

> 堯文之才開敏樂易，於讀書能采掇其菁華，而出之以杼軸，故其詩
> 貫串三唐，妍秀典麗，聲律穩貼，雖專門名家，莫或過之。

（35）邵山人

邵山人，名彌，字僧彌，長洲人（今江蘇吳縣）。爲梅村所詠畫中九友之
一，受業於錢牧齋。梅村於邵山人僧彌墓誌銘云：

> 清嬴頎秀，好學多才藝，於詩宗陶韋，於畫仿宋元，於草書出入
> 大小米，而楷法逼虞褚，稱絕工，平生揮灑，小幀尺幅，人皆藏
> 弄以爲重。……性舒緩，有潔癖，整拂巾屐，經營几硯，皆人世
> 所不急，而君爲之煩，數纖悉，僮僕患苦，妻子竊罵，終其身不
> 爲改。

又於沈尹在詩序云：

> 僧彌善書畫能詩，性耿介，恥干謁。

（36）卞玉京

卞玉京，字雲裝，白門人，僑居虎丘山塘（今江蘇吳縣內）時，曾欲以
身許梅村，〔註61〕後易服爲女道士。梅村詩話云：

> 善畫蘭，能詩，好作小詩。……玉京明慧絕倫，書法逼眞黃庭，琴
> 亦妙得指法。

（37）翁 澍

翁澍，字季霖，吳縣人（今江蘇吳縣）。梅村於翁季霖詩序云：

〔註61〕梅村詩集卷六過錦樹林玉京道人墓並序云：
> ……其警慧，雖文士莫及也，與鹿樵生一見，遂欲以身許，酒醋拎几而
> 顧曰：「亦有意乎？」生固爲若弗解者，長歎凝睇，後亦竟弗復言。……

> 季霖出所爲詩一卷，讀之琅琅然，鏗金而戛玉，夫生於湖山鉅麗之
> 區，能守先業，讀父書，以諷詠爲樂，若季霖者，所得不既多乎？

（38）孫　魯

孫魯，字孝若，常熟人（今江蘇常熟縣）。順治九年（西元 1652 年）進
士。梅村於孫孝若稿序云：

> 孝若之爲人也，風流醞藉，機神警速，實顛倒於余，余亦心折之甚，
> 其天才之所軼發，家學之所纘承，足以囊括古今，貫穿經史，出入
> 古文、詩歌之間，制藝乃其餘事，即而求之，所造固已如此矣。

（39）嚴允肇

嚴允肇，字修人。順治十五年（西元 1658 年）進士，浙江歸安人（今屬
浙江吳興縣）。梅村於嚴修人宜雅堂集序云：

> 修人深沈好書，自六經以下，嚅嚌搜討，尤潛心於八家之作，得其
> 疾徐抗墜，固不中節，不數年而所學大就，今之學八家者，振而矜
> 之，挾其繩墨以訾謷一世，修人獨諟躬簡靜，凝然自遠，忘其名地
> 之高，年力之富，而歉焉若有所不足，雖以余之衰老，猶諄懇索其
> 一言，余乃不辭而爲之序曰……余老矣，濩落無所成名，庶幾遺經
> 絕學，賴斯人以不墜，故既論次修人之文，折衷古人，尤舉其爲學
> 之方，明體達用，可裨於當世者告焉。

（40）孫　藩

孫藩，字孝維，常熟人（今江蘇常熟縣）。梅村於孫孝維贈言序云：

> 父子顯聞，孝維繼起，而世其家風，服高曾之規矩，見聞薰習，尤
> 崇尚文辭之事，宜乎知我者形諸賦詠，以爲美談，動盈卷帙，固其
> 風流俊爽，有以傾一時，苟非至篤好，亦何能致若是之多乎？

（41）程　邑

程邑，字幼洪，號翼蒼，休寧人（今安徽休寧縣）。順治九年（西元 1652
年）進士。梅村於程翼蒼詩序云：

> 新安程翼蒼館丈，以道尊於吾吳，爲士子師，其所爲詩，和平溫厚，
> 歸於爾雅，而侘傺怨悱之音不作，余讀而重焉。

（42）程康莊

程康莊，字崑崙，山西武鄉人（今山西武鄉縣）。梅村於程崑崙文集序云：

崑崙之於文，含咀菁華，講求體要，雅自命為作者。

（43）楊繼芳

楊繼芳，字仲延，直隸南和人（今河北南和縣）。順治間選貢生。梅村於和州守楊仲延詩序云：

> ……仲延知所以為治，而其詩文醇雅可誦也。……余故序仲延之集，始終告之以為治，而歸其說於中和，以無失乎教化斯民之意，嗚呼！此即吾說詩之大旨也。

（44）白允謙

白允謙，字東谷，陽城人（今山西陽城縣）。梅村於白東谷詩集序云：

> 攻實學，修篤行，不役役於富貴，不隕穫於流俗，沖乎其自下，確乎其自持。……聖主以造邦之物，成憲方立，文墨法律之吏不足以著絜令，惟公經術深厚，傳古義，定讞法，故倚以天下之平焉。退而築室於析城底柱之間，俯仰河山，流連今古，取其高深跂蔚，盡發之於詩文，上以垂竹素潤金石，次亦散華落藻，沾丐遠近，今所謂東谷集者是也，伏而視之，豈不盛哉？

（45）林佳璣

林佳璣，字衡者，福建莆田人（今福建甫田縣），少游黃道周之門，梅村詩話云：

> 詩蒼渾深秀，古文雅健有法。……衡者詩文極多，以閩南不辨四聲，多拗體，此五首（指客中言懷五首詳見詩話，此略。）駸駸江南風致矣。

又於送林衡者還閩序云：

> 為人質樸，修志行，詩文雅健有師法。

（46）白登明

白登明，字林九，蓋平人（今遼寧蓋平縣）。梅村於白林九古柏堂詩序：

> 余惟公以和平豈弟之德，廉正椒儻之才，發言成風，吐辭垂教，豈僅與詩家者流比類而稱。其詩則含咀英華，考求聲病，使讀之者又不知其為循良為勞吏也。……昔君家樂天流風善致，嘉惠於吳民，而其詩則與韋應物、劉賓客同以姑蘇刺史表著於後世，是編也，殆與長慶之集並傳焉，余故序之，俾采風者上其事，以為賢刺史楷法。

（47）黃媛介（西元 1652 年）

黃媛介，字皆令，儒家女，能詩善畫。浙江秀水人（今屬浙江嘉興人），
梅村於黃媛介詩序云：

> 其春日之詩，別傲元和之體，可爲妙製，允矣妍辭。

（48）鄒顯吉

鄒顯吉，字黎眉，梁谿人（今江蘇無錫縣治）。梅村於鄒黎眉詩序云：

> ……余以暇日過惠山，則黎眉所學大進，天才雋逸，深肆力於詩、
> 古文、詞，間出其餘技，筆墨渲染，無不造詣至極，其志氣超邁，
> 論辨英偉，有絕出於流輩者。

（49）宋徵璧

宋徵璧，字尙木，宋直方弟。梅村於宋尙木抱眞堂詩序云：

> 自文社起，同志者負其才氣，雄視海內，君之格律日進，不肯以毫
> 末讓古人，顧天性夷澹，雅不欲標榜自喜。……宋氏之以詩鳴者，
> 隱莫如子建，達莫如直方，乃相繼凋謝，君獨以其身爲才人、爲宿
> 素、爲廉吏、爲勞臣，合觀前後篇什，自非歲月之深，閱歷之久不
> 足以詣此。百世而下，論次雲間之詩者，或開其先，或挂於後，兼
> 之者其在君乎？

（50）宋存標

宋存標，字子建，號秋士，尙木弟。梅村於宋子建詩序云：

> 子建雅結納，擅聲譽，天才富捷，能爲歌詩，勝游廣集，名彥畢會，
> 每子建一篇出，無不人人嗟服。……楚鴻，子建子也，年十五六，
> 其爲詩則已含咀漢魏，規摹三唐，即子建且當避之矣……然則余何
> 以敘子建？無已，話舊京之遺事，紀同事之故人，庶令後生知所考
> 述，若夫文史風流，實朋唱和，跨前哲而出新聲，則君家父子間事，
> 豈余所能及哉？

（51）宋轅生

宋轅生，名不詳，雲間華亭人（今江蘇松本縣）。梅村於宋轅生詩序云：

> （轅生）膏粱世族，風流籍甚，而能折節讀書，其所爲詩，古風則
> 排宕而壯往，近體則妍麗而清切，綽然有大家之風。生平好聲伎，
> 間作小詞，授侍者歌之，皆中音節。遭遇兵火，經營別墅，茶鐺酒
> 椀，與賓客徜徉其間。

（52）戴滄州

戴滄州，名不詳，定園、滄州或爲其字號；渤海人（今山東濱縣治）。梅村於戴滄州定園詩集序云：

> 公工文章，善書畫，爲詩深渾奇峭，超邁絕倫，泙登三事。……公將刻其詩，余得受而讀之，迺見其身經喪亂，俯仰悲涼，蔓草銅駝，潸然興感，洎乎謫宦南陽，中原灌莽，千里極目，追念昔人，戰鬥勝負故處，賈酒悲歌，撫羊令之遺碑，過張衡之故里，徘徊憑弔，泣數行下，然後知公雖席豐履盛，而憂危侘傺之意，未嘗不壹發之於詩，其所得者蓋已深矣。

又於定園近集序云：

> 往余在燕臺，與渤海伯子共事史館，時既序定園先生之詩矣，先生復與范陽范箕生評隋晉、魏迄明風雅之林。劉其菁華，號曰詩家，海內譚詩，無不知有范陽渤海兩先生，壇坫，其尊者七，駁而走者三，以俟千古定論焉。要於濟南、竟陵之外，別開堂奧，不向如來行處行也。……讀其詩，可以見其閱歷修省，陶鑄古今之深情焉；讀其文，可以見其寢食左史，砥柱波靡之大力焉。

（53）趙　陞

趙陞，字孟遷，山陰人（今山西山陰縣）。[註62] 梅村於趙孟遷詩序云：

> 吾取其詩讀之，若是乎深有得於酒者，或曰：孟遷當與軍，當橫刀會飲時，高吟瞠目，老兵詟坐。今雖袴褶不完，蹩蹩焉爲道旁所摧笑，然孟遷不以屑也，每痛飲大嚼，裸袒叫咷，搖頭而歌，四座盡驚，意氣自若，此其爲人，憂患哀怒機利變巧不入其胸中，而皆逃之於酒，托之於詩者耶，孟遷乎，吾烏足以知之。

（54）徐季重

徐季重，名不詳，崑山人（今江蘇崑山縣）。在梅村舊學菴盤桓十餘年而後歸故鄉。梅村於徐季重詩序云：

> 夫儒者處世，不簪紱而貴，非巖穴而高，修身服物，彈琴以詠先王，其聲若出金石，雖有家門貴寵，蟬聯輝赫，而能退然其中，乘柴車，處僻壤，蓬蔚之宮，雞豚之社，終其身無不自得，當世景其高行，

〔註62〕汪琬堯文鈔卷三十一趙孟遷七十壽序云：

　　而翁乃山陰趙陞天下奇男子，而何人顧不爲翁通姓名耶？

有銅鞮伯華之風，茫季重者，殆其人乎？

（55）傅石漪

傅石漪，名不詳，為傅錦泉孫，南安人（今福建南安縣）。梅村於傅石漪詩序云：

> 石漪原本家學，好與郡之先達者遊，其為詩也，於體製風格既講求，漸漬之有素，又能標舉蘊籍，剗刻深至，以自探性情之所獨得。

（56）吳德藻

吳德藻，名不詳，太倉人（今江蘇太倉縣）。梅村以德藻稿序云：

> 其雄深似志衍，其雅健似余，又能取法先民，螽自納於繩墨，蓋兼乎兩人之長，而無其病。

（57）毛卓人

毛卓人，名不詳，毗陵人（今江蘇武進縣），生平亦不詳。梅村於毛卓人詩序云：

> 卓人既以文被擯，乃益肆力於詩，上泝漢魏，下探三唐，含咀菁華，討求聲律，不數年而學大就。

（58）蘇小眉

蘇小眉，名不詳，南贛人〔註63〕生平亦不詳。梅村於蘇小眉山水音序裡引同里江位初語云：

> 今其詩具在，嘗試取而讀之，有振衣千仞，俯視塵埃之想，故其詩歸然而高，淵然而深，有探幽抉冥，刻鏤真宰之心，故其詩銳者削成，涓者澄澈，有吞吐萬象，壯偉不測之觀，故其詩歝崎歝嶪懸出而奔流，舉章門、貢水、巫閭、碣石之奇而盡攬之，此小眉所有得於山水以名其編者也。

第五節　吳梅村的文學理論

明朝嘉靖中葉，有王世貞起而鞭策天下，他的地位形同暴秦，於是弱者俯首以聽，而強者却起來反抗。由此非難之起，爭相響應；在曲方面，有臧

〔註63〕梅村於蘇小眉山水音序作：南贛中丞公之長子，南贛非地名，而是指地區而言，贛為江西之省稱，南贛是指江西南方而言。

懋循、王驥德；在古文方面，有歸有光；在詩方面，有湯顯祖、袁宏道兄弟，所謂天下豪傑並起而亡秦，後又有竟陵代公安而起，前後七子先之於擬古不化，而公安、竟陵則後之於任情，於是錢牧齋、艾南英又崛起於其間，但牧齋憎惡前後七子太甚，持論往往不夠公平，同時又有張溥、陳子龍等人的結社，因此明末的文壇便形成虞山錢牧齋、雲間陳子龍、婁東張溥等三分的局面，雲間、婁東屬於復社、幾社系統，他們的本旨乃是以學術團體的名義，進而達到改革政治的目的，因此婁東派的出發點是經世濟民，陸世儀於復社紀略卷一云：

> 自世教衰，士子不通經術，但剿耳繪目，幾倖弋獲於有司；登明堂不能致君，長郡邑不知澤民；人材日下，吏治日偷，皆由於此。溥不度德、不量力，期與四方多士共興復古學，將使異日者務爲有用，因名曰「復社」。又申盟曰：「毋非匪彝，毋非聖書，毋違老成人；毋矜己長，毋形彼短；毋巧言亂政，毋干進辱身。嗣今以往，犯者，小用諫，大則擯。既布天下，皆遵而守之。

又於卷二云：

> 社事以文章氣誼爲重，尤以獎進學爲務。

由此可知復社乃是集政治與學術于一身，復社是以氣節、文章爲重，而氣節、文章又當以有用爲主，至於其進修則以經術爲主，這是所謂「可以興，可以觀、可以羣、可以怨」的文史統合政治的文學觀，復社自張溥去世後，便形同瓦解，易朝後老成凋謝，吳梅村成爲文社祭酒，當然他對於文學理論亦多少有所修正，而所謂吳梅村的文學批評，原上皆是屬於易朝後的思想。因此本章擬從總論、文論、詩論等三方面來解說他有關的理論。而其間總論所及，自然是能涵蓋文論與詩論。其間相通之處，讀者可自行印證。

一、總　論

這裡所說的總論，即是指對於整個文學的看法而言。

（一）君子之學

吳梅村是從傳統中培養出來的人物，易朝之後雖然與方外人士交遊，可是仍然脫離不了傳統的氣息，這裡所謂的傳統指是指孔子的儒家，儒家的傳統是勸人立志於君子、聖人之學，關於此種傳統，論語一書俯拾皆是，試舉幾則如下：

人能弘道，非道弘人。（衛靈公篇）

朝聞道，夕死可矣。（里仁篇）

曾子曰：士不可以不弘毅，任重而道遠，仁以為己任，不亦重乎？死而後已，不亦遠乎？（泰伯篇）

君子博學於文，約之以禮，亦可以弗畔矣夫。（雍也篇）

反觀梅村亦是如此，梅村於兩郡名文序云：

君子之為學，期於明道而已。

於德藻稿序云：

君子之為學，所以扶氣類，明志節，弘道而教俗者也。

又於致孚社諸子書云：

竊以士君子之為學，將射策決科取世資而致大位耶？抑修明先王之教，而學為聖人之徒也。

由此可知，人當立志為君子——聖人之徒，而君子之所以為學，即是在於明道，所謂明道即是扶氣類、明志節，亦即是修先王之教。又何謂先王之教？蓋弘道而教俗。梅村於兩郡名文序又云：

先王之道，載在六經者百世不改，士君子既頌法先王，即無功名誘之於前，利祿禁之於後，當知夫大雅之可尚，而奇邪之必黜。

君子之學，理當自經學開始，因經學為先王之道。由此達經世濟民的道路，而君子亦當以經世濟民自許，梅村於陳百史文集序云：

夫文者，古人以陳謨、矢訓、作命、敷告。教化俗者之所為，非僅以言辭為工者也。……士君子務為原本之學，扶運會而正人心，無矜纂組薈蕞之長，弊弊焉從事於所無用。

這種扶運會而正人心，當以政治為捷徑，所謂「學而優則仕」中國文人都有這種政治症。梅村亦如此，所以他稱讚宋濂、歐陽修等人，因為他們能有扶運會而正人心的機會，梅村於陳百文集序裡稱讚宋濂云：

幾與三代比隆。

又於座師李太虛先生壽序云：

偉業嘗讀歐陽文忠公傳，見其行事，慨然想見其為人，以為上下千百年，江右儒者學術之盛，未有出於歐陽公者也，獨疑其致政之後，不歸廬陵，而買田潁上，何歟？蓋有宋待臣子之禮為最厚，為之臣者，亦戀戀君父不忍遠歸故土，而於宛洛汝潁之間，起居朝請，以

近於京師，韓、范、杜、富諸公皆然，不徒歐陽公也。

在梅村的眼中，文學衹不過是君子爲學之一部分而已，他認爲君子取友論文之道當包括下列幾點：

一、審學術。

二、持品節。

三、考文藝。

四、化意見。〔註64〕

能夠做到這四點方能算是君子，君子從政的目的是在「行道」，但從政並不是每個人都有機會，亦非可強求而得之，可是於上列四項至少可持而不失。因此梅村於程崑崙文集序云：

余則以爲士君子處世，當隨分自效而已，自古富貴而名多漸滅，唯博聞積學之士垂論著以示來世，雖殘膏賸馥，與江山同其永久。

這種博聞積學之士，以內在的氣節爲主，而形之著作則爲文、史。由上可知梅村的文學觀，乃是傾向於強調文學的目的與功用，可說是「文以載道」的文學觀。

（二）對於當代學術的批評

明末的學術界可說是成一片混戰的局面；於思想而言，有東林、復社與閹黨之爭；於文學而言，因各家皆就純文學立論，因此與實際問題脫節，雖有艾南英、陳子龍、張溥等人的崛起，亦流意氣之爭，因此吳梅村曾就當時學術有所批評，於黃陶庵文集序云：

當先皇帝初年，海內方鄉古學，一二通人儒者，將以表章六經，修明先王之道爲務，迺曲學詭行，則又起而乘之，依光揚聲，互相題拂，剽取一切堅僻之辭，以欺當時而誤流俗，論者不察，迺比其始事者同類而訾之。噫！亦不思之甚矣。世之降也，先王之教化既熄，法度既亡，人奮其私智，家尚其私學，枇謬雜揉，蟠戾於天下，雖有高士之君子，欲整齊而分別之，其道無繇。

一二儒者，指張溥、張采。互相剽取，奮其私智，當是指前後七子之遺孽，與公安、竟陵、錢牧齋及閹黨之流；而高世之君子，或兼指復社、幾社等老成。於王奉常煙客七十序云：

〔註64〕見致孚社諸子書。

余每傷近時風習，士大夫相遇，惟飲酒六博爲娛。……

於王茂京稿序云：

乃現今之論文者，若是乎？悉其才智，運機軸於毫芒，而六藝博洽之言，先儒平實之論，概而絕之，弗使得入，吾不知其冲虛淡漠，果有得於中，抑猥隨流俗爲風尚也。然則學者將安從，亦求不謬於聖人，不悖於先正，如是足矣。

於觀始詩集序云：

自兵興以來，後生小儒穿鑿附會，剽竊摹擬，皆個然有當世之心，甚且亂黑白而誤觀聽，識者雖欲慨然釐正，未得其道也。

於太倉十子詩序云：

輓近詩家，好推一二人以爲職志，靡天下以從之，而不深惟源流之得失。有識慨然，思拯其弊，乃訾謷排擊，盡以加往昔之作者，而豎儒小生，一言偶合，得躐而躋於其上，則又何以稱焉？即以瑯瑯王公之集觀之，其盛年用意之作，瓌詞雄響，既荂抹之殆盡，而晚歲隤然自放之論，顧表而出之，以爲有合於道，誑申顛倒，取快異聞，斯可謂之篤論乎？

又於與宋尚木論詩書云：

雖然，當今作者，固不乏人，而獨於論詩一道，攻訐門戶，排詆異同，壞人心而亂風俗，不能不爲足下一言之。夫詩之尊李杜，文之尚韓、歐，此猶山之有泰、華，水之有江河，無不仰止而取益焉，所不待言者也。使泰山之農人得拳石而寶之，笑終南、太乙爲培塿；河濱之漁夫捧勺水而飲之，目洞庭、震澤爲汎觴，則庸人皆得而揄揶之矣！今之學者何以異於是。彼其於李杜之高深雄渾者，未嘗望其崖略，而剽舉一二近似，以號於人曰：「我盛唐、我王李。」則何以服竟陵諸子之心哉！竟陵之所主者，不過高、岑數家耳！立論最偏，取材甚狹，其自爲之詩，既不足追其所見，後之人復踵事增陋，取侏儒木強者，附而著之竟陵，此猶齊人之待客，使眇者迓眇者，跛者迓跛者，供婦人之一笑而已，非有尋丈之壘、五尺之矛，足以致人之師，而相遇於境上，苟有勁敵，必過而去之，不足乎攻也。吾祗患今之學盛唐者，粗疏鹵莽，不能標古人之赤幟，特排突竟陵以爲名高，以彼虛憍之氣，浮游之響，不二十年，嗒然其消歇，必

反為竟陵之所乘：如此則紛糾雜揉，後生小子耳目熒亂，不復考古
人之源流，正始元聲將墜於地，噫嘻，不大可慮哉？雖然，此二說
者，今之大人先生有盡舉而廢之者矣，其廢之者是也，其所以救之
者則又非也，古樂之失傳也，撞萬石之鐘，懸靈鼉之鼓，莫知其節
奏，繁箏哀笛，靡靡之響，又不足以聽也：乃為田夫婆婦操作而歌
吳歌，則審音者將賞之乎？且人有見千金之璧，識其瑕纇，必不以
之易束帛者，以束非其倫也。今夫鴻儒偉人，名章鉅什，為世所流
傳者，其價非特千金之璧也，苟有瑕纇，與眾見之足矣，折而棄之，
抵而毀之，必欲使之磨滅，而游夫之口號，畫客之題詞，香奩白社
之遺句，反以僻陋故存，且從而為之說曰：「此天真爛漫，非猶夫剿
竊模擬者之所為。」夫「剿竊摹擬」者固非矣。而此「天真爛漫」
者，插齒牙，搖脣吻，鬥捷為工，取快目前焉爾，原其心未嘗以之
誇當時而垂後世，乃後之人過從而推高之。相如之詞賦，子雲之筆
札，以覆酒醯；而淳于髡、郭舍人，詼諧調笑之辭，欲駕而出乎其
上，有是理哉？然則為詩之道何如？曰：「亦取其中焉而已！」

文中所謂「大人先生」，即指牧齋，「游夫畫客」則指程嘉燧、李流芳之流，
而「鴻儒、偉人、相如、子雲」皆指元美而言。梅村對於當時文壇的指責，
乃是因錢牧齋等人的態度而起，他認為王公大人理當追求明道之學

　　申言之，梅村斥責文壇，乃是就事論事，而非意氣之爭，因此他能指責
王世貞、錢牧齋等人的流弊，同時亦能肯定他們在文學上的成就。

（三）時代觀

　　文學因時代之差異而有所不同，這是很正常的現象，梅村對文學亦持此
觀點，於陳百史文集序云：

　　有一代之興，必有一代之文以為之重。

於蘇小眉山水音序云：

　　漢有天下，至建元、太初之間，黜百家，推孔子，而儒術乃興。其
　　作五言以繼三百篇之風者，典屬國實為之倡，則詩固蘇氏所自也。
　　自此以後，絳之有戚，環之有頲，明允之有軾轍，皆以父子再世弗
　　替。訖乎近世有蘇平仲者，與宋景濂同史局，能文章，每一代之興，
　　其家必出異才以垂聲聞，而著典作，倏生之後，詎可謂無其人哉！

又於嚴修人宜雅堂集序云：

> 昔者孔子既沒，異端繁興，西漢一二醇儒，始號為黜百家、尊經術，
> 而唐之貞元、宋之嘉祐，作者又起，而力扶其衰散，浸尋乎元季明
> 初諸儒，講求條貫，於六藝之微言，先民之要指，亦既彰切著明矣，
> 迺三百年來不免汨沒於帖括之時文。

於文學有時代之認識，方能尋流明變，而得明體達用之效，也因此而不會固執某家、某時代的說法。

（四）史　實

梅村自幼即致力於經史典籍，而後遊學西銘門下，更是用心於經史，一般說來六經皆史，讀者學經史，其目的乃在於明道致用。易朝後，本身則致力於保存一代文獻，梁啟超於中國近三百年學術史第八章附錄裡云：

> 吳偉業，字駿公，號梅村，太倉人，康熙十年卒，梅村文學，人人
> 共知，其史學似亦用力甚勤，著有春秋地理志十六卷，春秋氏族志
> 二十四卷二書，吾皆未見，恐已佚，若存或有價值也。今存綏寇紀
> 略一書，專記明季流寇始末，題梅村撰，但梅村所撰原名鹿樵野生，
> 今本乃彼一不肖門生鄒漪所盜改，顛倒是非甚多，非梅村之舊也。

〔註65〕

梅村因為重視史實，所以有史籍之著作，而於古文裡亦多史事之記敘，動輒以舊史氏自居；於詩因為注重史實，所以有詩史之稱，亦即是以詩存史，正是如陳延敬於吳梅村先生墓表引其自述曰：

> 吾詩雖不足以傳遠，而是中之寄託良苦，後世讀吾詩而知吾心，則
> 吾不死矣。

又因為注重史實，而招至王國維的誤解。王國維於人間詞話卷上云：

> 大家之作，其言情也，必沁人心脾，其寫景也必豁人耳目，其辭脫
> 口而出，無矯揉妝束之態，以其所見者真，所知者深也，詩詞皆然，
> 持此以衡古今之作者，可無大誤矣。人能於詩詞中不為美刺投贈之
> 篇，不使隸事之句，不用粉飾之字，則於此道已過半矣。以長恨歌
> 之壯采，而所隸之事，只小玉雙成四字，才有餘也，梅村歌行，則
> 非隸事不可，白、吳優劣，即於此見，不獨作詩為然，填詞家亦不
> 可不知也。

〔註65〕有關梁氏所論綏寇紀略、鹿樵野史二書，可參見蕭一山清代通史。

王國維因徒求不隔，所以忽略吳梅村之所以爲吳梅村的因素：又因爲他著重史實，所以梅村詩話所記多屬師友舊交之事，如記楊機部、陳臥子、瞿稼軒諸人死國事，與一般詩話評論文詞不同，也由此大家不重視梅村的文學批評。而梅村於批評某人之時，往往特重有關史實的記述。這種史實的重視，一則可以增加作品的雅典，再則可汲收傳統的遺產，進而有識見。英詩人艾略特（T. S. Eliot）於傳統和個人的才能一文裡云：

> 傳統並不是可以繼承的遺產；假如你想獲得，非下一番苦功不可。最重要的傳統含有歷史的意識，那是任何一位二十五歲以後仍想繼續做詩的人幾乎不可缺少的；這種歷史的意識包含一種認識，即過去不僅僅具有過去性，同時也具有現在性；歷史的意識使一個作家在提筆寫作的時候不僅僅在骨髓中深切地感覺到自己的時代，同時也感覺到自荷馬以來的歐洲文學整體以及其中一部份的自國文學整體是一個同時的存在，而且構成一個同時並存的秩序。這種歷史的意識是對超越時間即永恒的一種意識，也是對時間以及對永恒和時間合而爲一的一種意識：這是一個作家所以具有傳統性的理由，同時也是使一個作家敏銳地意識到自己在時代中的地位以及本身所以具有現代性的理由。〔註66〕

（五）文學尚典雅

梅村對詩文的要求，在止於正始、典雅、大雅、風雅。所謂的典雅，大雅、風雅即是「溫柔敦厚」，亦即是中和的境界。梅村於和州守楊仲延詩序云：

> 余故序仲延之集，始終告之以爲治，而歸其說於中和，以無失乎教化斯民之意，嗚呼！此即吾說詩之大旨也。

梅村文學根植於經史，梅村於王茂京稿序云：

> 夫文有文有質：質以原本經術，根極理要；文以發皇當世之人才。是道也，孰有大於春秋者乎？自易之精微，詩之溫厚，書之渾灝，禮之廣博，至春秋一變爲記事之書，其爲言也簡矣而不詳，直矣而不肆，可以謂之質矣，然而董仲舒、賈誼、劉向皆以閱覽博物之才，從而推演其說，各自名家，務折中於孔子，不徒規規焉守章句而已，豈春秋之質，即其所爲文學歟？今天下之文日趨於質矣，其爲教總

> 不離乎傳註，吾以爲宋人傳註之學，其稱詞也約，其取義也遠矣，
> 非篤實深思確乎有得者，不足以求之。

所謂典雅兼指文質而言，因典雅而不流於號咷，或怨天尤人。又因典雅而能有體諒之心，也因此梅村能了解謝康樂，〔註67〕於宋轅生詩序云：

> 古來詩人，自負其才，往往縱情於倡樂，放意於山水，淋漓潦倒，
> 汗漫而不收，此其中必有大不得已。

文學當以典雅爲主，能典雅則樂而不佚，哀而不傷，且有諷誦之效，試就梅村所用典雅等辭羅列於下：

> 夫唯大雅卓然不羣。（題龔司李虞山畫冊）
>
> 而大雅之可尚。（黃陶庵文集序）
>
> 俾知大雅復作，斯文不墮。（陳百史文集序）
>
> 聖人刪詩，變風變雅，處哀季之世不得已而存焉。尚憂鄭術之雜進，
> 而正始之不作也（觀始詩集序）
>
> 庶幾元音正始可以復作。（毛卓人詩序）
>
> 搜揚風雅。（毛卓人詩序）
>
> 正始存而大雅復作。（龔芝麓詩序）
>
> 和平溫厚，歸於風雅。（程翼蒼詩序）
>
> 以力還大雅爲己任。（彭燕文偶存草序）
>
> 以折衰正始。（宋尚木抱眞堂詩序）
>
> 揚扢風雅。（傅石澗詩序、白林九古柏堂詩序）
>
> 廢風雅於弗講。（董倉水詩序）
>
> 敦尚典雅，大雅之可尚。（兩郡名文序）
>
> 力還大雅。（致孚社諸子書）
>
> 大雅其於詩也，可謂美且備矣。（與宋尚木論詩書）
>
> 正始元聲將墮於地。（與宋尚木論詩書）
>
> 因念風雅道喪。（丁未與冒辟疆書）

〔註67〕見余澹生海月集序。

二、文　論

這裡所說的文是指散體文章而言，試就梅村有關文論略述如下：

（一）對時文的批評

時文是相對於古文而言，亦即是所謂的八股文，對於八股文可說是人人指責的對象，梅村對八股文亦有所指責，於何季穆文集序云：

> 余嘗惟國家，當神宗皇帝時，天下平治，而士大夫風習不能比隆往古者，良緣朝廷以科目限天下士，士亦皈皈焉束縛於所為應世之時文。

於毛卓人詩序云：

> 嗟乎！自舉世相率為制舉藝，而詩道湮滅無聞。

於嚴修人宜雅堂集序云：

> 夫帖括者，摘裂經傳，破碎道術，朱考亭氏早鰓然憂之，雖其中非無卓然名家，而超軼絕羣之才，撥去其筌蹄，不害於所為古學，然敝一世以趨之，而人才之磨耗固已多矣。

於古文彙鈔序云：

> 古文之名何昉乎？蓋後之君子論其世，思以起其衰，不得已而強名之者也，先儒謂三代無文人，春秋以降，始有子產叔向用文詞為功，而莊周、列禦寇遂以名其家，西京以下班班矣，其時有古文尚書、古文孝經者，以六書難字為考正而已，初非以其文名之也。自魏晉六朝，工於四六駢偶，唐宋鉅儒，始為黜浮崇雅之學，將力挽斯世之頹靡而軌之於正，古文之名迺大行，蓋以自名其文之學於古耳。其於古文之曰經曰史者，未敢遽以文名之，南宋後，經生習科舉之業，三百年來以帖括為時文，人皆趨今而去古，間有援古以入今，古文時文或離或合，離者疾於空疏，合者病於剽竊，彼其所謂古文與時文，對待而言者也，蓋古學之亡久矣。

於兩郡名文序云：

> 自熙寧定科舉之法，以墨義帖括取士，行之數百年，至今日而其重固已極矣，雖然，昔也優游縱弛聽之，舉世之風習，而醇駁各半，今也束縛之，整齊之，可謂密矣，而紕戾牴牾，乃間出於法制之外，則又何也，豈天下之才智固不可得而齊一歟？抑揣摩迎合之心盛，而鑿鏊紛糾之見生，反有以致之歟？余不得而解也。

（二）尚經術、斥浮華

古文當根源於經術，崇尚大雅。文章因經史則會有其嚴肅性，因嚴肅而大雅，由此不汲汲文辭之華美。梅村於德藻稿序裡曾自述學文經過如下：

> 初吾與志衍少而同學，於經術無所師授，特厭苦俗儒之所爲，而輒取古人之書，攟摭其近似者，驪括之爲時文。年壯志得，不規規於進取，乃益騁其無涯之詞，以極其意之所至。初謂遲之十年，析理匠心，刊華就實，庶底於有成。不意遽爲主司所收，而世人遂謬許而過採之，以其言爲該貫。夫學力深淺，内自驗之吾心，余兩人之於文，實未有所得也，自入仕以後，得宿儒大人爲之講論，約其指要，而分其條流，退而視吾之文，則膠葛漫衍，無當於古之立言者，於是慚憤竊歎，盡發篋中之書而讀之，將上以酬知遇，而下以厭觀聽之心。比年以來，稍有證入，雖不敢妄謂有得，而視吾始舉之歲，其相去固已遠矣。雖然，吾之致力於應舉一二年耳，至今山陬窮邑，知吾名字，尚以制舉之時文，吾爲詩、古文、詞二十年矣，而閭巷之小生以氣排之，而詆吾空爲無用，蓋天下之士，止知制義之可貴，而不思古學之當復，其爲日也久矣。

文章因尚經術，自然就斥浮華，蓋「文辭達意而已」。因文章乃君子明道之一部份而已。梅村於毛卓人詩序云：

> 繇宋以後，始改制舉之文章，本意在黜浮華，尚經術，後人乃治習苟且，躐取世資，自守其固陋空疏，盡詘諸儒百家之言於弗講，一二有志之士厭苦束縛，思有以馳騁變代之，不免稍戾於法則，已爲世之所繩而不克自振。

於兩郡名文序云：

> 今者公卿大臣亟亟焉以正人心、明教化爲急務，敦尚典雅、簡黜浮華，限以必定之章程，而嚴其進取，有不合格者舉而汰之。

又於陳百史文集序云：

> 夫文者，古人以陳謨矢訓作命敷告，教化俗者之所爲，非僅以言辭爲工者也。……蓋由垂教之人，即其謀國之人，故因事之言，取其明體適用，浮詞勦說不得而入。

（三）明流變，知崇學，反摹擬

君子之學以尚經術爲主，所謂尚經術，亦即是不謬於聖人，不悖於先正。

而文章因朝代不同而有所差異，因此學者明辨其流源，而後才能知所學習，而所謂的學習，並非摹擬。秦漢文章雖爲典雅之最佳範文，但秦漢古文已不全，且爲時太遠，因此梅村於古文推崇唐宋八家，以及有明諸大家，而集大成者則推錢牧齋，梅村於古文彙鈔序云：

> 夫士生於古學廢絕之後，區區掇拾，整齊於煨燼屋壁之餘，亡音漸滅而不傳，存者混淆而無次，有識者咨嗟太息，恨後生不見古人之大全，良以此也，詎肯厭遺經爲難竟，又從而摘裂破碎之哉！三史唯孟堅爲蘭臺定本，史記已有闕文，蔚宗所刪取者謝承、袁山松諸家，今已莫可參訂。若夫韓、歐大家之文，後人尊而奉之，業已家昌黎，而戶廬陵，然君子以元末諸儒所爲婁學者，其於八家講求，各有本原，所當博稽以要其歸，未可於尺幅之內規規而趨之也，蓋讀書之難如此。

於致孚社諸子書云：

> 至於古文辭，則規先秦者失之模擬，學六朝者失之輕靡。震川、毘陵扶衰起敝，崇尚八家，而鹿門分條晰委，開示後學，若集眾長而掩前哲，其在虞山乎！諸君子當察其源流，刊其枝葉，母使才而礙法，母襲貌而遺情。

申言之，梅村認爲虞山集有明古文的大成，由虞山而踏鹿門，經毘陵、震川而八家，再由八家上追先秦之典雅，這是一條較爲正確且可行之途徑。

三、詩　論

梅村詩論散見於文集裡，其可見者如下：

（一）詩的功用

文學離不了實際人生，文學當對人生有所增益，從儒家的觀點來看，文學當是屬於載道的工具之一，梅村文學觀即屬此論，而於詩論更有顯明的說明。於毛卓人詩序云：

> 昔者先王以詩教天下，自祭祀、聘饗、鄉飲、大射無不用詩，爲登歌，故以立之學宮，肄習子弟，漢遂置博士等官，而唐因之設科取士，雖先王溫柔敦厚之旨漸已散亡，於其教亦可謂之盛矣。

於觀始詩集序云：

子知詩所以始乎？依古以來，世道之污隆，政事之得失，皆於詩之
正變辨之，在昔成周之世，上自郊廟宴饗，下至委巷謳歌，采風肆
雅，無不隸於樂官；王澤既竭，曠史夫職，列國之大夫稱詩聘問，
乃僅有存者，季札適魯觀六代之樂，君子曰此周之衰也。魯雅周公
之後，得錫備樂，顧太師所習，夫孰非士風，乃季子不之京師，而
適與國，此豈復有升歌象舞之盛哉？降及漢、魏，樂府之首大風，
重沛宮也；古詩之美西園，尊鄴下也；初唐帝京之篇，應制龍池之
什，實開一代之盛；明初高、楊、劉、宋諸君子，皆集金陵，聯鑣
接轡，唱和之作爛焉。夫詩之為道，其始未嘗不淳漓含蓄，養一代
之元音，其後垂條散葉，振藻敷華，方底於極盛而浸淫，以至於衰
也。

於宋直方林屋詩草序云：

詩者，所以垂教易俗，而朋友故舊，其厚與薄之遞降，舉世之降繫
焉，尚詩者可不思其故乎？

梅村詩論崇尚典雅，而以「教化斯民」為用。此為梅村論詩的宗旨。

（二）論詩原則

詩是藝術的精華，而藝術本是人類精神文明的表徵，它是表現人類精神文
明的最高層次，所以幾乎涉及人類文化的全部素材，而我們若欲評論藝術，亦
當具有相當的條件，方能談得上建立起批評原則來，這種批評原則當建立於一
定的客觀基準上的一種科學的解析，可是這種基準的探究，事實上是一件非常
艱難的事。因此梅村論詩，是從多方面著手，而非從某個角度去考查，他承認
詩是情感的自然流露，各人有各人的環境背景，其間不能相同乃是自然的道理，
若因此而互相攻擊，則已失詩旨。梅村於太倉十子詩序云：

書曰：「詩言志」，使十子者不矜同不尚異，各言其志之所存，詩有
不進焉者乎？

於宋尚木論詩書云：

夫詩者本乎性情，因乎事情，政教流俗之遷改，山川雲物之變幻，
交乎吾之前，而吾自出其胸懷與之吞吐，其出沒變化，固不可一端
而求也，又何取乎訾人譽己，喋喋而呫呫哉？

心之所之，千變萬化，不可捉摸，因此批評詩亦當從較為廣泛的角度去查考，
這也就是梅村所以批評當代文壇人物的原因，當時文壇動輒有人想風靡天

下，進而君臨天下，這便是梅村最看不慣的地方，梅村認爲詩是一種心靈的活動，而其活動之過程並非單純，且活動之結果即爲詩人整個人格之表現，因此論詩不能執一端而自用，梅村於宋尙木抱眞堂詩序云：

> 君子之於詩，知其人論其世，固已參之性情，考其學，而後論詩之道乃全。

又於龔芝麓詩序云：

> 夫詩人之爲道，不徒以其才也，有性情焉，有學識焉，其淺深正變之故，不於斯三者考之，不足以言詩之大也。

「才、性情、學識」是構成一個詩人的必要條件，而身世則又影響了作品構成的差異，以上四者是詩人成就的條件，亦是評論詩人作品的原則，以下試就此四點分述如下：

1. 身 世

從大的方面來說，有時代與地理的不同；從小的方面來說，有出身環境之不同，孟子謂「頌其詩，讀其書，不知其人可乎？」（萬章篇）孟子所說的其人當是指了解身世之差異，則可明白文學與時代之關係，進而肯定自己，也因此能有同情與諒解之心，梅村對謝康樂即是從他的身世處境來說。〔註68〕因此梅村批評各家時，總喜歡說到身世等方面，這便是梅村對身世與文學之關係的體認。於彭燕又偶存草序云：

> 古來詩人，處極盛之世，應制雍容，從軍慷慨，登臨贈答，文酒流連，此縱志極意者所爲之詩也；其次即仕宦偃蹇，坎壈無聊，發爲微吟，諷切當世，知之者爲憐，不知者亦無以爲罪；彼皆有詩之樂，而無其累者也。豈吾與燕又所遇之時哉？

作品爲詩人之成果，其哀樂皆有原因，其間流於過份哀傷者，必有大不得已〔註69〕之處境，我們當有諒解之胸懷，而後自己方能免於哀傷，或樂佚之失，也由此始能達溫柔敦厚之旨。

2. 才

才通稱才能，用心理學來說當是指遺傳的天資而言，人當有某種特別的性向，方能成就某方面的大事，這已是不能否認的事實。這種秉賦的天資是不能改變的，曹丕於典論論文裡云：

〔註68〕見余澹生海月集序。
〔註69〕見宋轅生詩序。

> 文以氣爲主；氣之清濁有體，不可力強而致。譬諸音樂，曲度雖均，
> 節奏同檢，至於引氣不齊，巧拙有素，雖在父兄，不能以移子弟。

子恒所謂的氣，即是指才性而言。梅村於龔芝麓詩序云：

> 龔先生選詞之縟麗，使事之精切，遣調之雋逸，取意之超詣，其詩
> 之工固已，俊體之舉也，扶搖一擊，騏驥之奔也，決驟千里。先生
> 之潛搜冥索，出政事鞅掌之餘，高詠長吟，在賓客塡咽之際，嘗爲
> 余張樂置飲，授簡各賦一章，歌舞恢笑，方雜沓於前，而先生涉筆
> 已得數紙，坐者未散，傳誦者蚤遍於遠近矣，此先生之才也。

這裡指的才，已不是單純的天資，而是融合天資、環境與努力所得的結果，
或可稱爲天才，同時也具有下筆千言、倚馬可待的那種捷才。

3. 性　情

性情或爲個性與情感。個性是文人的基本要素，有個性，才能成爲名家。
了解作者的個性，才能深入作者的心靈，進而追求作者的創作淵源，也惟有
如此，對作品才能有深刻的了解。一般說來，所謂藝術即是情感的表現，而
藝術品的價值，則看它表明或解釋情感的程度如何而定。申言之，文學作品，
不外乎是作著眞摯個性的流露，有個性，有情感，方能出入萬物之間，而後
有所成就。梅村於龔芝麓詩序云：

> 身爲三公，而修布衣之節，交盡王侯，而好山澤之游，故人老宿，
> 殷勤贈答，北門之竄貧，行道之饑渴，未嘗不徬徨而慰勞也；後
> 生英儁，弘獎風流，考盤之窬歌，彤管之悅澤，未嘗不流連而獎
> 許也；自伐木之道衰，而黽勉有無、苟匐急難者，吾不得而見之
> 矣，先生傾囊橐以恤窮交，出氣力以援知己；其惻怛眞摯，見之
> 篇什者，百世而下，讀之應爲感動，而況於身受之者乎？此先生
> （龔芝麓）之性情也。

4. 學　識

學識或爲學問與識見，學問因有識見方能有用。我們知道，學問可以豐
富一個人的常識或知識，而識見可以使人有判斷的見解，但識見一方面是從
學問來，另一方面則由生活而來。因此學問與識見是爲表裡之關係。我們可
以肯定的說，學識固然可以擴大眼光，提高境界，延續寫作的生命；但是必
須將學識變爲自己的生活，換句話說，也就是要將學識與生活融合爲一，才
能產生作品，否則祇是流于吊書袋而已。梅村於龔芝麓詩序云：

板蕩極而楚騷乃興，正始存而大雅復作，以先生時世論之，由其前，則懍我寤歎，憂讒懨，痛淪胥也；由其後，則式燕以敖，誦萬年，洽四國也。舉申旦不寐之衷，與夙夜在公之道，上求之於古昔，內審之於平生。於是運會之升降，人事之變遷，物候之暄涼，世途之得失，盡取之以融釋其心神，而磨淬其術業。故其爲詩也，有感時侘傺之響，而不改於和平；有鋪揚鴻藻之辭，而無心於靡麗。秦風之篇曰：「蒹葭蒼蒼，白露爲霜。」士君子所以久而益堅者，其砥礪必有道矣，此先生之學識也。

梅村從「身世、才、性情、學識」等方面做當論詩的基準，這種基準是否稱得上完整，我們且不置論，但我們至少得承認他對批評基準這點有相當的認識，同時我們也得承認他的論詩原則是具有「多聞、明辨、篤實、謙虛」的精神。

（三）明流變、斥浮華、反摹擬

梅村於太倉十子詩云：

兩王既沒，雅道漸滅，吾黨相率通經學古爲高，然或不屑屑於聲律。

於致孚社諸子書又云：

弇州先生，專主盛唐，力還大雅，其詩學之雄乎雲間，諸子繼弇州而作者也，龍眠、西陵繼雲間而作者也，風雅一道，舍開明大曆其將誰歸？……諸子當察其源流，刊其枝葉，毋使才而礙法，毋襲貌而遺情。

梅村於文學主典雅，但先秦已屬遙遠，因此他勸人察其源流，由弇州經大曆，而盛唐，終至大雅。文學本爲感情之表現，不能抹殺情感，更不能摹擬，而文辭更不用專心於靡麗。

第六節　餘　論

有關吳梅村文學批評的文學形成背景，及其批評與理論，已詳敘如上。而本章試圖再以幾個角度來查看有關梅村文學的某些問題，以做爲此篇論文的結果。

一、梅村文學批評的影響

梅村爲婁東詩人，因風尚所及，形成了所謂婁東派的文學集團，婁東派

左右於虞山、雲間之間，自易朝後，梅村更成為文壇的祭酒，婁東派由此風靡，先有太倉十子為其撐場面，所謂太倉十子即是：

> 周肇子俶，顧湄伊人，王撝端士，許旭九日，王撰異公，王攄虹友，
> 王昊惟夏，王汸懌民，王曜升次谷。

吳梅村有太倉十子詩選，總目提要評云：

> 偉業本工詩，故其所別裁，猶不至如他家之冗濫，特風格如出一手，
> 不免域於流派，是亦宗一先生之故耳。

梅村極力提攜後進，經其品評而成名者不在少數，因此蔚為一代詩宗。而後王漁洋繼承錢、吳兩人的詩學，結束明詩，下開雍正以後的清詩。王漁洋帶經堂詩話卷八云：

> 余少奉教於虞山、婁東兩先生，五十年來，書尺散佚，偶從鼠蠹之
> 餘得兩先生尺牘手書，不勝感嘆，謹錄左方。吳梅村先生書一通：
> 增城渡江一札，想已得候見，竹西正求傳示論詩大什，上下今古，
> 成歸玉尺，當今此事，非得公孰能裁乎？江表多賢正，恐不鳴不躍
> 者，或漏珊瑚之網。如吾友許九日兄，為寒齋二十年酬唱之友，十
> 子才推第一，篇什流傳，定蒙鑑賞，近詣益進，私心畏且服之，而
> 獨等其食貧無依，即宿春辦裝，亦復不易，而出門求衣之難也。今
> 春坐梅花樹下，讀阮亭集，躍起狂叫曰：「當吾世而不一謁王先生，
> 誰知我者。」襆被買舟，素筝濁酒，特造門下，雖幸舍多賢，誰復
> 出九日上者乎？其姿神吐納，書法之妙，見者傾倒，當以為長史玉
> 斧之流，不徒繼美乎丁卯橋也，門下延華擎秀，或亦倦於津梁，然
> 如此客急，宜收之夾袋，咳唾所及，增光長價，且此君青布鞵，由
> 是而始無使寥落，便增派況，則皆名賢傳中佳話耳。

這是康熙二年（西元 1663 年），王漁洋把論詩三十二首贄請梅村批示，梅村復漁洋的書信。梅村於信中，非但稱贊漁洋，甚且又借機會推薦許旭給漁洋。

漁洋以後，清詩又漸有主唐與主宋之分，主唐的詩人多少總會想起吳梅村。龔自珍（西元 1792～1841 年）〔註70〕於題吳駿公梅村集詩云：

> 莫從文體問高卑，生就燈前兒女詩。

〔註70〕龔自珍，字璱人，一名易簡，字伯定，自號定盦。浙江仁和人（今浙江杭縣）。
　　　　道光九年（西元 1829 年）進士。著有定盦文集八卷，詩集三卷，詞選二卷，
　　　　又文集補編四卷。

　　一種春聲忘不得，長安放學夜歸時。

　　樊增祥（西元 1846～1931 年）〔註71〕曾賦前後彩雲曲二首，論者比擬梅村圓圓曲。

　　又民國初年郁達夫（西元 1896～1945 年）〔註72〕有自述詩云：

　　　　吾生十年無他嗜，只愛蘭臺令史書；

　　　　忽遇江南吳祭酒，梅花雪裡學詩初。

　　申言之，明末清初的文學，成爲虞山、雲間、婁東鼎立的局面，各建旗鼓，宏揚正聲。其間婁東，雲間皆導源於復社，敦氣誼，重文章，有退讓君子之風。就當時而言，古文的維繫端賴唐順之、王愼中、歸有光等人的支持；而於詩而言，能挖揚風雅，掃除僻澀纖佻之習者，則不能不歸功於婁東派的功勞，這種的功勞或則就是梅村文學批評的眞正價值所在。除外梅村於詩文，分推弇州、牧齋兩人，而使明代於秦、漢、唐、宋之爭，做一種合理的結束。至於對後世影響不大，乃是因爲梅村的文學批評屬平庸無奇使然。

二、梅村詩文的承受問題

　　從鍾嶸的詩品起，我們的批評家總是喜歡說到某人承某人，或是某人學某人的問題，這種武斷的批判有時並不能搔到文學的癢處，反而成爲文學鑑賞的包袱，有關梅村詩文的承受問題，其可見的說法如下：

梅村詩話云：

　　　　（臥子）夜半謂余曰：「卿詩絕似李頎。」

吳詩集覽（談藪）引鎭洋縣志云：

　　　　篤好史漢，爲文不趨。

談藪引魏惟度語云：

　　　　陶冶漢魏，而潤澤於盛初，根荄於德性，而煥發於典籍。

談藪引尤展成西堂雜俎云：

〔註71〕 樊增祥，原名嘉，字雲門，號樊山，湖北恩施人（今縣名）。有關前後彩雲曲事見錢基博現代中國文學史。又時人高陽於「祭酒」吳梅村一文裡云：「梅村的歌行，稱爲『梅村體』，清末樊樊山仿此體寫『前後彩雲曲』，亦頗傳誦一時。虞山尊宋而衍出所謂『同光體』，宋詩的天下中有『梅村體』獨張一幟，稍留唐音，也算是愛好梅村詩的人的一種安慰。」（見驚聲文史覓趣一書）
〔註72〕 郁達夫，浙江富陽縣人。屬於三十年代以前的新文學作家。所引詩見劉心皇所編郁達夫詩詞彙編。

先生文章彷彿班史。

陳其年寄雲間宋子建並令嗣楚鴻書云：

余服膺梅村詩，謂可追配少陵者此也。

王漁洋帶經堂詩話云：

婁江源於元白。

四庫全書總目提要云：

其少作大抵才華艷發……格律本乎四傑，而情韻爲深，敍述類乎香
山，而風華爲勝，韻協宮商，感均頑艷，一時尤稱絕調。……古文
每參以儷偶，既異齊梁，又非唐宋，殊乖正格。

趙翼甌北詩話卷九云：

梅村詩有不可及者二：一則神韻悉本唐人，不落宋以後腔調。而指
事類情又宛轉如意，非如學唐者之徒襲其貌也……梅村古詩勝律
詩，而古詩擅長處，尤妙在轉韻……其秘訣實從長慶集得來。……
梅村詩本從香奩體入手。……

趙之誠清詩紀事初編卷三吳梅村條云：

初婁東與雲間分派，皆取徑唐賢。偉業謂陳子龍始崇右丞，後擬太
白。子龍謂偉業詩似李頎：所不同者，偉業漸涉宋人藩籬而已。其
詩以七言歌行自成一體，事固足傳，而吐辭哀艷，善于開闔，讀之
使人心醉；然以擬元白，則不免質薄而味醨。喜用口語，亦是一
蔽。……其文于唐王李外，別成一體，雄厚遜于錢謙益，而委曲條
鬯，亦有可取，世乃譏其不駢不散，此讀茅鹿門書而未通之言也。

綜合以上各家的說法，梅村於古文：

1. 似班史。

2. 參儷偶，非齊梁，亦非唐宋。

3. 於唐王李外別成一體。

於詩則：

1. 似李頎。

2. 格律本乎四傑，敍述類乎元白。

3. 詩從香奩體入手。

4. 可追配少陵。

5. 晚期漸涉宋人藩籬。

以上所謂承受的見解，各人有各人的看法，尤有進者，細分到瑣碎的地步，
如何朋於論吳梅村文學裡云：

> 梅村於詩，自初唐四傑入手，復沉浸盛唐諸家，歌行始效李東川及
> 岑高諸人，後專學元白，國變後，感慨滄桑，傷悼身世，沉鬱頓挫，
> 殊不讓少陵哀時之作，而晚作亦稍籬宋人，至其近體，則淒麗悱惻，
> 頗迎玉谿。……今案梅村家藏稿所收諸文，誠有不駢不散之病，無
> 論較之當時汪、魏、侯、顧諸家，即置之朱彝尊、黃宗羲諸人之列，
> 亦有遜色。〔註73〕

何氏更依詩體細分如下：

> 五古學杜能得其神髓。

> 七古或稱得自初唐四傑及長慶體，然其間有極似眉山、劍南者，而
> 沉鬱處實得自少陵，亦有帶六朝錦色者。

> 五律取調唐人，頗工於造句。

> 七律取法唐賈至早朝大明宮諸作。雄麗處神似盛唐諸家，風華絕倫
> 者似玉谿，俊麗處不下樊川，亦有入宋調者。〔註74〕

> 七絕詞情騷楚，較之唐人出塞贈別之作，尤多一層悲切。

> 五絕蓋效南朝樂府，佳者亦可彷彿張王。

雖可謂精微，但梅村承受問題，細分至此，寧能不嘆為觀止，而論詩至此，
則詩意亦由此而盡，倒不如魏惟度的說法來得涵蓋且中肯。何氏這種細分，
徒求某些詩句的形式而已，人同此心，心同此理，所作詩總不免有相似之處，
偶因相似而定其承受，無乃不能使人折服。就詩本身的體製而言，相同的體
製，其間亦必有共通性，因此詩作有相似乃是很必然的現象。從前面各章所
作的考查，我們很懷疑以上各家的說法。尤有進者，我們的見解又可能是與
他們的說法相左，當然我們無意指出很明確的承受，但是從文學的時代觀與
明辨源流的觀點來看，所謂的承受是一種很危險的假設。因為梅村的文學是
根源於經史，而後歸于風雅。其間出入各家，又是必然的事實，因此細分歸
屬雖無不是，但恐怕並非是正確的見解。曾見日人鈴木虎雄於中國詩論史裡

〔註73〕何氏論吳梅村一文見五十八年五月份崇基學報。
〔註74〕李慈銘，鄧之誠則謂其五七律，沿襲雲間，僅具體古人，鄧之誠且指其只謀
佳句，似於其詩結構有微詞。

曾列聲調說的系統如下：〔註75〕

鈴木認為明末清初之際，海虞馮班究古詩的聲調，和其說者同時有錢牧齋及程嘉燧。而程嘉燧傳吳梅村。程氏傳吳氏之說，尋遍梅村詩文集，並不見任何端倪，在文集裡程氏是被吳氏所斥責之人；於詩集裡有書中九友歌一首，共詠董其昌、王時敏、王鑑、李流芳、楊文驄、程喜燧、張學曾、卞文瑜、邵彌等九畫家，其中詠程氏云：

> 松圓詩老通清謳，墨莊白晝歸田遊；一犁黃海鳴春鳩，長笛倒騎烏特
> 牛。

其實程氏與吳氏之間並無交往，且程氏近錢氏，與吳氏似乎成為相對的壁壘，概括的說錢氏虞山宗宋，宋詩因復歸於漢以前的達意主義，而貴白描；吳氏主唐，唐因承六朝修辭主義的餘風，貴藻飾。吳氏詩雖藻麗，但這種藻麗乃因隸事寫情而來，並非有心為之。因此吳氏的藻麗似乎與聲調無關，若勉強要指出其間相關之影響，倒不如就近明說起，如此雖不免牽強，但倒不失較為接近吳氏文學批評體系的本意，試列表如下：

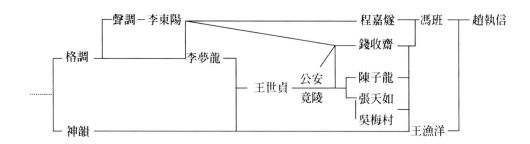

此表所列是以詩學為主。而所謂神韻、格調或謂遠承自司空圖與嚴滄浪兩人。

〔註75〕見中國詩論史第三篇第四章論神韻說。此表採自洪順隆人人文庫中譯本。

參考書目

（一）

1. 《梅村家藏稿》，吳梅村著，商務四部叢刊初編縮本。
2. 《吳詩集覽》，靳榮藩注，中華四部備要本。
3. 《吳梅村詩集》，吳翌鳳箋注，商務國學基本叢書本。
4. 《吳梅村詩集箋注》，吳偉業著，文光圖書公司。
5. 《江左三大家詩鈔》，廣文書局。
6. 《清名家詞》，陳乃乾輯，開明本。
7. 《綏寇紀略》，吳偉業纂輯，廣文本。
8. 《鹿樵紀聞》，梅村野史，臺灣銀行經濟研究室編印臺灣文獻叢刊本。
9. 《東林與復社》，吳偉業等，臺灣銀行經濟研究室編印。
10. 《社事始末》，杜登春撰，藝文百部叢書藝海珠塵本。
11. 《明史》，張廷玉等修，藝文本。
12. 《清史》，國防研究院印。
13. 《繪圖觚賸正續編》，鈕琇撰，廣文本。
14. 《清代通史》，蕭一山著，商務本。
15. 《清史列傳》，中華本。
16. 《南史野史》，三餘氏，臺灣銀行經濟研究室編印。
17. 《小腆紀年》，徐鼒著臺灣銀行經濟研究室編印。
18. 《小腆紀傳》，徐鼒著臺灣銀行經濟研究室編印。
19. 《海外慟哭記》，黃宗羲著臺灣銀行經濟研究室編印。
20. 《南明史料》，臺灣銀行經濟研究室編印。
21. 《幸存錄》，夏允彝著，臺灣銀行經濟研究室編印。
22. 《江南聞見錄》，夏允彝著，臺灣銀行經濟研究室編印。
23. 《研堂見聞雜記》，臺灣銀行經濟研究室編印。
24. 《玉堂薈記》，楊士聰著，臺灣銀行經濟研究室編印。
25. 《烈皇小識》，文秉著，臺灣銀行經濟研究室編印。
26. 《江上孤忠錄》，趙曦明著，臺灣銀行經濟研究室編印。
27. 《甲申傳信錄》，錢䣭著，臺灣銀行經濟研究室編印。
28. 《崇禎記聞錄》，臺灣銀行經濟研究室編印。
29. 《明史記事本末》，谷應泰著，商務萬有文庫薈要本。
30. 《明季稗史初編》，商務人人文庫本。

31. 《清代小説筆記選甲集》，江畬經編，人人文庫本。

32. 《晚明史籍考》，謝國楨輯，藝文本。

33. 《石匱書後集》，張岱著，安平出版社。

（二）

1. 《復社及其人物》，胡秋原著，中華雜誌叢刊。

2. 《明清之際黨社運動考》，謝國楨著，人人文庫。

3. 《中國近三百年學術史》，梁啓超著，中華本。

4. 《中國近三百年學術史》，錢穆著，商務本。

5. 《明儒學案》，黃宗羲著，世界本。

6. 《清學案小識》，唐鑑撰輯，人人文庫。

7. 《清儒學案》，徐世昌著，世界本。

8. 《中國政治思想及制度史論集》，中華文化出版事業委員會出版。

9. 《國學概論》，程發軔著，國立編繹館出版。

10. 《明清史事隨筆》，胥端甫著，人人文庫。

11. 《文史覓趣》，高陽著，驚聲出版社。

12. 《清史文藪》，彭國棟著，人人文庫。

13. 《半堂文聊》，李一之著，人人文庫。

14. 《藝文掌故叢談》，彭國棟著，正中本。

15. 《亭林詩文集》，顧炎武著，中華四部備要本。

16. 《南雷文定》，黃宗羲撰，中華四部備要本。

17. 《薑齋文集》，王夫之著，中華四部備要本。

18. 《壯悔堂集》，侯方域著，中華四部備要本。

19. 《曝書亭全集》，朱彝尊著，中華四部備要本。

20. 《漁洋山人精華錄訓纂》，王漁洋著，中華四部備要本。

21. 《安雅堂詩集》，宋琬著，中華四部備要本。

22. 《初學集》，錢謙益著，商務四部叢刊。

23. 《有學集》，錢謙益著，商務四部叢刊。

24. 《陳迦陵文集》，陳維崧著，商務四部叢刊。

25. 《堯峯文鈔》，汪琬著，商務四部叢刊。

26. 《感舊集》，王士禎選，廣文本。

27. 《郁達夫詩詞彙編》，劉心皇編，學術出版社。

（三）

1. 《十五家詞》，孫默編，中華四部備要本。

2. 《國朝詞綜》，中華四部備要本。

3. 《列朝詩集小傳》，錢牧齋編撰，世界本。

4. 《天啓崇禎選詩傳》，陳濟生等編撰，世界本。

5. 《明詩綜》，朱彝尊編撰，世界本。

6. 《元詩別裁》，沈德潛編，萬有文庫薈要本。

7. 《明詩別裁》，沈德潛編，萬有文庫薈要本。

8. 《清詩別裁》，沈德潛編，萬有文庫薈要本。

9. 《清詩紀事初編》，鄧之誠撰，鼎文書局。

10. 《清朝詩人徵略》，張維屏撰，鼎文書局。

11. 《清詩評註》，王文濡選評，佩文書社。

12. 《論清詞》，賀光中撰，鼎文書局。

13. 《詩詞治要》，張文治編，中華本。

14. 《中國文學發達史》，劉大杰撰，中華本。

15. 《中國詩史》，馮沅君著，明倫本。

16. 《中國文學史》，葉慶炳著，自印本。

17. 《中國文學批評大綱》，朱東潤著，開明本。

18. 《現代中國文學史》，錢基博著，明倫本。

19. 《中國文學批評》，方孝岳著，清流出版社。

20. 《中國文學史論集》，中華文化出版事業委員會出社。

21. 《中國語文論叢》，周法高著，正中本。

22. 《中國文學批評史》，郭紹虞著，明倫本。

23. 《清代文學評論史》，青木正兒著陳淑女譯，開明本。

24. 《中國詩論史》，鈴木虎雄著洪順隆譯，人人文庫。

25. 《中國文學史研究》，梁容若著，三民本。

26. 《中國戲曲史》，孟瑤著，文星本。

27. 《中國韻文史》，龍沐勛著，樂天本。

28. 《中國文學批評家與文學批評》，朱東潤等，學生書局。

29. 《詞曲史》，王易著，廣文本。

30. 《詞話叢刊》，弘道文化事業出版社。

31. 《詞話叢編》，唐圭璋編，廣文本。

32. 《人間詞話》，王國維著，開明本。

33. 《詞苑叢談》，徐釚輯，廣文本。

34. 《詞學通論》，吳梅著，廣文本。

35. 《清詩話》，丁福保編，明倫本。

36. 《雨村詩話》，李調元著，廣文本。

37. 《榕城詩話》，抗世駿著，廣文本。

38. 《歐北詩話》，趙翼著，廣文本。

39. 《北江詩話》，洪亮吉著，廣文本。

40. 《隨園詩話》，袁枚著，廣文本。

41. 《石洲詩話》，翁方綱著，廣文本。

42. 《清朝詩人小傳》，鄭方坤著，廣文本。

43. 《帶經堂詩話》，王漁洋著，廣文本。

44. 《竹垞詩話》，朱竹垞著，文星集刊。

45. 《雪橋詩話》，楊鍾羲著，鼎文書局。

46. 《四部備要書目提要》，中華本。

47. 《四庫全書總目》，藝文本。

（四）

1. 《文藝心理學》，朱光潛著，開明本。

2. 《詩論》，朱光潛著，正中本。

3. 《文學與生活》，李辰冬著，力行書局。

4. 《文學概論》，王夢鷗著，帕米爾書局。

5. 《藝術概論》，虞君質著，黎明文化事業公司。

6. 《文藝美學》，王夢鷗著，新風出版社。

7. 《美學與藝術批評》，劉文潭著，環宇出版社。

8. 《文學的玄想》，顏元叔著，驚聲文庫。

9. 《文學批評散論》，顏元叔著，驚聲文庫。

10. 《文學經驗》，顏元叔著，新潮叢書。

11. 《艾略特文學評論選集》，艾略特著杜國清譯，田園叢書。

12. 《詩學》，西脇順三郎著杜國清譯，田園叢書。

13. 《中國現代小說的風貌》，葉維廉著，晨鐘出版社。

（五）

1. 《國文月刊》，泰順書局。

2. 《崇基學報》，五十八年五月。

顏之推著作考

顏之推著作，據北齊書卷四十五文苑之推本傳：

> 有文三十卷，家訓二十篇，並行於世。曾撰觀我生賦，文致清遠。
> 其詞曰……。之推集在，思魯自爲序錄。（藝文文版頁 288。以下所
> 引二十五史皆指藝文版。）

又之推五世孫顏眞卿於「唐故通議大夫行薛王友桂國贈秘書少監國子祭酒太
子少保顏君碑銘」裏云：

> 北齊給事黃門侍詔文林館，平原太守，隋東宮學士，諱之推，字介。
> 著家訓二十篇，冤魂志三卷，證俗字音五卷，文集三十卷。（中華四
> 部備要版顏魯公文集卷七頁 12）

又依近人繆鉞「顏之推年譜」裡六十歲條云：

> 之推撰文集三十卷，家訓二十篇，（北齊書本傳）訓俗文字略一卷，
> 七悟一卷，集靈記二十卷，冤魂志三卷（隋書經籍志），急就章注一
> 卷（舊唐書經籍志）。冤魂志，或作還冤志。（文獻通考，宋史藝文
> 志）今惟家訓及還冤志存，其餘諸書均佚。（見顏氏家訓彙注附錄二，
> 頁 160 上以下所引「家訓」皆以彙注本爲主。）

之推著作今存家訓二十篇，觀我生賦，詩六首，集靈記，還冤志等。其他著
作佚失的理由，或如家訓文章篇所云：

> 吾家世文章，甚爲典正，不徒流俗。梁孝元在蕃邸時，撰西府新文
> 訖無一篇見錄者。亦以不偶於世，無鄭衞之音故也。有詩賦銘誄書
> 表啓疏二十卷。吾兄弟始在草土，並未得編次，便遭火盪盡，竟不
> 傳於世。衘酷茹恨，徹於心髓。操行見於梁史文士傳，及孝元懷舊

志。（頁 59 上下）

今依存見與佚失兩大類，分述之推著作如下：

第一節　已佚之書

之推著作，佚失頗多，其可考者分述如下：

一、文集三十卷

北齊書之推本傳，北史卷八十三文苑之推本傳（頁 1244）皆謂有文集三十卷。不見錄於隋書經籍志，唐書藝文志。而見錄於顏氏家廟碑。此文集或未刊行。

二、七悟集

隋書卷三十五志第三十經籍四集部總集類：七悟一卷，顏之推撰。梁有引文集六卷，錄一卷。弔文二卷亡。（頁 532）

又唐書卷六十志第五十藝文四：

顏之推七悟集一卷。（頁 707）

而姚振宗「隋書經籍志考證」：

隋書經籍志：「七悟集一卷，顏延之撰。」（延之當為之推。）唐書藝文志：「顏之推七悟集一卷。」案北齊書文苑傳載有文三十卷，隋唐志皆不著。傳載其觀我生賦，自為之注，述其生平甚悉。書錄解題有稽聖賦三卷，擬天問而作，其孫師古注，中興書目稱李淳風注，今不傳。此七悟一卷，唐志作七悟集，不知為自撰為集錄也。（開明版二十五史補編第四冊頁 5893）

考此書隋書經籍志列于總集類，當為集錄。

三、稽聖賦

直齋書錄解題卷十六別集上：

稽聖賦三卷。北齊黃門侍郎琅邪顏之推撰。其孫師古注。蓋擬天問而作。中興書目稱李淳風注。（四庫全書珍本別輯本。冊五卷十六頁81）

而文獻通考卷二百三十經籍考五十七亦錄有稽聖賦三卷，其解題抄錄陳氏。
（新興書局影印本頁 1841）

四、文殿御覽、續文章流別

北齊後主武平三年（西元 572 年）二月，成立文林館，之推供職其中，曾主修文殿御覽，續文章流別等書，觀我生賦自注：

> 齊武平中，署文林館待詔者，僕射陽休之，祖考徵以下三十餘人，之推專掌其撰修文殿御覽，續文章流別等，皆詣進賢門奏之。（北齊書頁 291）

續文章流別隋書經籍志作孔寧撰。孔寧生平不詳，姚振宗「隋書經籍志考證」：

> 案北齊書文苑顏之推傳，之推觀我生賦自注：「齊武平中，署文林館待詔者，僕射陽休之，祖孝徵以下三十餘人，之推專掌其撰修文殿御覽，續文章流別等，皆詣進賢門奏之。」然則此書乃北齊文林館諸人所撰。孔寧或亦文林館待詔，而文苑傳序存錄文林待詔姓名未見其人。（開明版二十五史補編第四冊，頁 5873 頁）

五、急就章注、筆墨法、字始、訓俗文字略

舊唐書卷四十六志第二十六經籍志上：

> 急就章注一卷。顏之推撰。（頁 956）

> 急就章注亦見存于唐書藝文志。（頁 657）。

唐書卷五十七志四十七藝文一：

> 顏之推筆墨法一卷。（頁 658）

隋書卷三十二志第二十七經籍一：

> 訓俗文字略一卷。後齊黃門郎顏之推撰。（頁 484）

而宋史卷二百志第一百五十五藝文一：

> 顏之推證俗音字四卷。又字始三卷。（頁 2414）

姚振宗「隋書經籍志考證」：

> 唐日本國見在書目證俗音字略一卷，顏敏楚撰。

> 唐書經籍志證俗音略二卷，顏愍楚撰，筆墨法一卷。（不著撰人）。

> 唐書藝文志顏之推筆墨法一卷，張推證俗音三卷，顏愍楚證俗音略

一卷（案筆墨法疑是此兩書中篇目。張推當是顏之推之寫誤。）

宋史藝文志顏之推證俗音字四卷，又字始三卷（字始亦疑是篇名）

崇文總目正俗音字四卷，齊黃門侍郎顏之推撰，正時俗文字之謬，授諸書寫據凡三十五目。

任大椿小學鉤沈日北戶錄注引證俗音凡十二條，又廣韻引證俗音凡四條。

案是書諸史記載不一，考顏魯公家廟碑之推撰證俗音字五卷，則其書實五卷，此六卷，又訓俗文字略一卷，大抵有敘錄及愍楚所撰節略本在其中，其後或亦刪存入家訓中，書證音辭兩篇似即此書之大略。（二十五史補編第四冊，頁5520～5221）

六、文林館詩府

隋書卷三十五志第三十經籍四：

文林館詩府八卷，後齊文林館作（頁531）

唐書卷六十志五十藝文四：

文林詩府六卷，北齊後主作。（頁707）

考唐書作北齊後主作，但該志却列於總集類，則此書為文林館待詔之詩集當為無疑。北齊書後主本紀武平四年二月景午置文林館，又引諸文士入館，之推當時亦入館待詔，北齊書卷四十五列傳第三十七文苑傳序：

後主雖溺於群小，然頗好諷詠，幼稚時，曾讀書詩賦，語人云：「終有解作此理不？」及長，亦少留意，初因畫屏風，敕通直郎蘭陵蕭放及晉陵王孝式錄古賢烈士，及近代輕豔諸詩，以充圖畫，帝彌重之，後復追齊州。……三年，祖珽奏立文林館，於是更召引文學士，謂之待詔文林館焉。珽又奏撰御覽，詔珽及特進魏收，太子太師徐之才，中書令崔劼，散騎常侍張雕。中書監陽休之監撰，珽等奏追通直散騎侍郎韋道，孫陸又，太子舍人王邵衛，蔚丞李孝基，殿中侍御史魏澹，中散大夫劉仲威、袁奭，國子博士朱才，奉車都尉睦道閒，考功郎中崔子樞，左外兵郎薛道衡，並省主客郎中盧思道，司空東閣祭酒崔德，大學博士諸葛漢，奉朝請鄭公超，殿中侍御史鄭子信等入館撰書。並敕放愍，之推等同入撰例，復令散騎常侍封

孝琰,前樂陵太守鄭守禮,衞尉少卿杜台卿,通直散騎常侍王訓,
前袞州長史羊肅,通直騎常侍馬元熙,並省三公郎中劉珉,開府行
參軍李師正,溫君悠入館,亦令撰書,復命特進崔季舒,前仁州刺
史劉逖,散騎常侍李孝貞,中書侍郎李德林續入待詔,尋又詔諸人
各舉所知,又有前濟州長史李薦,前廣武太守魏騫,前西袞州司馬
蕭漑,前幽州長史陸仁惠,鄭州司馬江旰,前通直散騎侍郎辛德源,
陸開明,通直郎封考謇,太尉椽張德沖,並省右民郎高行恭,司徒
戶曹參軍古道子,前司空功曹軍劉顗,獲嘉令崔德儒,給事中李元
楷,晉州治中陽師孝,太尉中兵參軍劉儒行,司空祭酒陽辟疆,司
空士曹參軍盧公順,司徒中兵參軍周子深,開府參軍王友伯,崔君
洽,魏師謇,並入館待詔,又敕右僕射段孝言亦入焉。御覽成後,
所撰錄人亦有不時待詔,付所司處分者,凡此諸人,亦有文學盧淺
附會親識,妄相推薦者十三四焉,雖然當時抄撰之徒,搜求略盡,
其外如廣平宋孝,王信都,劉善經輩三數人,論其才性入館諸賢亦
十三四不逮也。待詔文林亦是一時盛事,故存錄其始名。(頁281~
282)

七、集靈記、徵應集

隋書卷三十二志第二十八經籍二:

集靈記二十卷,顏之推撰。(頁496)

唐書卷五十九志第四十九藝文三:

顏之推冤魂志三卷,又集靈記十卷,徵應集二卷。(頁687)

章宗源「隋書經籍志考證」:

唐志十卷,入子部小說,太平御覽服用部引集靈記琅邪王諿亡後數
年見形於妻事。(廿五史補編,第四冊,頁5384)

案徵應集今已佚。而集靈記見存於宛委山堂郛本卷二八者有六條。古今說部
叢書三集亦收有集靈記一卷。又近人魯迅亦輯有集靈記一條,存錄於古小說
鈎沈。考說郛存錄六條,其中僅首條王諿可靠,而諸家所輯亦屬不可靠。今
引王輯條如下:

王諿琅耶人也,仕梁為南康王記室,亡後數年,妻子困於衣食。歲
暮,諿見形謂婦曰:「卿困於衣食。」妻因與之酒,別而去。諿曰:

「我若得財物，當以相寄。」後月，小女探得金指環一隻。（商務影
印本太平御覽卷第七百一十八服用部二十冊六頁 3315）

八、八代談藪

周氏法高於「顏氏家訓彙注」附錄二「顏之推年譜」六十歲裡案語說：

> 法高案：遂初堂書目小說類，有顏之推八代談藪，其書或出後人托
> 名，今不傳。推宋吳曾能改齋漫錄卷七「饕餮」條曰：『顏之推云：
> 「眉毫不如耳毫，耳毫不如項條，項條不如老餮。」此言老人雖有
> 壽相，不如善飲食也。』省其文義，與談藪爲近。

（彙注本頁 161 上）

第二節　現存書目

今就現存書目，分述如下：

一、家訓二十篇

家訓二十篇，是顏之推最主的著作，也是研究之推生平與思想的最重要
典籍，試分述如左：

（一）諸書著錄

家訓二十篇，首見於北齊書文苑之推本傳，而隋書經籍志不錄。至舊唐
書經籍志始存錄于儒家類。（卷四十七經籍志第二十七，頁 973）。書名爲「家
訓七卷」。而新唐書則作「顏氏家訓七卷。」（卷五十九藝文志第四十九，頁
678）。而後有作「家訓」，有作「顏氏家訓」，且歷代諸家都有著錄。周氏法
高「顏氏家訓彙注」附錄四「諸書著錄及諸家評論」（頁 179 上～200 下），收
錄頗詳。是以不擬重複，讀者可自行取閱。於此僅錄四庫全書總目提要爲代
表，四庫全書總目提要卷一百十七部二十七雜學類一：

> 顏氏家訓二卷，江西巡撫採進本。
>
> 舊本題北齊黃門侍郎顏之推撰。考陸法言切韻序，作於隋仁壽中，
> 所列同定八人，之推與焉，則實終於隋。舊本所題，蓋據作書之時
> 也。陳振孫書錄解題云：「古今家訓，以此爲祖。」然李翱所稱太公
> 家教，雖屬僞書，至杜預家誡之類，則在前久矣。特之推所撰，卷

帙較多耳。晁公武讀書志云：「之推本梁人，所著凡二十篇。述立身
治家之法，辨正時俗之謬，以訓世人。」今觀其書，大抵於世故人
情，深明利害，而能文之以經訓，故唐志宋志俱列之儒家。然其中
歸心等篇，深明因果，不出當時好佛之習。又兼論字畫音訓，並考
正典故，品第文藝曼衍旁涉，不專為一家之言，今退之雜家，從其
類焉。又是書隋志不著錄，唐志，宋俱作七卷，今本止二卷。錢曾
讀書敏求記，載有宋鈔淳熙七年嘉興沈揆本七卷，以閩本、蜀本及
天台謝氏所校五代和凝本參定，末附考證二十三條，別為一卷，且
力斥流俗並為二卷之非。今沈本不可復見，無由知其分卷之舊，姑
從明人刊本錄之。然其文既無異同，則卷帙分合，亦為細故，惟考
證一卷，佚之可惜耳。（藝文本，冊四，頁 2349～2350）

（二）家訓的篇目與寫作年代

家訓一書，在之推本傳裡，但記二十篇，並未明言多少卷，且未加顏氏
兩字，此書由之推長子思魯所序錄。至舊唐書經籍志始稱家訓七卷。而新唐
書藝文志又加上顏氏兩字，為顏氏家訓。今通稱顏氏家訓。至於分二卷或七
卷，正如四庫全書總目提要所謂「其文既無異同，則卷帙分合，亦為細故。」
今列家訓二十篇目與分卷如下：

卷上：

序致第一

教子第二

兄弟第三

後娶第四

治家第五（以上鮑，盧本卷一）

風操第六

慕賢第七（以上鮑，盧本卷二）

勉學第八（以上鮑，盧本卷三）

文章第九

名實第十

卷下：

涉務第十一（以上鮑，盧本卷四）

省事第十二

止足第十三

誡兵第十四

養生第十五

歸心第十六（以上鮑，盧本卷五）

書證第十七（以上鮑，盧本卷六）

音辭第十八

雜藝第十九

終制第二十（以上鮑，盧本卷七）

關於家訓寫作的年代，少有人提及，衹見四庫全書總目提要謂「舊本題北齊黃門侍郎顏之推撰。考陸法言切韻序，作於隋仁壽中，所列同定八人，之推與焉。則實終於隋。舊本所題，蓋據作書之時也。」（藝文本冊四，頁 2349）余嘉錫辨證甚詳，余氏主張的論點是：

> 其終制篇云：先君先夫人，皆未還建鄴舊山，今雖混一，家道罄窮，何由辦此奉營經費？則家訓實作於隋開皇九年平陳之後，提要以爲作於北齊，蓋未嘗一檢原書，姑以臆說之耳。（藝文本四庫全書總目提要附辨證，冊十，頁 841）

考家訓書證篇：

> 開皇二年五月，長安掘得秦時鐵稱權，旁有銅塗，鐫銘二所。（頁102 下）

又終制篇云：

> ……吾年已六十餘，故心坦然，不以殘年爲念。（頁 132 下）

皆可證明家訓並非寫於北齊之時。

或謂舊題北齊，乃因之推在齊頗久，且官位尊顯的原故，是以盧文弨補家訓趙曦明注例言：

> 黃門始仕蕭梁，終于隋代。而此書向來惟題北齊。唐人修史，以之推入北齊文苑傳中。其子思魯既纂其父之集，則此書自必亦經整理，所題當本其父之志。（見周氏彙注本頁 169 下）

持此，家訓題北齊黃門侍郎，並不關作書之年代。

（三）家訓重要版本及今日所見通行本

家訓版本，周法高氏「顏氏家訓彙注」本已言之甚詳。是以此處但以契其綱領而已。今就家訓重要版本略述如下：

1. 宋刻善本

家訓一書，唐宋以後，世世有刊本，今存最早本子，稱爲宋刻本，宋刻本是宋孝宗淳熙七年（歲次庚子，西元 1180 年），嘉定沈揆取各種版本，互爲參定，始成爲善本，據沈揆後跋云：

> 揆家有閩本，嘗苦篇中字譌難讀，顧無善本可讎。比去年春，來守天台郡，得故參知政事謝公家藏舊蜀本。行間朱墨細字，多所竄定，則其字景思手校也。迺與郡丞樓大防取兩家本讀之。大抵閩本尤謬誤。……惟謝氏所校頗精善，自題以五代宮傅和凝本參定，而側注旁出，類非取一家書。……又別列考證二十有三條爲一卷，附於左。
> （據彙注本頁 164 上下）

沈揆，字虞卿，嘉興人，可說是家訓的第一功臣，錢遵王讀書敏求記校證卷三之上子部詳云：

> 沈君學識不凡，讎勘此書，當時稱爲善本。兼之繕寫精妙，古香襲人，置諸几案間，眞奇寶也。（據彙注本頁 182 上引）

宋刻至清朝已不多，依黃丕烈蕘圃藏書題卷五子類所記，黃氏家藏有沈揆所刊的宋刻本，錢大昕所曾借閱，並鑒定爲淳熙台州公庫本無疑。據黃氏所說此本原藏於何義門家。四庫全書曾求宋刻本不得。

鮑氏知不足齋叢書重雕述古堂影宋本。簡稱「鮑本」，盧文弨稱其爲「宋本」，據黃蕘圃藏書題識卷五子類說：

> 書（指宋刻本）於宋諱，注云某諱，而沒其文。至於慎敬等字，並未缺筆。影鈔本一一缺之，遇宋刻誤字，悉照校本改回去，非其舊本矣。鮑氏叢書，雖用述古堂影宋本重雕，然其行款已改爲每葉十八行；每行之字，即仍其數。以宋刻統排葉數數之，難復舊觀矣。祖本之可貴，無過於此。（據彙注本頁 185 下～186 上引）

持此，鮑本已非宋刻之面目。今世界書局新編諸子集成第二冊有顏氏家訓，即是所謂的宋本。

2. 明遼陽傅氏刊本，簡稱「傅本」。

傅本刊於明世宗嘉靖三年（歲次甲申西元 1524 年），六月，傅鑰，字太平，遼陽人。傅本據張璧序稱，乃是張璧得「中秘本，手自校錄」（據彙注本頁 164 下），而後交傅氏刊行。今商務四部叢刊顏氏家訓本即是。

3. 明萬曆顏嗣慎刊本，簡稱「顏本」。

顏本刊於明神宗萬曆三年（歲次乙亥，西元 1575 年）正月，顏本依據的本子是憲宗成化年間（西元 1465～1487 年），建寧府同知程伯祥，通判羅春重刊本。又據諸書，並取證於李蘭皋等宿儒。而後重刻刊行。（詳見顏本序跋，彙注本頁 165 上～166 下有引。）

4. 明萬曆顏志本

顏志本，刊於明神宗萬曆六年（歲次戊寅，西元 1578 年），所據本子是：明武宗正德十三年（歲次戊寅，西元 1518 年）十月顏知環刻本，當時知環刻本為婁江王太史萬書閣所藏。顏志為之推茶陵平原派三十四代孫。明朝程榮漢，漢魏叢書重刊此本，簡稱「程本」。

5. 盧氏抱經堂刊本，簡稱「盧本」。

盧本，初刊於清高宗乾隆五十四年（歲次己酉，西元 1790 年），時年盧氏已七十三歲。三年後（歲次壬子，西元 1793 年），盧氏又重校，盧氏重校顏氏家訓：

> 向刻在己酉年，但就趙氏注本增補，未及取舊刻本及鮑氏所刻宋本，詳加比對，致有謁脫。今既省覺，不可因循，貽誤觀者，故凡就向刻改正者，與夫為字數所限不能增益者，以及字畫小異，咸標明之，庶已行之本，尚可據此訂正。注有未備，兼亦補之。（據彙注本頁171 上引）

盧本一出，即成定本。抱經堂定本，是以取趙曦明注刊行，另附注補併重校一卷，注補正一卷，壬子年重校一卷。

是以所謂抱經堂家訓盧本即是：

顏之推撰

趙曦明注

盧本詔校並撰注補

錢大昕撰注補正

除外，盧氏亦請正於師友多人。今中華書局四部備要有顏氏家訓、藝文印書館有顏氏家訓注，即是據抱經本校刊。

（四）家訓的重要注本

家訓一書自思魯刊行後，至宋始有沈揆的校訂考證，再到清朝，才有正

式的注本出現。

第一位注釋學者是趙曦明，趙氏是江陰人。初名大潤，後易名蕭，字敬夫，晚年更名曦明，又號噉江山人。是位篤實的學者，曾應盧文詔之請，講學於鍾山，注家訓時，年已過八十。清高宗乾隆五十二年（西元 1787 年）八月二日逝世，享年八十三，盧文詔曾為立噉江山人傳。

趙氏於跋裡說：

> 而是書先有姚江盧榘齋先生之分章辨句，金壇段懋堂之正誤訂譌。區區短才，遂不揣鄙陋，取而註釋之。年當耄耋，前脫後忘，必多缺略，第令儉於腹笥者，不至迷於援據，退然自阻，則亦不為無益。至於補厥挂漏，俾臻完善，不能無望於將伯之助云。（據彙注本頁 172 下引）

至於趙氏注書的緣由，據盧文詔序裡說：

> 此將以教後生小子也。人即甚英敏，不能於就傅成童之年，聖經賢傳，舉能成誦；況於歷代之事蹟乎？吾欲世之教子弟者，既令其通曉大義，又引之使略涉載籍之津涯，明古今之治亂，識流品之邪正。他日依類以求，其於用力也，亦差省。（據彙注本頁 169 上下引）

趙氏注釋完成後，不久即死，而後此注本經盧文詔校補後刻印，即是有名的抱經堂本。

第二位注釋學者，即是今人周法高先生。

周氏於民國四十九年十月由中研院史語所出版「顏氏家訓彙注」，奠定了他在學術上的地位。周氏的彙注格式是：

趙曦明注

盧文詔補注（標「補」字）

周法高補注補正（標「補正」兩字）

彙注本除本文外，另有附錄五種，這是集研究家訓的資料於一處，其附錄篇目如下：

附錄一：北齊書文苑傳，北史本傳

附錄二：顏之推年譜（繆鉞）

附錄三：諸本序跋

附錄四：諸書著錄及諸家評論

附錄五：索引

　　　壹：顏氏家訓索引

　　　　一、專名索引

　　　　二、普通詞語索引

　　　貳：補正引用諸家索引

除外，又有補遺及例言。周氏彙注本非但附有豐富的資料，且彙注又齊全，往往有獨到之見解。此書民國六十四年四月又有「台聯國風出版社」影印再版。增印補錄兩篇：

　　　顏氏家訓金樓子「伐鼓」解

　　　顏氏家訓彙注、補遺

　　　前文原載史語所集刊第十三本。後者原載史語所集編第四種下冊。又時人王叔岷有「顏氏家訓斠補」（藝文版），因彙錄為斠補。

（五）家訓的源流

　　　陳振孫直齋書錄解題認為顏氏家訓是古今家訓之祖，而周氏法高於「家訓文學的源流」裡說：

> 書中討論的範圍很廣，包括立身處世，治家教子，考據義理，兼而有之，真是包羅宏富。像這一種家訓的體裁，可以說是前無古人；而他的精粹處，更非後人依樣葫蘆，亦步亦趨所能及的，可是在他們之前，也有一些零碎的篇章，和顏氏家訓有淵源的關係。大凡一種文體，或是一種思想，不管它怎樣特別，總不會憑空出現，前面絲毫沒有一點脈絡可尋的。（正中版「中國語文論叢」下冊頁 25。）

此種源流的說法，明萬曆顏嗣愼刊本張一桂序裡已略有說明：

> 意其家庭之所教詔，父子之所告語，必有至訓焉，而今不及聞焉。不然，何其家之同心慕誼如此邪？嗣後淵源所漸，代有名德，是知家訓雖成於公，而顏氏之有訓，則非自公始也。（據彙注本頁 165 上引）

周氏法高於「家訓文學的源流」一文裡，認為家訓文學的源流有下列幾種。

　　　1. 古人的誡子書，家訓一類的作品。

　　　2. 古人的遺令或遺戒。

　　　3. 古人自敘生平的「自敘」。（正中版「中國語文論叢下冊頁 292）

（六）家訓的價值與影響

家訓一書，前人曾批評如下，晁公武郡齋讀書志卷十子類儒家類：

述立身治家之法，辨正時俗之謬，以訓諸子孫。（據彙注頁 181 上引）

陳振孫直齋書錄解題卷十雜家類：

古今家訓以此爲祖，而其書崇尚釋氏，故不列於儒家。（商務四庫全書珍本別輯，冊四，卷十頁 16）

家訓本佚名宋序：

北齊黃門侍郎顏之推，學優才瞻山高海深，常雌黃朝庭，品藻人物。爲書七卷，式範千葉，號曰顏氏家訓。雖非子史同波，抑是王言蓋代。其中破疑遣惑，在廣雅之右，鏡賢燭愚，出世說之左。唯較量佛事一篇，窮理盡性也。（據彙注本頁 163 下引）

宋本沈揆跋：

此書雖辭質義通，然皆本之孝弟，推以事君上，處朋友鄉黨之間，其歸要不悖六經，而旁貫百氏。至辯析援證，咸有根據。自當啓悟來世，不但可訓思魯愍楚輩而已。（據彙注本頁 164 上引）

四部叢刊影印明遼陽傅氏刊本張璧序：

質而明，詳而要，平而不詭。蓋序致至終篇，罔不折衷今古，會理道焉。是可範矣。（據彙注本頁 164 下引）

明萬曆顏嗣慎刊本張一桂序：

乃公當梁齊隋易代之際，身嬰世難，間關南北，故幽思極意而作此篇，上稱周魯，下道近代，中述漢晉，以刺世事。其識該，其辭微，其心危，其慮詳，其稱名小而其指大，舉類邇見義遠。其心危，故其防患深；其慮詳，故繁而不容自已。推此志也，雖與內則諸篇並傳可也。或因其稍崇極釋典，不能無疑。蓋公嘗北面肅氏，飫其餘風；且義主諷勸，無嫌曲證，讀者當得其作訓大旨，茲固可略云。（據彙注本頁 165 上下引）

鄭珍校本鄭珍序：

□□家訓以顏黃門爲最古。其書順時緣禮，易守□行，無□□□□駁世之私，亦爲最淳博通正。歸心一篇，高安朱文端雖深詆□，要是當時風尚，未足爲全書病也。（據彙注本頁 176 上引）

譚獻復堂日記：

閱顏氏家訓，南人入北，顏生可謂學者。持論最正，宅心最平。家
訓二十篇，造次儒者，不必以歸心為累也。聲音訓詁，尤所慎言。
經生家法，闢後來之牖。（據彙注本頁 193 上引）

楊樹達讀顏氏家訓書後序：

顏黃門博學多通，浮沈南北，飫嘗世味，廣接名流。既以身丁荼蓼，
思欲貽訓子孫，乃本見聞，條其法戒。言必有徵，理無虛設，故能
親切有味，亹亹動人，篇中凡有褒贊，必具姓名；脫復譏訶，恒從
諱避。夫彰善隱惡，固君子之用心；而即事求真，又學者之先務也。
（據彙注本頁 178 上引）

從以上的引述裡，我們可以明顯的看出來，往昔的論家訓一書皆就倫理的觀
點立場，因此對象訓的論說，則皆淪於列兩個範圍裡：

一、為家訓文學之祖

二、因歸心一文而論其歸類

第一點已為不爭的事實，但我們知道家訓的價值絕不僅於此。至於第二
點，爭論頗多，也因此點關係，家訓一書被歸入雜家。在早期目錄皆列為儒
家，至直齋書錄解題始列為雜家，並解說其理由，今略記其歸類始末：

舊唐書經籍志　儒家類

新唐書藝文志　儒家類

宋史藝文志　儒家類

王堯臣崇文總目　小說類

郡齋讀書志　儒家類

直齋書錄解題　雜家類

文獻通考經籍考　儒家類

錢謙益絳雲摟書目　儒家類

至四庫全書總目提要列其為雜家後，似乎已成定案。四庫全書總目卷一
百十七子部二十七雜家類一：

今觀其書，大抵於世故人情，深明利害，而能文之經訓，故唐志宋
志俱列之儒家，然其中歸心等篇深明因果，不出當時好佛之習。又
兼論字畫音訓，並考正典故，品第文藝，曼衍旁滂，不專為一家之
言。今特退之雜家，從其類焉。（藝文本，冊四，頁 2350）

持此，他們似乎皆未能肯定家訓的全面價值。當然，於此未能分析顏之推思

想的形成思素，但就家訓一書而言，除序致，終制兩篇，視其爲序文與遺囑而外，其餘十八篇似乎可歸之爲四類。大抵說來，之推的思想以「博雅切用」爲主，以學爲方法，而學以禮爲首要，因學而能確立士大夫風操，亦即是了解「名實」眞實，亦因學而能博。此本立而推之於治家、處事待人則能不誤，如此則其體系成立，今試就家訓一書，二十篇歸爲四類如下：

勉學、風操、慕賢、名實

教子、兄弟、後娶、治家

文章、書證、音辭、雜藝

涉務、省事、止足、誡兵、養生、歸心

至於家訓的價值，約有如下幾點：

1. 文學的價值

家訓本身用語親切，情感眞摯，具有很高的文學價值，是家訓文學的始宗。

2. 學術的價值

顏氏本身是位學者，因此家訓頗具學術價值，尤其在小學方面，更有挖掘的價值。

3. 教育的價值

家訓著作的緣由，乃在於對子孫的教育，故顏氏寓教育於讀書，不論幼稚教育，家庭教育皆有獨到的見解。

4. 倫理的價值

家訓體本身乃立足於倫理，而顏氏家訓由倫理乃是指一種「士大夫風操」而言，顏氏遺家訓予子孫，乃是希望能在亂世裡而不墮「士大夫風操」，因此顏氏可說是南北朝裡繫倫理於不墮的重心人物。

5. 社會史料的價值

顏氏由南入北，因此對南北風俗民情頗有批評，此種批評，正是研究當時社會情況的好資料與佐證。

大致說來，家訓的價值有如上述五點，而影響後世最大的却是家訓的形式而已，頂多亦僅具倫理價值而已，文學價值付之闕如，惟一可喜的是那種明白通俗與接近白話的體裁並未失。從顏氏家訓以後，號稱「家訓」一類的著作頗多，其中有宋董正功的續顏氏家訓，此外，宋劉清之戒子通錄（四庫

全書珍本初集木）中收集了不少。周氏法高於「家訓文學的源流」一文裡，曾就江蘇省立國學圖書館圖書總目及補編子部儒家類修治之屬一裏，列舉出宋以後有關家訓著作三十三種。並謂擬編輯一部歷代家訓輯要。（正中版「中國語文論叢」下冊頁289～291）

二、詩

　　顏之推所存詩不多，就丁仲佑編纂「全漢三國晉南北朝詩」所錄，僅存五首，存列於「北齊詩」部分。抄錄如下：

神仙

　　紅顏恃容色，青春矜盛年。自言曉書劍，不得學神仙。
　　風黑落時後，歲月度人前。鏡中不相識，捫心徒自憐。
　　願得金樓要，思逢玉鈴篇。九龍遊弱水，八鳳出飛煙。
　　朝遊采瓊實，夕宴酌膏泉。崢嶸下無地，列缺上陵天。
　　舉世聊一息，中州安足旋。

古意二首

　　十五好詩書，二十彈冠仕。楚王賜顏色，出入章華裏。
　　作賦凌屈原，讀書誇左史。數從明月讌，或侍朝雲祀。
　　登山拓紫芝，泛江採綠芷。歌舞未終曲，風塵暗天起。
　　吳師破九龍，秦兵割千里。狐兔穴宗廟，霜露沾朝市。
　　璧入鄲鄲宮，劍去襄城水。未獲殉陵墓，獨生良足恥。
　　惘惘思舊都，惻惻懷君子。白髮闚明鏡，憂傷沒余齒。

　　寶珠出東國，美玉產南荊。隋侯曜我色，卞氏飛吾聲。
　　已加明稱物，復飾夜光名，驪龍旦夕駭，白虹朝暮生。
　　華彩燭兼乘，價值詎連城。常悲黃雀起，每畏靈蛟迎。
　　千刃安可捨，一毀難復營。昔為時所重，今為時所輕。
　　願與濁泥會，思將垢石並。歸真川岳下，抱潤潛其榮。

徙周入齊夜度砥柱

　　俠客重艱辛，夜出小平津。馬色迷關吏，雞鳴起戍人。
　　露鮮華劍彩，月照寶刀新。問我將何去，北海就孫賓。

和陽納言聽鳴蟬篇

　　聽秋蟬，秋蟬非一處。細柳高飛夕，長楊明月曙。歷亂起秋聲，參差
攬人慮。單吟如轉簫。群噪學調笙。風飄流曼響，多含斷絕聲。垂陰
自有樂，飲露獨爲清。短綏何足貴，薄羽不著輕。蟷螂翳下偏難見，
翡翠竿頭絕易驚。容止由來桂林苑，無事淹留南斗城。城中帝皇里，
金張及許史。權勢熱如湯，意氣誼城市。劍影奔星落，馬色浮雲起。
鼎俎陳龍鳳。金石諧宮徵。關中滿李心。關西饒孔子，詎用虞公立國
臣，誰愛韓王游説士。紅顏宿昔同春花，素鬢俄頃變秋草，中腸自有
極，那堪教作轉輪車。（以上見世界書局版下冊頁 1523～1524）

三、觀我生賦

　　顏之推撰有觀我生賦，北齊書本傳謂「文致清遠。」觀我生，乃取自周
易觀卦九五「觀我生，君子无咎。」顏氏觀我生賦，乃是顏氏的自述。觀我
生賦：

　　予一生而二化，備茶苦而蓼辛。（北齊書頁 292）

其後入隋，且四爲亡國之人。此賦當是作於入周之後（北周武帝建德六年，
西元 577 年，之推年四十七歲），隋文帝開皇元年（西元 581 年，之推五十歲）
簒位之前。

　　歷來時有人把庾信哀江南賦和觀我生賦並論，蓋庾信顏之推兩人，時代
相仿（庾信生於梁武帝天監十二年，西元 513 年，卒於北周靜帝大定元年，
即隋文帝開皇元年，西元 581 年，年六十九歲。顏之推生於梁武帝中大通三
年，西元 531 年，卒於隋文帝開皇十餘年，開皇十年，西元 590 年，之推年
六十餘歲。）身世亦相近，且兩賦皆自傷身世，緬懷宗國，故敘事使典，頗
有相似之處，周氏法高有「顏之推觀我生賦與庾信哀江南賦之關係」一文（正
中版「中國語文論叢」下冊頁 240～249），周先生推測之推似乎受子山的影響，
他的理由是：

　　是二賦著成之時代亦頗相近。惟之推年輩文名及才氣皆遠遜於子
　　山，似以推測之推作賦爲受子山之影響爲較近理。至子山之作哀江
　　南賦，可能亦有所承襲。（正中版，頁 242）

周先生進而比較其間相似之處，而後做個結論說：

　　綜觀上文所論列者，約二十條則。哀江南賦凡三三七六字，觀我生

賦正文凡一九六五字。於區區二三千字之文中，正有不少相合之處，
殊不可謂偶合也。至於二賦所敘之事，及其先後層次，亦有相似者，
如二賦皆自敘先世，此固文人自敘之慣例，無足異者。讀者自可熟
玩二賦而自得之，今皆不贅矣。竊意子山、之推，同仕北齊；而子
山哀江南賦，尤屬名重當時，之推自不容不見。然則觀我生賦之與
哀江南賦有若干類似之處，自亦無足異也。余故表而出之，以備治
文學史者採擇焉。（頁 249）

綜觀周先生之論，亦頗有可議之處，試駁如下：

1. 兩賦寫作年代相近，依陳寅恪訂：哀江南賦作於北周武帝宣政元年（西
元 578 年），而觀我生賦則是寫於北周武帝建德六年（西元 577 年）平齊之後，
隋文帝開皇元年（西元 581 年）篡位之前。如此兩賦寫作年代未能眞正確定，
而周氏僅以年歲、文名及才氣，而定其關係，似乎未足以服人。（哀賦寫作年
代，詳見三人行出版社陳寅恪先生論文集下頁 509「讀哀江南賦」一文。）

2. 之推、子山兩人身世，遭遇皆相似，其間兩賦有相似之處，當是難免
的事實。處於同一環境之人，對於相同之事，會有相似之看法，更是普遍的
事實，若因此而定其關係，未免忽略了人性共通點的事實。試列周氏所謂的
二十條列如下：

(1) 同用論語「蕭牆」之典

(2) 同用蕭正德哀賦作「王子召我」。觀賦作「召禍絕域」。

(3) 同用孟子「彎弓」之典。

(4) 同以霸王比元帝。

(5) 皆以元帝爲中興之主。

(6) 同用左傳僖公二十二年「辛有適伊川」事

(7) 同以「蚩尤」喻侯景。

(8) 二者皆記西魏來伐梁元帝事，同用左傳「南風不競」之典。

(9) 哀賦言侯景惡葬武帝，觀賦言西魏薄葬梁元帝，而同用左傳薄葬
齊莊公事。

(10) 二賦皆記元帝焚書事。

(11) 二賦皆記江陵城陷老幼被擄事，而同用「章台留釧」之典。

(12) 同記江陵百姓被擄之時在道路之苦。

(13) 同用左傳「鍾儀」事

（14）同用「典午」詞

（15）同用「舊章」詞

（16）同用「杞梓」詞

（17）同用「舿艎」詞

（18）同用「龍蟠」詞

（19）同用蘇武事

（20）同用「砥柱」詞

（21）同用「徵榮」事

（22）同用「護軍」詞

（23）同用「幕府」詞

（24）皆以「或」與「乍」為對文

綜觀以上二十條則，所謂相同，乃在於用典與同詞。而此種用典用詞之相同，乃緣於身世，經歷相似所造成，並非受影響。以之推的人格和文學思想，（本人另有「之推思想述要」一文。）不可能有仿他人之作，又以之推之博學，並用典之功力，亦不可能下於子山。兩人用典雖不復可考，但「砥柱」一詞，卻見之於之推本傳及其存詩。

3. 哀賦三千三百七十字，觀賦一千九百六十五字，就常理而言，仿者的內容技巧縱使不能青出於藍，則其篇幅亦當比原作長。而觀賦在篇賦上卻少了一千四百一十一字。

竊意以為兩賦有相似之處，乃是因情、景相似使然。而其寫作時代亦可能同時，但以哀賦才氣勝，是以知名度高。若一味致力於其間異同處，未免有污前賢。

四、冤魂志

冤魂志原三卷，今存，書名最早見於新唐書藝文志、太平廣記、崇文書目中，至宋史藝文志稱還冤志，恐係宋人所改。

冤魂志，隋書卷三十三經籍志二十八史部雜傳類著錄：

冤魂志三卷，顏之推撰。（頁 496）

姚振宗「隋書經籍考」：

唐顏真卿家廟碑：北齊給事黃門侍郎，待詔文林館，平原太守，隋東宮學士，諱之推，字介，著家訓廿篇，冤魂志三卷。

法苑珠林傳記篇：「承天達性論（不著卷數），冤魂志一卷，誡殺訓一卷，右三部，齊光祿大夫顏之推撰。」（案此則其書，首為論一卷，次志一卷，訓一卷，如此合為三卷也。誡殺訓略見顏氏家訓歸心篇，此蓋別為一卷。）

唐志經籍志：冤魂志三卷，顏之推撰。

唐書藝文志：小說家，顏之推，冤魂志三卷。

宋史藝文志：小說家，顏之推，還冤志三卷。

崇文總目：小說家，還冤志三卷，顏之推撰。

陳氏書錄：小說家，北齊還冤志三卷，顏之推撰。

四庫提要小說還冤志三卷，此書隋志不著錄，文獻通考作北齊還冤志。考書所記，上始周宣王杜柏之事，不得目以北齊，即之推亦始本梁人，後終隋氏，更不得目以北齊，殆因舊本之首題北齊黃門侍郎顏之推撰，遂誤以冠於書名上歟？自梁武帝以後，佛教彌昌，士大夫率皈禮，能仁盛談因果，之推家訓有歸心篇，於罪福尤為篤信，故此書所述，皆釋象報應之說，強魂毅魄，憑屬氣而為變，理固有之，尚非天堂地獄幻杳不可稽者比也。其文字亦頗古雅，殊異小說之冗濫。（謹案還冤志似即此冤魂志之異名，提要謂隋志不載者似未然。）（開明版廿五史補編第四冊，頁5384～5385）

　　冤魂志，說郛，唐宋叢書，讀百川學海，五朝小說大觀，陳繼儒寶顏堂秘笈廣集，王謨漢魏叢書，金長春詒經堂，太平廣記皆有。而敦煌秘籍留眞新編影印還冤記殘卷（原卷今藏巴黎國立圖書館，伯希和編目第三一二六），可資校訂者不少。又法苑珠林（有大正藏書，四部叢刊本）亦有二十二條。據周氏法高的考證，現存冤魂志有六十條（詳見中國語文論叢下冊頁293～336「顏之推還冤記考證」一文。）

　　周氏法高認為：冤魂志所記皆屬「因果報應」之屬，此種「果報文學」本屬志怪文學的一個分支。不過志怪文學中雖然偶而也談到鬼神報應的故事，可是專以鬼神報應的故事為主的現存作品，當首推冤魂志。

　　此種鬼神報應的觀念，在顏氏之前本已存在。加上六朝時代又接受了佛學的影響。而顏氏篤信佛教，所以有冤魂志的著作，和他的家訓歸心篇所述誡殺的故事，實在相為表裡。（詳見周氏「顏之推還冤記考證」一文。）

參考書目

1. 《顏氏家訓注》，藝文本。

2. 《顏氏家訓》，抱經堂本校刊，中華四部備要本。

3. 《顏氏家訓》，沈揆考證，世界版新編諸子集成第二冊。

4. 《顏氏家訓》，顏刊本，商務四部叢刊本。

5. 《顏氏家訓彙注》，周法高撰輯，史語所刊本。

6. 《北齊書》，藝文二十五史本。

7. 《隋書》，藝文二十五史本。

8. 《唐書》，藝文二十五史本。

9. 《宋史》，藝文二十五史本。

10. 《廿五史補編》，開明本。

11. 《文獻通考》，馬端臨，新興影印本。

12. 《顏魯公文集》，顏眞卿，中華四部備要本。

13. 《直齋書錄解題》，陳振孫，商務四庫珍本。

14. 《四庫全書總目提要》，藝文本。

15. 《全漢三國晉南北朝詩》，丁仲佑輯，世界本。

16. 《陳寅恪先生論文集》，陳寅恪，三人行出版社。

17. 《中國語文論叢》，周法高，正中本。

顏之推及其思想述要

第一節　緒　論

南北朝是一頁極其複雜的歷史：

就政治而言：非但是南北割據的局勢，且其實質亦爲殘殺、淫亂與功
利。

就學術而言：是魏晉玄學的延續，懷疑精神與論辯風氣頗盛。

就社會而言：南北朝的社會，有著嚴格的階級劃分，且貧富過度的不
均。

就倫理而言：是一段黑暗的時期，此時清談成風，民俗浮靡。

就教育而言：中央的尊嚴已倒，王政轉移爲家教，高門子弟不願進國
立的太學。

就宗教而言：佛道兩教應時而起，與儒家成爲鼎立的局面。

就文學而言：是一個錦繡燦欄的文學時代，也是受盡誤解的時代，蓋
此時是唯美文學盛行的時期。

總之，南北朝所呈現的是一片混亂。是一個頗不易了解的時代。根據以
往的一些了解，這時代大體上只有負面的意義。尤其是通過儒家的歷史觀來
看，眞是一無可取；但根據客觀的認識，此種混亂的局勢，亦有它的正面價
值：如生命與思想的解放，如大規模的文化同化。當時中國再度成爲一座大
洪爐，也因此而爲積弱的中國再度注入一股新的生命力，換言之，南北朝就
歷史而論，是屬於一個過渡的階段。而處於過渡階段的人物，其成就往往決

定於他們對社會所採取的態度，社會學家卜朗（Block）在「個人解組與社會解組」一書中，曾列舉當個人碰上巨大社會變遷而難以適應時，可能採取五種不同的方式：

1. 回到業已建立的行為規範。
2. 創造自己的行為方式，設法為社會所採用。
3. 用各種反社會行為，如非法和犯罪，以攻擊現存的社會秩序。
4. 退出社會，隱匿避難。（各種精神病即是內心的退却。）
5. 以自殺解決一切。〔註1〕

申言之，在過渡時期裏，對社會不論採取何種態度，於個人成就而論，皆難臻精深博大之境界。在南北朝時代裏，若欲求一位近乎精深博大的歷史人物，自非顏之推莫屬。

顏之推出生於南方，定居於北方，一生歷盡滄桑。他對於當時混亂的社會所採取的態度是：企圖創造自己的行為方式，設法為社會所採用；若不能為社會所採用，亦冀為後代子孫所遵循，是以有「家訓」一書的著作。

「家訓」內容頗為龐雜，皆為就當時事實有感而發，所論亦皆有獨到之處。但歷來却少有人以「家訓」或顏之推做為研究對象。為「家訓」作注釋且成書者〔註2〕，前賢有：

　　宋刻善本　沈揆校訂　並有考證二十三條為一卷

〔註1〕布朗（Block）之說，見朱岑樓譯本，柯尼格著「社會學」頁59。一九六二年協志工業叢書出版公司。

〔註2〕參見周法高「顏氏家訓彙注」本附錄三「家訓彙注所據諸本序跋」及拙著「顏之推著作考」（東師學報第四期）。又今人有補注、札記等短文，可見者如下：
顏氏家訓金樓子「伐鼓」解　周法高　原載民國三十七年九月上海版史語所集刊第十三本頁163～164。今亦收存于民國六十四年台聯國風出版社再版「顏氏家訓彙注」本補錄部份頁334。
顏氏家訓彙注補遺　周法高　原載民國五十年六月史語所集刊外編第四種下冊頁857～897。今亦收存于台聯國風出版社再版「顏氏家訓彙注」本補錄部份頁335～357。
還冤記　周法高　見正中版「中國語文論叢」下冊漢堂讀書續記十一頁427～428。
顏氏家訓斠注補錄　王叔岷　原載五十一年五月份大陸雜誌特刊頁15～16。
顏氏家訓斠注補遺　王叔岷　原載五十二年十一月份第十二期文史哲學報頁39～43。以上兩文今皆收錄于廣文本王著「顏氏家訓斠補」一書。
顏氏家訓札記續篇　陳槃　原載五十四年九月份史語所「慶祝李濟先生七十歲論文集」頁403～420。陳槃札記前篇本人未見。

盧氏抱經堂本　趙曦明注　盧文詔校並撰注補　錢大昕撰注補正

今人有：

顏氏家訓彙注　趙曦明注　盧文詔補注　周法高補正

顏氏家訓斠補　王叔岷斠補

其中以周法高彙注本最爲詳盡，本論文即以彙注本爲根據。

又以「家訓」或顏之推爲研究對象而言：在前賢著作裏，但見吉光片羽之精論，未見成篇之宏論〔註3〕。今人著作除繆鉞「顏之推年譜」外，所見亦不多。〔註4〕

顏之推之人生哲學與教育思想　伍振鷟〔註5〕

顏之推觀我生賦與庾信哀江南賦之比較　周法高〔註6〕

家訓文學的源流　周法高〔註7〕

顏之推還冤記考證　周法高〔註8〕

綜上所述，前賢與今人對「家訓」之注釋與研究，雖然不多，仍可謂卓然有成，尤以今人周氏法高爲最突出。但注釋雖詳盡，並不等於全面性的探討或研究；而單項研究雖精深，却缺乏整體性的透視，偶有流於主觀的看法。〔註9〕是以本人不揣陋學，藉前賢與今人研究之成果，而企圖對顏之推之思想作一全面性的探討。

顏氏之學，以「博雅、切用、明恥、尙義」爲主，〔註10〕或謂不能算是個思想家，但我們確信他是南北朝混亂時代裏的代表人物。論其人思想，勢

〔註3〕　參見周法高「顏氏家訓彙注」本附錄四「諸書著錄及諸家評論」。

〔註4〕　此處不計今人所著各種專史裡所論之文。亦不列目前台灣所不得見之論文。繆鉞「顏之推年譜」見彙注本附錄二。

〔註5〕　伍文見民國四十八年六月份省立師範大學教育研究所集刊第二輯，頁113～119。

〔註6〕　原文見民國四十九年二月大陸雜誌二十卷四期。亦收存于正中版周法高「中國語文論叢」下冊頁240～249。又存見「顏氏家訓彙注」本附錄四裡頁196～200下。

〔註7〕　原文見民國五十年元月份大陸雜誌二十二卷二期頁1～4；二月份三期頁22～28，又二月份四期頁14～22。今收存正中版周著「中國語文論叢」下冊頁250～292。

〔註8〕　原文見五十年五月份大陸雜誌二十二卷九期頁1～4，五月份十期頁13～17，又六月份十一期頁14～22。今收存正中版周著「中國語文論叢」下冊頁293～336。

〔註9〕　參見伍振鷟「顏之推之人生哲學與教育思想」一文。

〔註10〕　此爲今人羅香林之語，語見商務人人文庫本，羅著「顏師古年譜」頁9。

必對其人有所了解，因此本論文首列顏之推事略。

又一個人思想之產生，必定有他的產生背景，是以第三節乃探討顏之推思想的形成背景，而所謂的背景又從個人的環境因素與時代背景兩方面著手，企求能有全面性的透視。

在第四節裏，則條述顏之推的思想，此節所論思想包括：

學術思想

政治思想

教育思想

人生思想

文學思想

宗教思想

社會思想

於此可見顏之推思想的博大。竊以爲分析某人之思想，當以客觀陳述爲主，而非以主觀獨斷爲尚。在本節裏本人絕少作主觀之論斷，而純以顏氏著作爲據。

現存顏氏著作雖不多，但非僅「家訓」一書，而「家訓」亦非僅是家訓文學之祖而已。本人在研究過程中，對顏氏著作問題頗爲關注，曾撰有「顏之推著作考」一文，可爲本論文的附篇。〔註11〕

個人雖說明顏氏思想的博大，卻無意強調他的偉大性，但我們相信在中國的思想史裏，理當有他的地位在，不可因南北朝屬衰世，無顯學而不顧，顧亭林遭亡國之禍，悼風俗之衰，於日知錄卷十三裡曾感慨地說：

頃讀顏氏家訓有云：「齊朝有一士大夫，嘗謂吾曰：『吾有一見，年已十七，頗曉書疏，教其鮮卑語，及彈琵琶，稍欲通解，以此伏事公卿，無不寵愛，亦要事也。』吾時俯而不答，異哉此人之教子也，若由此業，自致卿相，亦不願汝曹爲之。」嗟乎！之推不得已而仕於亂世，猶爲此言，尚有小宛詩人之意，彼閹然媚於世者能無媿哉！

（商務萬有文庫本，冊五，頁52）〔註12〕

而一千四百年後的此時此地，顏氏主「博雅、切用、明恥、尚義」之學，實

〔註11〕拙著「顏之推著作考」一文見六十五年東師學報第四期。

〔註12〕顏氏此文見教子篇，「顏氏家訓彙注」本頁5下～6上。顏氏引文據顏氏原文校正。又明倫出版社「原抄本日知錄」則見存于卷十七。頁387～388。

有重新正視之必要，此亦是本文寫作的目的。

第二節　顏之推事略

顏之推，字介。祖籍琅玡臨沂（今山東省臨沂縣）。自九世祖顏含隨晉元帝南渡（西元 371 年），顏家方始落籍於金陵上元（今併入江蘇省江寧縣）。之推生於梁武帝中大通三年（西元 531 年），卒於隋文帝開皇十二年（西元 592 年）左右。〔註13〕

祖父見遠，博學而有志節。蕭寶融爲南康王坐鎮荆州時，以見遠爲錄事參軍，蕭寶融廢宋自立爲齊和帝（西元 501 年）後，改授見遠爲書信御史，又兼中丞之職。見遠爲官梗直。梁武帝篡位後，見遠絕食而死。〔註14〕

之推父顏協，〔註15〕字子和，幼孤，由舅父謝暕養育成人，年少時即以識見爲時人所稱道。博覽羣籍而工於書法草隸。顏協雖貧却重修飾，無車馬不出遊。初仕爲湘東王蕭繹國常侍兼府記事。蕭繹出鎮荆州後又改任正記室。當時吳郡顏協亦任職於藩邸，二人才學相亞，府中並稱爲「二協」。謝暕死，顏協喪之如伯叔，時議頗稱道之。協因父殉齊，故在梁朝不求顯達，屢辭徵召，惟遊仕於藩府而已。梁武帝大同五年（西元 539 年）卒，享年四十二。武帝曾賦「懷舊詩」，頗表歎息。〔註16〕顏協文章甚爲典正，不從流俗，撰有晉仙傳五篇，日月異圖兩卷，詩賦銘誄書表啓疏二十卷，皆遇火湮滅。〔註17〕

〔註13〕案北齊書及北史顏之推傳均不載卒年。以下本論文所引正史皆以藝文版廿五史木爲主。顏氏家訓序致篇：年始九歲，便丁荼蓼。（頁 2 上）
當指喪父而言。之推父卒於梁武帝大同五年（公元 539 年）（見梁書卷五十顏協傳頁 356），是年之推九歲，則應生於梁武帝中大通三年（公元 531 年）。
又終制篇：吾年十九，值梁家喪亂。（頁 132 下）
梁家喪亂，即指侯景陷台城，之推生於中大通三年，至太清三年（公元 549 年）侯景陷台城，之推年十九。
又終制篇：吾年已六十餘。（頁 132 下）
之推六十時，是開皇十年（公元 590 年），是以六十餘，本文定其死於開皇十二年（公元 592 年左右）。繆鉞顏之推年譜定於開皇十年。
〔註14〕見梁書卷五十顏協傳（頁 356）周書卷四十顏之儀傳（頁 296）
〔註15〕梁書卷五十有顏協傳（頁 356～357），南史卷七十二有顏協傳（頁 825）
〔註16〕梁書卷五十顏協傳：之推父協卒，年四十二，世祖甚歎惜之，爲懷舊詩以傷之，其一章云：「弘都多雅度，信乃舍賓實。鴻漸殊未昇，上才淹下秩。」（頁 356～357）
〔註17〕見梁書顏協傳（頁 357），家訓文章篇（頁 59 上下）

之推早傳家學，七歲即能誦王逸魯靈光殿賦。〔註18〕九歲（西元439年）喪父，由兄之儀負責家計，〔註19〕十二歲時，湘東王蕭繹親自講授老莊，之推曾登門聽課，但虛談非所好，歸後博覽羣書，尤其用心於禮傳。〔註20〕

梁武帝太清元年（西元547年），之推十七歲。此年二月，東魏侯景以河南十三州來降，二年十月，侯景又反，渡江逼京師，三年三月，侯景陷台城（在今南京市北玄武湖畔，亦稱苑城）。四月，湘東蕭繹稱大都督中外諸軍司徒承制。五月，武帝崩，太子綱繼立，為簡文帝。之推於此年仕湘東王國，為右常侍，〔註21〕又以軍功加封鎮西墨曹參軍。

簡文帝大寶元年（西元550年）九月，湘東王繹以世子方諸為中撫軍，出為郢州刺史。之推隨行掌書記。二年閏四月，方諸為侯景將宋子仙、任約所執；之推賴侯景行台郎中王則所救，囚送建鄴（故城在今南京市南），〔註22〕得見顏氏先祖塋墓。〔註23〕九月，侯景廢簡文帝，立豫章王棟。十月，弒簡文帝，廢豫章王自立。次年（西元552年）三月，王僧辯等平服侯景，傳道江陵（今湖北省縣名）。十一月，湘東王自立於江陵，為元帝。之推歸江陵，為散騎侍郎，奏舍人事，並校訂府軍舊籍。〔註24〕

元帝承聖三年（西元554年）九月，西魏遣萬紐、于謹攻梁。十月，至襄陽（今湖北省縣名），蔡譽率眾會合，十一月，陷江陵，之推等人所校典籍，悉付祝融，〔註25〕元帝被執。王僧辯、陳霸先等奉晉安王方智承制。十二月，元帝遇害，之推、之儀兄弟亦為擄至長安，顏氏自之推輩起始居長安。當時西魏大將軍李穆甚為器重之推，推薦往弘農掌其兄陽平公李遠書翰。〔註26〕

〔註18〕見家訓勉學篇（頁38下）
〔註19〕家訓序致篇：每從兩兄，曉夕溫清，……年始九歲，便丁荼蓼，家塗離散，百口索然。慈兄鞠養……（頁1下～2上）
　　　　之推兩兄，即之儀，之善。之儀長之推八歲。序致篇所謂慈兄即指之儀。
〔註20〕見北齊書卷四十五顏之推本傳（頁288），家訓勉學篇（頁43上下）
〔註21〕考北齊書顏之推本傳作「繹以為其國左常侍。」而觀我生賦自注：時年十九，釋褐湘東國右常侍，以軍功加鎮西墨曹參軍。（北齊書顏之推傳頁289。以下引用觀我生賦皆指北齊書本傳而言）本文依自注取「右常侍」。
〔註22〕見北齊書顏之推本傳。觀我生賦：「幸先生之無勸，賴滕公之我保。」（頁290）即指此事，並詳見其自注。
〔註23〕見觀我生賦：「經長干以掩抑，展白下以流連」及其自注。（頁290）
〔註24〕見觀我生賦：「或校石渠之文」及其自注（頁290）
〔註25〕見觀我生賦：「書千兩而煙煬，溥天之下，斯文盡喪。」及其自注。（頁290）
〔註26〕見北齊書本傳（頁288），李遠，北齊書顏之推本傳作「慶遠」。考周書卷二十五有李遠傳（頁173～175）。此文本周書作李遠。又李穆傳見書卷三十（頁

次年（西元 555 年）二月，晉安王方智即位於建康（即建業，晉改建業爲建鄴，後避愍帝諱改爲建康），爲敬帝。三月，北齊遣上黨（在今山西省東南部）王渙送貞陽侯蕭淵明來梁嗣位。七月王僧辯迎蕭淵明，以敬帝爲太子。九月，陳霸先殺王僧辯，廢淵明，敬帝復位。此時，之推在西魏，聞在北齊梁使皆已返國，於是有奔齊之決心，趁河水暴漲之時，備船載妻子奔齊，冒砥柱（山名，在山西平陸縣東五十里大河中流）天險，水路七百里，一夜而至齊，時人稱其勇決。〔註27〕之推有「從周入齊夜度砥柱」詩。〔註28〕

之推於北齊文宣帝天保七年（西元 556 年）奔齊，時年二十六。之推至齊，文宣帝頗爲喜悅，即引置於內館中，侍從左右。天保八年（西元 557 年）十月，陳霸先廢敬帝自立，爲陳武帝，於是之推不能南歸，遂留居北齊。當時北方政教嚴切，不能隱退，不得已而仕於北齊。〔註29〕

天保九年（西元 558 年）六月，之推隨文宣帝自晉陽（今山西省太原縣治）北巡，曾至天池（在遼寧省長白縣北長白山之頂），文宣帝擬授中書舍人，令中書郎段孝信持敕書出示之推，時之推在營外飲酒作樂，孝信就實情告，文宣帝遂止。〔註30〕之推此行，曾辨識獵閭村與亢仇亭兩地名的本義。〔註31〕

天保九年（西元 559 年）十月，文宣帝崩，子太殷繼立，爲廢帝。次年（西元 560 年）八月，常山王演廢帝自立，改元皇建，爲孝昭帝。孝昭帝於次年（西元 561 年）十一月崩，弟長廣王湛繼位，改元太寧，是武成帝。

武成帝河清三年（西元 564 年），之推被舉爲趙州功曹參軍。〔註32〕曾與太厚王劭共讀柏人城（今河北柏鄉縣）西門內碑。〔註33〕

後主武平三年（西元 572 年）二月，左僕射祖珽推之推之意，奏請置文林館。當時祖珽奏請入館者有三十多人，〔註34〕之推爲文林館待詔，專掌修

216～218）。
〔註27〕見北齊書顏之推本傳。
〔註28〕見世界版丁福保編「全漢三國晉南北朝」下冊「北齊詩」部份頁 1524「俠客重艱辛，夜出小平津。馬色迷關吏，雞鳴起戍人。露鮮華劍彩，月照寶刀新。問我將何去，北海就孫賓。」
〔註29〕見家訓終制篇：兼以北方政教嚴切，全無隱退者故也。（頁 133 上）
〔註30〕見北齊書之推本傳（頁 288）
〔註31〕事見家訓勉學篇（頁 50 上）
〔註32〕見北齊書顏之推本傳。
〔註33〕見家訓書証篇（頁 111 上下）
〔註34〕詳見觀我生賦「纂書盛化之旁，待詔崇文之裏。」及自注。（頁 291），北齊書卷四十五文苑傳序論（頁 280～282），北齊書卷四十二陽休之傳（頁 261～263）

撰文殿御覽、續文章流別等書。又除司徒錄事參軍。之推膽穎機悟，博識有才辯，工尺牘，精通小學，應對閒明，大為祖珽所重，令掌館事，判審文書。不久遷升通直散騎常侍，繼而又領中書舍人職，不久轉授黃門侍郎，〔註35〕甚得後主器重。

祖珽雖非正人君子，尚有才學，後主亦好文詠，是以之推此時尚稱得志。但當時北朝文人與武人不合，又有胡漢之爭。〔註36〕祖珽為穆提婆、韓鳳等人所排斥，解僕射職，外放為北徐州刺史。韓鳳等人仍積恨祖珽等漢人文士。十月，有崔季舒等人之禍，侍中崔季舒、張雕虎，散騎常侍劉逖、封孝琰，黃門侍郎裴澤、郭遵皆被殺，之推雖能免禍，亦頗不自安。〔註37〕

後主隆化元年（西元 576 年）八月，帝至晉陽，十一月，至晉州，十二月北周武帝率軍來攻晉州，齊軍大敗，後主棄軍還晉陽，留安德王延宗晉陽，而輕騎還鄴（故城在今河南省臨漳縣西）。周師隨陷晉陽，後主禪位於太子，太子恒次年（西元 577 年）正月即位，建號承光，尊後主為太上皇。之推與中書侍郎薛道衡、侍中陳德信等人勸請太上皇往河外募兵，更為圖謀；事若不成則南投陳國。事為高阿肱所阻。太上皇授之推為平原太守，令守河津，以為奔陳之計。高阿肱求自鎮濟州（今山東荏平縣西南）。太上皇自鄴先赴濟州，周師漸逼，幼主亦自鄴東走，於是太上皇攜幼主走青州（今山東益都縣一帶），擬入陳國。高阿肱外通北周，擬生擒齊帝。因此屢次遣人告知周師仍遠，且令人燒斷橋樑，太上皇停緩，周師卻於瞬間抵青州，周將尉遲綱擒太上皇、太后、幼主，囚送長安。〔註38〕

北周平齊後，之推與陽休之、袁聿修、李祖欽、元修伯、司馬幼之、崔

太平御覽卷第六百一引三國典略修（商務版，頁 2836～2837）

〔註35〕北齊書謂之推於崔季舒之事後方除「黃門侍郎。」考崔季舒之事，之推能免禍已屬萬幸，何有高升之理，考觀我生賦「珥貂蟬而就列，執麾蓋以入齒」及自注。（頁 291）與北史卷七十二李德林傳（頁 1110～1112）皆謂之推判館事已為黃門侍郎。本文依顏之推自注，作除黃門侍郎事於崔季舒之事之前。

〔註36〕觀我生賦「諫譖言之予戕，愓險情之山水。由重裘以寒勝，用去薪而沸止。」及自注（頁 291。又見北齊書卷三十九祖珽傳（頁 239～244）與卷五十韓鳳傳（頁 317～318）

〔註37〕北齊書本傳：帝甚加思接，顧遇愈厚，為勳要者所嫉，常欲加害之（頁 288）又見註 36 生賦及自注部分。

〔註38〕事見北齊書之推本傳，觀我生賦：「乃詔余以典郡，據要路而問津。」及自注，北齊書卷五十高阿肱傳（頁 316～317），又北齊書卷八後主、幼主本紀（頁 51～60）

達拏、源文宗、李若、李孝貞、盧思道、李德林、陸乂、薛道衡、元行恭、辛德源、王劭、陸開明等十八人同徵，隨駕赴長安。〔註39〕盧思道、陽休之於途中作蟬鳴篇，之推亦同作。〔註40〕時在周武帝建德六年（西元577年）。至此，之推已三度爲亡國之人。〔註41〕次年（西元578年）六月，武帝崩，太子贇繼立，改元宣政，爲宣帝。又一年（西元579年），宣帝傳位太子闡，自稱天元皇帝。闡立，改元大象，是爲靜帝。

靜帝大象二年（西元580年），之推爲御史上士。三年（西元581年）二月，楊堅廢靜帝自立，是爲隋文帝。之推長孫顏師古於此年誕生，同年，之推與劉臻、盧思道、魏淵、蕭該、辛德源、薛道衡等七人，共宿陸法言家，夜深酒闌，共論音韵。〔註42〕

隋文帝開皇二年（西元582年），之推奏請依梁國音樂，以考尋古典雅樂，文帝未從。〔註43〕五月，長安掘得秦時鐵稱權，旁有銅塗鐫銘二所，之推受命與內史李德林共同校閱，訂「隗林」當作「隗狀」。〔註44〕

開皇十二年（西元592年）左右，皇太子召之推爲學士，甚見禮重，不久之推逝世，享年六十餘。

〔註39〕見北齊書卷四十二陽休之傳（頁262）

〔註40〕隋書卷五十七盧思道傳：周武帝平齊，授儀同三司，追赴長安，與同輩陽休之數人作聽蟬鳴篇，思道所爲，詞意清切，爲時人所重，新野庾信偏覽諸同作者，而深歎美之。（頁692）

陽休之聽鳴蟬篇不傳。丁仲祐輯「全漢三國晉南北朝詩」全隋詩卷二 有盧思道聽鳴蟬詩（世界本頁1660）。

顏之推和詩見初學記，丁仲祐輯「全漢三國晉南北朝詩」全北齊亦有轉錄（頁1524）；和陽納言聽鳴蟬篇聽秋蟬。秋蟬非一處。細柳高飛夕。長楊明月曙。歷亂起秋聲。參差攪人慮。單吟如轉簫。群噪學調笙。風飄流曼響。多含斷絕聲。垂陰自有樂。飲露獨爲清。短綏何足貴。漢羽不羞輕。螳螂鬻下偏難見。翡翠竿頭絕易驚。容止由來桂林苑。無事淹留南斗城。城中帝皇里。金張及許史。權勢熱如湯。意氣誼城市。劍影奔星落。馬色浮雲起。鼎俎陳龍鳳。金石諧宮徵。關中滿季心。關西饒孔子。詎用虞公立國臣。誰愛韓王游說士。紅顏宿昔同春花。素鬢俄頃變秋草。中腸自有極。那堪教作轉輪車。（丁案：此篇見初學記，紅顏以下脫誤俟再考。）

〔註41〕見觀我生賦：「予一生而三化，備荼苦而蓼辛」及自注。（頁292）

〔註42〕見廣韻存錄陸法言切韻序（藝文本頁12～14）

〔註43〕見隋書卷十四音樂志中：開皇二年，齊黃門侍郎顏之推上言，禮崩樂壞，其來自久，今太常雅樂，並用胡聲，請馮梁國舊事，考尋古典，高祖不從，曰：「梁樂亡國之音，奈何遣我用邪。」（頁188）

〔註44〕見家訓書証篇（頁102下～103上）

之推之學以博雅、切用、明恥、尚義爲主，博聞羣書，尤其精通訓詁。一生以風操自守，因著家訓二十篇以訓誨子弟。又有文集三十卷、訓俗文字略一卷、七悟一卷、集靈記二十卷、冤魂志三卷、急就章注一卷。今存家訓二十篇、冤魂志三卷、觀我生賦與詩六首。〔註45〕

之推有三子：思魯、愍楚、游秦。思魯隋時仕東宮，〔註46〕唐高祖武德初（武德元年爲西元 618 年）爲秦王府記室參軍。〔註47〕愍楚仕隋爲通事舍人，開皇十七年（西元 597 年），曾上書論曆制，〔註48〕煬帝大業中（大業元年爲西元 605 年），愍楚因事被貶至南陽（今河南省南陽縣），朱粲陷登州（今河南省鄧縣一帶），引爲賓客。後遭饑荒，全家爲賊殺食，〔註49〕愍楚撰有證俗音略二卷。〔註50〕游秦隋時爲典校秘閣，〔註51〕唐高祖武德初爲廉州（今廣東省合浦縣、靈山縣一帶）刺史，撫卹境內，敬讓大行，曾受高祖獎勉。不久拜鄆州（今山東省鄆城縣一帶）刺史，卒於官。撰有漢書決疑十二卷。

第三節　顏之推的思想背景

一種思想的形成，定有它的背景。

所謂思想，即是指心靈或心理的運作過程；也可以說是這種運作過程的結果。〔註52〕這種心靈或心理的運作過程，除自然賦予的本能外，其餘的能

〔註45〕見周法高氏顏氏家訓彙注本附錄二「繆鉞顏之推年譜」。（頁 106 上）

〔註46〕舊唐書卷六十一溫大雅傳：初大雅在隋，與顏思魯俱在東宮，彥博與思魯弟愍楚同直內省，彥將愍楚弟遊秦典校祕閣，二家兄弟各爲一時人物之選，少時學業顏氏爲優，其後職位溫氏爲盛。（頁 1143）

〔註47〕舊唐書卷七十三顏師古傳：顏籀，字師古，雍州萬年人。齊黃門侍郎之推孫也。其先本屬琅邪，世仕江左。及之推歷事周齊。齊滅始屬關中。父思魯以學藝稱。武德初，爲秦王府記室參軍。師古少傳家業，博覽羣書，尤精詁訓。善屬文。（頁 1261）

〔註48〕書卷十七律曆志中：……而胄玄不能盡中，迭相駁難，高祖惑焉。踰時不決，會通事舍人顏愍楚上書云：「漢落下閎改顓頊曆作太初曆，云後當差一日。」語在胄玄傳。（頁 236）詳見隋書卷七十八張胄玄傳（頁 888～889）

〔註49〕舊唐書卷五十六朱粲傳：……即勒所部，有略得婦人小兒，悉烹之，分給軍士，乃稅諸城堡取小弱男女以益兵糧。隋著作者陸從典、通事舍人顏愍楚因譴左遷，並在南陽，粲悉引之爲賓客，後遭饑餒，合家爲賊所噉。（頁 1097）

〔註50〕舊書卷四十六經籍志上（頁 956）

〔註51〕見註 46

〔註52〕思想的定義，取自何秀煌先生，且文句略有變動。原文：「思想」一詞所指的，可以是我們心靈或心理的運作過程；也可以是這樣的運作過程所得的結果。

力可說皆由學習而來。學習是一種經由練習，而使個體在行為上產生較為持久改變的歷程，亦即是對環境做圓滿的適應的歷程。持此可知：學習的動機乃是因環境而起。所謂的環境，以小的方面說是屬於個人的周遭；以大的方面說是時代背景。關於顏之推思想的形成，我們亦擬從這兩方面來加以透視。至於所謂自然賦予的本能，頗難論述，本文僅敘其「個人的體性」而已，且把「個人的體性」歸之於個人因素。

一、個人的環境因素

個人是時代的一份子，時代背景能左右個人，而在個人本身仍有不可移的個人因素。此節所敘個人的環境因素有三：個人的體性、家世、交遊。略述如下：

（一）個人的體性

依體型心理學的說法：人類的行為（也就是他們的人格）決定於他們身體的構造。當然，他們並不是說，人類的行為，完全決定於遺傳因素。祇是說：人體的身體結構，是各種人格藉以形成的原始資料。也就是說，身體好像是一個樂器，而在它上面彈奏的，則是人生過程中各種——內在的或外在的——生命的力量。人類行為，基於身體上的構造，多半都有預先決定了的某種特定的趨勢。

人體的構造，有三種主要的成份「脂肪」「筋骨」「神經」所組合而成，而在大多數人們的身上，其中某一成份特別佔有優勢，因此籠統的說，人類可分為三種不同的體型。三種體型是：脂肪型、筋骨型、神經型。今就顏氏的作品裡，有關體型列述如下：

> 吾嘗患齒搖動欲落，飲食無常，皆苦疼痛（養生篇頁 81）
>
> 先有風氣之疾，常疑奄然。（終制篇頁 132 下）
>
> 先夫人棄背之時，屬世荒饉，家塗空迫，兄弟幼弱，棺器率薄，藏內無磚。（終制篇頁 133 上）
>
> 今年老疾侵，儻然奄然。（終制篇頁 133 上）
>
> 小臣恥其獨死，實有媿於胡顏，常痾瘝而就路，策駑蹇以入關。（觀

語見三民版「思想方法導論」頁 2。

我生賦自注：時患腳氣。北齊書頁 291）

從以上的記載，我們實在無法論定顏氏的體型，但體型的構造，雖然有預先決定了的某種特定的趨勢，但却會受環境之影響，從顏氏的作品裡，可以明顯看出他的個性的類型，也就是說，在後天環境的影響之下，顏氏的個性是近於神經型的人，這種類型的人是瘦削的、脆弱的、線條形的人；胸部平坦，四肢瘦。在行爲上表現的，是拘謹，抑制，過份的敏感，和凡事都想隱藏。他從極普通的社交場合中退縮。對於情感是隱藏和抑制。是咬緊嘴唇，沈默的忍受著他們的痛苦。他們永遠矜持，從不肯在別人面前，洩露他們的感情和情感。他們縱有十分強烈的情感，也都有力地抑制著，而不向外表露。他們似乎把情感的表示認爲是很大的羞恥，而予以抑制，〔註53〕顏氏類此情感頗多，慕賢篇：

> 君子必慎交遊焉。孔子曰：「無友不如己者。」顏閔之徒，何可世得？
> 但優於我，便足貴之。（頁 30 上）

又省事篇：

> 吾自南及北，未嘗一言與時人論身分也，不能通達，亦無尤焉（頁
> 75 上）
>
> 腸不可冷，腹不可熱，當以仁義爲節文耳。（頁 75 下）

又止足篇：

> 禮云：「欲不可縱，志不可滿。」宇宙可臻其極，情性不知其窮。唯
> 在少欲知足，立涯限爾。（頁 77 上）
>
> 仕宦稱泰，不過處在中品。前望五十人，後顧五十人，足以免恥辱，
> 無傾危也。高此者便當罷謝，偃仰私庭。吾近爲黃門郎，已可收退。
> 當時羈旅，懼罹謗讟；思爲此計，僅未暇爾。自喪亂已來，見因託
> 風雲，徼倖富貴，且執機權，夜塡坑谷，朔歡卓鄭，晦泣顏原者，
> 非十人五人也，慎之哉！慎之哉！（頁 78 上）

又誡兵篇：

> 吾旣羸薄，仰惟前代。（頁 79 下）

又養生篇：

> 自亂離已來，吾見名臣賢士，臨難求生，終爲不救，徒取窘辱，令

〔註53〕見 Trancs I. Ilg, Louise B. Ames 合著「兒童行爲」第一部份，第三章「個性」。有徐道鄰譯本。大林書局出版。（中文版頁 53～68）

人憤懣。（頁 82 上）

我們可說，顏氏在情感上是壓抑的，此種個性雖有敏感，但終缺突破性，因此在心態上乃保守過於進取。從社會學的觀點來說，即是「邊際人格」，這種邊際人格是由於文化長期衝突引起的新舊文化、價值交替過程中的產物。這種人生活在新舊雙重的文化中，一面享受著雙重文化的某些優點，得到祖先所得不到的滿足；一方面他又被兩極化的價值所撕碎，感到祖先所難有的痛苦。從歷史的觀照下，南北朝是新舊文化交替的時代。顏氏具有此種個性，他的努力是多方面。而掙扎也是不斷的，觀我生賦：

> 每結思於江湖，將取弊於羅網。（北齊書頁 291）

而這祇是一種無可奈何的嗟歎而已。

（二）家　世

中國社會與西方社會相比較，中國社會最大的特色，是以家族為社會活動的中心。在傳統的中國，可以說，除了家族外，就沒有社會生活的觀念。這種家族的門第觀念尤以南北朝為著，這種觀念的形成，是從東漢起經過數百年演變而成的。其中經漢朝「家法」和魏晉「九品中正」的推波與助瀾，〔註54〕而後形成了南北朝的門第觀念，在門第觀念下的社會裡，教育寓於家庭。之推雖有良好的家世，但這種家世對他的壓力也是不小。觀我生賦：

> 向使潛於艸茅之下，甘為駑畎之人。無讀書而學劍，莫抵掌以膏身。委明珠而樂賤，辭白璧以安貧。堯舜不能榮其素樸，桀紂無以汙其清塵。此窮何由而至？茲辱安所自臻？而今而後？不敢怨天而泣麟也。（北齊書頁 292）

故此小節所敍包括世系與家教兩部分：

1. 世　系

南北朝的社會，有著嚴格的階級區劃，大體可分四個階層：士人、平民、部曲、奴隸。而士人階級中又有世族與寒門之分。世族是政治權位的把持者，而世族本身，又分為若干等級；高下分明，不容混淆，他們的地位是經社會的公認與政府的承認的，有時君主也不能加以更易。這種門第觀念有利有弊，時人錢穆曾說：

> 門第逼窄了人的胸襟，一面使其脫離社會，覺得自己在社會上占了特殊地位，一面又使其看輕政府，覺得國運不如家運之重要。此種

〔註54〕大中國版傅樂成「中國通史」第十二章，頁 318～319 有簡要之說明。

風氣在東晉南朝尤爲顯著。北朝則處境艱困，爲求保全門第，一面不得不接近下層民眾擴大力量，一面不得不在政治上努力奮鬥，爭取安全。南方門第在優越感中帶有退嬰保守性，北方門第在艱危感中帶有掙扎進取性。然而雙方同爲有門第勢力之依憑，而在大動亂中得以維護歷史傳統人文遺產，作成一種守先待後之強固壁壘。中國文化因南方門第之播遷而開闢了長江以南的新園地，又因北方門第之困守而保存了大河流域之舊生命，這是門第勢力在歷史大激盪中作中流砥柱所不可磨滅之功績。〔註55〕

又傅樂成亦論說：

南朝世族對後世的最大貢獻，莫過於他們遺留的優美的文辭書法以及玄遠的談論，但也帶給社會不少的惡風，諸如奢侈、貪污、萎靡等。由於他們對政治的不能勝任，把南朝的漢族政權，幾乎斷送給胡人，假如不是隋室篡周，漢族勢力要完全爲外族所征服。至於北朝的世族，也同樣遺給社會若干不良的風氣，但他們在異族的統治下，能屹立不搖，始終具有強固的力量。由於他們的存在，使胡族在中國不能建立絕對的威信和穩固的基礎，終至使胡族奪自漢人的政權，再潛移到漢人手裏。從民族的觀點看來，北朝世族的貢獻，遠較南朝爲大。〔註56〕

南北朝因特重門第，是以譜牒著作盛行，顏氏生於彼時，門第觀念亦重，試以考察其世系如下：〔註57〕

〔註55〕見「國史新論」裡「中國智識分子」一文。（自印本，頁74～75）
〔註56〕見傅樂成「中國通史」第十二章「南北朝的社會」，頁325。
〔註57〕本世系主要資料有：四部備要本顏魯公集（黃本驥考定顏魯公世系表，黃本驥、顏魯公年譜。卷七晉侍中右光祿大夫本州大中正西平靖侯顏公大宗碑銘，唐故通議大夫行薛王友柱國贈祕書少監祭酒、太子少保顏君碑銘）。顏氏家訓彙注附錄二：繆鉞顏之推年譜。羅香林「顏師古年譜」。並列之推世系簡表如下：

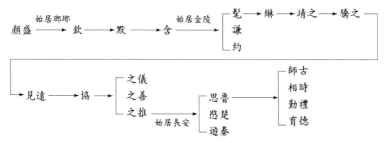

之推前十二代祖盛，字叔台，魏、青、齊三州刺史，關內侯。始自魯居琅琊。家風以恭孝稱，故號所居為孝悌里。生欽。

十一代祖欽，字公若。明韓詩、禮、易、尚書，博學為學者所宗。歷大中大夫，東莞廣陵太守，生默。

十世祖默，字靜伯。晉汝陰太守，護國將軍。生含。

九世祖含，字宏都，琅邪莘人。少有操行，以孝聞，東海王越以為太傅參軍。元帝過江，為丞相祭酒。東宮初建，以含有儒素篤行，補太子中庶子，遷黃門侍郎，本州大中正，封西平縣侯，拜侍中，授吳郡太守。致仕二十餘年，為人以雅重行實抑絕浮偽稱著，享年九十三，遺命素棺薄斂，諡靖。有三子髦、謙、約。晉書卷八十八孝友傳有顏含傳。（頁 1121～1122）含以下七代，並葬上元縣幕府山西。

八世祖髦，字君道。有孝行，承家業，淳於學行，儀狀嚴整，風貌端美。桓溫稱其為輔政人才，授尚書郎，國大中正，給事黃門侍郎，以父老不就，加給事中，晉陵臨川太守，本州大中正，加秩中二千石，光祿勳，西平侯。生綝。

七世祖綝，字文和，西曹騎都尉，西平侯。生靖之。

六世祖靖之，字茂宗，宣城太守，御史中丞。司徒諮議。生騰之。

五世祖騰之，字宏道。善草隸書，有風格。治書御史，度支校尉，巴陵太守。生炳之。

曾祖炳之，字叔豹。以能書稱，奉朝請，輔國，江夏王參軍，生見遠。

祖父見遠，字亦稱見遠。博學有志行。初齊和帝（蕭寶融）鎮荊州，以見遠為錄事參軍，及即位於金陵，授治書侍御史，俄兼中丞。梁武帝受禪，見遠絕食而死。武帝謂「我自應大從人，何預天下士大夫事，而顏見遠乃至於此也。」〔註58〕生協。

父親協，字子和，幼孤，養於舅氏，少以局器見稱。博涉群書，工於草隸。梁書卷五十文學傳裡有傳（頁 356～357）享年四十二。有子三人：之儀、之善、之推。兄弟三人皆能承家學。

由上簡述中，我們可以知道之推先世，自九世祖顏含以下，即為高門大族。自曹魏行中正選舉後，士大夫成為特殊階級。之推先世如顏含、顏髦等，皆曾為本州大中正，操一州選舉之權。此種高門士族的門第觀念對之推自有

〔註58〕見梁書卷五十顏協傳，頁 356。

影響，誠兵篇：

> 顏氏之先，本于鄒魯，或分入齊，世以儒雅爲業，偏在書記。仲尼門徒，升堂者七十有二，顏氏居八人焉。秦漢魏晉，下逮齊梁，未有用兵以取達者。（頁78下）

文章篇：

> 吾家世文章，甚爲典正，不從流俗。梁孝元在蕃邸時，撰西府新文紀，無一篇見錄者，亦以不偶於世，無鄭衛之音故也。有詩賦銘誄書表啓疏二十卷。吾兄弟始在草土，並未得編次，便遭火盪盡，竟不傳於世，銜酷茹恨，徹於心髓。操行見於梁史文士傳，及孝元懷舊志。（頁59上下）

又止足篇：

> 禮云：「欲不可縱，志不可滿。」宇宙可臻其極，情性不知其窮。唯在少欲知足，爲立涯限爾。先祖靖侯，戒子姪曰曰：「汝家書生門戶，世無富貴。自公仕宦不可過二千石，婚姻勿貪勢家。」吾終身服膺，以爲名言也。（頁77上）

又觀我生賦：

> 吾王所以東運，我祖於是南翔，去琅邪之遷越，宅金陵之舊章。（頁289）

此種高門大族的世系環境下，之推自然會有士大夫的自尊，也就是所謂知識份子的持操。歷代知識分子的特點，即是以人文精神爲指導之核心；因此一面不陷入宗教；一面也不能向自然科學深入；其知識對象集中在現實人生政治社會教育文藝諸方面，其長處在精光凝聚，短處則在無橫溢四射之趣。南北朝的知識份子雖然沈迷於玄談與佛道中，但是們對門第的階級觀念却更爲重視，而之推亦不能免。終制篇：

> 先君先夫人，皆未還建鄴舊山，旅葬江陵東郭。承聖末，已啓求揚都，欲營遷厝，蒙詔賜銀百兩，已於揚州小郊北地燒磚，便值本朝淪沒，流離如此，數十年間，絕於還望。今雖混一，家道罄窮。何由辦此奉營資費？且揚都污毀，無復孑遺，還被下溼，未爲得計。自咎自責，貫心刻髓。計吾兄弟，不當仕進。但以門衰，骨肉單弱，五服之內，傍無一人，播越他鄉，無復資廕，使汝等沈淪廝役，以爲先世之恥。故黽冒人間，不敢墜失。兼以北方政教嚴切，全無隱

退者故也。（頁 132 下至 133 上）

2. 家　教

之推先世，雖爲高門大族，但歷代皆以文章學問相教督，因此子孫不徒以門第自誇，亦以學術文章稱世。省事篇：

> 吾自南及北，未嘗一言與時人論身分也，不能顯達，亦無尤焉。（頁 75 上）

南北朝時代的士大夫所重視的是門第與權位，對於倫理不盡注重，因此形成重功利與淫靡放蕩的習氣，有識士大夫則特重家教。這種重家教，則形成了之推的風操觀念，風操篇：

> 吾觀禮經，聖人之教，箕帚匕箸，咳唾唯諾，執燭沃盥，皆有節文，亦爲至矣。但既殘缺，非復全書。其有所不載，及世事變改者，學達君子，自爲節度，相承行之，故世號士大夫風操。而家門頗有不同，所見互稱長短；然其阡陌，亦自可知。（頁 14 下）

之推曾於序致篇自述家教：

> 吾家風教，素爲整密。昔在齠齔，便蒙誨誘，每從兩兄，曉夕溫凊，規行矩步，安辭定色，鏘鏘翼翼，若朝嚴君焉。賜以優言，問所好向，勵短引長，莫不懇篤。年始九歲，便丁荼蓼，家塗離散，百口索然。慈兄鞠養，苦辛備至，有仁無威，導示不切，雖讀禮傳，微愛屬文，頗爲凡人之所陶染，肆欲輕言，不脩邊幅，年十八九，少知砥礪，習若自然，卒難洗盪。三十已後，大過稀焉。（頁 1 下至 2 上）

又勉學篇：

> 吾七歲時，誦靈光殿賦，至於今日，十年一理，猶不遺忘。（頁 38 下）

又雜藝篇：

> 吾幼承門業，加性愛重，所見法書亦多，而翫習功夫頗至，遂不能佳者，良由無分故也。（頁 126 下）

可見之推家風頗嚴，之推父協，影響之推頗深，梁書卷五十文學傳裡對顏協的記載是：

> 協，幼孤，養於舅氏，少以器局見稱，博涉群書，工於草隸，釋褐湘東王國常侍，又兼府記室。世祖出鎮荆州，轉正記室。時吳郡顧

協亦在蕃邸，與協同名，才學相亞，府中稱爲二協，舅陳郡謝暕卒，協以有鞠養恩，居喪如伯叔之禮，議者重焉。又感家門事義，不求顯達，恒辭徵辟，遊於蕃府而已，大同五年卒，時年四十二。世祖甚歎惜之，爲懷舊詩以傷之，其一章曰：「弘都多雅度，信乃舍賓實。鴻漸殊未昇，上才淹下秩。」協所撰晉仙傳五篇，日月災異圖兩卷，遇火湮滅。（頁 356～357）

又北齊書卷四十五文苑傳下顏之推傳裡亦記：

父勰，梁湘東王繹鎮西府諮議參軍。世善周官左氏學。（頁 288）

顏協雖早逝，但之推已承其學，北齊書之推本傳：

之推早傳家業，年十二，值繹自講莊老，便預門徒。虛談非其所好，還習禮傳。博覽群書，無不該洽，詞情典麗，甚爲西府所稱。（頁 288）

顏協死後，則由兄長之儀負起管教的責任。綜歸顏協對之推的影響有三：

（1）承繼了典正的家學周官、左傳。

（2）博覽群書，且無所不洽。

（3）接受嚴格的家教。

申言之，之推所受的家教，是一種士大夫的教育，也就是教育成爲具有風操的士大夫。這種士大夫是以「仁義爲節文」。〔註 59〕

3. 其 他

以上家世部分，僅就世系與家教兩單元，而家教部分亦以父親爲主，實有所未盡，如之推母親、妻子、與兄弟皆未有所說明，考之典籍，亦不盡詳明，今就所見略記如下：

（1）顏氏傳至顏協時，已非爲富有之家，且人口眾多。

（2）之推著作裡並無有關母親之正式記載，僅偶而言及，終制篇：

先君先夫人，皆未還建鄴舊山，旅葬江陵東郭。（頁 132 下）

先夫人棄背之時，屬世荒饉，家塗空迫，兄弟幼弱，棺器率薄，藏內無磚。（頁 133 上）

汝曹若違吾心，有加先妣，則陷父不孝，在汝安乎？（頁 133 下）

之推母親卒年雖無記載，依終制篇文義看來，當是死於父親顏協之後，也就

〔註 59〕見家訓省事篇（彙注本頁 75 下）

是說母親的喪事是由他們兄弟親身料理的，是以指示不能有加先妣。我們相信在顏協死後，管教責任，是落在母親身上，至於序致篇所謂「慈兄鞠養，苦辛備至，有仁無威」，與「自憐無教」，恐為謙虛辭。或因管教子女乃父親職責，故有此言。

（3）之推著作裡亦沒有妻子的記載。雖然我們相信之推的妻子當是賢慧的名門，但終因缺乏記載，不能對之推的感情生活做進一步的說明，我們僅知道她是姓殷，她是跟隨之推的，當之推從西魏奔北齊時，曾隨行。北齊書本傳：

> 景平，還江陵。時繹已自立，以之推為散騎侍郎奏舍人事。後為周軍所破，大將軍李穆重之，薦往弘農，令掌其兄平陽王慶遠書幹。值河水暴長，具船將妻子來奔，經砥柱之險，時人稱其勇決。（頁288）

之推妻家亦為大家，後娶篇：

> 思魯等從舅殷外臣，博達之士也。有子基諶，皆已成立，而再娶王氏。基每拜見後母，感慕嗚咽，不能自持，家人莫忍仰視。王亦悽愴，不知所容；旬月求退，便以禮遣。此亦悔事也。（頁9下）

（4）之推有兄：之儀、之善。之推兄弟三人在父母的管教之下似是和融，之推早年即「每從兩兄，朝夕溫清。」（敍致篇頁1下），之儀，字子升。幼穎悟，三歲能讀孝經。及長博涉群書，好為詞賦。梁元帝時，曾獻神州頌，辭致雅贍。江陵平，之儀隨例遷長安入周，歷任麟趾學士，司書上士，小官尹，封平陽縣男，遷上儀同大將軍御正中大夫，進爵為公，出為疆郡守。隋文帝即位，徵還京師，進爵新野郡公。開皇五年（西元585年），拜集州刺史。明年代還，遂優遊不仕。十一年冬死，享年六十九。有文集十卷，周書四十卷有傳（頁296～297）。之儀比之推大八歲。父死，之儀代父職，之推稱其「慈兄鞠養，苦辛備至，有仁無威，導示不切。」（序致篇，頁2上）。之善隋時曾仕葉令。之善學業事功或無稱述，故史傳不載，僅顏魯公家廟碑有記。〔註60〕

（5）之推著作中，所見親戚不多。風操篇：

> 思魯等第四舅母，親吳郡張建女也，有第五妹，三歲喪母，靈牀上屏風，平生舊物，屋漏沾濕，出暴曬之。女子一見，伏牀流涕。家

〔註60〕見四部備要本顏魯公集卷七，頁12。

人怪其不起，乃往抱持，薦席淹漬，精神傷沮。不能飲食，將以問醫。醫診脈云：「腸斷矣。」因爾便吐血，數日而亡。中外憐之，莫不悲歎。（頁 24 下～25 上）

又勉學篇：

思魯等姨夫彭城劉靈，嘗與吾坐，諸子侍焉。吾問儒行敏行曰：「凡字與諮議名同音者，其數多少？能盡識乎？」答曰：「未之究也，請導示之。」吾曰：「凡如此例，不預研檢，忽見不識，誤以問人，反為無賴所欺，不容易也。」因為說之，得五十許字。諸劉歎曰：「不意乃爾！若遂不知，亦為異事。」（頁 52 上）

（三）交 遊

朋友是五倫之一，古人為學做人，特重友朋之相輔相成。之推著作中雖無有關交遊的特別記載，但我們仍可略知一、二。慕賢篇：

是以與善人居，如入芝蘭之室，久而自芳也；與惡人居，如入鮑魚之肆，久而自臭也。墨翟悲於染絲，是之謂矣。君子必慎交遊焉。孔子曰：「無友不如己者。」顏閔之徒，何可世得？但優於我，便足貴之。（頁 29 下～30 上）

可知之推慎交遊，而又能有慕賢之心，故有慕賢篇，試就之推著作中與之推有交往之人，略敘如下：

1. 梁孝元帝（西元 508～554 年）

蕭繹字世誠，小字七符，南蘭陵人（故城在今江蘇武進縣西北九十里），蕭衍第七子。聰悟俊朗，天才英發，惟幼盲一目。既長，好學，博綜群書，下筆成章，出言為論，才辯敏速，冠絕一時。初封湘東王，侯景既廢簡文帝，又廢豫章王而自立，繹命王僧辯平景，遂即位江陵。在位三年，為西魏所亡，諡孝元。城陷，繹毀古今圖書十四萬卷。梁書卷五有傳。（頁 59～70）

蕭繹與之推雖屬君臣，但交情亦深，蓋蕭繹以皇室身份而能好學。勉學篇：

梁元帝嘗為吾說：昔在會稽，年始十二，便已好學。時又患疥，手不得拳，膝不得屈。閑齋張葛幃，避蠅獨坐。銀甌貯山陰甜酒，時復進之，以自寬痛。率意自讀史書，一日二十卷。既未師受，或不識一字，或不解一語，要自重之，不知厭倦。帝子之尊，童稚之逸，尚能如此；況其庶士冀以自達者哉？（頁 44 上）

又書證篇：

> 晉中興書：「太山羊曼，常頹縱任俠，飲酒誕節，兗州號爲翳伯。」
> 此字皆無音訓，梁孝元帝嘗謂吾曰：「由來不識，唯張簡憲見教，呼
> 爲嘍羹之嘍。自爾便遵承之，亦不知所出。」簡憲是湘州刺史張纘
> 纘謚也。江南號爲碩學。（頁106下～107上）

2. 祖　珽（西元550年）

祖珽，字孝徵，范陽狄道人。（今甘肅省臨洮縣西南）爲人機警，詞藻遒
逸，少馳令譽，爲世所推。但性疏率，不能廉愼守道，北齊後主時，拜尚書
左僕射，欲黜諸閹豎及羣小，推誠延士，爲忌者所中，遂去職。北齊書卷三
十九有傳。（頁239～244）

北齊置文林館，即祖珽採之推意奏請而置立。祖珽、之推之交，或建立
在祖珽能取用文人。風操篇：

> 太山羊侃，梁初入南。吾近至鄴，其兄子肅訪侃委曲。吾答之云：「卿
> 從門中在梁，如此如此。」肅曰：「是我親第七亡叔，非從也。」祖
> 孝徵在坐，先知江南風俗，乃謂之云：「賢從弟門中，何故不解？」
> （頁19上下）

又觀我生賦：

> 纂書盛化之旁，待詔崇文之裏。珥貂蟬而就列，執麾蓋以入齒。欷
> 一相之故人，賀萬乘之知己。（頁291）〔註61〕

〔註61〕「待詔崇文之裏」自注：齊武平中署文林館待詔者：僕射陽休之，祖孝徵以
　　　下三十餘人。之推專掌其撰修文殿御覽，續文章流別等。皆詣進賢門奏之。（頁
　　　291）
　　　又「欷一相之故人」自注：故人祖僕射掌機密吐納帝令也。（頁291）
　　　考顏氏家訓彙注附錄三有楊樹達讀顏氏家訓書後序一文，其後序：篇中凡有
　　　褒贊，必具姓名；脫復譏訶，恒從諱避。夫彰善隱惡，固君子之用心；而即
　　　事求眞，又學者之先務也。往讀杭大宗諸史然疑，謂省事篇所識「性多營綜
　　　略無成名」之兩士者爲徐之才、祖珽，輒嘆其用心之密。（彙注本頁178上）
　　　案此文可疑者有二：所謂「脫復譏訶，恒從諱避」並非眞確。其間亦有例外。
　　　文章篇：梁世有蔡朗諱純，既不涉字，遂呼蓴爲露葵。面牆之徒，遞相倣效。
　　　（頁51下）
　　　王籍入若耶溪詩云：「蟬噪林逾靜，鳥鳴山更幽。」江南以爲文外繼絕，物
　　　無異議。……范陽盧詢祖，鄴下才俊，乃言此不成語，何事矜能？……（頁
　　　64下）
　　　蘭陵蕭愨，梁室上黃侯之子，工於篇什。嘗有秋詩：「芙蓉露下落，楊柳月中
　　　疏。」時人未之賞也。愛其蕭散，宛然在目。潁州苟仲舉，琅邪諸葛漢，亦

又北齊書之推本傳：

> 河清末，被舉為趙州功曹參軍，尋侍詔文林館，除司徒錄事參軍。之推聰穎機悟，博識有才辯，工尺牘，應對閑明，大為祖珽所重，令掌知館事，判署文書。尋遷通直散騎常侍，俄領中書舍人（卷四十五、頁288～292）。

3. 蕭子雲（西元486～549年）

蕭子雲，字景喬，蘭陵人（今江蘇省武進縣治）。性沈靜，不樂仕進，風神閑廣，而兄弟不睦，乃至吉凶不相弔，時論以此少之。仕至國子祭酒，善草隸。梁書卷三十五有傳（頁251～252）慕賢篇：

> 梁孝元前在荊州，有丁覘者，洪亭民耳。頗善屬文，殊工草隸。孝元書記，一皆使之，軍府輕賤，多未之重，恥令子弟，以為楷法。時云：「丁君十紙，不敵王褒數字。」吾雅愛其手迹，常所寶持。孝元嘗遣典籤惠編，送文章示蕭祭酒。祭酒問云：「君王比賜書翰，乃寫詩筆，殊為佳手。姓名為誰？那得都無聲問？」編以實答。子雲歎曰：「此人後生無比，遂不為世所稱，亦是奇事。」於是聞者少復刮目。（頁30下）

4. 羊侃（西元495～548年）

羊侃，字祖忻，泰山梁甫人（故城在山東泰安縣南六十里），身長七尺八寸，雅愛文史，博涉書記。梁書卷三十九有傳（頁271～274），風操篇：

> 太山羊侃，梁初入南，吾近至鄴，其兄子肅訪侃委曲。吾答之云：「卿從門中在梁，如此如此。」肅曰：「是我親第七亡叔，非從也。」……（頁19上）

又慕賢篇：

> 侯景初入建業，台門雖閉，公私草擾，各不自全。太子左衛率羊侃，坐東掖門，部分經略，一宿皆辦，遂得百餘日抗拒兇逆。於時城內四萬許人，王公朝士不下一百，便是恃侃一人安之，其相去如此。（頁31上）

以為爾：而盧思道，雅所不愜。（頁65上）
二、所謂「性多營綜略無成名」之兩士，其中有祖珽。恐亦有誤。蓋之推於祖珽相交頗深。之推對祖珽頗為推許。見「觀我生賦」之推自注即可明白。

5. 周弘讓（西元 498～577 年）

周弘讓，字不詳，汝南安城人（今湖北省竹山縣治），周弘正弟。性閒素，博學多通，始仕不得志。隱居句容茅山（江蘇省句容縣東南），晚仕侯景，為世所譏，陳天嘉初，以白衣領太常卿光祿大夫，加金章紫授。陳書卷二十四有略傳。（頁 149 下）。風操篇：

> 吾嘗問周弘讓曰：「父母中外姊妹，何以稱之？」周曰：「亦呼為丈人。」自古未見丈人之稱，施於婦人也。……（頁 21 上）

6. 李德林（西元 531～591 年）

李德林，字公輔，安平人（今甘肅省涇川縣）。博涉墳典，陰陽緯候，無不通涉，善屬文，辭覈而理暢。北齊天保中，舉秀才，累官通直散騎侍郎，典機密。北周武帝克齊，授內史上士。後佐陳武帝定大計，授內史令。陳平入隋，授柱國，爵郡公，被譖，出為懷州刺史。撰齊史，未成，子百藥續成。隋書卷四十二有傳（頁 586～594）。書証篇：

> 史記始皇本紀：「二十八年，丞相隗林、丞相王綰等，議於海上。」諸本皆作山林之林。開皇二年五月，長安民掘得秦時鐵稱權，旁有銅塗鐫銘二所。其一所曰。「廿六年，皇帝盡并兼天下諸侯，黔首大安，立號為皇帝。乃詔丞相狀綰，灋度量剴不壹歉疑者，皆明壹之。」凡四十字。其一所曰：「元年，制詔丞相斯、去疾，灋度量盡始皇帝為之，皆刻辭焉。今襲號而刻辭不稱始皇帝，其於久遠也。如後嗣為之者，不稱成功盛德。刻此詔口左使毋疑。」凡五十八字，一字磨滅，見有五十七字，了了分明。其書兼為古隸，余被敕寫讀之，與內史令李德林對，見此稱權，今在官庫。其丞相狀字，乃為狀貌之狀，犬旁作犬。則知俗作隗林，非也；當為隗狀耳。（頁 102 下～103 上）

7. 崔文彥

崔文彥，生平不詳，勉學篇：

> 吾初入鄴，與博陵崔文彥交遊，嘗說王粲集中難鄭玄尚書事，崔轉為諸儒道之。始將發口，懸見排蹙。云：「文集止有詩賦銘誄，豈當論經書事乎？且先儒之中，未聞有王粲也。」崔笑而退，竟不以粲集示之。（頁 41 上）

8. 魏　收（西元 506～572 年）

魏收，字伯起，小字佛助，鉅鹿下曲陽人（故城今河北省晉縣西）。年十五，能屬文。在魏除太學博士，後典起居注，兼修國史。與溫子昇，邢邵齊名。世稱三才。又稱「邢、魏」。及齊禪立，詔冊皆出收手。除中書令，仍兼著作郎，尋令撰魏書。武成帝立（西元 561 年），仕至開府右僕射，武平三年（西元 572 年）以開府中書監卒於位，諡文貞。收雖以文才顯，但為人輕薄無行。北齊書卷三十七有傳（頁 225～231）勉學篇：

> 魏收之在議曹，與諸博士議宗廟事，引據漢書。博士笑曰：「未聞漢書得證經術。」收便忿怒，都不復言，取韋玄成傳擲之而起。博士一夜共披尋之，達明乃來謝曰：「不謂玄成如此學也。」（頁 41 上～41 下）

又書証篇：

> 柏人城東北，有一孤山，古書無載者。惟闞駰十三州志以為「舜納於大麓」，即謂此山，其上今猶有堯祠焉。世俗或呼為宣務山，或呼為盧無山，莫知所出。趙郡士族有李穆叔、季節兄弟，李普濟亦為學問，竝不能定鄉邑此山。余嘗為趙州佐，共太原王邵，讀柏人城西門內碑。碑是漢桓帝時柏人縣民為縣令徐整所立，銘云：「山有靃礿，王喬所仙。」方知此靃礿山也。靃字遂無所出。礿字、依諸字書，即旄丘之旄也。旄字、字林一音亡付反，今依附俗名，當音權務耳。入鄴為魏收說之，收大嘉歎。值其為趙州莊嚴寺碑銘，因云：「權務之精」，即用此也。（頁 111 上下）

9. 王　邵（？）

王邵，字君懋，太原人（今山西省縣名）。少沈默，好讀書。仕齊累遷太子舍人，待詔文林館，時祖孝徵、魏收、陽休之等嘗論古事，有所遺忘，問邵，邵詳論所出，取書驗證，全無舛誤，時人稱其博物。後遷中書舍人。齊滅入周，為著作郎，後丁母憂去職，在家私撰齊書，為內史侍郎李元操所奏，上怒遣收其書，覽而悅之，北史卷三十五有傳（頁 570 下～575 上）勉學篇

> 吾嘗從齊主幸并州，自井陘關入上艾縣。東數十里，有獵閭村。後百官受馬糧，在晉陽東百餘里亢仇城側，竝不識二所本是何地，博求古今，皆未能曉。及檢字林、韻集，乃知獵閭是舊䑛餘聚，亢仇舊是䑛斂亭。悉屬上艾。時太原王劭，欲撰鄉邑記注，因此二名，

聞之大喜。（頁 50 上）

10. 邢　峙（？）

邢峙，字士峻，河間鄭人（故城今河北省任丘縣北）。通三禮、左傳。孝昭帝皇建初（西元 560 年），為清河太守。北齊書卷四十四儒林傳裡有傳（頁274）。勉學篇：

> 穀梁傳稱公子友與莒挈相搏，左右呼曰孟勞。孟勞者，魯之寶刀，名亦見廣雅。近在齊時，有姜仲岳，謂孟勞者，公子左右，姓孟名勞，多力之人，為國所寶。與吾苦諍。時清河郡守邢峙，當世碩儒，助吾證之，赧然而伏。（頁 46 上）

11. 邢　芳（？）

邢芳，生平事蹟不詳。與之推交往，見存於書証篇：

> 河間邢芳語吾云：『賈誼傳云：「日中必熭，」註：「熭，暴也。」曾見人解云：「此是暴疾之意，正言日中不須臾，卒然便昃耳。」此釋為當乎？』吾謂邢曰：『此語本出太公六韜。案字書：古者暴曬字，與暴疾字相似，唯下少異，後人專輒，加傍日耳。言日中時必須暴曬，不爾者，失其時也。晉灼已有詳釋。』芳笑服而退。（頁 117 上下）

考家訓一書所論及當時人物，約有百人之多，但上列所述，僅舉其確實可考者，且與之推交遊者皆屬論學之士。

二、顏之推思想形成的時代背景

人類行為，基於身體上的構造，多半都有先決定的某種特定之趨勢。不過在後來的環境中，有的被加強，有的減輕。據晚近生物學和心理學的研究，認為個人的發展，是由遺傳與環境兩種勢力交互影響和共同決定。前節所述是屬遺傳和家庭環境。而本節則擬從大環境入手，這裏所說的大環境，即是所謂的時代，亦即是指所處的時空大背景而言。一般所謂的持代，大都指的是帝王的朝代而言。當然，我們說到時代不能不用帝王的時代來解說。大致說來，帝王朝代的興衰，與其學術思想、政治、社會、教育、信仰、地理大勢均有關係。因此，顏之推思想的產生時代大背景裡，我們企圖從學術思想、文學、政治、社會、教育、宗教、地理大勢等方面來考察。

（一）學術思想

梁啓超於「中國學術思想變遷之大勢」一文裡說：

> 學術思想之在一國，猶人之有精神也，而政事、法律、風俗及歷史
> 上種種之現象，則其形質也。故欲覘其國文野強弱之程度如何？必
> 於學術思想焉求之。〔註62〕

持此，我們於時代背景中首論學術思想。

就學術思想分期而言，魏晉南北朝是一個階段，若再細分則南北朝可成
爲一階段，此時期雖無大思想家出現，但我們未能否認它的重要性。梁啓超
於「中國學術思想變遷之大勢」裡論說：

> 三國六朝，爲道家言猖披時代，實中國數千年學術思想最衰落之時
> 也，申而論之，則三國六朝者，懷疑主義之時代也，厭世主義之時
> 代也，破壞主義之時代也，隱詭主義之時代也，而儒佛兩宗過渡之
> 時代也。（中華版飲冰室專集冊九之三，頁157）

就儒家而論，魏晉南北朝可說是中國學術思想最衰弱的時代，「魏晉思想論」
一書謂魏晉學術思想的新傾向有四：〔註63〕

　　1. 浪漫主義與老莊復活。

　　2. 經學玄學化。

　　3. 佛學的發展。

　　4. 懷疑精神與辯論風氣。

以上四種學術思想的新趨向，一言以蓋之，即是所謂的魏晉的清談。周紹賢
於「魏晉清談述論」第一章裡論清談之起因有四：

　　1. 漢學訓詁之反動。

　　2. 老莊學說之衍盛。

　　3. 政治險惡，不與人爭，游心恬淡之中。

　　4. 天下大亂，民生疾苦，人思無爲之治。〔註64〕

而後清談蔚爲魏晉學術思想的主流。成爲思想主流的清談，其學術之探
討，可分爲三：

　　1. 才性：清談之士，早期較重於談論「才性」，品評人物，亦即是就人
　　　　之形貌象徵，以推研人之才能性格。

　　2. 名理：清談之士論名理，雖亦涉及儒學其他典籍，要皆以三玄爲主，

〔註62〕見中華版「飲冰室專集」第九冊「中國學術思想變遷之大勢」。頁1。
〔註63〕見中華版「魏晉思想論」第二章「魏晉學術的新傾向」（頁18～41）
〔註64〕見商務版周紹賢著「魏晉清談述論」第一章「清談之起因」（頁1～16）

他們討論形上學問題，但其所重者却是在於玄趣之欣賞。

3. 語言文學：清談範圍不以名理爲限，凡歷史、文學等，亦在談論之內，要言之，清談議論，皆精心尋理，妙口修辭，才藻新奇，花爛映發，大有助於語言之進步。而清談家多好文學，其談玄說理之文，皆雋永瞻美，下啓六朝錦繡駢儷之作風。

以上我們對魏晉清談略作敘述，而這種思想至南北朝仍未有勢衰的迹象，蓋南北朝仍是個紛亂的時代。就學術思想分期而論，南北朝乃是夾在魏晉清談與隋唐佛學之間，也就是說是屬於過渡的時代。一般說來，唐代是佛學的黃金時代，而隋代則是佛教史上最主要的分水嶺。蓋南北朝佛教，祇是印度佛教的附庸。到隋朝始形成了中國佛教。就責任來說，過渡時代是背起歷史的十字架，亦承先亦啓後，但却不討好，處於此時代的顏之推，對於此時代思想趨向勢必要有所選擇，是以此種學術思想會影響顏之推的思想乃是必然的現象。

（二）政治方面

在封建的農業社會裡，才智之士，作官是惟一的出路，所以中國的文人與政治的關係，比任何國家都顯得密切。一般說來，論政治可分：政治思想與政治制度兩部分。而南北朝時代之政治，我們亦擬從此入手。

南北朝政治，就思想而論，是以清談派的政治思想爲主流，除外另有調和之思想。就政治思想而論，本期並無大政治家，亦無政治思想大家。

所謂政治制度，乃是政府管理眾人之事而制作及形成的人群生活方法與規範。就廣義的範圍而言，包括：統治組織、文官制度、法治體系。就狹義而言，則僅指統治的組織而言，其內容應有：

　　國體制度
　　政體制度
　　宰輔制度
　　行政制度
　　地方組織

南北朝統治的組織，就狹義而言：

就國體制度而言，是爲莊園門閥社會的霸權國家。

就政體制度而言，是霸權國家的均勢王權政體。在霸權裡有列國的對峙，軍人的跋扈，門閥的把持，僧寺的獨立。

　　就宰輔制度而言，掌機樞重任的宰輔之職，無定員，無定名，也無定職，且成爲權臣纂竊大位的梯階。

　　就行政組織而言，秦漢以後屬於行政組織的三省九寺六部之一貫體系，至此已不再各成系統，只要爲了軍事上的便利，都可以打破常規。

　　就地方組織而言，由於南北分治及新開發地區增加之故，州郡的數目日多而轄境日狹，且不固定。又因適應戰亂情勢，地方長官刺史或州牧多兼軍職。

　　由上所述，可知南北朝政治制度的大概，這種制度本身的不健全，形之於事實則爲殘殺、淫亂與功利。一言以蓋之，當時世運的支撐，只在門第世族身上，而其道德觀與人生理想，早已狹窄到家庭的小範圍裡。南北朝政治就制度而論，可稱道者僅爲均田制、府兵制與法制而已，而顏之推身處其中，自不能不受其影響，今以之推爲經，帝王爲緯，試略表以見之推政治生涯，兼評帝王以見政治之實態：

帝　王　紀　年	之　推　政　治　歷　程	帝　王　本　紀　論　贊
梁武帝 太清三年 （西元 549 年）	之推年十九，始仕湘東王。觀我生賦自注： 時年十九，釋褐湘東國右常侍，以軍功加鎮西墨曹參軍。（北齊書頁 289）	梁書梁武帝本紀史臣曰： 及其耄年，委事群倖，然朱异之徒，作威作福，挾朋樹黨，政以賄成，服冕乘軒，由其掌握，是以朝經混亂，賞罰無章，小人道長抑此之謂。（頁 53）
簡文帝 大寶元年 （西元 550 年）	九月，湘東王繹以世子方諸爲中撫軍，出爲郢州刺史，之推掌書記。明年侯景遣將宋子仙、任約襲郢州城陷，賴侯景行台郎中王則以獲免，因送建鄴。	梁書簡文帝本紀史臣曰： 太宗幼年聰睿，令問夙標，天才縱逸。冠於今古，文則時以輕華爲累，君子所不取焉。及養德東朝，聲被夷夏，洎乎繼統，實有人君之懿矣，方符文景，運鍾屯剝，所制賊臣，弗展所蘊，終罹懷愍之酷，哀哉。（頁 58）
元帝 承聖元年 （西元 552 年） 承聖三年 （西元 554 年）	三年，侯景亂平，十一月元帝即位于江陵。之推還江陵，除散騎侍郎，奏舍人事。 承聖三年十一月，西魏陷江陵，之推在此前之兩年中，掌校書之業。江陵陷前，元帝悉毀書府藏書，之推等人所校之書，至此蕩然。之推稱謂斯文盡喪。 江陵陷，元帝被執，之推因李穆重之，薦往弘農，令掌其兄陽平慶遠書幹。	梁書元帝本紀史臣曰： 光啓中興，亦世祖雄才英略，紹茲寶運者。而稟性猜忌，不隔疏近，御下無術，履冰弗懼，故鳳闕伺晨之功火，無內照之美，以世祖之神睿時達，留情政道，不忱邪說，徙蹕金陵，左隣疆寇，將何以作，是以天未悔禍，蕩覆斯生悲夫。（頁 70）

北齊 文宣帝天保七年 （西元 556 年） 天保八年 （西元 557 年） 天保九年 （西元 558 年）	之推聞齊納貞陽侯，放梁使歸國，擬由齊得歸江南，是以於此年由西魏經砥柱之險而奔齊。 是年十月，陳霸先廢帝，自立，為陳武帝，是以不得還南。 北方政教嚴切，全無隱退，是以自此年，之推仕北齊，時年二十八歲。曾從文宣帝至天池、并州等地。	北齊書文宣帝本紀贊曰： 　天保定位，受終攸屬，奄宅區夏，爰膺帝籙，勢叶謳歌，情毀龜玉，始存政術，聞斯德音，罔遵克念，乃肆其心，窮理殘虐，盡性荒淫。 　（頁 38）
天保十年 （西元 559 年）	十月帝殂，太子殷立，是為廢帝。	殷，字正道，文宣帝長子，皇建二年九月，殂于晉陽，年十七。
廢帝乾明元年 （西元 560 年）	八月，常山王演，廢帝自立，為孝昭帝皇建元年。	
孝昭帝皇建二年 （西元 561 年）	十一月，帝殂，長廣王湛立，是為武成帝太寧元年。 河清（西元 564～565 年）末，之推被舉為趙州功曹參軍。	北齊書孝昭帝本紀論曰： 　孝昭早居台閣，故事通明，人吏之間無所不委，文宣崩後，大革前弊，及臨尊極。留心更深，時人服其明，而譏其細也。情好稽古，率由禮度，將封先代之胤，且敦學校之風，徵召英賢，文武畢集，于時周氏朝政移於宰臣，主將相猜，卜無危殆，乃睦關右，實懷兼并之志。經謀宏遠，實當代之明主，而降年不永，其故何哉？豈幽顯之間，實有報復，將齊之基宇，止在於斯，帝欲大之，天不許也。（頁 46）
後主武平三年 （西元 572 年） 武平四年 （西元 572 年） 隆化元年 （西元 576 年）	之推四十二歲。 二月，祖珽為左僕射。祖珽就之推意，奏請立林館，之推專掌修文殿御覽，續文章流別。 祖珽有心為治，汲引文士，為武人穆提婆、韓鳳等所嫉，是以十月有崔季舒等之禍，之推幸免於禍。 北周攻晉州，陷晉陽。	北齊書後主紀： 　齊自河清之後，逮于武平之末，土木之功不息，嬪嬙之選無已，征稅盡、人力彈，物產無以給其求，江海不能贍其欲，所謂火既熾矣，更負薪以足之，數既窮矣，又為惡以促之，欲求大廈不燔延期不亦難乎？由此言之，齊氏之敗亡，蓋亦由人，匪唯天道也。（頁 59～60）
幼主 承光元年 （西元 577 年）	正月，太子恒即位，尊帝為太上皇，之推、薛道衡、陳德信等勸太上皇往河外募兵，更為經略若不濟，南投陳國，從之。事為高阿肱所阻，往青州為周軍所擒，并太后幼主俱送長安。之推受命為平原太守，守河津，齊亡，入周。	

周武帝 建德六年 （西元 577 年）	周武帝平齊之後，之推被徵隨駕赴長安。	周書武帝本紀史臣曰： ……高祖纘業，未親萬機，慮遠謀深，以蒙養正，及英威電發，朝政惟新，內難既除，外略方始，乃苦心焦思，克己勵精，勞役為士卒之先，居處同匹夫之儉，脩富民之政，務彊兵之術，乘讐人之有釁，順大道而推，亡五年之間，大勳斯集，擴祖宗之宿憤，極東夏之呫，危盛矣哉，其有成功者也，若使翌日之瘥無爽，經營之志獲申，黷武窮兵，雖見譏於良史，雄圖遠略，足方駕於前王者歟。（頁 54）
建德七年 （西元 578 年）	六月，帝殂，太子贇立，改元宣政為宣帝宣政元年。	宣帝諱字乾伯。性情放縱，誅殺重臣，委國政於東宮舊臣鄭譯。
宣帝 宣政二年 （西元 579 年）	二月，帝傳位太子闡，自稱天元皇帝。闡立改元大象，為靜帝大象元年。	周書宣帝本紀史臣曰： 高祖識嗣子之非才，顧宗祐之至重，滯愛同於晉武，則哲異於宋宣，但欲威之以櫺楚，期之於懲肅，義方之教豈若是乎？卒使昏虐君臨，姦回肆毒，善無小而必棄，惡無大而弗為，窮南山之簡，未足書其過，盡東觀之筆，不能記其罪，然猶獲全首領，及子而亡，幸哉！（頁 61）
靜帝 大象二年 （西元 580 年）	年五十，大象末為御史上士。	靜帝，諱衍，後改為闡，崩時九歲。 靜帝本紀史臣曰： 靜帝越自幼冲，紹茲哀緒，內相挾孫劉之詐戚藩無齊代之疆，隋氏因之，遂遷龜鼎，雖復岷峨投袂，翻成陵奪之威，漳滏勤王，無救宗周之殞，嗚呼！以太祖之克隆景業，未踰二紀，不祀忽諸斯，蓋宣帝之餘殃，非孺子之罪戾也。（頁 65）
隋文帝 開皇元年 （西元 581 年）	二月，楊堅廢靜帝自立，是為隋文帝。 之推至此四為亡國之人。在揚都，值侯景殺簡文而篡之，在江陵，逢孝元覆滅，在長安，又值齊亡，至此，則隋代周。	隋文帝，名堅。從專周政至稱帝，前後不過十個月。

| 開皇十年
（西元 590 年） | 開皇中，太子召爲學士，甚見禮重，尋以疾終。 | 隋書高祖本紀史臣曰：
……於是躬節儉、平徭賦、倉廩實、法令行，君子咸樂其生，小人各安其業，強無陵弱，眾不暴寡，人物殷阜，朝野歡娛，二十年間天下無事，區宇之內晏如也。考之前王，足以參蹤盛烈，但素無術學，不能盡下，無寬仁之度，有刻薄之資。暨乎暮年，此風逾扇，又雅好符瑞，暗於大道，建彼維城，權侔京室，皆同帝制，靡所適從，聽哲婦之言，惑邪臣之說，溺寵廢嫡，託付失所，滅父子之道，開昆弟之隙，縱其尋斧翦伐本枝，墳土未乾，子孫繼踵屠戮，松檟纔列，天下已非隋，有惜哉！迹其衰怠之源，稽其亂亡之兆，起自高祖，成於煬帝，所由來遠矣，非一朝一夕。其不祀忽諸未爲不幸也。（頁 37） |

（三）文學方面

南北朝不僅是政治上的對立，甚至在文學方面，更形成分明的壁壘。因此論述南北朝文學，皆採南北分述，本文亦不能免。

1. 南朝文學

南朝宋齊梁陳四代的文學，可算是中古文學史上的黃金時代。此時文人輩出，且這般文人，大半出於世族。每見一門之內，父子兄弟並以文學擅名。考其勃興之原因，實與時代、地理、學術思潮、政治與文藝獨立等因素有關。

一般說來，南朝文學與魏晉文學不同。南朝文學在色澤上趨向妍麗，在體制上講求工整，在音韵上注意諧適。劉申叔認爲南朝文學的此種趨向，乃是因「聲律說之發明」與「文筆之區別」所致。〔註65〕是以南朝文學變化極大，派別復雜。〔註66〕

南朝文學是美文的全盛時期，其文學的特色約有下列數點：〔註67〕

<hr>

〔註65〕見京華書局本「劉申叔先生遺書」冊四「中國中古文學史講義」頁74。（總頁2699）

〔註66〕商務本陳鍾凡「漢魏六朝文學」第五章第三節謂南朝較爲著名的派別有：山水派、宮體派、諷刺派、數典派、模古派、平民文學、小說、批評文學等。（頁92～111）

〔註67〕見陳鍾凡「漢魏六朝文學」第五章第四節「結論」。（頁111～114）

一、由質趨文。南朝文學重華飾。昭明文選敘以「沉思翰藻」為極則即
　　是。

二、由單趨複。南朝文學務以聲色相矜；藻繪相尚，四六之體，至此成
　　立。

三、由剛趨柔。南朝文學，偏重詞華，靡曼纖冶，不重風骨。趨向陰柔
　　之優美。

四、由實而虛。南朝文學已皆能虛化實境，亦即是說他們雖寫實境，而
　　皆能加以美化，抒其理哲，以達別有寄託之虛境。

2. 北朝文學

東晉南遷，河淮之間，為五胡所蹂躪，自無文學可言。至拓跋氏統一北
方，孝文帝定都洛陽，力變胡俗，提倡華化，始見文學。北朝注意吸收南朝
的文化，所以南人流亡到北方，都受到重視，蓋他們心中，乃以爭取南朝的
對等地位為榮。是以北方早期的文學，仍是在南朝的籠罩之下。

北方至北齊、北周時，對南朝華麗文學頗為不滿，於是有復古的趨向。
顏之推主張宗經，融會古今。而西魏的蘇綽，主張文學革命，謂誥當倣尚書，
乃大變駢麗之習，文筆悉依此體。可謂南朝文學的反動，亦即是唐宋文學的
胚胎。

3. 南北文學異同

南北朝文學的異同，其原因頗多，是凡氣候、地理、生物、風俗、禮教
與學術思想皆有關係。北史卷八十三文苑傳敘曾論其異同說：

> 暨永明天監太和天保之間，洛陽江左，文雅尤盛，彼此好尚，雅有
> 異同。江左宮商發越，貴於清綺；河朔詞義貞剛，重乎氣質。氣質
> 則理勝其詞，清綺則文過其意；理深者使於時用，文華者宜於詠歌，
> 此南北詞人得失之大較也。（頁 1237）

又南北朝時代的文學批評頗盛，其間尤以齊梁最為著名，劉勰、鍾嶸即是代
表人物。且其間有一共同之特點，即是對於當時文壇之趨勢，皆感有逆襲狂
瀾之必要。

（四）社會方面

就中國社會史看來，南北朝乃是類似封建社會。當然就社會學的立場看
來，屬於社會學的研究範圍頗廣，我們未能一一涉及，本節僅就社會階級與

社會風俗兩方面立說。

1. 社會階級

　　中國的古代階級制度，本已爲周末遊說所破。但至六朝卻轉嚴。尤其以南北朝的社會，更有著嚴格的階級劃分，大體說來，可分爲四個階層：上者爲士，其次爲平民，再次爲部曲，最下爲奴隸。士人階級中又有世族與寒門之分，〔註68〕世族是社會的最上層，也是政治的把持者，而世族本身，又分若干等級，高下分明，不容混淆。他們的地位，是經社會的公認與政府的承認的，有時君王也不能加以更易。寒門雖有從政的機會，但是他們永遠不能和世族比，也不能升爲世族。而平民雖有自己獨立的事業，但士、平民之間成見頗深。部曲是大族豪門的家丁莊客，可說是豪族的寄生蟲，至於奴隸則毫無地位可言。

　　整個南北朝時代，世族階級始終存在，對後世影響頗大，這種階級的產生是有其原因。而南北朝時代所以更形嚴格，主要的是：世族名正言順的借九品中正壟斷了仕途。

　　當時平民寒門以能接近世族爲榮，甚至有納錢爲世族門生，以求進身。（六朝所稱門生，祇是侍從之類。）雖然南朝君主大都提攜寒門，以抵制世族，但對世族的地位與聲望並無多大影響。而當時的世族深受老莊與佛學的影響，究竟亦無其他長處，不過雍容令僕，裙屐相高，心目中惟尊嚴家諱，矜尚門第、愼重婚姻、區別流品、主持清議。因此殘殺、淫亂、功利形成了南

〔註68〕見唐書卷一百九十九柳沖傳：……開元初，詔沖與薛南金復加刊竄乃定。後柳芳著論甚詳，今刪其要著之左方芳之言曰：「……魏氏立九品置中正，尊世胄，卑寒士。權歸右姓已。其州大中正主簿，郡中正功曹，皆取著姓士族爲之以定門胄，品藻人物。晉宋因之始尚姓已。然其別貴賤、分士庶，亦不可易也。于時有司選舉必稽譜籍，而考其眞僞。故官有世胄，譜有世胄，譜有世官。賈氏、王氏譜學出焉。由是有譜局令，史職皆具。過江則爲僑姓，王謝袁蕭爲大。東南則爲吳姓，朱張顧陸爲大。山東則爲郡姓，王崔盧李鄭爲大。關中亦號郡姓，韋裴柳楊杜首之代。北則爲虜姓，元長孫宇文陸源竇首之。虜姓者，魏孝文帝遷洛，有八氏、十姓、三十六族、九十二姓。卜氏、十姓出於帝宗屬，或諸從魏者。三十六族、九十二姓，世爲部落大人，並號河南洛陽人。郡姓者，以中國士人差第閥閱爲制：凡三世有三公者曰膏梁，有令僕者曰華腴，尚書領護而上者爲甲姓，九卿若方伯者爲乙姓，散騎常侍大中大夫者爲丙姓，吏部正員郎者爲丁姓。凡得入者謂之四姓。又詔代人諸胄，初無族姓，其穆陸奚于下吏部，勿充猥官，得視四姓。北齊因仍舉秀才，州主簿郡功曹非四姓不在選。故江左定氏族，凡郡上姓第一則爲左姓，太和以郡四姓爲右姓。……（頁2260～2261）

北朝中獨特的社會風氣。他們對於改朝換代，則漠不關心，至於在位者的貪污好貨，更屬常事，「操守」兩字，對他們是陌生的。

之推身為高門大族之後，雖非掌權的高門，亦為有其門第之自尊，他目擊此種社會階級與世族之靡爛，能無感慨而蹶然自勉乎？

2. 社會風俗

風俗，乃是多數人之性情、嗜好、言語、習慣，經年累月不知不覺，相演相嬗而後形成，而身居其間者，遂不免為所薰染，所謂入境隨俗。而風俗常因時代而有所不同。就風俗史的立場來看，南北朝是屬於浮靡且濁亂的時代，﹝註69﹞這種浮靡且濁亂的風俗對之推自有影響。今就所見略述南北朝風俗。其間清議、流品、門第可謂互為表裡，且皆操之於世族手中，前述「社會階級」裡已略為提及，於此不贅。

（1）氏族及名字：自五胡亂華，種族殆不可辨識，於是衣冠之族，不能不自標異，乃假中正以重其門閥，有司選舉，必稽譜籍而考其真偽。庶族因界限分明，或藉通譜冒姓，以僥倖仕進，士族因通譜冒姓多，則亦有難完全為士族者。頗重名字，謂幼小之名為小名，長則更名，而以小名為諱，尤重避諱。

（2）婚娶：視婚娶為買賣，故重財幣。高門與卑族為婚，利其所有。而庶族以娶高門仕女為榮，即夫家坐罪沒官之婦女，寒人得之，且榮幸無比。妾媵繼室各處好尚不同，北齊百官，大率無妾，因其時父母嫁女，必教之以妒。姑姊逢迎，必相勸以妒，以劫制為婦德，能妒為女工。

（3）喪葬：當時因尚清談，輕蔑禮法，居喪不廢樂有之，居喪食肉有之，而六朝此種風氣，未嘗少息。甚至國恤宴飲，毫不為異。又當時風俗，最重厚葬，且墳墓必擇吉地，謂之相墓術。

（4）鮮卑語：當時鮮卑高門子第，皆在行伍間，貴族即是軍人，當兵即是出身，因此有漢人學鮮卑語，以求自媚。

（5）藝術：當時士大夫崇尚自然，好清談，不願受禮法約束，因此他們對於藝術，亦皆率性而為，視為適性怡情之工具，以勞身為鄙，不以玩物喪志為譏，然襟懷浩閒，見聞而外，別有會心，詩語則以神韻為宗，書畫以傳神為宗。統之，不以專精為工，而以多藝為能。

﹝註69﹞張亮采「中國風俗史」謂此期風俗為「浮靡時代」，或謂濁亂時代。見商務人人文庫本頁 97。

（五）教育方面

中國爲崇尚文教之國，南北朝雖爲喪亂之世，然朝廷苟獲小安，即思興學，地方官吏亦頗能措意於興學，而私家仍以教授爲業；雖偏隅割據之區，戎狄薦居之地，亦皆如此。今就教育思想與實際興學兩方面，略述南北朝之教育情形。

1. 教育思想

任時光於「中國教育思想史」一書裡曾歸納魏晉南北朝的要點如下：〔註70〕

（1）當時以老、莊、佛理爲主的清談之風雖盛極一時，但仍不能奪儒家之席，反漸被其同化。所以本期教育思想仍以儒家爲中心。

（2）社會教育已爲人所注意。

（3）勞動教育經顏之推竭力提倡後，一洗以前儒家忽視勞動的積習，並開後來教育家注重勞動教育之端。

（4）本期中因外受異族之壓迫，內遭暴民戰爭之影響，社會極不安寧，在長期的混亂中，直接影響於教育思想之新穎化。

2. 興學概況

當時君王興學雖是爲粉飾太平，然亦有其可取處。

（1）國學：南朝興學較有起色者，僅有兩個時代：宋文帝元嘉時，梁武帝天監時。元嘉時於京師立「玄、史、文、儒」四學，以玄學爲首。〔註71〕天監時，於國學之外，開設五館，置五經博士，每人主持學館一座，每館有學生數人，由國家供給其生活必需品，績優者由政府任爲官吏，南方文物以此時最盛。〔註72〕北朝興學比南朝發達，北朝自北魏建國後，即開始注意學校，至孝文帝時，儒學更加開展，而後北齊承魏之餘業，亦有學官，北周雖處於西方，卻特崇儒術，其學校雖殘破，但非具文而已。

就南北朝比較而論，南朝文物較盛，學校當能維持下去，但南朝利祿之道，多由世族，寒門雖學術過人，亦難上達，因此學校亦皆成形式。

（2）郡縣之學：郡縣之學，留意者雖不少，但由於昔時興學，多有粉飾太平之意，且地方爲物力所限，勢不能如中央之修舉。南朝梁武帝天監四年

〔註70〕見商務版任時光「中國教育思想史」第七章第六節，頁 145～146。

〔註71〕見商務版資治通鑑今註卷第一百三十三宋紀五元嘉十五年。第七冊，頁 191。

〔註72〕南史卷七梁武帝本紀下：制造禮樂，敦崇儒雅，自江左以來，年踰二百，文物獨美于茲。〔頁 109〕

（西元 506 年），曾「分遣博士祭酒到州郡立學」〔註73〕而北朝雖規制頗詳，實亦徒文具而已，〔註74〕並無益於實際。

（3）私人講學：當時官學與任用無關，由此不能鼓舞人心受官學教育。有識之士仍能有興學之心。南史卷七十一儒林傳論曰：

> 語云：「上好之，下必有甚焉者。」是以郵纓齊紫，且以移俗，況祿在其中，可無尚歟？當天監之際，時主方崇儒業，如崔嚴、何伏之徒，前後互見，升寵於時，四方學者，靡然向風，斯亦纍時之盛，自梁乞之陳，年且數十，雖時經屯蹶，郊生戎馬，而風流不替，豈俗化之移人乎？古人稱上德若風，下應猶草，美矣，豈斯之謂也。（頁 813～814）

又北史卷八十一儒林傳序論：

> 自魏梁越已下，傳授講議者甚眾，今各依時代而次，以備儒林云爾。（頁 1205）

由此可知，南北朝私人講學之風仍盛。

（4）就學之對象：當時就學之徒，實以貴游為眾，不獨國子監、太學，即私人講學，亦復如此。而教學之風，亦即為此輩所壞。陳書卷三十新安王伯固傳：

> 伯固頗知玄理，而墮業無所通，至於摘句問難，往往有奇意，為政嚴苛，國學有惰遊不修習者，重加榎楚，生徒懼焉，由是學業頗進。（頁 237）

又周書卷三十五薛端傳：

> 端弟裕，字仁友，少以孝悌聞以州里，初為太學生，時黌中多是貴遊，好學者少，唯裕耽翫不倦。（頁 255～256）

（六）宗教信仰

宗教信仰在南北朝特別盛行，其主要原因是由於當時世局之混亂，所謂世局之混亂，以此一時期和其他朝代相比較，其主要特色是：篡竊與廢弒之盛行，權臣間之相殘殺與戰爭之頻仍。在這種混亂之局勢中，人民多受其苦，

〔註73〕見梁書卷四十八儒林傳，頁 326。
〔註74〕北史卷八十一儒林傳：齊制諸郡並立學，置博士助教授經，學生俱差逼充員，士流及豪富之家皆不從調，備員既非所好，墳籍固不關懷，又多被郡臣人驅使，縱有游情，亦不檢察，皆由上非所好之所致也。（頁 1203）

因而傾向屬於具有未來性與神秘性之宗教信仰，以求逃避或獲救。而帝王仕宦之人，亦有禍福之無常、富貴之難保；於是有求依靠，有求原諒，由是信者日眾。概言之，南北朝宗教信仰有佛、道與舊有迷信，其中以佛道為重要。之推身居此宗教瀰漫之時代裡，自然會受其影響。

1. 佛　教

東晉南渡，佛學乃影響及於中國之上層學術界，其時則僧人與名士互以清談玄言相傾倒。至南北朝更形普遍，經兩晉廣泛而深入之翻譯時代，乃進入獨自研究，而創造成中國佛教放出獨特光彩的基礎時期，也就是中國佛教已奠定了不拔的根基。所有淨土宗、俱舍宗、成實宗、三論宗、天台宗、禪宗，都發源於這一時代，此期佛教之盛大，固為前所未有，亦是日後產生光華燦爛的隋唐時代佛學之淵源。略言之，此期知識份子對佛學的貢獻是：使佛教哲學化，佛學上承中國傳統文化。〔註75〕

此期佛教流行，除前述世局之混亂外，尚有其內在之條件，錢賓四曾於國史大綱中論說：

（1）佛法主依自力，不依他力。

（2）佛法主救世，不主出世。

持此，佛教在消極方面，既可與中國道家思想相接近，在積極方面亦可與中國儒家思想相會通。此外當時有不少第一流人具有一種誠心求法宏濟時艱之熱忱，是以佛教能盛行。〔註76〕

南北朝帝王中篤信佛教者，有宋文帝、孝武帝、齊高帝、梁武帝、陳宣帝及晉王廣，北涼沮渠蒙遜、北魏道武帝、孝武帝、宣武帝等。而當時高僧惠琳、那跋摩、曇標、僧遠、法獻、法暢、法雲、智藏、僧旻、惠約、達摩、眞諦、智顗、曇無讖、菩提支流等，皆受帝王之信任尊崇，甚而重用。如宋文帝之用惠琳參與朝政，孝武帝用法獻、法暢參知政事，而梁武帝信佛尤篤，受戒於惠約，親自聽經講經、設法會、註佛經。至北魏興和二年（西元540年），計全國有寺院三萬餘所，僧二百餘萬〔註77〕外國僧人來中國者約三千，

〔註75〕詳見錢賓四「國史新論」裡「中國智識分子」一文。（頁74～80）

〔註76〕見商務版錢賓四「國史大綱」第四編第二十一章第三節「魏晉南北朝時代之佛教」，（頁261～264）

〔註77〕魏書卷一百十四釋老志：自魏有天下至於禪讓，佛經流通，大集中國，凡有四百一十五部，令一千九百一十九卷。正光已後，天下多虞，工役尤甚，於是所在編民，相與入道，假慕沙門，實避調役，猥濫之極，自中國之有佛法

譯著經典四百餘部，可知其發展盛況。

當時佛學大師多著重於佛經的翻譯和教義的傳播；至於發揮佛理，推陳出新，則功效不宏，所以當時雖有宗派萌芽，但基礎尚不穩固。且其間南北佛教雖均發達，但性質卻不相同，梁啓超於「中國佛法興衰沿革說略」裡說：

> 南方尚理解，北方重迷信，南方爲社會思潮，北方爲帝王勢力。故其結果也，南方自由研究，北方專制盲從，南方深造，北方普及。（此論不過是比較的，並非絕對如此，勿誤會）（中華版飲冰室專集冊七之一，頁7）

2. 道　教

道教創立之初，頗爲上層社會所輕視，謂其造作書符以惑百姓，且有米賊之稱。〔註78〕其後張魯受曹操禮遇，拜鎮南將軍，封閬中侯，結爲姻好，並封魯五子爲列侯，於是道教遂爲上層人士所重，進而崇信。至晉時已相當盛行。〔註79〕

至南北朝，信者益眾，較晉時更爲發達，如南齊顧歡、梁陶弘景爲南方有名道士。而北魏太武帝，應崔浩之請，改信道教，並奉道士寇謙之爲天師，於是道教盛行於北方。太武帝曾親至道壇受符籙，其後魏室每位君主即位時必受符籙。東魏末年，高澄崇道，曾置館於鄴，使道士居之。北齊君主，多不信道，北周則崇信道教，張賓、衞元嵩均受寵幸，因而促使北周武帝滅佛，結果佛道並毀，然本意在於滅佛。北方由於帝王之信仰與鼓勵，百姓信者日眾。道教流行於南北朝，但南北性質不相同，梁啓超於「中國佛法興衰沿革說略」裡說：

> 南方所流行者爲道家言，質言之，即老莊哲學也，其張道陵、寇謙之之妖誣邪教，南方並不盛行，其與釋道異同之爭，亦多以名理相角，若崔浩焚坑之舉，南人所必不肯也，南方帝王，傾心信奉者固多，實則因並時聰俊，咸趨此途，乃風氣包圍帝王，並非帝王主持風氣，不似北方之以帝者之好惡爲興替也。（中華版飲冰室專集冊七之一，頁7）

未之有也。略而計之：僧尼大眾二百萬矣，其寺三萬有餘，流弊不歸一至於此。（頁1450）

〔註78〕見後漢書卷一〇五劉焉傳（頁87）；三國志卷八張魯傳（頁287）。

〔註79〕見中華版飲冰室專集第七冊「中國佛法興衰沿革說略」頁7。

3. 舊有迷信

南北朝時代舊有宗教，除佛教和道教外，尚有許多由來甚久，且傳播甚廣的迷信，花樣繁多，主要的有：

（1）淫禮：即濫祀各式各樣的神。

（2）厭詛：就是命覡咒詛所欲加害的人，使其受害。

（3）圖讖：圖，河圖；讖，符命之書。南北朝時，若干君主持此騙人，而他人爲達某種目的，亦時以此惑人。

（4）卜筮：卜用龜甲，筮用蓍草，皆用以占吉凶。

（5）占夢：解術夢中所見景象，以定吉凶。

（6）相術：以相外形、摸骨相較爲人相信。

（7）此外尚有望氣、推命、借壽、代死之類。

4. 佛教之爭與毀教

南北朝佛道之爭，多輯存於梁釋僧祐撰弘明集，及嚴可鈞輯全梁文、全北周文等書。佛道間之爭，究其實際言，乃是爭生存、爭發展、爭勢力。就理論本身言，乃是信念之問題。此種爭論的根本原因，乃是在於「政治」。而南北士人對「政治」所採取的趨向不同，此種不同乃是源自意識形態之不同，錢賓四於「國史大綱」裡曾說：

> 但在南方，一輩名士世族，本在一個不安寧的大千世界中過著他們私人安寧的小世界生活，他們所需要者，乃爲一種學理上之自己麻醉與自己慰藉，彼輩在其內心，本無更強的衝動力，所以南方佛學多屬居士式的。其高僧亦與隱士相類，如慧遠、生公之類是也。
>
> 故南方之所謂道佛衝突，大體僅限於思想與言辯而止，與政治實務更無涉。
>
> 若在北方則不然，北方在當時，是一個強烈動蕩的社會，一切與南方自別。故南方人乃在一種超世絕俗的要求下接近佛法，北方則自始即以佛法與塵俗事相調合。（商務版頁 263～264）

當時的北方，飽受兵荒胡亂，他們始終不忘情於政治上之奮鬥。

當時僧尼眾多，且素質不一，因此有許多不良現象發生，如僧尼與俗人間發生不道德的行爲，僧尼的逃避賦役，以及建造佛寺佛像的靡費，外加與道教的衝突，因此在北方有兩次的滅佛。

（1）北魏太武帝時。崔浩世奉天師道，因勸太武帝信道，其時佛教隆盛，

沙門眾多，又沙門有不法行為發生，再加上崔浩的進言，乃於太平真君五年正月（西元 444 年）正式下詔滅佛。其後更演為劇烈的政治鬥爭。太武帝太子晃篤信佛法，事沙門玄高，高為崔浩及寇謙之所譖殺，於是太子晃深怨崔浩。其後崔浩以修國史事，開罪鮮卑，為太武帝所殺，太子晃頗有構陷之疑。〔註80〕

（2）北周高祖武帝時。武帝對宗教之事，本不甚關懷，但因道士張賓揣知武帝欲以符命受禪，於是自云洞曉星歷，盛言有代謝之徵，由是大被知遇。而後武帝信道輕佛，親受符籙，而後又有魏元嵩好言將來之事，亦為武帝所信，經張賓與魏元嵩兩人之密加鼓扇，武帝遂決心滅佛。於是廣集群臣，沙門與道士辯論，武帝本欲留道滅佛，但集議結果，咸尊釋教，萬不得已，乃於建德三年（西元 574 年）五月十七日下令并毀道佛二教。然未逾經月，又下詔復道法。

毀教，雖可視佛道間由理論之爭而訴諸武力，但直接激發帝王毀教之動機，乃是源於教徒行為之不檢與帝王之經濟因素。

（七）地理因素

地理因素，影響人類文明頗大，更與民族的發展息息相關。就以我國學術言，其所受地理因素之影響，頗為明顯，梁啓超於「中國地理大勢論」一文裡論之詳明，今節述如下：〔註81〕

1. 哲學：春秋戰國時，孔墨在北，老莊於南，商韓在西，管驤於東。或重實行，或毗理想，或主峻刻，或崇虛無，其現象與地理一一相應。（餘略）

2. 經學：北史儒林傳云：「大抵南北所為，章句好尚，互有不同。江左，周易則王輔嗣；尚書則孔安國；左傳則杜元凱；河洛，左傳則服子慎；尚書、周易則鄭康成；詩則主於毛公；禮則同遵於鄭氏。南人簡約，得其英華；北學深蕪，窮其枝葉。」其言可謂居要。由此觀之，同一經學，而南北學風，自有不同，皆地理之影響使然也。

3. 佛學：六朝唐間，佛學掩襲一世，佛學之空，與儒學之實，立於反對之兩極端者也，然佛學之中，流派自異，象教宏興，肇始姚秦，秦北地也，鳩摩、三又首事翻譯，自茲以往，文字盛行。至南方緇徒，學博不及北派，

〔註80〕見輔仁學誌十卷一二期合刊本牟潤孫「崔浩與其政敵」一文。（頁 167～178）
〔註81〕見中華版「飲冰室文集」第二冊，文集之十，頁 85～87。又見「飲冰室專集」第九冊「近代學風之地理的分布」一文（頁 42～45）。

而理解或過之。

4. 詞章：燕趙多慷慨悲歌之士，吳楚多放誕纖麗之文，自古然矣。自唐以前，於詩於文於賦，皆南北各為家數，長城飲馬，河梁携手，北人之氣概也。江南草長，洞庭始波，南人之情懷也。散文之長江大河一瀉千里者北人為優，駢文之鏤雲刻月善移我情者，南人為優。蓋文章根於性靈，其受四圍社會之影響特甚焉。

5. 美術、音樂、書法之分，南北尤顯。北以碑著，南以帖名。南帖為圓筆之宗，以透逸搖洩，含蓄瀟灑見長；北碑為方筆之祖，以遒健雄渾，峻峭方整為長。畫學，北派擅工筆，南派擅寫意。音樂，通典云「祖孝孫以梁陳舊樂，雜用吳楚之音，周隨舊樂，多涉胡戎之技，於是斟酌南北，考以古音，而作大唐雅樂。」

由此觀之，大而經濟、心性、倫理之精，小而金石刻畫遊戲之末，幾無一不與地理有密切之關係。

今就地理立場，略論對之推的可能影響。

之推十二世祖顏盛，始自魯居瑯琊臨沂（今山東臨沂縣），所以之推祖籍是山東。梁容若於「中國文學的地理觀察」一文裡謂山東文人的重要類型是：

> 傲岸有風骨，志節嶙峋，鱗角畢見，侃侃諤諤，有「鐵肩擔道義，辣手著文章」的氣魄風度；可是志大才疏，文章也奇而不密，遒而不逸。（頁51）

至九世祖顏含南渡僑居金陵（今江蘇南京），梁氏謂江蘇文人的主要類型是：

> 高才博學，溫文爾雅，長於倣古藻麗，短於風骨遠見，有因利乘便，流蕩宛轉的傾向。（頁51）

至之推時，又北上居長安。梁啓超於「近代學風之地理的分布」一文裡說：

> 秦中自古帝都，唐末之亂，文物蕩焉，昔人所謂「地絕其脈水化其味」者也。然張橫渠崛起北宋，究極天人，遂建立關中學派，世共傳之曰：「關學。」明清之交，大師顧亭林習游其地，終乃僑寓以老，其言曰：「秦人慕經學，重處士，持清議，實他邦所少。」其重之若此，烏睹所謂絕脈而化味者耶！（頁9）

以上就籍貫言，之推擁有三重籍貫。當然會留有地域性的某些色彩。但之推一生讀萬卷書，行萬里路，走遍東西南北，眼界寬，知識富，其地域性自然

又會被沖淡，在這「留有」與「沖淡」之間，便是之推的選擇時候。之推在家訓一書中比較「南北」之處頗多，從他選擇的某些觀點看來，似乎是受地理因素的影響不大。

申言之，南北朝是屬於文化交流的時代，在這種時代裡，更是需要有「沖淡」地域的人物出現，而之推即是代表。

第四節　顏之推思想述要

就思想史而論，顏之推算不上是有名的思想家，但就「家訓」一書看來，仍有他的思想在，且亦成體系，之推思想體系，簡言之，即是以博雅、切用、明恥、尚義為主。試述其思想概要如下：

一、顏之推的學術思想

姚鼐、戴東原以為學術之途有三：義理、考據、詞章，而曾國藩加經濟為四術。我們此處所論則以義理、考據為重，而亦略取屬於經濟部分的自然科學，至於詞章因篇幅大，另列一節。

（一）論學術之要旨

之推學術以義理為要，小學，校勘為本，而以務世為用，試再詳析如下：

1. 論學術之本

之推認為學術皆源於五經，而經為學術之本源，詞章為末，文章篇：

> 夫文章者，原出五經：詔命策檄，生於書者也；序述論議，生於易者也；歌詠賦頌，生於詩者也；祭祀哀誄，生於禮者也；書奏箴銘，生於春秋者也。朝廷憲章，軍旅誓誥，敷顯仁義，發明功德，牧民建國，施用多途。至於陶冶性靈，從容諷諫，入其滋味，亦樂事，行為餘力，則可習之。（頁 52 下）

北齊書之推本傳：

> 世善周官左氏學，之推早傳家業。（頁 288）

又考「家訓」一書引用五經次數如下：

詩：詩二十二次；毛詩十二次；小雅一次；駉頌一次；鴟鴞一次。

書：書三次；尚書四次。

禮：禮傳二次。

周禮：周禮四次；周禮秋官一次；周禮圉人一次。

儀禮：喪服經一次。

禮記：禮記一次；禮十一次；禮經二次；王制一次；表記一次；月令
一次；月令云一次；月令章句一次；月令章句云一次。

易：易七次。

春秋：春秋五次；

左傳十二次；

穀梁傳一次。

其中僅公羊傳未見引錄。又「家訓」一書中所見「經」字，與五經有關者如下：

此事徧於經史（勉學篇頁 32 下）

雖好經術，亦以才博擅名（勉學篇，頁 40 下）

豈當論經書事乎？（勉學篇頁 41 上）

但明練經文。（勉學篇頁 40 下）

經緯之外，義疏而已（勉學篇頁 40 下）

未聞漢書得証經術（勉學篇頁 41 下）

讀五經者，是徐邈而非許慎（勉學篇頁 48 下）

河北經傳悉略此字。（書証篇頁 98 上）

博覽經籍。（書証篇頁 100 上）

案諸經史緯候（書証篇頁 100 下）

客有難主人曰：「今之經典，子皆謂非？」主人拊掌而笑，應之曰：
「今之經典，皆孔子手迹耶？」（書証篇頁 113 上下）

其有援引經傳，與今乖者，未之敢從。（書証篇頁 114 上）

之推認為經雖為學術之本源，但非絕無錯誤，不能泥經而不化。

2. 論學術要旨

之推認為學術要旨，簡言之，即是以行道揚名為最高境界。申言之：在方法而言，主師古、慕賢、博雅。在本質上，以進德為業。於實質而論，不可名過其實。

一、師古、慕賢、博雅。之推認為讀書為學當以古人為標樣，勉學篇：

夫所以讀書學問，本欲開心明目，利於行耳。未知養親者，欲其觀古人之先意承顏，怡聲下氣，不憚劬勞，以致甘腝，惕然慙懼，起而行之也。未知事君者，欲其觀古人之守職無侵，見危授命，不忘誠諫，以利社稷，惻然自念，思欲效之也。素驕奢者，欲其觀古人之恭儉節用，卑以自牧，禮爲教本，敬者身基，瞿然自失，斂容抑志也。素鄙吝者，欲其觀古人之貴義輕財，少私寡慾，忌盈惡滿，賙窮卹匱，赧然悔恥，積而能散也。素暴悍者，欲其觀古人之小心黜己，齒弊舌存，含垢藏疾，尊賢容眾，苶然沮喪，若不勝衣也。素怯懦者，欲其觀古人之達生委命，彊毅正直，立言必信，求福不回，勃然奮厲，不可恐懼也。歷茲以往，百行皆然。（頁36下～37下）

讀書學問乃是在於先王之道，因此須學古人，勉學篇：

人見鄰里親戚有佳快者，使子弟慕而學之，不知使學古人，何其蔽也哉！（頁35下）

所以他的結論是：「不師古之蹤跡，猶蒙被而臥耳。」（勉學篇頁35下。）然而古者距今已遠，經史或亦有誤，則當然以慕賢而輔之，賢人不易得，是以慎交遊以相輔，慕賢篇：

古人云：「千載一聖，猶旦暮也；五百年一賢，猶比髆也。」言聖賢之難得疏闊如此。儻遭不世明達君子，安可不攀附景仰之乎？吾生於亂世，長於戎馬，流離播越，聞見已多。所值名賢，未嘗不心醉魂迷，向慕之也。人在少年，神情未定，所與款狎，熏漬陶染，言笑舉動，無心於學，潛移暗化，自然似之。何況操履藝能，較明易習者也？是以與善人居，如入芝蘭之室，久而自芳也；與惡人居，如入鮑魚之肆，久而自臭也。墨翟悲於染絲，是之謂矣。君子必慎交遊焉。孔子曰：「無友不如己者。」何可世得？但優於我，便足貴之。（頁29下～30上）

又學術宜博不宜狹，勉學篇：

學之興廢，隨世輕重。漢時賢俊。皆以一經弘聖人之道。上明天時，下該人事，用此致卿相者多矣。……故士大夫子弟，皆以博涉爲貴，不宜專儒。（頁39上下）

夫學者，貴能博聞也，郡國山川，官位姓族，衣服飲食，器皿制度，皆欲根尋，得其原本。（頁49下）

所謂宜博，乃就合乎先王之道而言，至於異端止於遊藝即可，但若博而不精，則執一即可，省事篇：

> 銘金人云：「無多言，多言多敗；無多事，多事多患。」至哉斯戒也！能走者奪其翼，善飛者減其指；有角者無上齒，豐後者無前足：蓋天道不使物有兼焉也。古人云「多為少善，不如執一；鼯鼠五能，不成伎術。」近世有兩人，朗悟士也。性多營綜，略無成名。經不足以待問，史不足以討論，文章無可傳於集錄，書迹未堪以留愛翫；卜筮射六得三，醫藥治十差五：音樂在數十人下，弓矢在千百人中。天文、畫繪、棋博、鮮卑語，煎胡桃油，鍊錫為銀，如此之類，略得梗槩，皆不通熟。惜乎！以彼神明，若省其異端，當精妙也。（頁72下～73上）

二、進德為業。學者以進德為業。是以當慎行以自勉，名實篇：

> 人足所履，不過數寸；然而咫尺之途，必顛蹶於崖岸，拱把之梁，每沈溺於川谷者，何哉？為其旁無餘地故也。君子之立己，抑亦如之。（頁66上）

而後能少欲知足，謙虛沖損。止足篇：

> 禮云：「欲不可縱，志不可滿。」宇宙可臻其極，情性不知其窮。唯在少欲知足，為立涯限爾。……天地鬼神之道，皆惡滿盈。謙虛沖損，可以免害。人生衣趣以覆寒露，食趣以塞飢乏耳。形骸之內，尚不得奢靡，己身之外，而欲窮驕泰邪？（頁77上）

至其省事，則以仁義為主，省事篇：

> 王子晉云：「佐饔得嘗，佐鬥得傷。」此言為善則預，為惡則去，不欲黨人非義之事也。凡損於物，皆無與焉。然而窮鳥入懷，仁人所憫；況死士歸我，當棄之乎？伍員之託漁舟，季布之入廣柳，孔融之藏張儉，孫嵩之匿趙岐；前代之所貴，而吾之所行也。以此得罪，甘心瞑目。至如郭解之代人報仇，灌夫之橫怒求地；游俠之徒，非君子之所為也。如有逆亂之行，得罪於君親者，又不足卹焉。親友之迫危難也，家財己力，當無所吝；若橫生圖計，無理請謁，非吾教也。墨翟之徒，世謂熱腹；楊朱之侶，世謂冷腸。腸不可冷。腹不可熱，當以仁義為節文耳。（頁75上下）

總之，君子當以守道崇德為務，亦即以明恥尚義為主，省事篇：

君子當守道崇德，蓄價待時。爵祿不脅，信由天命。須求趨競，不
顧羞慚；比較材能，斟量功伐；厲色揚聲，東怨西怒。或有持宰相
瑕疵，而獲酬謝；或有喧聒時人視聽，求見發遣。以此得官，謂爲
才力。何異盜食致飽，竊衣取溫哉？（頁74上）

三、名實合一。名與實，如本與末。雖三代以來人皆好名，但若無眞本
之實，則虛名易爲人所毀。名實篇：

名之與實，猶形之與影也。德藝周厚，則名必善焉；容色姝麗，則
影必美焉。今不脩身而求令名於世者，猶貌甚惡而責妍影於鏡也。
上士忘名，中士立名，下士竊名。忘名者，體道合德，享鬼神之福
祐，非所以求名也。立名者，脩身愼行，懼榮觀之不顯，非所以讓
名也。竊名者，厚貌深姦，干浮華之虛稱，非所以得名也。（頁 66
上）

竊名者，貪名而已，心存貪念，則爲求名而不擇手段，是以心存虛僞，雖由
僞情，附屬風雅，或以治點子弟文章以得名。然僞情終必暴露，名實篇云：

吾見世人，清名登而金貝入，信譽顯而然諾虧；不知後之矛戟，毀
前之干櫓也。虞子賤云：「誠於此者形於彼。」人之虛實眞僞在乎心，
無不見乎迹，但察之未熟耳。一爲察之所鑒，巧僞不如拙誠，承之
以羞大矣。伯石讓卿，王莽辭政，當於爾時，自以巧密，後人書之，
留傳萬代，可爲骨寒毛豎也。（頁 66 下～67 上）

而立名者，乃聖人以爲名教，名實篇：

或問曰：「夫神滅形消，遺聲餘價，亦猶蟬殼蛇皮，獸远鳥迹耳。何
預於死者，而聖人以爲名教乎？」對曰：「勸也。勸其立名，則獲其
實。且勸一伯夷，而千萬人立清風矣；勸一季札，而千萬人立仁風
矣；勸一柳下惠，而千萬人立貞風矣；勸一史魚，而千萬人立直風
矣。故聖人欲其魚鱗鳳翼，雜沓參差，不絕於世，豈不弘哉？四海
悠悠，皆慕名者，蓋因情而致其善耳。抑又論之：祖考之嘉名美譽，
亦子孫之冕服牆宇也；自古及今，獲其庇廕則亦眾矣。夫脩善立名
者，亦猶築室樹果，生則獲其利，死則遺其澤。世人汲汲者，不達
此意，若其與魂爽俱昇，松柏偕茂者，惑矣哉！」（頁 68 下～69 上）

立言者，因心存名念，是以名實無餘地，易爲人所毀，名實篇：

至誠之言，人未能信；至潔之行，物或致疑。皆由言行聲名無餘地

也。吾每爲人所毀，常以此自責。若能開方軌之路，廣造舟之航，
則仲由之言信，重於登壇之盟，趙熹之降城，賢於折衝之將矣。（頁
66 上下）

能「開方軌之路，廣造舟之航。」則爲名實留餘地，能留餘地，乃忘之所致。
能忘則空蕩無以名焉，則其德合天地，爲人神所共敬，此爲忘名者。

四、濟世揚名爲務。君子以勉學進德爲體，而以能濟世爲用，終於揚名。
序致篇：

夫聖賢之書，教人誠孝，慎言檢迹，立身揚名，亦已備矣。（頁 1
上）

勉學篇：

夫聖人之書，所以設教，但明練經文，精通注義，常使言行有得，
亦足爲人；何必「仲尼居」即須兩紙疏義，燕寢講堂，亦復何在？
以此得勝，寧有益乎？光陰可惜，譬之逝水。當博覽機要，以濟功
業。必能兼美，吾無間焉。（頁 40 下）

涉務篇：

士君子之處世，貴能有益於物耳，不徒高談虛論，左琴右書，以費
人君祿位也。（頁 70 上）

又歸心篇：

又君子處世，貴能克己復禮，濟時益物。（頁 89 上）

又終制篇：

然則君子應世行道，亦有不守墳墓之時，況爲事際所逼也？吾今羈
旅，身若浮雲，竟未知何鄉是吾葬地，唯當氣絕便埋之耳。汝曹宜
以傳業揚名爲務，不可顧戀朽壤，以取湮沒也。（頁 134 上）

能濟世揚名，乃完成自我之最高表現，此爲之推所念念不忘者。臨終時如是，
顛沛時亦如是，勉學篇：

鄴平之後，見徙入關。思魯嘗謂吾曰：「朝無祿位，家無積財，當肆
筋力，以申供養。每被課篤，勤勞經史。未知爲子可得安乎？」吾
命之曰：「子當以養爲心，父當以學爲教。使汝棄學徇財，豐吾衣食，
食之安得甘？衣之安得暖？若務先王之道，紹家世之業，藜羹縕褐，
我自欲之。」（頁 45 下）

（二）對學術界之批評

之推之學主博雅、切用、明恥、尚義。因此他對學術界亦有所批評。

1. 對往昔學術之批評

之推信古師古而不泥古，因此亦敢以疑古，進而校定之，書証篇：

> 客有難主人曰：「今之經典，子皆謂非；說文所言，子皆云是：然則許慎勝孔子乎？」主人拊掌大笑應之曰：「今之經典，皆孔子手迹耶？」客曰：「今之說文，皆許慎手迹乎？」……且余亦不專以說文為是也。其有援引經傳，與今乖者，未之敢從。……（頁113上～114上）

之推為人敦厚，對往昔學術批評不多，所見僅下列兩處，序致篇：

> 魏晉以來，所著諸子，理重事複，遞相模斅，猶屋下架屋，牀上施牀耳。（頁1上）

又文章篇：

> 或問揚雄曰：「吾子少而好賦。」雄曰：「然。童子雕蟲篆刻，壯夫不為也。」余竊非之曰：「虞舜歌南風之詩，周公作鴟鴞之詠，吉甫史克，雅頌之美者，未聞皆在幼年累德也。孔子曰：『不學詩，無以言。』『自衛返魯，樂正，雅頌各得其所。』大明孝道，引詩証之。揚雄安敢忽之也？若論「詩人之賦麗以則，辭人之賦麗以淫」，但知變之而已，又未知雄自為壯夫何如也。著劇秦美新，妄投於閣，周章怖懾，不達天命，童子之為耳。桓譚以勝老子，葛洪以方仲尼，使人歎息。此人直以曉算術，解陰陽，故著太玄經，為數子所惑耳。其遺言餘行，孫卿屈原之不及，望大聖之清塵？且太玄今竟何用乎？不啻覆醬瓿而已。」（頁57下～58上）

2. 對當時學術之批評

之推對於當時儒者的治學，頗有指責，他認為今日學者在心態上異於古人，勉學篇：

> 古之學者為己，以補不足也；今之學者為人，但能說之也。古之學者為人，行道利世也；今之學者為己，修身以求進也。夫學者，猶種樹也。春玩其華，秋登其實。講論文章，春華也；修身利行，秋實也。（頁38上）

又批評當時儒者囿於經義，空守章句，不知博學，勉學篇：

學之興廢，隨世輕重。漢時賢俊。皆以一經弘聖人之道，上明天時，下該人事，用此致卿相者多矣。末俗以來不復爾。空守章句，但頌師言，施之世務，殆無一可。故士大夫子弟，皆以博涉爲貴，不肯專儒。（頁 39 上下）

俗閒儒士，不涉群書；經緯之外，義疏而已。（頁 40 下）

他認爲空守章句，專精義疏，乃本末倒置之事，儒者當以濟功業爲務，勉學篇：

> 以外率多田里閒人，音辭鄙陋，風操蚩拙。相與專固，無所堪能。問一言輒酬數百，責其指歸，或無要會。鄴下諺云：「博士買驢，書券三紙，未有驢字。」使汝以此爲師，令人氣塞。孔子曰：「學也，祿在其中矣。」今勤無益之事，恐非業也。（頁 40 下）

> 夫聖人之書，所以設教，但明練經文，粗通注義，常使言行有得，亦足爲人；何必「仲尼居」即須兩紙疏義，燕寢講堂，亦復何在？以此得勝，寧有益乎？光陰可惜，譬諸流水。當博覽機要，以濟功業。必能兼美，吾無閒焉。（頁 40 下）

除外，他對當時治學有成者，亦有所品評，勉學篇：

> 梁朝皇孫已下，總丱之年，必先入學，觀其志向。出身已後，便以文史，略無卒業者。冠冕爲此者，則有何胤、劉瓛、明山賓、周捨、朱异、周弘正、賀琛、賀革、蕭子政、劉等，兼通文史，不徒講說也。洛陽亦聞崔浩、張偉、劉芳，鄴下又見邢子才。此四儒者，雖好經術，亦以才博擅名，如此諸賢，故爲上品。以外率多田里閒人。（頁 39 下～40 上下）

3. 對當時清談玄學之批評

當時儒者，有墨守成規，亦有趨附魏晉以來之老莊玄學，顏之推於俗儒和清談兩者皆不取，蓋二者皆無濟於時務，因此之推對於老莊清談有所評擊，勉學篇：

> 夫老莊之書，蓋全眞養性，不肯以物累己也。故藏名柱史，終蹈流沙；匿跡漆園，卒辭楚相。此任縱之徒耳。何晏、王弼，祖述玄宗，遞相誇尚，景附草靡。皆以農黃之化，在乎己身；周孔之業，棄之度外。而平叔以黨曹爽見誅，觸死權之網也；輔嗣以多笑人被疾，陷好勝之䆊也，山巨源以蓄積取譏，背多藏厚亡之文也；夏侯玄以

才望被戮，無支離擁腫之鑒也。苗奉倩喪妻，神傷而卒，非鼓缶之情也；王夷甫悼子，悲不自勝，異東門之達也。嵇叔夜排俗取禍，豈和光同塵之流也？郭子玄以傾動專勢，寧後身外己之風也？阮嗣宗沈酒荒迷，乖畏途相誡之譬也；謝幼輿贓賄黜削，違棄其餘魚之旨也。彼諸人者，並其領袖，玄宗所歸。其餘枉桔塵滓之中，顛仆名利之下者，豈可備言乎？直取其清談雅論，剖玄析微，賓主往復，娛心悅耳，非濟世成俗之要也。洎於梁世，茲風復闡。莊老周易，總謂三玄。武皇簡文，躬自講論。周玄正奉贊大猷，化行都邑，學徒千餘，實爲盛美。元帝在江荊間，復所愛習。召置學生，親爲教授；廢寢忘食，以夜繼朝。至乃倦劇愁憤，輒以講自釋。吾時頗預未筵，親承音旨；性既頑魯，亦所不好云。（頁 41 下～43 下）

（三）顏之推的小學

顏之推之學，以小學爲根基。其所論小學雖界說不盡清晰，但大致說來可包括有：文字、訓詁、聲韻、校勘、修辭、文法等。試分述如下：

1. 文字訓詁之學

之推所論文字與訓詁，界限不盡清楚，於此合併論之。

一、對文字之看法。之推認爲文字，乃墳籍之根本，而聲韻次之，勉學篇：

夫文字者，墳籍根本。世之學徒，多不曉字。讀五經者，是徐邈而非許慎；習賦誦者，信褚詮而忽呂忱；明史記者，專皮鄒而廢篆籀；學漢書者，悅應蘇而略蒼雅。不知書音是其枝葉，小學乃其宗系。至見服虔張揖音義則貴之，得通俗廣雅而不屑。一手之中，向背如此，況異代各人乎？（頁 48 下～49 上）

清人戴震有識字爲讀經之始之說，〔註 82〕或謂源於之推。文字爲經籍之本，則當以識字爲始，而識文字則必以眼學爲主，勉學篇：

談說製文，援引古昔，必須眼學，勿信耳受。（頁 47 下）

〔註 82〕載東原集卷十一「與是仲明論學書」：經之至者道也，所以明道者其詞也，所以成詞者字也。由字以通其詞，由詞以通其道，必有漸，求所謂字，考據篆書，得許氏說文解字，三年知其節目，漸觀古聖人制作本始，又疑許氏於故訓未能盡，從友人假十三經注疏讀之，則知一字之義，當貫群經，本六書，然後爲定。（商務萬有文庫薈要本，頁 29～30）

能眼學，自能不誤，但亦須博。考之推於論小學部份，所論及書目有百部之多。至於對字體正俗則取折衷，書証篇：

> 吾昔初看說文，蚩薄世字，從正則懼人不識，隨俗則意嫌其非，略是不得下筆也。所見漸廣，更知通變，救前之執，將欲半焉。若文章著述，猶擇微相影響者行之。官曹文書，世間尺牘，幸不違俗也。
> （頁116上）

二、對字書之批評。字書雖為識字之書，亦難免有錯誤，自當明辨而不受囿，書証篇：

> 世閒小學者，不通古今，必依小篆，是正書記。凡爾雅三蒼說文，豈能悉得蒼頡本指哉？亦是隨代損益，互有同異。西晉已往，字書何可全非？但令體例成就，不為專輒耳。考校是非，特須消息。至如「仲尼居」，三字之中，兩字非體。三蒼尼旁益丘，說文居下施几，如此之類，何由可從？古無二字，又多假借；以中為仲，以說為悅，以召為邵，以閒為閑：如此之徒，亦不勞改。自有訛謬，過成鄙俗。亂旁為舌，揖下無耳；鼋鼉從龜，奮奪從萑；席中加帶，惡上安西；鼓外設皮，鑿頭生毀；離則配禹，壑乃施豁；巫混經旁，皋分澤片；獵化為獦，寵變寵，業左益片，靈底著器；率字自有律音，強改為別；單字自有善音，輒析成異：如此之類，不可不治。（頁14下～116上）

考之推引書，字書以說文十九次最多，爾雅十八次。但對說文亦夾有指責，書証篇：

> 許慎檢以六文，貫以部分，使不得誤，誤則覺之。孔子存其義而不論其文也。先儒尚得改文從意，何況書寫流傳耶？必如左傳「止戈為武」，「反正為之」，「皿蟲為蠱」，「亥有二首六身」之類，後人自不得輒改也。安敢以說文校其是非哉？且余亦不專以說文為是也。其有援引經傳，與今乖者，未之敢從。又相如封禪書曰：「導一莖六穗於庖，犧雙觡共抵之獸。」此導訓擇。光武詔云：「非徒有豫養導擇之勞」，是也。而說文云：䆃是禾名，引封禪書為證。無妨自當有禾名䆃，非相如所用也。禾一莖六穗於庖，豈成文乎？縱使相如天才鄙拙，強為此語，則下句當云：麟雙觡共抵之獸，不得云犧也。吾嘗笑許純儒，不達文章之體；如此之流，不足憑信。大抵服其為

書，隱括有條例，剖析窮根源。鄭玄注書，往往引其爲證。若不信
其說，則冥冥不知一點一畫有何意焉。（頁 113 下～14 下）

此外，他又略評顧野王之書，書證篇：

……俗閒又有鑄鑄語。蓋無所不施，無所不容之意也。顧野王玉篇，
誤爲黑傍沓。顧雖博物，猶出簡憲孝元之下；而二人皆云重邊。吾
所見數本，並無作黑者。（頁 107 上下）

三、文字不明之原因。文字雖爲墳籍之本，但深究卻也非易事，考其究
竟，之推認爲其因素在於：

（1）師心自是：此種人閉門讀書，師心自是。勉學篇：

書曰：「好問則裕。」禮云：「獨學而無友，則孤陋而寡聞。」蓋須
切磋相起明也。見有閉門讀書，師心自是，稠人廣坐，謬誤差失者
多矣。穀梁傳稱公子友與莒挐相搏，左右呼曰孟勞。孟勞者，魯之
寶刀，名亦見廣雅。近在齊時，有姜仲岳，謂孟勞者，公子左右，
姓孟名勞，多力之人，爲國所寶。與吾苦諍。時清河郡守邢峙，當
世碩儒，助吾證之……。（頁 46 上）

（2）讀誤所至：讀誤版本，或誤讀文字，皆能惑人耳目。勉學篇：

江南有一權貴，讀誤本蜀都賦注，解「蹲鴟，芋也」，乃爲羊字。人
饋羊肉，答書云：「損惠蹲鴟。」舉朝驚駭，不解事義；久後尋迹，
方知如此。（頁 46 下）

（3）傳本有誤：傳本或形近而誤，或傳寫有誤。書証篇：

太史公記曰：「寧爲雞口，無爲牛後。」此是刪戰國策耳。案延篤戰
國策音義曰：「尸、雞中之主；從、牛子。」然則口當爲尸，後當爲
從，俗寫誤也。（頁 101 下）

漢書云：「中外禔福。」字當從示。禔、安也，音匙匕之匙，義見蒼
雅方言。河北學士皆云如此，而江南書本多誤從手。屬文者對耦，
並爲提挈之意，恐爲誤也。（頁 103 上下）

（4）逐鄉俗訛謬：未能稽古，隨鄉俗而誤。書證篇：

或問曰：「東宮舊事，何以呼鴟尾爲祠尾？」答曰：「張敞者，吳人。
不甚稽古，隨宜記注，逐鄉俗訛謬，造作書字耳。吳人呼祠祀爲鴟
祀，故以祠代鴟字；呼紺爲禁，故以系傍作禁代紺字；呼盞爲竹簡
反，故以木傍作展代盞字；呼鑊字爲霍字，故以金傍作霍代鑊字。

又金傍作患爲鐶字，木傍作鬼爲魁字，火傍作蔗爲炙字，既下作毛
爲氅字；金花則金傍作華，窻扇則木傍作扇：諸如此類，專輒不少。」
（頁110上下）

（5）私自造字：不能博聞，私自造字，書證篇：

又問：「東宮舊事，六色罽緷是何等物？當作何音？」荅曰：「案說
文云：『莙，牛藻也。讀若威。』音隱「塢瑰反」。即陸機所謂「聚
藻葉如蓬」者也。又郭璞注三蒼，亦云：『蘊藻之類也。細葉蓬茸生。』
然今水中有此物，一節長數寸，細茸如絲，圓繞可愛。長者二三十
節，猶呼爲莙。又寸斷五色絲，橫著線股閒繩之。以象莙草，用以
飾物，即名爲莙。於時當紺六色罽，作此莙，以飾緄帶，張敞因造
系旁畏耳，宜作隈。」（頁110下～111上）

又書法家隨寫增減字體，雜藝篇：

北朝喪亂之餘，書迹鄙陋；加以專輒造字，猥拙甚於江南。乃以百
念爲憂，言反爲變，不用爲罷，追來爲歸，更生爲蘇，先人爲老：
如此非一，徧滿經傳。（頁128上）

（6）往昔字多假借：往昔因字少，是以多行假借，而後又造新字，如此
本義、假借義易淆混，書證篇：

至如「仲尼居」，三字之中，兩字非體。三倉尼旁益丘，說文居下施
几，如此之類，何由可從？古無二字，又多假借，以中爲仲，以說
爲悅，以召爲邵，以閒爲閑；如此之徒，亦不勞改。自有訛謬，過
成鄙俗。（頁114下～115上）

（7）假借依附：不究字形義，假借依附，淆亂事實。書證篇：

案彌亙字從二閒舟，詩云：「亙之秬秠」，是也。今之隸書，轉舟爲
日；而何法盛中興書乃以舟在二閒爲舟航字，謬也。春秋說以人十
四心爲德，詩說以二在天下爲酉，漢書以貨泉爲白水眞人，新論以
金昆爲銀，國志以天上有口爲吳，晉書以黃頭小人爲恭，宋書以召
刀爲邵，參同契以人負告爲造：如此之例，蓋數術謬語，假借依附，
雜以戲笑耳。如猶轉貢字爲項，以叱爲七，安可用此定文字音讀乎
（頁116上下）

（8）取會流俗：不究字形義，取會流俗，以爲才能。書證篇：

潘陸諸子，離合詩賦，拭卜破字經，及鮑昭謎字，皆取會流俗，不

足以形聲論之也。（頁116下～117上）

2. 聲韻之學

之推雖謂文字乃墳籍宗系，而書音是爲枝葉，但他仍是很注重語音。音辭篇：

> 吾家兒女，雖在孩稚，便漸督正之。一言訛替，以爲己罪矣。云爲品物，未考書記者，不敢輒名；汝曹所知也。（頁121上）

之推無有關音韻之系統著作，段玉裁曾就之推論「韻集以成仍宏登，合成兩韻，爲奇益石，分成四章。」（音辭篇頁121下），而謂之推此處所執，略同今日之廣韻。〔註83〕又勉學篇：

> 思魯等姨夫彭城劉靈，嘗與吾坐，諸子侍焉。吾問儒行，敏行曰：「凡字與諮議名同音者，其數多少？能盡識乎？」答曰：「未之究也，請導示之！」吾曰：「凡如此例，不預研檢，忽見不識，誤以問人，反爲無賴所欺，不容易也。」因爲說之，得五十許字。諸劉歎曰：「不意乃爾！若遂不知，亦爲異事。」（頁52上）

以上皆殘篇而已，若欲了解他在聲韻學史之地位，則廣韻所引錄之陸法言切韻序可得知一二，切韻序：

> 昔開皇初，有儀同劉臻等八人，同詣法言門宿，夜永酒闌，論及音韻，以今聲調既自有別，諸家取捨，亦復不同，吳楚則時傷輕淺，燕趙則多傷重濁，秦隴則去聲爲入，梁益則平聲似去，又支（章移切）、脂（旨夷切）、魚（語居切）、虞（遇俱切）共爲一韻，先（蘇前切）、仙（相然切）、尤（干求切）、侯（相溝切）、俱論是切，欲廣文路，自可清濁皆通，若賞知音，即須輕有異，呂靜韻集，夏侯該韻略、陽休之韻略、周思言音韻、李季節音譜、杜台卿韻略等，各有乖互，江東取韻，與河北復殊，因論南北是非，古今通塞，欲更捃選精切，除削疏緩，蕭顏多所決定，魏著作謂法言曰：「向來論

〔註83〕彙注本音辭篇趙注引段氏云：今廣韻本於唐韻，唐韻本於陸法言切韻，法言切韻，顏之推同撰集。然則顏氏所執，略同廣韻。今廣韻成在十四清，仍在十六烝，別爲二韻；宏在十七登，亦別爲二韻。而呂靜集，成仍爲一韻，宏登爲一韻，故曰合成兩韻。今廣韻爲奇同在五支。益石同在二十二昔；而韻集爲奇別爲二韻，益石別爲二韻，故曰分作四章。皆與顏說不合，故以爲不可依信。今案宏登爲一韻，與古音合，此韻集之勝於顏、陸輩也。（頁121下～122上）

難疑處悉盡，何不隨口記之，我輩數人，定則定矣。」法言即燭下
握筆，略記綱紀，博問英辯，殆得精華，於是更涉餘學，兼從薄宦
十數年間，不遑修集，今返初服，私訓諸弟子，凡有文藻，即須明
聲韻，屏居山野，文游阻絕，疑惑之所，質問無從，亡者則生死路
殊，空懷可作之難，存者則貴賤禮隔，以報絕交之旨，遂取諸家音
韻，古今字書，以前所記者定之，爲切韻五卷，剖析毫氂、分別黍
累，何煩泣玉，未得縣金，藏之名山，昔怪馬遷之言，大持以蓋醬，
今難揚雄口吃，非是小子專輒，乃述群賢意，寧敢施行人世，直欲
不出戶庭，于時歲次辛酉大隋仁壽元年。〔註84〕

以下就「家訓」所見，略述之推音韻學如下：

一、對音韻之見解。之推認爲自生民以來，語音已因時、地而有不同，
音辭篇：

夫九州之人，言語不同，生民已來，固常然矣。（頁118上）

古今言語，時俗不同；著述之人，楚夏各異。（頁121上）

古今語有不同，但古語不一定能行於今，音辭篇：

今之學士，語亦不正；古獨何人，必應隨其訛僻乎？通俗文曰：
入室求曰搜，反爲兄侯，然則兄當音所榮反。今北俗通行此音，
亦古語之不可用者。璵璠，魯之寶玉。當音餘煩，江南皆音藩屏
之藩。岐山當音爲奇，江南皆呼爲神祇之祇。江陵陷沒，此音被
於關中，不知二者何所承案。以吾淺學，未之前聞也。（頁122下
～123上）

案諸子書，焉者鳥名，或云語辭，皆音於愆反。自葛洪要用字苑，
分焉字音訓，若訓何訓安，當音於愆反：「於焉消遙」、「於焉嘉客」、
「焉用佞」、「焉得仁」之類是也。若送句及助詞，當音矣愆反：「故
稱能焉」、「故稱血焉」、「有民人焉，有社稷焉」、「託始焉爾」、「晉
鄭焉依」之類是也。江南至今行此分別，照然易曉；而河北混同一
音，雖依古讀，不可行於今也。（頁124上）

進而論及南北語言之不同處，音辭篇：

南方水土和柔，其音清舉而切詣，失在浮淺，其辭多鄙俗。北方山
川深厚，其音沈濁而鈋鈍，得其質直，其辭多古語。然冠冕君子，

〔註84〕見藝文版「校正宋本廣韻」頁12～14。

> 南方爲優；閭里小人，北方爲愈。易服而與之談，南方十庶，數言
> 可辯；隔垣而聽其語，北方朝野，終日難分。而南染吳越，北雜夷
> 虜，皆有深弊，不可具論。（頁 119 下～120 上）

此處並謂以士族而論，南方優於北方，以庶而論北優於南，而南以吳語最爲
士族所賤視。並謂當日金陵士庶所操語音不同，而洛陽朝野語音無所差別。
他認爲當日北方在語音上，不論人與書，似乎皆雅正不足，音辭篇：

> 至鄴以來，唯見崔子約、崔瞻叔姪，李祖仁、李蔚兄弟，頗事言詞，
> 少爲切正。李季節著音韻決疑，時有錯失；陽休之造切韻，殊爲疎
> 野。（頁 120 上下）

之推並論當時的標準音是金陵與洛陽，音辭篇：

> 自茲厥後，音韻鋒出，各有土風，遞相非笑。指馬之諭，未知孰是。
> 共以帝王都邑，參校方俗，考覈古今，爲之折衷，攏而量之，獨金
> 陵與洛下耳。（頁 119 下）

陳寅恪認爲之推論斷語音優劣的標準是：東漢曹魏西晉以來居住洛陽及其近
傍之士大夫集團所操之雅音是也。〔註 85〕

　　二、論音韻不明之原因：之推論音韻所以不明之原因，可分縱、橫兩方
面。所謂縱者，即是論音韻之演變，此爲時代因素，並兼論其能突破之因素。
所謂橫者，大皆指當時的人爲因素而言，下列所述前三者屬縱者，後四者屬
橫者。

　　（1）注疏不顯聲讀：語音不同，自古已然，而早期注疏，不顯聲讀，至
鄭玄、高誘等人，以譬況假借，以証音字，語音始有正音可尋，音辭篇：

> 夫九州之人，言語不同：生民已來，固常然矣。自春秋標齊言之傳，
> 離騷目楚詞之經，此蓋其較明之初也。後有揚雄著方言，其言大備。
> 然皆考名物之同異，不顯聲讀之是非也。逮鄭玄注六經，高誘解呂
> 覽、淮南，許慎造說文，劉熹製釋名，始有譬況假借，以證音字耳。
> （頁 118 上）

　　（2）注音方法不盡合理：古今語音有別，而所用注音方法不一，因此益
是疑人耳目，而後有反切，始克服此難，書證篇：

> 而古語與今殊別，其閒輕重清濁，猶未可曉。加以內言、外言、急

〔註 85〕詳見三人行出版社「陳寅恪先生論文集」下冊。頁 562～587「從史實論切韻」
　　　　一文。並見頁 477～482「東晉南朝之吳語」一文。

言、徐言、讀若之類，益使人疑。孫叔言創爾雅音義，是漢末人獨
知反語。（頁 118 下～119 上）

（3）切語不盡正確：曹魏以後，切語盛行，韻書鋒出，但不盡正確，因
此當詳加考校，之推或因有見於此，是以與蕭該等人論定音韻，音辭篇：

至於魏世，此事大行，高貴鄉公不解反語，以爲怪異。自茲厥後，
音韻鋒出，各有土風，遞相非笑。指馬之諭，未知孰是。共以帝王
都邑，參校方俗，考覈古今，爲之折衷，摧而量之，獨金陵與洛下
耳。（頁 119 下）

古今言語，時俗不同；著述之人，楚夏各異。蒼頡訓詁反粹爲逋賣，
反娃爲於乖；戰國策音刎爲免；穆天子傳音諫爲間；說文音憂爲棘，
讀皿爲猛；字林音看爲口甘反，音伸爲辛；韻集以成乃宏登，合成
兩韻，爲奇益石，分成四章；李登聲類以系音羿；劉昌宗周官音讀
乘若承：此例甚廣，必須考校。前世反語，又多不切。徐仙民毛詩
音反驟爲在遘，左傳音切椽爲徒緣；不可依信，亦爲眾矣。（頁 121
上～122 下）

（4）穿鑿：不稽古今，口相傳述，自爲凡例，而流於穿鑿；音辭篇：
江南學士讀左傳，口相傳述，自爲凡例。軍自敗曰敗，打破人軍曰
敗。諸記傳未見補敗反。徐仙民讀左傳，唯一處有此音，又不言自
敗敗人之別；此爲穿鑿耳。（124 下～125 上）

（5）缺乏督正：王侯外戚，本身已屬驕縱，而又缺少督正，因此語音多
不正，音辭篇：

古人云：「膏粱難整。」以其爲驕奢自足，不能剋勵也。吾見王侯外
戚，語多不正；亦由內染賤保傅，外無良師友故耳。梁世有一侯，
嘗對元帝飲謔，自陳癡鈍，乃成颮段。元帝荅之云：「颮異涼風，段
非干木。」……（頁 125 上）

（6）冷僻：過分鑽牛角尖，流於冷僻，徒亂口耳而已，音辭篇：
河北切攻字爲古琮，與工公功三字不同，殊爲僻也。世有人，名遟
自稱爲纖；名琨自稱爲袞；名洸自稱爲汪；名䴥自稱爲獝，非唯音
韻舛錯，亦使其兒孫避諱紛紜矣。（頁 125 下）

3. 校勘之學

合小學（文字、聲韻、訓詁）之用，則爲校勘，校勘亦爲之推所專長。

一、對校勘之見解。之推認為研究小學，必須眼學，否則不能成為真學問。他所謂的眼學，即是指博聞與博學而言，若無博聞與博學，則不能論斷小學，更不能校定書籍，他認為具有此能力者，惟揚雄、劉向兩人，勉學篇：

> 校定書籍，亦何容易！自揚雄劉向，方稱此職耳。觀天下書未徧，不得妄下雌黃。或彼以為非，此以為是；或本同末異，或兩文皆欠，不可偏信一隅也。（頁 52 上）

二、校勘方法釋例。校勘的根本原則在於博聞多見，而後始能有識見以斷之，至於實際方法，之推曾例舉如下：

（1）以書證之：以可靠典籍訂正，書證篇：

> 禮王制云：「贏股肱。」鄭注云：「謂擗衣出其臂脛。」今書皆作擐甲之擐。國子博士蕭該云：「擐當作擗，音宣。擐是穿著之名，非出臂之義。」案字林，蕭讀是；徐爰音患，非也。（頁 99 下）

> 太史公論英布曰：「禍之興，自愛姬。生於妬媚，以至滅國。」又漢書外戚傳亦云：「成結寵妾妬媚之誅。」此二媚竝當作媢。媢亦妬也，義見禮記三蒼。且五宗世家亦云：「常山憲王后妬媢。」王充論衡云：「妬夫媢婦，生則忿怒鬬訟。」益知媢是妬之別名。原英布之誅，為意賁赫耳，不得言媚。（頁 102 上～102 下）

（2）稽古以定形義：今詞有不識，稽古字義以定之。勉學篇：

> 嘗遊趙州，見柏人城北，有一小水，土人亦不知名。後讀城西門徐整碑云：「洦流東指。」眾皆不識。吾案說文，此字古魄字也。洦、淺小貌。此水漢來本無名矣，直以淺貌目之，或當即以洦為名乎！（頁 50 下）

（3）以音訂形義：字形有誤，或以原有反切以訂之，書證篇：

> 詩云：「有杕之杜。」江南本竝木傍施大。傳曰：「杕、獨兒也。」徐仙民音徒計反。說文曰：「杕，樹兒也。」在木部。韻集音次第之第。而河北本皆為夷狄之狄，讀亦如字：此大誤也。（頁 93 上）

（4）審文義訂字：審訂前後文義以訂字，書證篇：

> 詩云：「有渰萋萋，興雲祁祁。」毛傳云：「渰，陰雲兒。萋萋，雲行兒。祁祁，徐兒也。」箋云：「古者陰陽和，風雨時，其來祁祁然不暴疾也。」案渰已是陰雲，何勞復云「興雲祁祁」耶？雲當為雨，俗寫誤耳。班固靈臺詩云：「三光宣精，五行布序。習習祥風，祁祁

甘雨。」此其證也。（頁95上）

（5）不宜以今字校訂古字：古昔多通假字，今雖已不通假，亦不宜以今日字校訂古字，書證篇：

> 尚書曰：「惟景響。」周禮云：「土圭測景，景朝景夕。」孟子曰：「圖景失形。」莊子云：「罔兩問景。」如此等字，皆當爲光景之景。凡陰景者，因光而生，故即謂爲景。淮南子呼爲景柱。廣雅云：「晷柱挂景」；竝是也。至晉世葛洪字苑，傍如加彡，音於景反。而世間輒改治尚書周禮莊孟，從葛洪字，甚爲失矣。太公六韜，有天陳、地陳、人陳、雲鳥之陳。論語曰：「衞靈公問陳於孔子。」左傳：「爲魚麗之陳。」俗本多作阜傍車乘之車，案諸陳隊，竝作陳鄭之陳。夫行陳之義，取於陳列耳。此於六書爲假借也。蒼雅及近世字書，皆無別字；唯王羲之小學章，獨阜傍作車。縱復俗行，不宜追改六韜論語左傳也。（96下～97下）

（6）以古物校訂之。以現有或發掘出古物校訂典籍之錯誤，顏氏曾以秦時鐵稱權，校定隗林當爲隗狀之誤。書證篇云：

> 柏人城東北，有一孤山，古書無載者。惟闞駰十三州志以爲「舜納於大麓」，即謂此山，其上今猶有堯祠焉。世俗或呼爲宣務山，或呼爲虛無山，莫知所出。趙郡士族有李穆叔、季節兄弟，李普濟亦爲學問，竝不能定鄉邑此山。余嘗爲趙州佐，共太原王邵，讀柏人城西門內碑。碑是漢桓帝時柏人縣民爲縣令徐整所立，銘云：「山有巏嵍，王喬所仙。」方知此巏嵍山也。巏字遂無所出。嵍字、依諸字書，即旄丘之旄也。旄字、字林一音亡付反，今依附俗名，當音權務耳。入鄴爲魏收說之，收大嘉歡。值其爲趙州莊嚴寺碑銘，因云：「權務之精」，即用此也。（頁111上下）

（7）以文義內容校訂之。於前人作品中，雜有後人之事，則可斷定此爲後人所加者，〔註86〕書證篇：

> 通俗文，世間題云：「河南服虔字子愼造。」虔既是漢人，其敍乃引蘇林、張揖，蘇、張皆是魏人。且鄭玄以前，全不解反語，通俗反音甚會近俗。阮孝緒又云：「李虔所造。」河北此書，家藏一本，遂無作李虔者。晉中經簿及七志，竝無其目，竟不得知誰制。然其文

義允愜，實是高才。殷中堪常用字訓，亦引服虔俗説，今禰無此書，未知即是通俗文，爲當有異？近代或更有服虔乎？不能明也。（頁108下）

4. 修辭之學

之推論及修辭之處，可謂絕少，僅見壹則，試列如下。勉學篇：

> 江南閭里閒，士大夫或不學問，羞爲鄙樸。道聽塗説，強事飾辭。呼徵質爲周鄭，謂霍亂爲博陸；上荊州必稱陕西，下揚都言去海郡；言食則餬口，道錢則孔方；問移則楚丘，論婚則宴爾，及王則無不仲宣，語劉則無不公幹。凡有一二百件，傳相祖述。尋問莫知源由，施安時復失所。莊生有「乘時鵲起」之説，故謝朓詩曰：「鵲起登吳臺。」吾有一親表，作七夕詩云：「今夜吳臺鵲，亦往共塡河。」羅浮山記云：「望平地樹如薺。」故戴暠詩云：「長安樹如薺。」又鄴下有一人詠樹詩云：「遙望長安薺。」又嘗見謂矜誕爲「夸毗」，呼高年爲「富有春秋」，皆耳學之過也。（頁47下～48下）

所謂「強事飾辭」，即是措辭不當，或謂修辭不當。

5. 文法之學

顏氏論及文法，僅三處而已。書證篇：

> 也是語已及助句之辭，文籍備有之矣。河北經傳悉略此字，其間字有不可得無者。至如「伯也執殳」，「於旅也語」，「回也屢空」，「風，風也，教也。」及詩傳云：「不戢，戢也；不儺，儺也。」「不多，多也。」如斯之類，儻削此文，頗成廢闕。詩言「青青子衿」，傳曰：「青衿，青領也，學子之服。」按古者斜領下連於衿，故謂領爲衿；孫炎郭璞注爾雅，曹大家注列女傳，竝云：「衿，交領也。」鄴下詩本既無也字，輩儒因謬説云：「青衿青領，是衣兩處之名，皆以青爲飾。」用釋青青二字，其失大矣。又有俗學，聞經傳中時須也字，輒以意加之，每不得所，益成可笑。（頁98上下）

之推所謂語已與助句之辭，依今文法學來說，[註87] 皆屬虛詞類裡之語氣詞，前者屬句末語氣詞，後者屬句中語氣詞。也字依許師世瑛「常用虛字用法淺釋」一書，其用法如下：

〔註87〕以開明版許世瑛「中國文法講話」爲本。

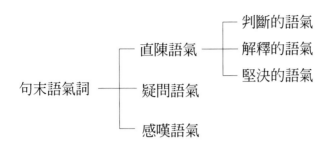

考之推所舉例子皆屬「解釋的語氣語」，是以他說「儻削此文，頗成廢闕。」
「青青子衿」會有錯誤之解釋，即因「也」字的關係。又：

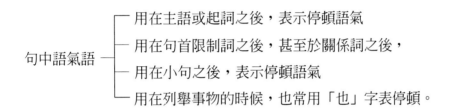

案之推所舉例子皆屬於第一種，此種語氣詞之有無，在意義上並無關緊要，
然於文氣上則有影響，因「也」字一方面表示停頓，讓文句有迴旋的餘地；
另方面又有強調之意，是以之推說「儻削此文」，亦「頗成廢闕」。又音辭篇：

> 夫物體自有精麤，精麤謂之好惡；人心有所去取，去取謂之好惡。
> 此音見於葛洪、徐邈，而河北學士讀尚書云：「好生惡殺。」是爲一
> 論物體，一就人情，殊不通矣。（頁 123 上下）

案：**精麤**謂之好惡。當形容詞，今音ㄜˋ。

　　去取謂之好惡。當動詞，今音ㄨˋ。

　　好生惡殺。當動詞，今音ㄨˋ。

此說即是以語音來區別詞類之方法，之推認爲此種方法始自葛洪、徐邈。唐
初陸德明曾經搜集六朝經師對於經典的音讀，寫成了一部經典釋文，而後宋
初賈昌朝、元劉鑑亦曾搜集過，祗是缺乏系統的整理。至近世此說始爲光大。
〔註88〕

〔註88〕詳見史語所集刊第二十四本。頁 197。周法高「中國語法札記」之「語音區別
　　　　詞類說」一節（頁 197～212）。

又音辭篇：

> 案諸字書，焉者鳥名，或云語辭，皆音於愆反。自葛洪要用字苑，
> 分焉字音訓，若訓何訓安，當音於愆反：「於焉道逍遙」，「於焉嘉
> 客」，「焉用佞」，「焉得仁」之類是也。若送句及助詞，當音矣愆反：
> 「故稱龍焉」，「故稱血焉」，「有民人焉，有社稷焉」，「託始焉爾」，
> 「晉鄭焉依」之類是也。江南至今行此分別，昭然易曉；而河北混
> 同一音，雖依古讀，不可行於今也。（頁 124 上）

之推謂焉有名詞與虛詞兩類，而焉字虛字的用法依許世瑛「常用虛字用法淺
釋」一書之分有：（頁 149）

> 稱代詞，等於「於之」
>
> 表疑問的限制詞，與「何」「豈」字同義。
>
> 形容詞詞尾。
>
> 語氣詞 ┬── 用於句末。
> 　　　　└── 用於句中。
>
> 疑問語氣詞，與「乎」字有同一作用。

之推謂自葛洪後，訓何訓安者，即今做「表疑問的限制詞」的焉字，音於愆
反；而做「送句及助詞」者，即今「語氣詞」的焉字，音矣愆反。以中古聲
韵考之：

> 於愆反　聲母屬影母，擬音 **ʔ**
>
> 矣愆反　聲母屬喻母三等字，擬音 **ɣ**

中古云母、影母，於今國語皆變為無聲母。當時此兩音乃聲母不同。

又音辭篇：

> 邪者，未定之詞；左傳曰：「不知天之棄魯邪？抑魯君有罪於鬼神
> 邪？」莊子云：「天邪地邪」，漢書云：「是邪非邪」之類是也。而北
> 人即呼為也字，亦為誤矣。難者曰：「繫辭云：『乾坤易之門戶邪？』
> 此又為未定辭乎？」答曰：「何為不爾？上先標問，下方列德以折之
> 耳。」（頁 124 下）

之推所謂未定詞，即今「表疑問語氣詞」，又之推謂北方人卻呼邪為也字，考：

> 也　廣韻　上聲三十五馬韻　　屬喻母四等字
>
> 邪　廣韻　平聲九麻　　　　　屬喻母三等字

喻母三等字與喻母四等字是直到唐末守溫三十字母與三十六字母時始有合併

之跡象，近人曾運乾、羅常培、葛役卿等人之研究証明切韵時代，喻母三等字仍屬匣母，而不與喻母四等字相混，〔註89〕故在之推口中，也，邪兩字，除聲調不同外，聲母亦不相同，然喻三、喻四之合流當有其源頭，其時北方呼邪爲也，或者是喻三、喻四混同之端倪。

（四）顏之推的自然科學

之推論學，主博雅切用，自然科學亦略有論及，但他認爲「可以兼明，不可專業。」（雜藝篇頁 130 下）故列入雜藝篇。今亦將琴棋書畫等雜藝附列於後討論之。

1. 天文學

之推論天文之曆象有一則，省事篇：

> 前在修文令曹，有山東學士，與關中太史競曆。凡十餘人，紛紜累歲。內史牒付議官平之。吾執論曰：「大抵諸儒所爭，四分并減分兩家耳。曆象之要，可以晷景測之。今驗其分至薄蝕，則四分疎而減分密。疏者則稱：政令有寬猛，運行致盈縮，非算之失也。密者則云：日月有遲速，以術求之，預知其度，無災祥也。用疏則藏姦而不信，用密則任數而違經。且議官所知，不能精於訟者，以淺裁深，安有肎服？既非格令所司，幸勿當也！」舉曹貴賤，咸以爲然。有一禮官，恥爲此讓，苦欲留連，強加妄竅。機杼既薄，無以測量。還復採訪訟人，窺望長短。朝夕聚議，寒暑煩勞。背春涉冬，竟無予奪。（頁 75 下～76 下）

此事依繆鉞之考訂，當是開皇十年（西元 590 年）前後之事，而北齊後主武平七年時，亦有劉孝孫、張孟賓、鄭元偉、董峻、宋景業爲日食事而爭，竊疑開皇時之競曆或爲北齊時事之延伸。而之推依違於兩者之間，蓋二者圖以陰陽吉祥論曆象，且他們所爭在於刻度之疏密而已。之推認爲刻度之準確可以日景測定，而其準確度是在二者所爭之中。之推所謂曆法雖語焉而不詳，但其子愍楚，仕隋爲通事舍人，於開皇十七年（西元 597 年）曾上書論曆，〔註90〕可見之推亦精於曆法。

〔註89〕見史語所集刊八本一分羅常培「經典釋文，原本玉篇反切中的匣于兩紐」頁85；葛毅卿「喻三入匣再證」頁91及東北大學季刊第一期曾運乾「切韵王聲五十一紐考」頁14。

〔註90〕競曆時間訂於開皇十年（西元 590 年）。講詳見繆鉞「顏之推年譜」「開皇十

又有論五更，書證篇：

> 或問：「一夜何故五更？更何所訓？」答曰：「漢魏以來，謂爲甲夜
> 乙夜丙夜丁夜戊夜。又云：鼓，一鼓二鼓三鼓四鼓五鼓；亦云：一
> 更二更三更四更五更；皆以五爲節。西都賦亦云：「衞以嚴更之署。」
> 所以爾者，假令正月建寅，斗柄夕則指寅，曉則指午矣。自寅至午，
> 凡歷五辰。冬夏之月，雖復長短參差；然辰閒遼潤，盈不至六，縮
> 不至四，進退常在五者之閒。更、歷也，經也，故曰五更爾。」（頁
> 111 下～112 上）

之推於此，對五更做了一詳細的解釋。

2. 算　術

之推論算術，見於雜藝篇：

> 算術亦是六藝要事，自古儒士，論天道、定律歷者，皆學通之。然
> 可以兼明，不可以專業。江南此學殊少。唯范陽祖暅精之，位至南
> 康太守。河北多曉此術。（頁 130 下）

3. 醫　方

之推論醫方，見於雜藝篇：

> 醫方之事，取妙極難，不勸汝曹以自命也。微解藥性，小小和合，
> 居家得以救急，亦爲勝事。皇甫謐殷仲堪，則其人也。（頁 130 下）

之推認醫方難臻精妙之境，祇要具備普通醫方知識即可，養生篇：

> 吾嘗患齒搖動欲落，飲食熱冷，皆苦疼痛。見抱朴子牢齒之法，早
> 期叩齒三百下爲良。行之數日，即便平愈。今恒持之。此輩小術，
> 無損於事，亦可脩也。（頁 81 下）

至於道家之流所用於養生之藥餌，之推則鄭重的告誡子孫勿爲所迷，而廢世
務，養生篇：

> 若其愛養神明，調護氣息，慎節起臥，均適寒暄，禁忌食飲，將餌
> 藥物，遂其所稟，不爲夭折者，吾無閒然。諸藥餌法，不廢世務也。
> （頁 81 上）
>
> 凡欲餌藥，陶隱居太清方中，總錄甚備；但須精審，不可輕脫。近

年庚戌（西元 590 年），之推六十歲」條。（彙注本一五九下～一六○上）。又
憨楚論曆事，詳見隋書卷十七律曆志（頁 236～237）、隋書卷七十八張胄玄傳
（頁 888～889）

有王愛州，在鄴學服松脂，不得節度，腸塞而死。爲藥所誤者甚多。
（頁 81 下）

4. 雜　藝

顏之推於雜藝篇所論及的雜藝，以今日觀點論之，仍有：書法、畫、兵射、琴瑟、博棊、投壺等之多，然皆屬小道之雜藝而耳，士大夫可兼通，而不能專精於此。今略述如下：

（1）書　法

當時士大夫皆能書法，之推亦能通於此，然謂不可專精於此，雜藝篇：

> 眞草書迹，微須留意。江南諺云：「尺牘書疏，千里面目也。」承晉宋餘俗，相與事之。故無頓狼狽者。吾幼承門業，加性愛重，所見法書亦多，而翫習功夫頗至，遂不能佳者，良由無分故也。然而此藝不須過精。夫巧者勞而智者憂，常爲人所役使，更覺爲累。（頁126 下）

> 梁氏秘閣散逸以來，吾見二王眞草多矣。家中嘗得十卷，方知陶隱居、阮交州、蕭祭酒諸書，莫不得羲之之體，故是書之淵源。蕭晚節所變，乃是右軍年少時法也。（頁 127 上下）

精通於書法，則爲物役，非君子處世之道，王羲之、蕭子雲即爲例子，[註94]又書法易得人悅目，小人皆以書法得寵，是以君子當戒之於精，雜藝篇：

> 廝猥之人，以能書拔擢者多矣。故道不同，不相爲謀也。（頁 127上）

又書法雖爲雜藝，其字形筆畫亦當合乎小學，雜藝篇：

> 晉宋以來，多能書者，故其時俗，遞相染尚。所有部帙，楷正可觀。不無俗字，非爲大損。至梁天監之閒，斯風未變；大同之末，訛替滋生。蕭子雲改易字體，邵陵王頗行僞字，朝野翕然，以爲楷式。畫虎不成，多所傷敗。至爲一字唯見數點，或妄斟酌，逐便轉移。爾後墳籍，略不可看。北朝喪亂之餘，書迹鄙陋；加以專輒造字，猥拙甚於江南。乃以百念爲憂，言反爲變，不用爲罷，追來爲歸，更生爲蘇，先人爲老；如此非一，徧滿經傳。唯有姚元標，工於草隸，留心小學，後生師之者眾。泊於齊末，秘書繕寫，賢於往日多矣。（頁 127 下～128 上）

〔註94〕詳見雜藝篇頁 126～127 上。

（2）畫

之推論畫，見於雜藝篇：

> 畫繪之工，亦為妙矣；自古名士，多或能之。吾家嘗有梁元帝手畫
> 蟬雀白團扇及馬圖，亦難及也。武烈太子偏能寫真，坐上賓客，隨
> 宜點染，即成數人，以問童孺，皆知姓名矣。蕭賁、劉孝先、劉靈，
> 並文學已外，復佳此法。翫閱古今，特可寶愛。若官未通顯，每被
> 公私使令，亦為猥役。吳郡顧士端，出身湘東王國侍郎，後為鎮南
> 府刑獄參軍。有子曰庭，西朝中書舍人。父子並有琴書之藝，尤妙
> 丹青，常被元帝所使，每懷羞恨。彭城劉岳，橐之子也，仕為驃騎
> 府管記、平氏縣令；才學快士，而畫絕倫。後隨武陵王入蜀，下牢
> 之敗，逐為陸護軍畫支江寺壁，與諸工巧雜處。向使三賢都不曉畫，
> 直運素業，豈見此恥乎？（頁128下～129上）

（3）射

之推論射，見於雜藝篇：

> 弧矢之利，以威天下，先王所以觀德擇賢，亦濟身之急務也。江南
> 謂世之常射，以為兵射；冠冕儒生，多不習此。別有博射，弱弓長
> 箭，施於準的；揖讓昇降，以行禮焉。防禦寇難，了無所益。亂離
> 之後，此術遂亡。河北文士率曉兵射，非直葛洪一箭，已解追兵；
> 三九讌集，常縻榮賜。雖然，要輕禽，截狡獸，不願汝輩為之。（頁
> 129上下）

（4）琴　瑟

之推論琴瑟，見於雜藝篇：

> 禮曰：「君子無故不徹琴瑟。」古來名士，多所愛好。洎於梁初，衣
> 冠子孫，不知琴者，號有所闕。大同以末，斯風頓盡。然而此樂愔
> 愔雅致，有深味哉！今世曲解，雖變於古，猶足以暢神情也。唯不
> 可令有稱譽，見役勳貴，處之下坐，以取殘杯冷炙之辱。戴安道猶
> 遭之，況爾曹乎？（頁130下～131上）

（5）博　奕

之推論博奕，見於雜藝篇：

> 家語曰：「君子不博，為其兼行惡道故也。」論語云：「不有博奕者

乎？爲之猶賢乎已！」然則聖人不用博奕爲教。但以學者不可常精，有時疲倦，則儻爲之，猶勝飽食昏睡，兀然端坐耳。至如吳太子以爲無益，命韋昭論之；王蕭葛洪陶侃之徒，不許目觀手執；此並勤篤之志也。能爾爲佳。古爲大博則六著，小博則二熒，今無曉者。此世所行，一熒十二棊，數術淺短，不足可翫。圍棊有手談坐隱之目，頗爲雅戲；但令人耽憒，廢喪實多，不可常也。（131 上下）

（6）投壺、彈棊

之推論投壺、彈棊，見於雜藝篇：

投壺之禮，近世愈精。古者實以小豆，爲其矢之躍也；今則唯欲其驍，益多益喜。乃有倚竿、帶劍、狼壺、豹尾、龍首之名；尤其妙者，有蓮花驍。汝南周璝、弘正之子，會稽賀徽、賀革之子，並能一箭四十餘驍。賀又嘗爲小障，置壺其外，隔障投之，無所失也。至鄴以來，亦見廣寧蘭陵諸王，有此校具，舉國遂無投得一驍者。彈棊亦近世雅戲，消愁釋憤，時可爲之。（頁 131 下～132 上）

二、顏之推的政治思想

以顏之推的思想而言，政治思想可說是最弱的一環。與傳統士大夫「入仕」以經國濟民之觀念，似有相左，也許是時代紛亂與時代思潮所致。雖然，之推一生皆在仕宦中，而其本意並不在官，其不得已而仕：一方面是謀生無門；另一方面是不准隱退。終制篇：

計吾兄弟，不當仕進。但以門衰，骨肉單弱，五服之內，傍無一人，播越他鄉，無復資廕，使汝等沈淪廝役，以爲先世之恥。故覥冒人間，不敢墮失。兼以北方政教嚴切，全無隱退者故也。（頁 133 上）

終之推一生，在政治上並無突出之政績，今就所見，略述其政治思想如下：

（一）博學爲本

之推認爲政治當寓於博深的學問，亦即是政治以學問爲本。誡兵篇：

國之興亡，兵之勝敗，博學所至，幸討論之。入帷幄之中，參廟堂之上，不能爲主畫規，以謀社稷：君子所恥也。（頁 79 下～80 上）

而學當以古人爲對象，勉學篇：

人見鄰里親戚有佳快者，使子弟慕而學之，不知使學古人，何其蔽

也哉！世人但知跨馬被甲，長稍彊弓，便云我能為將；不知明乎天道，辨乎地利，比量逆順，鑑達興亡之妙也。但知承上接下，積財聚穀，便云我能為相；不知敬鬼事神，移風易俗，調節陰陽，薦舉賢聖之至也。但知私財不入，公事夙辦，便云我能治民；不知誠己刑物，執彎如組，反風滅火，化鴟為鳳之術也。但知抱令守律，早刑時捨，便云我能平獄；不知同轅觀罪，分劍追財，假言而姦露，不問而情得之察也。爰及農商工賈，廝役奴隸，釣魚屠肉，飯牛牧羊，皆有先達，可為師表；博學求之，無不利於事也。（頁35下～36下）

能學古之先達，更當能行，否則高談虛論，不切時務。涉務篇：

士君子之處世，貴能有益於物耳，不徒高談虛論，左琴右書，以費人君祿位也。國之用材，大較不過六事：一則朝廷之臣，取其鑒達治禮，經綸博雅；二則文史之臣，取其著述憲章，不忘前古；三則軍旅之臣，取其斷決有謀，彊幹習事；四則蕃屏之臣，取其明練風俗，清白愛民；五則使命之臣，取其識變從宜，不辱君命；六則興造之臣，取其程功節費，此則皆勤學守行者所能辦也。（頁70上）

不能起而行，則流於吊書袋，徒自取恥辱而已，勉學篇：

世人讀書者，但能言之，不能行之。忠孝無聞，仁義不足。加以斷一條訟，不必得其理；宰千戶縣，不必理其民。問其造屋，不必知楣橫而梲豎也；問其為田，不必知稷早而黍遲也。吟嘯談謔，諷咏辭賦。事既優閑，材增迂誕。軍國經綸，略無施用。故為武人俗吏所共嗤詆，良由是乎！（頁37下～38上）

由此可知，之推雖未明言德治，但我們仍可知其學問必與品德合一，之推明示學問為主，於政治思想上當屬有遠見者。

其學問必與品德合一，是以之推主誠武，「家訓」一書有誠兵篇，所謂武夫，非但要習五兵，便乘騎，且要精通兵書，更當要有清操，然非儒者治兵之道。雜藝篇：

弧矢之利，以威天下，先王所以觀德擇賢，亦濟身之急務也。江南謂世之常射，以為兵射；冠冕儒生，多不習此。（頁129上）

又誠兵篇：

顏氏之先，本乎鄒魯，或分入齊。世以儒雅為業，徧在書記。仲尼門

徒，升堂者七十有二，顏氏居八人焉。秦漢魏晉，下逮齊梁，未有用
兵以取達者。春秋之世。顏高、顏鳴、顏息、顏羽之徒，皆一鬥夫耳。
齊有顏涿聚，趙有顏取，漢末有顏良，宋有顏延之，竝處將軍之任，
竟以顛覆。漢郎顏駟自稱好武，更無事迹。顏忠以黨楚王受誅，顏俊
以據武威見殺，得姓以來，無清操者，唯此二人，皆罹禍敗。頃世亂
離，衣冠之士，雖無身手，或聚徒眾，違棄素業，徼倖戰功。吾既羸
薄，仰惟前代，故寘心於此，子孫誌之！（頁78下～79下）

孔子力翹門關，不以力聞；此聖證也。吾見今世士大夫，纔有氣幹，
便倚賴之。不能被甲執兵，以衛社稷；但微行險服，逞弄拳腕，大
則陷危亡，小則貽恥辱，遂無免者。（頁79下）

（二）賢人政治

古之先達已逝，祇能於書中聞之。而今之賢人，即似古之先達，因此執
政者當起用賢人，更當敬賢，慕賢篇：

世人多蔽，貴耳賤目，重遙輕近。少長周旋，如有賢哲，每相狎侮，
不加禮敬。他鄉異縣，微藉風聲，延頸企踵，甚於飢渴。校其長短，
覈其精麤，或彼不能如此矣。所以魯人謂孔子為東家丘。昔虞國宮之
奇，少長於君，君狎之，不納其諫，以至亡國。不可不留心也。（頁
30上）

執政者不能用賢、敬賢，則自取亡國，賢人五百年一遇，能不向慕乎？勉學
篇：

生而知之者上，學而知之者次。所以學者，欲其多知明達耳。必有
天才，拔羣出類，為將則闇與孫武吳起同術，執政則懸得管仲子產
之教；雖未讀書，吾亦謂之學矣。（頁35上下）

不學而能比肩孫武、吳起、管仲、子產等人，正是「生而知之者上」之賢人。
又人各有所專長，執政者當盡人材而用之。涉務篇：

士君子之處世，貴能有益於物耳，不徒高談虛論，左琴右書，以費
人君祿位也。國之用材，大較不過六事：一則朝廷之臣，取其鑒達
治體，經綸博雅；二則文史之臣，取其著述憲章，不忘前古；三則
軍旅之臣，取其斷決有謀，強幹習事；四則藩屏之臣，取其明練風
俗，清白愛民；五則使命之臣，取其識變從宜，不辱君命；六則興
造之臣，取其程功節費，開略有術。此則皆勤學守行者所能辦也。

人性有長短，豈責具美於六塗哉？但當皆曉指趣，能守一職，便無愧耳。(頁70上下)

（三）重農思想

國之本在民；而民非食不生。故執政者當知重農之道。治家篇：

> 生民之本，要當稼穡而食，桑麻以衣。蔬果之蓄，園場之所產；雞豚之善，塒圈之所生。爰及棟宇器械，樵蘇脂燭，莫非種植之物也。(頁11上)

又涉務：

> 古人欲知稼穡之艱難，斯蓋貴穀務本之道也。夫食為民天，民非食不生矣。三日不粒，父子不能相存。耕種之，莢鋤之，刈穫之，載積之，打拂之，簸揚之，凡幾涉手而入倉廩，安可輕農事而貴末業哉？(頁71下)

之推重農思想，乃受傳統之影響，並無獨到之處。

（四）對「仕宦」的態度

之推主明恥、尚義，但亂世裡欲維持高尚的節操卻是不容易。仕宦雖是士人的出途，亦是敗壞名節的主要因素，是以之推對「仕宦」並不熱衷，雖不得已而仕，卻時時在警惕自己，勉勵自己，省事篇：

> 王子晉云：「佐饔得嘗，佐鬥得傷。」此言為善則預，為惡則去，不欲黨人非義之事也。凡損於物，皆無與焉。然而窮鳥入懷，仁人所憫；況死士歸我，當棄之乎？伍員之託漁舟，季布之入廣柳，孔融之藏張儉，孫嵩之匿趙岐：前代之所貴，而吾之所行也。以此得罪，甘心瞑目。至如郭解之代人報讎，灌夫之橫怒求地：游俠之徒，非君子之所為也。如有逆亂之行，得罪於君親者，又不足卹焉。親友之迫危難也，家財己力，當無所吝；若橫生圖計，無理請謁，非吾教也。墨翟之徒，世謂熱腹；楊朱之侶，世謂冷腸。腸不可冷，腹不可熱，當以仁義為節文耳。(頁75上下)

之推又論為人臣之道，文章篇：

> 自春秋以來，家有奔亡，國有吞滅，君臣固無常分矣。然而君子之交，絕無惡聲。一旦屈膝而事人，豈以存亡而改慮？陳孔璋居袁裁書，則呼操為豺狼；在魏製檄，則目紹為虵虺。在時君所命，不得自專，然亦文人之巨患也。當務從容消息之。(頁57上)

又省事篇：

> 諫諍之徒，以正人君之失爾。必在得言之地，當盡匡贊之規，不容
> 苟免偷安，垂頭塞耳。至於就養有方，思不出位，干非其任，斯則
> 罪人。故表記云：「事君遠而諫，則諂也；近而不諫，則尸利也。」
> 論語曰：「未信而諫，人以爲謗己也。」（頁74上）

國有吞滅，君臣固無常分，是以臣不必爲君死，但亦當以仁義爲節文。此爲
之推對「君臣」的看法。

之推又認爲仕宦不過中品，否則易遭禍。止足篇：

> 仕宦稱泰，不過處在中品。前望五十人，後顧五十人，足以免恥辱，
> 無傾危也。高此者便當罷謝，偃仰私庭。吾近爲黃門郎，已可收退。
> 當時羈旅，懼罹謗讟，思爲此計，僅未暇爾。自喪亂已來，見因託
> 風雲，徼倖富貴，但執機權，夜塡坑谷，朔歡卓鄭，晦泣顏原者，
> 非十人五人也。愼之哉！愼之哉！（頁77下～78上）

總結上述，之推認爲「仕宦」乃屬「天命」，非由人力，人對「仕宦」，但持
盡人事聽天命而已，不必藉權勢以入仕，省事篇：

> 齊之季世，多以財貨，託附外家，諠動女謁。拜守宰者，印組光華，
> 車騎輝赫，榮兼九族，取貴一時。而爲執政所患，隨而伺察。既以
> 利得，必以利治，微染風塵，便乖肅正，坑穽殊深，瘡痏未復。縱
> 得免死，莫不破家；然後噬臍，亦復何及？吾自南及北，未嘗一言
> 與時人論身分也。不能通達，亦無尤焉。（74下～75上）

更不必躁競強求，省事篇：

> 君子當守道崇德，蓄價待時。爵祿不登，信由天命。須求趨競，不
> 顧羞慙；比較材能，斟量功伐；屬色揚聲，東怨西怒。或有劫持宰
> 相瑕疵，而獲酬謝；或有誂聒時人視聽，求見發遣。以此得官，謂
> 爲才力。何異盜食致飽，竊衣取溫哉？（頁74上）

> 世見躁競得官者，便謂弗索何獲；不知時運之來，不求亦至也。見
> 靜退未遇者，便謂弗爲胡成；不知風雲不與，徒求無益也。凡不求
> 而自得，求而不得者，焉可勝算乎？（頁74下）

至於文人以上書得寵，亦不足爲法，省事篇：

> 上書陳事，起自戰國；逮於兩漢，風流彌廣。原其體度：攻人主之長
> 短，諫諍之徒也；訐群臣之得失，訟訴之類也；陳國家之利害，對策

之伍也；帶私情之與奪，游說之儔也。總此四塗，賈誠以求位，鬻言以干祿，或無絲毫之益，而有不省之困。幸而感悟人生，爲時所納；初獲不貲之賞，終陷不測之誅；則嚴助、朱買臣、吾丘壽王、主父偃之類甚眾。良史所書，蓋取其狂狷一介，論政得失耳；非士君子守法度者所爲也。今世所觀，懷瑾瑜而握蘭桂者，悉恥爲之。守門詣闕，獻書言計，率多空薄，高自矜夸。無經略之大體，咸穰秕之微事。十條之中，一不足採。縱合時務，已漏先覺：非謂不知，但患知而不行耳。或被發姦私，而相酬證，事途迴穴，颺懼怵尤。人主外護聲教，脱加含養。此乃僥倖之徒，不足與比肩也。（頁 73 上～74 上）

（五）對當代政治之批評

之推本明恥、尚義以行事，對當代政治亦略有批評，其論梁朝有參則，慕賢篇：

> 侯景初入建業，臺門雖閉，公私草擾，各不自全。太子左衛率羊侃，坐東掖門，部分經略，一宿皆辦，遂得百餘日抗拒兇逆。於時城內四萬許人，王公朝士不下一百，便是恃侃一人安之，其相去如此。（頁31 上）

又涉務篇：

> 晉朝南渡，優借士族；故江南冠帶有才幹者，擢爲令僕已下，尚書郎中書舍人已上，典掌機要。其餘文義之士，多迂誕浮華，不涉世務纖微過失，又惜行捶楚，所以處於清高：蓋護其短也。至於臺閣令史、主書監帥、諸王籤省，並曉習吏用，濟辦時須。縱有小人之態，皆可鞭杖肅督，故多見委使：蓋用其長也。人每不自量，舉世怨梁武帝父子，愛小人而疏士大夫，此亦眼不能見其睫耳。（頁 70 下～71 上）

又養生篇：

> 夫生不可不惜，不可苟惜。涉險畏之途，干禍難之事；貪欲以傷生，讒慝而致死；此君子之所惜哉！行誠孝而見賊，履仁義而得罪；喪身以全家，泯軀而濟國：君子不咎也。自亂離以來，吾見名臣賢士，臨難求生，終爲不救，徒取窘辱，令人憤懣。侯景之亂，王公將相，多被戮辱；妃主姬妾，略無全者。唯吳郡太守張嵊，建義不捷，爲賊所害，辭色不撓。及鄱陽王世子謝夫人，登屋詬怒，見射而斃。夫人，謝遵女也。何賢智操行若此之難，婢妾引決若此之易？悲夫！

（頁 82 上下）

又評北齊有三則；勉學篇：

> 齊文宣帝即位數年，便沈湎縱恣，略無綱紀。尚能委政尚書令楊遵
> 彥，內外清謐，朝野晏如，各得其所，物無異議，終天保之朝。遵
> 彥後爲孝昭所戮，刑政於是衰矣。斛律明折衝之臣，無罪被誅，將
> 士解體，周人始有吞齊之志。關中至今譽之。此人用兵，豈止萬夫
> 之望而已也？國之存亡，係其生死。（頁 31 下）

> 張延雋之爲晉州行臺左丞，匡維主將，鎮撫疆場，儲積器用，愛活
> 黎民，隱若敵國矣。羣小不得行志，同力遷之。既代之後，公私擾
> 亂。周師一舉，此鎮先平。齊亡之迹，啓於是矣。（頁 32 上）

綜上述所評，可見之推對「賢人政治」的重視，蓋國之興亡，端賴乎於敬賢、
用賢。

三、顏之推的教育思想

之推爲高門大族的後代，雖在亂世裡，本身仍有嚴密的家教。序致篇：

> 吾今所以復爲此者，非敢軌物範世也；業以整齊門內，提撕子
> 孫。……吾家風教，素爲整密。昔在齠齔，便蒙誨誘。每從兩兄，
> 曉夕溫清，規行矩步，安辭定色，鏘鏘翼翼，若朝嚴君焉。賜以優
> 言，問所好尚，勵短引長，莫不懇焉。年始九歲，便丁荼蓼，家塗
> 離散，百口索然。慈兄鞠養，苦辛備至，有仁無威，導示不切。雖
> 讀禮傳，微愛屬文，頗爲凡人之所陶染。肆欲輕言，不脩邊幅。年
> 十八九，少知砥礪，習若自然，率難洗盪。三十已後，大過稀焉。
> 每常心共口敵，性與情競，夜覺曉非，今悔昨失。自憐無教，以至
> 於斯，追思平昔之指，銘肌鏤骨；非徒古書之誡，經目過耳也。故
> 留此二十篇，以爲汝曹後車耳。（頁 1 上～2 上）

持此，「家訓」實爲家庭教育的課本。而之推著作的理由是：免於有辱先祖家
風。而所謂的家風，即是指「士大夫風操」而言，故其所謂的教育，亦僅指
帝王與士人而已。且重心又在士人。教子篇：

> 古者聖王有胎教之法：懷子三月，出居別宮；目不邪視，耳不妄聽，
> 音聲滋味，以禮節之。書之玉版，藏諸金匱。子生咳㖷，師保固明
> 孝仁禮義，導習之矣。（頁 2 下）

又勉學篇：

> 自古明王聖帝，猶須勤學，況凡庶乎？此事徧於經史，吾亦不能鄭
> 重，聊舉近世切要，以啓寤汝耳。士大夫子弟，數歲以上，莫不被
> 教；多者或至禮傳，少者不失詩論。及至冠婚，體性稍定。因此天
> 機，倍須訓誘。有志尚者，遂能磨礪，以就素業；無履立者，自茲
> 墮慢，便爲凡人。（頁 32 下）

> 士大夫子弟，皆以博涉爲貴，不肎專儒。梁朝皇孫以下，總丱之年，
> 必先入學，觀其志尚。出身已後，便從文史，略無卒業者。……（頁
> 39 上下）

持此，可知之推所論教育，在原則上祇是囿於士人的家教而已。當然，其教
育的根本是在於德、禮；而其終極目標亦是在「濟世成俗」，以達立身揚名。

今就所見，分總論、專論兩單元敘述如下：

（一）總　論

總論所述者，即指原理、原則之綜述而言，又分述如下：

1. 爲學的意義

「爲學」用現代的術語，即是教育。之推認爲爲學的意義是：在於誦習
古人的嘉言懿行，以啓發其智慧，而指導其行爲。上智之人，智力天成或不
待學習而與法則暗同；其餘一般人，欲其多智明達，未有不待學習的。更分
述如下：

一、師古：爲學在於誦習古人的嘉言懿行，而古人的嘉言懿行可於經史
中得知，勉學篇：

> 不師古之蹤跡，猶蒙被而臥耳。（頁 35 下）

又序政篇：

> 夫聖賢之書，教人誠孝，慎言檢迹，立身揚名，亦已備矣。（頁 1
> 上）

二、遺傳：人因遺傳因素而有智慧之差異，因此爲學有時而盡，爲學的
主要對象是中等智慧之人，教子篇：

> 上智不教而成，下愚雖教無益；中庸之人，不教不知也。（頁 2 下）

又治家篇：

> 父慈而子逆。兄友而弟傲，夫義而婦陵，則天之凶民，乃刑戮之所

攝，非訓導之所移。（頁 10 下）

又勉學篇：

> 生而知之者上，學而知之者次。所以學者，欲其多知明達耳。（頁
> 35 上）

三、環境：為學的先決條件在於環境，環境的優劣，影響為學的實效，
慕賢篇：

> 人在少年，神情未定，所與款狎，熏漬陶染，言笑舉動，無心於學，
> 潛移暗化，自然似之。何況操履藝能，較明易習者也？是以與善人
> 居，如入芝蘭之室，久而自芳也；與惡人居，如入鮑魚之肆，久而
> 自臭也。墨翟悲於染絲，是之謂矣。君子必慎交遊焉。孔子曰：「無
> 友不如己者。」顏、閔之徒，何可世得？但優於我，便足貴之。（頁
> 29 下～30 上）

又就個人為學時間而言，愈早愈好（早至胎教）。否則習慣成自然，誨教不易，
其理由是：人在幼小時，性情純潔，未染惡習，可塑性大；又人在幼小時，
記憶力強。因此為學宜早。但為學若晚，亦當自勉，不可自棄。教子篇：

> 古者聖王有胎教之法：懷子三月，出居別宮；目不邪視，耳不妄聽，
> 音聲滋味，以禮節之。書之玉版，藏諸金匱。子生咳嗞，師保固明孝
> 仁禮義，導習之矣。凡庶縱不能爾，當及嬰稚，識人顏色，知人喜怒，
> 便加教誨，使為則為，使止則止。比及數歲，可省笞罰。父母威嚴而
> 有慈，則子女畏慎而生孝矣。吾見世間，無教而有愛，每不能然，飲
> 食運為，恣其所欲，宜誡翻獎，應訶反笑，至有識知，謂法當爾。驕
> 慢已習，方復制之。捶撻至死而無威，忿怒日隆而增怨。逮于成長，
> 終為敗德。孔子云：「少成若天性，習慣如自然。」是也。俗諺曰：「教
> 婦初來，教兒嬰孩。」誠哉斯語！（頁 2 下～3 上）

又勉學篇：

> 人生小幼，精神專利；長成已後，思慮散逸。固須早教，勿失機也。
> 吾七歲時，誦靈光殿賦，至於今日，十年一理，猶不遺忘。二十之
> 外，所誦經書，一月廢置，便至荒蕪矣。然人有坎壈，失於盛年；
> 猶當晚學，不可自棄。……幼而學者，如日出之光；老而學者，如
> 秉燭夜行，猶賢乎瞑目而無見者也。（頁 38 下～39 上）

四、身教：教育身教重言教，教者宜以身作則。教子篇：

父母威嚴而有慈，則子女畏慎而生孝矣。（頁 3 卜）

又治家篇：

夫風化者，自上而行於下者也，自先而施於後者也。是以父不慈則子不孝，兄不友則弟不恭，夫不義則婦不順矣。（頁 10 下）

五、持久：為學進修，乃是一種持久性的自我教育，勉學篇：

孔子云：「五十以學易，可以無大過矣。」此皆少學而至老不倦也。（頁 38 下）

2. 為學的目的

為學的目的，乃是在於自我進修。從低層次來說，是克己復禮；以高層次來說，即是在於濟時益物。以達自我完成之境界。序致篇：

夫聖賢之書，教人誠孝，慎言檢迹，立身揚名，亦已備矣。（頁 1 上）

又勉學篇：

世人不問愚智，皆欲識人之多，見事之廣，而不肯讀書；是猶求飽而嬾營饌，欲暖而惰裁衣也。夫讀書之人，自羲農已來，宇宙之下，凡識幾人？凡見幾事？生民之成敗好惡，固不足論。天地所不能藏，鬼神所不能隱也。（頁 34 下）

所以學者，欲其多知明達耳。（頁 35 上）

夫所以讀書學問，本欲開心明目，利於行耳。（頁 36 下）

夫聖人之書，所以設教，但明練經文，粗通注義，常使言行有得，亦足為人；何必「仲尼居」即須兩紙疏義，燕寢講堂，亦復何在？以此得勝，寧有益乎？光陰可惜，譬諸逝水。當博覽機要，以濟功業。必能兼美，吾無間焉。（頁 40 下）

學者當認清教育的目的，否則浪費時光，徒求無益，之推論為學主切用。

3. 為學之必要性

之推論為學之必要性，其所論為學亦僅指士大夫的教育，之推認為士大夫當為學的理由有：

一、凡人當有職業：凡人當有職業，這是為學的大前提，勉學篇：

人生在世，會當有業。農民則計量耕稼，商賈則討論貨賄，工巧則致精器用，伎藝則沈思法術，武夫則慣習弓馬，文士則講議經書。（頁 32 下）

人當有職業，這是命定的事實，而士大夫的職業即是進學。

二、觸地而安：有學藝者，縱使不能增益德行，亦能觸地而安，勉學篇：

有學藝者，觸地而安，自荒亂以來，諸見俘虜，雖百世小人，知讀論語孝經者，尚為人師。（頁 34 上）

夫明六經之指，涉百家之書，縱不能增益德行，敦厲風俗，猶為一藝，得以自資。父兄不可常依，鄉國不可常保。一旦流離，無人庇陰，當自求諸身耳。諺曰：「積財千萬，不如薄伎在身。」（頁 34 下）

三、為學最容易：在各種職業中，以讀書最容易，勉學篇：

伎之易習而可貴者，無過讀書也。（頁 34 下）

四、為學是百行之根本：學問是一切行為的根本，是以當致力為學，勉學篇：

孝為百行之首，猶須學以修飾之，況餘事乎？（頁 44 上）

五、尚志自勉：士為眾民之首，當以尚志自勉。勉學篇：

古人勤學，有握錐投斧，照雪聚螢，鋤則帶經，牧則編簡，亦為勤篤。（頁 44 上下）

於今有蠻人、〔註92〕帝王之好學，而身為士大夫者能不自勉，勉學篇：

梁元帝嘗為吾說：昔在會稽，年始十二，便已好學。時又患疥，手不得拳，膝不得屈。閑齋張葛幬，避蠅獨坐。銀甌貯山陰甜酒，時復進之，以自寬痛。率意自讀史書，一日二十卷。既未師受，或不識一字，或不解一語，要自重之，不知厭倦。帝子之尊，童稚之逸，尚能如此；況其庶士冀以自達者哉？（頁 44 上）

4. 為學的原則與方法

之推對於為學的原則與方法，亦有所說明，略述如下：

一、為學的原則：之推認為讀書的原則有三：

（1）識字為先：讀書以識字為根本，勉學篇：

夫文字者，墳籍根本，世之學徒，多不曉字。（頁 48 下）

（2）博聞而精：博聞指各種基本知識而言；精指有所專長而言。若博而不通，不如專精一事。勉學篇：

〔註92〕詳見勉學篇頁 45 上。有蠻人田鵬鸞好學。之推概乎其言曰：蠻夷童丱，猶能以學成忠；齊之將相，比敬宣之奴不若也。（頁 45 上下）

夫學者，貴能博聞也。郡國山川，官位姓族，衣服飲食，器皿制度，皆欲根尋，得其原本。（頁49下）

又勉學篇：

學之興廢，隨世輕重。漢時賢俊。皆以一經弘聖人之道。上明天時，下該人事，用此致卿相者多矣。末俗以來不復爾。空守章句，但誦師言，施之世務，殆無一可。故士大夫子弟，皆以博涉爲貴，不宜專儒。（頁39上下）

又省事篇：

近世有兩人，朗悟士也。性多營綜，略無成名。經不足以待問，史不足以論，文章無可傳於集錄，書迹未堪以留愛翫；卜筮射六得三，醫藥治十扛五；音樂在數十人下，弓矢在千百人中。天文、畫繪、棋博、鮮卑語、煎胡桃油，鍊錫爲銀，如此之類，略得梗槪，皆不通熟。惜乎！以彼神明，若省其異端，當精妙也。（頁72下～73上）

（3）認清本末：爲學當認清本末，否則徒浪費生命，勉學篇：

夫聖人之書，所以設教，但明練經文，精通注義，常使言行有得，亦足爲人；何必「仲尼居」即須兩紙疏義，燕寢講堂，亦復何在？以此得勝，寧有益乎？光陰可惜，譬諸逝水。當博覽機要，以濟功業。必能兼美，吾無閒焉。（頁40下）

夫學者，猶種樹也。春玩其華，秋登其實。講論文章，春華也；脩身利行，秋實也。（頁38上）

二、爲學的方法：之推認爲爲學的方法有：

（1）好古：爲學方法，首當取效古人，改正行爲，以達變化氣質。〔註93〕

（2）好問：好古有不明，則與師友相互切磋。勉學篇：

書曰：「好問則裕。」禮云：「獨學而無友，則孤陋而寡聞。」蓋須切磋相起明也。見有閉門讀書，師心自是，稠人廣坐，謬誤差失者多矣。（頁46上）

（3）慕賢：賢人猶古之聖人，而世不可多得，學者自當攀附景仰以增益自己的不足。慕賢篇：

所值名賢，未嘗不心醉魂迷，向慕之也。（頁29下）

〔註93〕已見本節第一、「學術思想」第二、「論學術要旨」之「師古」部份。

5. 古今學者之不同

之推對於當時學者頗有所批評，認爲他們本末倒置，不切時務，並且言行不能一致。勉學篇：

> 學之興廢，隨世輕重。漢時賢俊。皆以一經弘聖人之道。上明天時，下該人事，用此致卿相者多矣。末俗以來不復爾。空守章句，但誦師言，施之世務，殆無一可。（頁39上）

> 學之所知，施無不達。世人讀書者，但能言之，不能行之。（頁 37 下）

進而論古今學之不同，勉學篇：

> 古之學者爲己，以補不足也；今之學者爲人，但能說之也。古之學者爲人，行道以利世也；今之學者爲己，脩身以求進也。（頁38上）

學不正不如不學，之推概乎其言。勉學篇：

> 夫學者，所以求益耳。見人讀數十卷書，便自高大，凌忽長者，輕慢同列。人疾之如讎敵，惡之如鴟梟。如此以學自損，不如無學也。（頁38上）

（二）專　論

本小節所論有：幼稚教育與勞動教育。

1. 幼稚教育

之推認爲教育宜早，否則習性養成，誨教不易，因此頗爲重視幼稚教育，他認爲幼稚教育的管教原則有四：

一、身教：父母本身當以身作則，否則徒教無益。

二、易子而教：父子爲骨肉至親，但其間仍有未可通言之處，是以「易子而教」爲上策。教子篇：

> 或問曰：「陳亢喜聞君子之遠其子，何謂也？」對曰：「有是也。蓋君子之不親教其子也。詩有諷刺之詞，禮有嫌疑之誡，書有悖亂之事，春秋有裏僻之譏，易有備物之象，皆非父子之可通言，故不親授耳。」（頁4上）

三、不溺愛：教者本身當明「孝、仁、禮、義」，亦即是以「孝、仁、禮、義」管教幼兒，不能有所溺愛，教子篇：吾見世閒，無教而有愛，每不能然，飲食運爲，恣其所慾，宜誡翻獎，應訶反笑，至有識知，謂法當爾。驕慢已

習，方複制之。捶撻至死而無威，忿怒日降而增怨。逮于成長，終為敗德。（頁
3上）

　　所謂不溺愛，即是指嚴正、不狎、不簡而言。教者本身當嚴正，嚴正方
有威，有威方能使學者心存誠敬，所謂「師嚴而後道尊。」不可狎，亦不簡，
否則徒喪威嚴。教子篇：

　　王大司馬母魏夫人，性甚嚴正。王在湓城時，為三千人將，年踰四
　　十，少不如意，猶捶撻之，故能成勳業。梁元帝時，有一學士，聰
　　敏有才，為父所寵，失於教義。一言之是，徧於行路，終年譽之；
　　一行之非，揜藏文飾，冀其自改。年登婚宦，暴慢日滋；竟以言語
　　不擇，為周逖抽腸釁鼓云。（頁3下）

　　父子之嚴，不可以狎；骨肉之愛，不可以簡。簡則慈孝不接，狎則
　　怠慢生焉。由命士以上，父子異宮，此不狎之道也。（頁4上）

四、公平：教者本身非但要嚴正，且當公平，否則易生弊端。教子篇：

　　人之愛子，罕亦能均；自古及今，此弊多矣。賢俊者自可賞愛，頑
　　魯者亦當矜憐。有偏寵者，雖欲以厚之，更所以禍之。共叔之死，
　　母實為之；趙王之戮，父實使之。劉表之傾宗覆族，袁紹之地裂兵
　　亡，可為靈龜明鑒也。（頁5上下）

2. 勞動教育

　　之推所論勞動教育，僅屬發端而已，並無真正勞動教育的真義，並且此
種勞動說，亦僅是針對士大夫而發。這是我們首先必須了解的事實。

　　之推論勞動有參則，勉學篇：

　　人生在世，會當有業。農民則計量耕稼，商賈則討論貨賄，工巧則
　　致精器用，伎藝則沈思法術，武夫則慣習弓馬，文士則講議經書。
　　多見士大夫，恥涉農商，羞務工伎，射則不能穿札，筆則讒記姓名。
　　飽食醉酒，忽忽無事，以此銷日，以此終年。（頁32下～33上）

又涉務篇：

　　吾見世中文學之士，品藻古今，若指諸掌。及有試用，多無所堪。
　　居承平之世，不知有喪亂之禍；處廟堂之下，不知有戰陳之急；保
　　俸祿之資，不知有耕稼之苦；肆吏民之上，不知有勞役之勤：故難
　　可以應世經務也。（頁70下）

> 江南朝士，因晉中興南渡江，率爲羈旅。至今八九世，未有力田，
> 悉資俸祿而食耳。假令有者，皆信僮僕爲之，未嘗目觀起一墢土，
> 耘一株苗，不知幾月當下，幾月當收，安識世間餘務乎？故治官則
> 不了，營家則不辦，皆優閒之過也。（頁71下～72上）

當時士族卑視庶人，乃是門第觀念使成，而士人賤視庶人的勞動，更是理所
當然，因此之推所論乃是針對士大夫的墮落有感而發，在他的骨子裡又何嘗
不是有著門第的觀念。勉學篇：

> 雖千載冠冕，不曉書記者，莫不耕田養馬。以此觀之，安可不自勉
> 耶？若能常保數百卷書，千載終不爲小人也。（頁34上）

> 鄴平之後，見徙入關。思魯嘗謂吾曰：「朝無祿位，家無積財，當肆
> 筋力，以申供養。每被課篤，勤勞經史。未知爲子可得安乎？」吾
> 命之曰：「子當以養爲心，父當以學爲教。使汝棄學徇財，豐吾衣食，
> 食之安得甘？衣之安得暖？若務先王之道，紹家世之業，覆簍縕褐，
> 我自欲之。」（頁45下）

又終制篇：

> 計吾兄弟，不當仕進。但以門衰，骨肉單弱，五服之內，傍無一人，
> 播越他鄉，無復資廕，使汝等沈淪廝役，以爲先世之恥。故黽冒人
> 閒，不敢墜失。（頁133上）

蓋士人的行業即是讀書作官，所謂勞動僅屬遊於藝的性質而已，亦是士人博
聞份內事而已。

四、顏之推的人生思想

此節所述人生思想，包括人生觀與倫理觀兩部分：

（一）人生觀

所謂人生觀，即是指人對於生活所抱的意見和處世的態度而言。之推有
關所論人生觀分述如下：

1. 論生死

之推認爲死乃是不可避免的事實，人當珍惜生命，但亦不可苟惜。終制
篇：

> 死者，人之常分，不可免也。（頁132下）

又養生篇：

> 夫養生者，先須慮禍，全身保性，有此生然後養之；勿徒養其無生
> 也。（頁81下）

> 夫生不可不惜，不可苟惜。涉險畏之途，干禍難之事；貪欲以傷生，
> 讒慝而致死：此君子之所惜哉！行誠孝而見賊，履仁義而得罪；喪
> 身以全家，泯軀而濟國：君子不咎也。自亂離以來，吾見名臣賢士，
> 臨難求生，終為不救，徒取窘辱，令人憤懣。頁82上）

2. 論天命

之推認為人生之富貴窮達，皆由天定；人祇能盡人事以俟天命，達與不達，非人力所能定，故不可強求。文章篇：（揚雄）著劇秦美新，妄投於閣，周章怖慴，不達天命，童子之為耳。（頁57下）

又行事篇：

> 君子當守道崇德，蓄價待時。爵祿不登，信由天命。（頁74上）

> 世見躁競得官者，便謂弗索何獲；不知時運之來，不求亦至也。見
> 靜退未遇者，便謂弗為胡成；不知風雲不與徒求無益也。凡不求而
> 自得，求而不得者，焉可勝算乎？（頁74下）

又養生篇：

> 但性命在天，或難鍾值。（頁80下）

又書證篇：

> 世有癡人，不識仁義，不知富貴竝由天命。（頁91下）

3. 知足少欲

之推認為達與不達，非人力所能決定，故不可強求。且天地間似有一冥冥中之主宰。省事篇：

> 能走者奪其翼，善飛者減其指；有角者無上齒，豐後者無前足：蓋
> 天道不使物有兼焉也。（頁72下）

是以人當盡其在我，如進德修業；至若操之天者，則不可強求，理當謙虛沖損。止足篇：

> 天地鬼神之道，皆惡滿盈。謙虛沖損，可以免害。人生衣趣以覆寒
> 露，食趣以塞飢乏耳。形骸之內，尚不得奢靡；己身之外，而欲窮
> 驕泰邪？（頁77上）

天地鬼神皆惡盈滿，是以克己復禮者，乃在於知止少欲而已。止足篇：

> 禮云：「欲不可縱，志不可滿。」宇宙可臻其極，情性不知其窮。唯
> 在少欲知足，爲立涯限爾。（頁 77 上）

能知足少欲，自不會縱欲滿志，更不會論斷他人是非，如此行事自能合乎仁義，而名實亦能合一。是以之推時時以謙虛沖損自勉。止足篇：

> 先祖靖侯，戒子姪曰：「汝家書生門戶，世無富貴。自今仕宦不可過
> 二千石，婚姻勿貪勢家。」吾終身服膺，以爲名言也。（頁 77 上）

> 仕宦稱泰，不過處在中品。前望五十人，後顧五十人，足以免恥辱，
> 無傾危也。（頁 77 下）

又文章篇：

> 江南文制，欲人彈射，知有病累，隨即改之：陳王得之於丁廙也。
> 山東風俗，不通擊難；吾初入鄴，遂嘗以此忤人，至今爲悔。汝曹
> 必無輕議也！（頁 61 下）

是以楊樹達對於之推處事待人方面頗爲讚譽，楊氏於讀顏氏家訓書後序：

> 篇中凡有襃贊，必具姓名；脫復譏訶，恒從諱避。夫彰善揚惡，固
> 君子之用心；而即事求眞，又學者之先務也。〔註94〕

（二）倫理觀

所謂倫理觀，即是指對於人與人相處之道的看法而言。

南北朝時代的北方人，處於異族的壓制之下，因此不得不厚結民眾，借以增強自己的地位，而博得異族統治者的重視。同時因他們處境艱苦，對同族也常抱溫恤之情，團結互助。當時北方人極重同姓，稱之爲骨肉，有遠來相投者，莫不竭力相助。而之推身處其中，於倫理亦有精闢的見解，試分述如下：

1. 論倫理

之推於倫理，首重親族關係。由夫婦、父子、兄弟推展而爲九族。兄弟篇：

> 夫有人民而後有夫婦，有夫婦而後有父子，有父子而後有兄弟。一
> 家之親，此三而已矣。自茲以往，至於九族，皆本於三親焉。故於
> 人倫爲重者也，不可不篤。（頁 6 下）

〔註94〕見彙注本附錄三之十四「楊樹達讀顏氏家訓書後序」。（頁 178 上）

倫理以關係言，是以夫婦、父子、兄弟為重；以規範言，則以禮經為主。風操篇：

> 吾觀禮經，聖人之教，箕帚匕箸，咳唾唯諾，執燭沃盥，皆有節文，亦為至矣。（頁14下）

若以實踐而言，則在於孝悌。勉學篇：

> 孝為百行之首。（頁44上）

又兄弟篇：

> 兄弟不睦，則子姪不愛；子姪不愛，則羣從疏薄。羣從疏薄，則僮僕為讎敵矣。如此則行路皆踏其面而蹴其心，誰救之哉？人或交天下之士，皆有歡愛，而失敬於兄者，何其能多而不能少也！人或將數萬之師，得其死力，而失恩於弟者，何其能疏而不能親也！（頁7上下）

2. 論五倫

之推於五倫，頗多論述，分述如下：

一、君臣：之推認為君臣乃是三倫的推衍，是以君臣無常分，然為臣者，雖不必為君死，亦當恪守節操。文章篇：

> 君臣固無常分矣。然而君子之交，絕無惡聲。一旦屈膝而事人，豈以存亡而改慮？陳孔璋居袁裁書，則呼操為豺狼；在魏製檄，則目紹為虵虺。在時君所命，不得自專，然亦文人之巨患也。當務從容消息之。（頁57上）

二、父子：父子為骨肉至親。父慈則子孝，是以為父者當具威嚴。而其教在於不狎、不簡。〔註95〕

三、夫婦：夫婦為人倫之始。夫有義，則婦能順。婦亡，則夫當以不再娶為佳，蓋後娶時為門戶之禍。後娶篇：

> 吉甫，賢父也；伯奇，孝子也。以賢父御孝子，合得終於天性；而後妻閒之，伯奇遂放。曾參婦死，謂其子曰：「吾不及吉甫，汝不及伯奇。」王駿喪妻，亦謂人曰：「我不及曾參，子不如華元。」竝終身不娶。此等足以為誡。其後假繼慘虐孤遺，離間骨肉，傷心斷腸者，何可勝數？慎之哉！慎之哉！（頁8下）

〔註95〕已前本節第三、專論「幼稚教育」「不溺愛」條。

而為婦者當主中饋，治家篇：

> 婦主中饋，惟事酒食衣服之禮耳。國不可使預政，家不可使幹蠱。
> 如有聰明才智，識達古今，正當輔佐君子，助其不足。必無牝雞晨
> 鳴，以致禍也。（頁 12 下）

四、兄弟：兄弟為分形連氣之人，兄友弟恭，則友悌深至。但有時易因
娣姒而不睦。兄弟篇：

> 兄弟者，分形連氣之人也。方其幼也，父母左提右挈，前襟後裾；
> 食則同案，衣則傳服，學則連業，游則共方；雖有悖亂之人，不能
> 不相愛也。及其壯也，各妻其妻，各子其子；雖有篤厚之人，不能
> 不少衰也。娣姒之比兄弟，則疏薄之人，而節量親厚之恩，猶方底
> 而圓蓋，必不合矣。惟友悌深至，不為旁人之所移者，免夫！（頁
> 6 下～7 上）

持此，之推認為兄弟相處之道有三：

（1）不可責望過深：兄弟理當相互照顧。但責望深則易怨。兄弟篇：

> 二親既歿，兄弟相顧，當如形之與影，聲之與響。愛先人之遺體，
> 惜己身之分氣，非兄何念哉？兄弟之際，異於他人。望深則易怨，
> 地親則易弭。譬猶居室，一穴則塞之，一隙則塗之，則無頹毀之慮。
> 如雀鼠之不卹，風雨之不防，壁陷楹淪，無可救矣。僕妾之為雀鼠，
> 妻子之為風雨，甚哉！（頁 7 上）

（2）分家而居：兄弟成家立業後，以分居為佳。兄弟篇：

> 娣姒者，多爭之地也。使骨肉居之，亦不若各歸四海，感霜露而相
> 思，佇日月之相望也。況以行路之人，處多爭之地，能無閒者，鮮
> 矣。所以然者，以其當公務而執私情，處重責而懷薄義也，若能恕
> 己而行，換子而撫，則此患不生矣。（頁 7 下）

（3）事兄不同事父：父子骨肉至親；兄弟分形連氣之人，是以事兄不可
同於事父。兄弟篇：

> 人之事兄，不可同於事父，何怨愛弟不及愛子乎？是反照而不明也。
> （頁 7 下）

> 沛國劉璡，嘗與兄瓛連棟隔壁：瓛呼之數聲不應，良久方答。瓛怪
> 問之，乃云：「向來未著衣帽故也。」以此事兄，可以免矣。（頁 8
> 上）

五、朋友：之推論朋友主慎交游與慕賢。蓋人在少年，神情未定，最易習染，得益友則進德修業，交損友便恣情放蕩，日趨下流。故當慎交遊。風操篇：

> 四海之人，結爲兄弟，亦何容易！必有志均義敵，令終如始者，方可議之。（頁 28 下）

與友相處，貴能切磋相輔。勉學篇：

> 禮云：「獨學而無友，則孤陋而寡聞。」蓋須切磋相起明也。（頁 46 上）

交遊，不可貴遠賤近，向聲背實，否則益友當前，不知禮敬，失之交臂。慕賢篇：

> 世人多蔽，貴耳賤目，重遙輕近。少長周旋，如有賢哲，每相狎侮，不加禮敬。他鄉異縣，微藉風聲，延頸企踵，甚於飢渴。校其長短，覈其精麤，或彼不能如此矣。（頁 30 上）

又與人交而竊人之美，用其言而棄其身，皆非交友之道。慕賢篇：

> 用其言弃其良，古人所恥。凡有一言一行，取於人者，皆顯稱之。不可竊人之美，以爲己力。雖輕雖賤者，必歸功焉。竊人之財，刑辟之所處；竊人之美，鬼神之所責。（頁 30 上下）

3. 論治家之道

之推論治家首重以身作則。治家篇：

> 夫風化者，自上而行於下者也，自先而施於後者也。是以父不慈則子不孝，兄不友則弟不恭，夫不義則婦不順矣。（頁 10 下）

而後又有七項原則：

一、寬猛得宜：治家之道宜寬猛並重。寬則無威，猛則寡恩。治家篇：

> 笞怒廢於家，則豎子之過立見。刑罰不中，則民無所措手足。治家之寬猛，亦猶國焉。（頁 10 下）

二、能施能儉：治家不可貪財，更不用充潤，宜當施儉適中。治家篇：

> 孔子曰：「奢則不孫，儉則固。與其不孫也，寧固。」又云：「如有周公之才之美，使驕且吝，其餘不足觀也已。」然則可儉而不可吝也。儉者、省約爲禮之謂也；吝者，窮急不卹之謂也。今有施則奢，儉則吝。如能施而不奢，儉而不吝，可矣。（頁 10 下～11 上）

三、慎重農事：治家當慎重農事，治家篇：

生民之本，要當稼穡而食，桑麻以衣。蔬果之蓄，園場之所產；雞
豚之善，坰圈之所在。爰及棟宇器械，樵蘇脂燭，莫非種植之物也。
至能守其業者，閉門而為生之具以足，但家無鹽井耳。（頁 11 上）

四、婦主中饋：女人主中饋，不可牝雞司晨。

五、一視同仁：對家庭的每一份子皆一視同仁，不可有所偏心。而婦人
時有偏心，宜加警惕。治家篇：

婦人之性，率寵子壻，而虐兒婦。寵壻則兄弟之怨生焉，虐婦則姊
妹之讒行焉。然則女之行留，皆得罪於其家者，母實為之。至有諺
云：「落索阿姑餐。」此其相報也。家之常弊，可不誡哉！（頁 13
上下）

六、敬學：不知敬學，則不能改變氣質，遷善去惡。治家篇：

借人典籍，皆須愛護，先有缺壞，就為補治；此亦士大夫百行之一
也。濟陽江祿，讀書未竟，雖有急速，必必待卷束整齊，然後得起，
故無損敗，人不厭其求假焉。或有狼籍几案，分散部帙，多為童幼
婢妾之所點汙，風雨蟲鼠之所毀傷，實為累德。吾每讀聖人之書，
未嘗不肅敬對之。其故紙有五經詞義，及賢達姓名，不敢穢用也。（頁
13 下～14 上）

七、不迷信：富貴在天，雖求鬼神無益，是以不可迷信，治家篇：

吾家巫覡禱請，絕於言議；符書章醮，亦無祈焉。並汝曹所見也，
勿為妖妄之費。（頁 14 上）

五、顏之推的文學思想

之推並無有關文學思想方面的成書著作，其思想主要見於「家訓」裡「文
章篇」一文。「文章篇」乃屬隨筆性質，缺乏體系性；又之推之學，以博雅、
切用、明恥、尚用為主。是以所論文學皆近雜文學，且對文士頗有指責。但
之推本屬通儒，所論亦有獨到之處，朱東瀾於中國文學批評史大綱一書裡說：

在此期中（指南北朝）之文學批評家，當然以沈約為先驅，其後之
偉大作者，則有（一）劉勰、（二）鍾嶸、（三）蕭統、（四）顏之推。
至於蕭綱、蕭繹，則與其稱為批評家，無寧稱為作家，其主張亦與
上列四人有顯著之異勢。

此四人者，主張固不盡同，然有一共同之特點，即對於當時文壇之

趨勢，皆感覺有逆挽狂瀾之必要。（開明版頁 51）

由此，可略見其地位，但一般文學史書籍卻絕少提及顏之推。〔註 96〕以下就所見，分述其文學思想如下：

（一）論文體

本小節所論有文學之根源，與泛論各種文體。

1. 文學之根源

之推謂文學源於五經，文章篇：

> 夫文章者，原出於五經：詔命策檄，生於書者也；序述論議，生於易者也；歌詠賦頌，生於詩者也；祭祀哀誄，生於禮者也；書奏箴銘，生於春秋者也。（頁 52 下）

是以之推對五經頗為肅敬，治家篇：

> 吾每讀聖人之書，未嘗不肅敬對之。其故紙有五經詞義，及賢達姓名，不敢穢用也。（頁 14 上）

2. 泛論各種文體

之推曾泛論某些文體。文章篇：

> 挽歌辭者，或云古者虞殯之歌，或云出自田橫之客，皆為生者悼往告哀之意。陸平原多為死人自歎之言，詩格既無此例，又乖製作本意。（頁 62 下）

> 凡詩人之作，刺箴美頌，各有源流；未嘗混雜，善惡同篇也。陸機為齊謳篇，前敘山川物產風教之盛，後章忽鄙山川之情，疏失厥體。其為吳趨行，何不陳子光夫差乎？京洛行，何不述赧王靈帝乎？（頁 62 下）

以上是說寫作當明白詩作的源流，方能免於錯誤。又論上書體度，並謂上書非士君子守法度者所為，省事篇：

> 上書陳事，起自戰國，逮於兩漢，風流彌廣。原其體度：攻人主之長短，諫諍之徒也；訐群臣之得失，訟訴之類也；陳國家之利害，對策之伍也；帶私情之興奪，遊說之儔也。總此四塗，貫誠以求位，鬻言以干祿，或無絲毫之益，而有不省之困。幸而感悟人主，為時

〔註96〕僅見大中國圖書公司版孟瑤「中國文學史」第三章「魏晉南北朝」裡有述及「顏之推」（頁 195）。

所納：初獲不貲之賞，終陷不測之誅：則嚴助、朱賈臣、吾丘壽王、
主父偃之類甚眾。良史所書，蓋取其狂狷一介，論政得失耳；非士
君子守法度者所爲也。（頁73上下）

又論今世上書，更不足爲法，省事篇：

今世所觀，懷瑾瑜而握蘭桂者，悉恥爲之。守門詣闕，獻書言計，
率多空薄，高自矜夸。無經略之大體，咸穄秕之微事。十條之中，
一不足採。縱合時務，已漏先覺：非謂不知，但患知而不行耳。或
被發姦私，而相酬證，事途迴穴，颭懼慸尤。人主外護聲教，脫加
含養。此乃僥倖之徒，不足與比肩也。（頁73下～74上）

（二）論文學之功用

之推之學主切用，於文學亦如此。教子篇：

詩有諷刺之詞，禮有嫌疑之誡，書有悖亂之事，春秋有衰僻之譏，
易有備物之眾。（頁4上）

又風操篇：

吾觀禮經，聖人之教，箕帚匕箸，咳唾唯諾，執燭沃盥，皆有節文，
亦爲至矣。（頁14下）

又勉學篇：

三九公讌，則假手賦詩。（頁33下）

又文章篇：

大明孝道，引詩證之。（頁57下）

之推認爲文章施用多途，文章篇：

朝廷憲章，軍旅誓誥，敷顯仁義，發明功德，牧民建國，施用多途。
（頁52下）

又涉務篇：

文史之臣，取其著述憲章，不忘前古。（頁70上）

文學貴在能有益於世。在朝則著述憲章，軍旅誓誥；在野，則敷顯仁義。如
此方能濟世，所以之推認爲文學之功用，非但在載道，亦當切時務，否則流
爲空談。勉學篇：

夫學者，猶種樹也。春玩其華，秋登其實。講論文章，春華也；修
身利行，秋實也。（頁38上）

於此可知，文學乃亦手段而已，其目的乃止於修身利行。因祇爲手段而已，

是以之推勸人當致力于本，文章篇：

> 至於陶冶性靈，從容諷諫，入耳滋味，亦樂事也。行有餘力，則可習之。（頁 52 下）

（三）論文學之要素

此小節所述有：文學之要素與文學之境界。分述如下：

1. 文學之要素

之推認為構成文學的要素有：理致、氣調、事義、文辭等四部分，文章篇：

> 文章當以理致為心腎，氣調為筋骨，事義為皮膚，華麗為冠冕。（頁 59 上）

之推以為文學構成要素主理致。所謂理致，即是指義理與情致而言。義理是指以文載道的「道」；而情致是指那能動人的美感而言。因有道方能有益於世。理致於人體論之，如心腎。人若心腎停止活動，則生機休矣。文學亦如此，文學若缺少理致，則不成文字。而氣調其次，蓋氣調乃行文的氣勢，氣勢順暢文章自有動人之力，以人體方之，如筋骨。周法高補正引高仲華之書：

> 高明中國修辭學研究第二章第二節「氣骨」：『顏之推以「氣」的運行為文辭的「筋骨」。他論文，是含「氣」、「骨」而為一的。他說「氣調為筋骨」，講「氣調」就有條貫的意思。文氣的運行，條而貫之，所以說是文辭的筋骨。這「氣」自然是專就運行而言，不是指的質性。唐以後的古文家論文，專論「氣」，專論文中運行之氣，不用「氣」來講文辭的質性，可說都是祖述顏之推的說法。』〔註97〕

可知之推氣調有異於劉勰、鍾嶸等人的說法。〔註 98〕至於事義則為皮膚。事義，即指事之合宜者，或謂事之有意義者。以今日觀點言之，即指題材而言。至於華麗則為冠冕，蓋冠冕可有可無。文章篇：

> 齊有席毗者，清幹之士，官至行臺尚書。嗤鄙文學。嘲劉逖云：「君輩辭藻，譬如榮華，須臾之翫，非宏才也。豈比吾徒，千丈松樹，常有風霜，不可凋悴矣。」劉應之曰：「既有寒木，又發春華，何如

〔註97〕周法高彙注本文章篇（頁 59 上）

〔註98〕一般說來鍾嶸的氣，包括自然運行之氣與文章所表現的氣。而劉勰論氣，有自然之氣、體氣、才氣、文氣。時人張漢良有「論中國文學批評史上『氣』的問題」一文。文見幼獅月刊第四十一卷第四期頁 54～58。

此也？」席笑曰：「可哉！」（頁 58 下）

寒木確是宏才，但「又發春華」，彌可寶愛。〔註99〕

2. 文學之境界

由上述文學構成的要素，可知之推的文學境界在於眞、善、美。亦即內容重於形式。他謂爲文的最高境界是「宏麗精華」，文章篇：

> 自古執筆爲文者，何可勝言？然至於宏麗精華，不過數十篇耳。但使不失體裁，辭意可觀，便稱才士。（頁 57 上）

所謂宏麗精華，即是四種構成要素皆能合爲一。但此種境界達成不易，若「不失體裁，辭意可觀」即可，但於當時人亦不易。他評論當時文人的弊端，文章篇：

> 今世相承，趨末棄本，率多浮豔。辭與理競，辭勝而理伏；事與才爭，事繁而才損。放逸者流宕而忘歸，穿鑿者補綴而不足。時俗如此，安能獨達？但務去泰去甚耳。必有盛材重譽，改革體裁者，實吾所希。（頁 59 上）

之推對於當時文壇界本末倒置的現象頗多不滿，他不滿意當時浮豔的文學，他也希望「改革體裁」，但他並不是復古者。文章篇：

> 古人之文，宏材逸氣；體度風格，去今實遠；但緝綴疏樸，未爲密緻耳。今世音律諧靡，章句偶對，諱避精詳，賢於往昔多矣。宜以古之製裁爲本，今之辭調爲末，竝須兩存，不可偏棄也。（頁 59 上）

「本」指文學的內容，就是之推所謂的「心腎筋骨」；「末」指文學的形式，就是「皮膚冠冕」。之推雖不排斥辭調，但因有本末之分，再加上宗經、實用觀，是以他的文學境界僅能止於典正的風格，而不會變爲駢儷的體裁。之推這兩存的主張，對後世文體的改變上雖無多大影響，卻開了改革風氣的先聲。

丁、論文人

之推對於從事文學之人頗多指責，分述如下：

1. 論學士與文人之別

就理論上說，之推對文士有頗高的評價，他認爲文士必須有天才；而學士祇要勤學即可。文章篇：

> 學問有利鈍，文章有巧拙。鈍學累功，不妨精熟；拙文研思，終歸

蟲鄙。但成學士，自足為人；必乏天才，勿強操筆。吾見此人，至無才思，自謂清華，流布醜拙，亦以眾矣。江南號為詅癡符。（頁56上下）

2. 論文人無用

理論上文士高於學士。但實際上文人卻是不切世務。勉學篇：

吟嘯談謔，諷詠辭賦。事既優閑，材增迂誕。軍國經綸，略無施用。故為武人俗吏所共嗤詆，良由是乎！（頁38上）

又涉務篇：

吾見世中文學之士，品藻古今，若指諸掌。及有試用，多無所堪。居承平之世，不知有喪亂之禍；處廟堂之下，不知有戰陳之急；保俸祿之資，不知有耕稼之苦；肆吏民之上，不知有勞役之勤；故難可以應世經務也。晉朝南渡，優借士族；故江南冠帶有才幹者，擢為令僕已下，尚書郎中書舍人已上，典掌機要。其餘文義之士，多迂誕浮華，不涉世務；纖微過失，又惜行捶楚，所以處於清高：蓋護其短也。（頁70下）

由此知之推對文士指責頗多，他自己亦不致力於此。序致篇：

慈兄鞠養，苦辛備至，有仁無威，導示不切。雖讀禮傳，微愛屬文，頗為凡人之所陶染。肆欲輕言，不脩邊幅。年十八九，少知砥礪，習若自然，卒難洗盪。（頁2上）

之推更就歷史的事實，指出文人多陷輕薄。文章篇：

自古文人，多陷輕薄：屈原露才揚己，顯暴君過；宋玉體豫容冶，見遇俳優；東方曼倩滑稽不雅，司馬長卿竊訾無操；王褒過章僮約，揚雄德敗美新；李陵降辱夷虜，劉歆反覆莽世；傅毅黨附權門，班固盜竊父史；趙元叔抗竦過度，馮敬通浮華擯壓，馬季長佞媚獲誚，蔡伯喈同惡受誅；吳質詆忤鄉里，曹植悖慢犯法；杜篤乞假無猒，路粹隘狹已甚；陳琳實號麤疎，繁欽性無檢格；劉楨屈強輸作，王粲率躁見嫌，孔融禰衡誕傲致殞，楊修丁廙扇動取斃；阮籍無禮敗俗，嵇康凌物凶終；傅玄忿鬥免官，孫楚矜誇凌上，陸機犯順履險，潘岳乾沒取危；顏延年負氣摧黜，謝靈運空疎亂紀；王元長凶賊自貽，謝玄暉侮慢見及，凡此諸人，皆其翹秀者，不能悉紀，大較如此。至於帝王，亦或未免。自昔天子而有才華者，唯漢武、魏太祖、

> 文帝、明帝、宋孝武帝，皆負世議，非懿德之君也。自子游、子夏、
> 荀況、孟軻、枚乘、賈誼、蘇武、張衡、左思之儔，有盛名而免過
> 患者，時復聞之，但其損敗居多耳。（頁 52 下～55 上）

之推斥文人無用無行，就歷史說，可謂詳明鄭重了〔註100〕

3. 文人輕薄之原因

或謂之推斥文人，其目的是希望文人能「深宜防慮」，不再蹈於「迂誕浮華」。他認爲文人「多蹈輕薄」的原因，在於不明文學之本末。文章篇：

> 每嘗思之：原其所積，文章之體，標舉興會，發引性靈，仗人矜伐：
> 故忽於持操，果於進取。今世文士，此患彌切。一事愜當，一句清
> 巧，神屬九霄，志凌千載；自吟自賞，不覺更有傍人。加以砂礫所
> 傷，慘於矛戟：諷刺之禍，速乎風塵，深宜防慮，以保元吉。（頁
> 56 上）

文人的通病：在於不明文學的本末。一般文人認爲文學乃是「標舉興會，發引性靈」之事。這種「陶冶性靈，從容諷諫，入其滋味」雖爲樂事，但「行有餘力，則可習之」。否則本末倒置。發引性靈，易盪人心性，因盪人心性，是「使人矜伐」，因矜伐而「忽於持操」，因「忽於持操」而「果於進取」，此爲恃才。恃才者，就文學言，易蹈於「迂誕浮華」。就行事言，恃才則傲物，傲物則不易得志，不得志則論人是非，論人是非則招禍，此爲文人無用輕薄之原因。而其「防慮」的原則，乃是在於認清文學之本末，自不會「忽於持操，果於進取」。

（五）創作論

之推對於創作之心理歷程，雖無說明，但對創作之條件與原則，則頗多說明，本小節所論有：主天才、博學、節制、親友斧正等部分。天才，爲先決的條件。博學，爲必要條件。節制，或指行文時之約束；或指完成後之剪裁。似乎兩者皆有。而親友斧正乃屬完成之修訂，試分述如下：

1. 主天才

之推認爲文學之創作，首重天才。果無天才，雖從事文學，亦不會有偉大的成就。文章篇：

〔註100〕參見商務人人文庫本羅根澤「魏晉六朝文學批評史」第十章「北朝的文學論」
之「顏之推的地位及其兼採取古今的文學論」。頁 123～124。

必乏天才，勿強操筆。（頁 56 上）

觀自古以來，文人萬千，而可觀者不多，此即無天才所致。至於改革體裁者，更非「盛才重譽」者不可。

2. 博　學

之推認爲文學創作者當博學，否則「事義」不當。一般文人不知眼學，但信耳受，因此在文章裡時有下列的毛病：

一、措辭不當：時有文人因不明事義而措辭失當。文章篇：

> 凡代人爲文，皆作彼語，理宜然矣。至於哀傷凶禍之辭，不可輒代。蔡邕爲胡金盈作母靈表頌曰：「悲母氏之不永，然委我而凤喪」。又爲胡顥作其父銘曰：「葬我考議郎君」。袁三頌曰：「狒歟我祖，出自有媯。」王粲爲潘文則思親詩云：「躬此勞悴，鞠予小人。庶我顯姚，克保遐年。」而竝載乎邕粲之集。此例甚眾，古人之所爲，今世以爲諱。陳思王武帝誄，遂深永蟄之思；潘岳悼亡賦，乃愴手澤之遺。是方父於蟲，匹婦於考也。蔡邕楊秉碑云：「統大麓之重」，潘尼贈盧景宣詩云：「九五思飛龍」，孫楚王驃騎誄云：「奄忽登遐」；陸機父誄云：「億兆宅心，敍欨百揆。」姊誄云：「倪天之和。」今爲此言，則朝廷之罪人也。王粲贈楊德祖詩云：「我君餞之，其樂洩洩。」不可妄施人子，況儲君乎？（頁 61 下～62 下）

二、誤解古詩題：文學體製各有源流，不可不注意，又襲用前人詩題，更不宜乖違本意。文章篇：

> 挽歌辭者，或云古者虞殯之歌，或云出自田橫之客，皆爲生者悼往告哀之意。陸平原多爲死人自歎之言，詩格既無此例，又乖製作本意。（頁 62 下）

又書證篇：

> 古樂府歌詞，先述三子，次及三婦。婦是對舅姑之稱，其末章云：「丈人且安坐，調絃未遽央。」古者子婦供事舅姑，旦夕在側，與兒女無異，故有此言。丈人亦長老之目，今世俗猶呼其祖考爲先亡丈人。又疑丈當爲大，北閭風俗，婦呼舅爲大人公。丈與大，易爲誤耳。近代文士，頗作三婦詩，乃爲匹嫡竝耦己之群妻之意，又加鄭衛之辭。大雅君子，何其謬乎！（頁 107 下～108 上）

三、用事有誤：文人時於詩文中錯用事。文章篇：

自古宏才博學，用事誤者有矣。百家雜說，或有不同；書儻湮滅，
後人不見，故未敢輕議之。今指知決紕繆者，略舉一兩端以爲誡。
詩云：「有鷕雉鳴」，又云：「雉鳴求其牡」，毛傳亦曰：「鷕，雌雉聲」，
又云：「雉之朝雊，尚求其雌」，鄭玄注月令，亦云：「雊，雄雉鳴」。
潘岳賦曰：「雉鷕鷕以朝雊。」是則混雜其雄雌矣。……（頁 63 上
～64 下）

四、地理有誤：文人寫文章，時常缺乏正確之地理觀念。文章篇：

文章地理，必須愜當。梁簡文鴈門太守行，乃云：「鵝軍攻日逐，燕
騎蕩康居；大宛歸善馬，小月送降書。」蕭子暉隴頭水云：「天寒隴
水急，散漫俱分瀉；北注徂黃龍，東流會白馬。」此亦明珠之纇，
美玉之瑕。宜慎之！（頁 64 上下）

五、離合詩賦：文人或技窮，離合詩賦以逞強，不足爲法。書證篇：

潘陸諸子，離合詩賦，拭卜破字經，及鮑昭謎字，皆取會流俗，不
足以形聲論之也。（頁 116 下～117 上）

3. 節　制

行文貴能節制，否則像鞭馬而使之疾行，篇幅雖多亦何益。節制，以今
日言之，即是剪裁。文章篇：

凡爲文章，猶人乘騏驥，雖有逸氣，當以銜勒制之；勿使流亂軌躅，
放意填坑也。（頁 58 下）

當然，這種節制的原則，當是指構成四要素而言。

4. 親友斧正

人時常敝帚自珍，未必能看出自己文章的毛病，因此當謀於親友，以增
益自己的不足。文章篇：

學爲文章，先謀親友，得其評裁。知可施行，然後出手，慎勿師心
自任，取笑旁人也。（頁 56 下～57 上）

（六）詩　論

前述各小節皆屬總論性質。而此小節乃針對詩體裁而立論。

1. 對詩的看法

之推論文學主「修身利行」。但對於詩卻不完全的如此執著，雖然他說詩
經有「諷刺之詞」，也說「大明孝道，引詩證之」，更說詩非雕蟲之技。可是

他卻也說：「至於陶冶性靈，從容諷諫，入其滋味，亦樂事也，行有餘力，則可習之。」所謂「陶冶性靈」即指「歌詠賦頌，生於詩者也」的韻文。雖然文人輕薄的病根在於「標舉興會，發引性靈」，可是詩之所以為詩的理卻正在「標舉興會，發引性靈」。這種「標舉興會，發引性靈」當於「行有餘力」之下而行之，如此則能免於輕薄。

總之，之推承認詩在本質上是「陶冶性靈」，是「標舉興會，發引性靈」的文學體裁，再加上他不廢「音律諧靡，章句偶對」之華麗，如此的詩觀影響了唐詩。郭紹虞于中國文學批評史第二四節「北朝的文學批評」裡說：

> 尤其在論詩方面，劇賞蕭愨「芙蓉露下落，楊柳月中疎」之句，愛其蕭散，宛然在目，這已經有些開唐詩的風氣。劉勰主張原道而開唐代文壇的風氣，顏之推主張典正而開唐代詩壇的風氣，這都是值得注意的事。（明倫版，頁 1～92）

之推這種詩觀，充其量只成為典正的風格，考之推現存詩六首與觀我生賦，可知之推詩賦皆屬典正風格。而初唐詩風亦即以典正取勝。

2. 論詩原則

之推論詩原則，本之沈約的三易。文章篇：

> 沈隱侯曰：「文章當從三易：易見事、一也；易識字，二也；易讀誦，三也。」邢子才常曰：「沈侯文章，用事不使人覺，若胷臆語也。深以此服之。」祖孝徵亦嘗謂曰：「沈詩云：『崖傾護石髓』，此豈似用事邪？」（頁 59～60 上）

所謂易見事，即指「事義」自然貫串，不露痕迹。易識字，指用字平易而言。易讀誦，指聲、律自然。總之，之推論詩主平易自然，不假雕琢。

3. 對當代詩人之批評

之推實際地批評作家並不多見。其間對邢子才、魏收兩人的論述，亦非實際的批評，但因之推批評作家不多，是以姑存於此。

（1）邢劭（西元 496～？年）、**魏收**（西元 506～572 年）

邢劭，字子才，河間鄭人（今河南省鄭縣），北齊書卷三十六有傳（藝文版頁 222～224）。魏收，字伯起，小字佛助，鉅鹿下曲陽人（故城在今河北晉縣西），北齊書卷三十七有傳（頁 225～231）。之推文章篇：

> 邢子才、魏收，俱有重名，時俗準的，以為師匠。邢賞服沈約而輕

任昉，魏愛慕任昉而毀沈約。每於談讌，辭色以之；鄴下紛紜，各
有朋黨。祖孝徵嘗謂吾曰：「任沈之是非，乃邢魏之優劣也。」（頁
60 上）

（2）王　籍（？）

王籍，字文海，琅邪臨沂人。（今山東省臨沂縣）好學博涉，有才氣。梁
書卷五十文學傳裡有傳（頁 350）。文章篇：

> 王籍入若耶溪詩云：「蟬噪林逾靜，鳥鳴山更幽。」江南以爲文外斷
> 絕，物無異議。簡文吟詠，不能忘之；孝元諷味，以爲不可復得，
> 至懷舊志載於籍傳。范陽盧詢祖，鄴下才俊，乃言此不成語，何事
> 於能？魏收亦然其論。詩云：「蕭蕭馬鳴，悠悠斾旌。」毛傳曰：「言
> 不諠譁也。」吾每歎此解有情致，籍詩生於此意耳。（頁 64 下）

（3）蕭　愨（？）

蕭愨，字仁祖，梁上黃人（今湖北省荊門縣境）。天保中，入北齊，武平
時（西元 570～575 年），爲太子洗馬。北齊書卷四十五文苑傳中有略傳（頁
293）。文章篇：

> 蘭陵蕭愨，梁室上黃侯之子，工於篇什。嘗有秋詩云：「芙蓉露下落，
> 楊柳月中疎。」時人未之賞也。吾愛其蕭散，宛然在目。潁川荀仲
> 舉，瑯玡諸葛漢，亦以爲爾；而慮思道之徒，雅所不愜。（頁 64 下
> ～65 上）

（4）何　遜（西元 527 年左右）
　　何思澄（西元 481～534 年）
　　何子朗（西元 479～522 年）

何遜，字仲言，東海郯人（今山東省郯城縣），文章與劉孝綽並見重於當
世。梁書卷四十九文學傳裡有傳（頁 339～340）。何思澄，字元靜。梁書卷五
十文學傳有傳（頁 350）。何子朗，字世明，事蹟亦見梁書文學傳（頁 350）。
時人稱東海三何。文章篇：

> 何遜詩實爲清巧，多形似之言。揚都論者，恨其每病苦辛，饒貧寒
> 氣，不及劉孝綽之雍容也。雖然，劉甚忌之。平生誦何詩，常云：「蓬
> 居響北闕，懵懵不道車。」又撰詩苑，止取何兩篇，時人譏其不廣。
> 劉孝綽當時既有重名，無所與讓，唯服謝朓。常以謝詩置几案間，
> 動靜輒諷味。簡文愛陶淵明文，亦復如此。江南語曰：「梁有三何，

子朗最多。」三何者，遜及思澄、子朗也。子朗信饒清巧；思澄遊廬山，每有佳篇，亦為冠絕。（頁65上下）

（以上本節曾刊載於中外文學第四卷第十二期，民國六十五年五月一日）

六、顏之推的宗教思想

之推認為冥冥中似有主宰存在。因此他相信有鬼神之事的存在。人生之富貴雖定於天，但仍不可違鬼神。勉學篇：

> 不知敬鬼事神，移風易俗，調節陰陽，薦舉聖賢之至也。（頁35下）

他這種的相信是出之於一種理智的選擇，其間雖不免有迷信荒誕等色彩，但其立足點並非迷信。他追求的仍是以切時務為為止。

雖然他的宗教思想最受指責，但我們相信仍有他的價值在，試述如下：

（一）道　教

道教在當時頗為流行，而其荒誕不經的成分頗多，之推對道教的信仰採取了一種適度的選擇。

之推認為神仙之事，未可全誣，但性命在天。是以神仙之事不值得追求：一者人生不可逃避現實。二者追求神仙所費頗多，非貧者所能辦到。再者縱使得神仙，亦當有死。是以所謂神仙之事衹是一種的養生，而養生或不離藥餌，但不可因藥餌而廢世務。養生篇：

> 神仙之事，未可全誣。但性命在天，或難鍾值。人生居世，觸途牽縶。幼少之日，既有供養之勤；成立之年，便增妻孥之累。衣食資須，公私驅役，而望遁跡山林，超然塵滓，千萬不遇一爾。加以金玉之費，鑪器所須，益非貧士所辦。學如牛毛，成如麟角：華山之下，白骨如莽，何有可遂之理？考之內教，縱得神仙，終當有死，不能出世：不願汝曹專精於此。若其愛養神明，調護氣息，慎節起臥，均適寒暄，禁忌食飲，將餌藥物，遂其所稟，不為夭折者，吾無間然。諸藥餌法，不廢世務也。（頁80下～81上）

之推認為藥餌養生之法，屬異端小事，衹要不妨正事，亦可資利用，他自己也曾經驗過。養生篇：

> 吾嘗患齒搖動欲落，飲食熱冷，皆苦於疼痛。見抱朴子牢齒之法，早朝叩齒三百下為良。行之數日，即便平愈。今恒持之。此輩小術，

無損於事，亦可脩也。（頁 81 下）

雖然因藥餌得益者甚多，但為藥餌所誤者亦復不少。因此對藥餌養生首當認清其本質。果因養生而招禍又何用？養生篇：

夫養生者，先須慮禍，全身保性，有此生然後養之；勿徒養其無生也。（頁 81 下）

人當明恥、尚義，更不可因徒求養生而苟且偷生。

另外，之推對於道教的符書章醮等迷信，則採取排斥。治家篇：

吾家巫現禱請，絕於言議；符書章醮，亦無祈焉。竝汝曹所見也，勿為妖妄之費。（頁 14 上）

（二）佛　教

之推因「家訓」中有「歸心」一篇，是以深受指斥。雖然有人巧為解說，但二者皆非持平之論，於事實無補。錢賓四先生曾對於南北朝時代智識分子與佛教的關係有所解說，他說：

這裡有同一契機，使南北雙方的智識分子，不約而同地走向新宗教，即對印度佛教之皈依。個人主義者則希冀一種超世宗教來逃避現實，寄託心神；集團主義者則希冀一種超世宗教來刺激新生，恢復力量。南方以空寂精神接受佛教，北方以悲苦精神接近佛教。而其間仍有一共同趨向，佛教進入中國，依然是上傾勢力勝過下傾。第一是佛教開展急速的智識化與理論化，換言之，則是宗教而哲學化。小乘教在中國並不得勢，而大乘則風起雲湧，群葩爛縵。佛教來中國，並不是直接向中國下層民眾散播，中間卻先經一轉手，經過中國智識分子之一番沙濾作用。如是則佛教東來，自始即在中國傳統文化之理性的淘煉中移步換形，而使其走上中國化。這一點卻是那時南北雙方智識分子對中國歷史文化真獻了一番最偉大的功德。這一點，值得我們特別提起，應該進一步加以更深一層的說明。〔註10〕

想了解之推的佛教信仰，或許錢賓四先生此話會有所用處。今就所見分析之推的佛教信仰如下：

1. 對佛教的看法

佛，道教流行於南北朝，雖然主要的因素是政治的混亂所致。但士大夫

〔註10〕　見「國史新論」裡「中國智識分子」一文，頁 76～77。

的信仰卻是仍有他們的理性成分在。之推對道教是如此，對佛教亦是如此。

　　之推經過自身的體驗後，對佛教有兩點的認識：

　　（1）佛教亦有超越儒家之處：之推認為佛教本身頗具精妙，因此有些地方是超越儒家。歸心篇：

> 三世之事，信而有徵；家業歸心，勿輕慢也。其聞妙旨，具諸經論，不復於此少能讚述；但懼汝曹猶未宰固，略重勸誘爾。
>
> 原夫四塵五蔭，剖析形有：六舟三駕，運載群生。萬行歸空，千門入善。辯才智惠，豈徒七經百氏之博哉？明非堯舜周孔所及也。（頁83上下）

　　（2）佛儒本為一體：之推經過考查後，認為佛儒兩家在本質上是一體。歸心篇：

> 內外兩教，本為一體；漸極為異，深淺不同。內典初門，設五種禁；外典仁義禮智信，皆與之符。仁者，不殺之禁也；義者，不盜之禁也；禮者，不邪之禁也；智者，不淫之禁也；信者，不妄之禁也。至如畋狩軍旅，燕享刑罰，固民之性，不可卒除；就為之節，使不淫濫爾。歸周孔而背釋宗，何其迷也。（頁83下）

就事實而論，之推的兩點認識，不能說有錯。所謂佛亦有超越之處，也不能說是錯；不幸卻是最受指責之處。〔註102〕就理論而言，之推論犯了「華夷」的思想問題。在推論的過程中他揚佛而抑儒，這是不能使人肯首之處。

　　2. 駁反佛論

　　之推對於佛教，非但是有自己的見解，並且更替它辯解。當時俗佛道之爭，所涉及問題頗多。而之推歸納其反對的理由，約有五點。歸心篇：

> 俗之謗者，大抵有五：其一以世界外事及神化無方，為迂誕也；其二以吉凶禍福，或未報應，為欺誑也；其三以僧尼行業，多不精純，為姦慝也；其四以糜費金寶，減耗課役，為損國也；其五以縱有因緣，如報善惡，安能辛苦今日之甲，利後世之乙乎？為異人也。（頁83下～84上）

而後之推逐條反駁。之推駁反佛論雖不及劉勰「滅佛論」的著名，但其本身實亦有可取之處。試逐條分析其反駁理由如下：

〔註102〕如今人伍振鷟。伍氏有「顏之推之人生哲學與教育思想」一文。見師大教育研究所集刊第二輯。頁113～119。

一、反佛者認爲「世界外事及神化無方，爲迂誕。」此條反佛論者立足於有限的「無知」經驗。而之推的反駁理由也是屬於「由於無知而發」的謬誤。之推認爲人的知識來源是耳與目，而耳目之外仍有許多未知，人豈可因自己的無知而論斷未知的不是。歸心篇：

> 凡人所信，唯耳與目；耳目之外，咸致疑焉。（頁85下）

因此他認爲不可以人事尋常，去範疇自己的未知，更不可因凡人之臆說，而迷大聖之妙旨。歸心篇：

> 豈得以人事尋常，抑必宇宙外乎？（頁85下）
>
> 何故信凡人之臆說，迷大聖之妙旨，而欲必無恒沙世界，微塵數劫也？（頁86上）

之推雖然舉了許多類似天問的難題反駁，可是此種立足點卻與他的「眼學」格格不入。尤有甚者，他更強調神通的無窮。

歸心篇：

> 何況神通感應，不可思量，千里寶幢，百由旬座，化成淨土，踊出妙塔乎？（頁86下）

無怪乎李約瑟會以一種同情的口吻說：

> 有時正因爲具體的科學知識的缺乏，反而對佛教的流行大爲有利。
> 例如：歷仕北周與隋朝的顏之推（西元531～606年）曾著顏氏家訓，問了許多關於天文、氣象，以及其他科學的問題，都是當時無法回答的，頗有屈原天問的味道，他的結論便是：既然人類所知有限，則天下之大無奇不有，佛經上佛和菩薩的神話，也許就是眞的了。
>
> 〔註103〕

二、反佛者認爲「以吉凶禍福，或未報應，爲欺誑也。」此條是以事實來否定因果論。而之推反駁的理由是：因果報應乃是九流百氏共有的觀點。且說業緣未感，乃精誠不深所致，不可由此懷疑因果報應之事實性；更不可因偶値福禍而對因果報應產生懷疑，如此則堯舜周孔皆亦虛妄也。歸心篇：

> 釋二曰：夫信謗之徵，有如影響，耳聞眼見，其事已多。或乃精誠不深，業緣未感，時儻差闌，終當獲報耳。善惡之行，禍福所歸；九流百氏，皆同此論，豈獨釋典爲虛妄乎？項橐顏回之短折，原憲伯夷之凍餒，盜跖莊蹻之福壽，齊景桓魋之富強，若引之先業，冀

〔註103〕見商務版中譯本「中國之科學與文明」第三冊，頁130。

以後生，更爲通耳。如以行善而偶鍾禍報，爲惡而儻值福微，便生
怨尤，即爲欺詭；則亦堯舜之云虛，周孔之不實也，又欲安所依信
而立身乎（頁87上下）

之推此段反駁理由，其推論是訴之群眾及權威，而後再行個體擊破。當然訴
之群眾與權威是不正確的，而所謂的「不是不報，而是時間未到」的立論，
也缺少可檢驗性。

　　三、反對者認爲「僧尼行業，多不精純，爲奸蠹也。」此推論犯「以偏
概全」的錯誤，之推則就事實而反駁。歸心篇：

釋三曰：開闢已來，不善人多而善人少，何由悉責其精絜乎？見有
名僧高行，奔而不説；若觀凡僧流俗，便生非毀，且學者之不動，
豈教者之爲過？俗僧之學經律，何異士人之學詩禮？以詩禮之教，
格朝廷之人，略無全行者：以經律之禁，格出家之輩，而獨責無犯
哉？且闕行之臣，猶求祿位；毀禁之侶，何慙供養乎？其於戒行，
自當爲犯。一披法服，已墮僧數。歲中所計，齋講誦持，比諸白衣，
猶不啻山海也。（頁87下～88上）

　　四、反佛者認爲「糜費金寶，減耗課役，爲損國也。」此式立足於國家
的財經上。當時僧尼道士女冠等出家人不納賦稅。亦有不務生產，坐待而食；
且興造寺塔廟觀，盛饌聚徒，大事浪費。甚至有與民爭利。是以俗人每加評
擊。而之推的反駁理由：

　　（1）僧尼損國，其責任在爲政者。之推認爲僧尼之所以坐食不耕、剝削
浪費，其原因乃是爲政者的失策。並非佛教本身之錯。歸心篇：

釋四曰：内教多途，出家自是其一法耳。若能誠孝在心，仁惠爲本；
須達流水，不必剃落鬚髮。豈令罄井田而起塔廟，窮編戸以爲僧尼
也？皆由爲政不能節之，遂使非法之寺，妨民稼穡；無業之僧，空
國賦算：非大覺之本旨也。（頁88上）

　　（2）僧尼自亦有其貢獻，是以可以不事生產，不納賦稅。之推認爲人各
有志，不可強求。僧尼棄俗出家，事甚高尚，匿跡山林，不求富貴，且能弘
法化人，使人皆信佛，則民安國富，其貢獻遠超過從事生產所繳納賦稅。歸
心篇：

抑又論之：求道者，身計也；惜費者，國謀也。身計國謀，不可兩
遂。誠臣徇主而棄親，孝子安家而忘國：各有行也。儒有不屈王侯，

高尚其事；隱有讓王辭相，避世山林。安可計其賦役，以爲罪人？
若能偕化黔首，悉入道場，加妙樂之世，儴佉之國，則有自然稻米，
無盡寶藏，安求田蠶之利乎？（頁 88 上下）

五、反佛者認爲「縱有因緣，如報善惡，安能辛苦今日之甲，利後世之
乙乎？」此推論認爲縱有因果報應之說，但善惡因果卻不能「轉移」他人或
後世。此式缺少可檢驗性。之推反駁的理由亦祇能就人事尋常及曉以大義方
面入手，而後再証之於事實。

（1）以人事尋常而論，善惡因果「轉移」之說，似屬不實，但是今人常
把貧賤疾苦，歸疚於前世不修功德。歸心篇：

釋五曰：形體雖死，精神猶存。人生在世，望於後身，似不相屬。
及其歿後，則與前身，似猶老少朝夕耳。世有魂神，示現夢想，或
降童妾，或感妻孥，求索飲食，徵須福祐，亦爲不少矣。今人貧賤
疾苦，莫不怨尤前世不修功業。以此而論，安可不爲之作地乎？夫
有子孫，自是天地間一蒼生耳。何預身事？而乃愛護，遺其基址；
況於己之神爽，頓欲棄之哉？凡夫蒙蔽，不見未來，故言彼生與今
非一體耳。若有天眼，鑒其念念隨滅，生生不斷，豈可不怖畏耶？
（頁 88 下～89 上）

（2）曉以大義。之推認爲君子處世，貴能克己復禮，濟時益物。是以行
善乃是份內事，豈可希冀圖報。歸心篇：

又君子處世，貴能克己復禮，濟時益物。治家者，欲一家之慶；治
國者，欲一國之良。僕妾臣民，與身竟何親也？而爲勤苦修德乎？
亦是堯舜周孔，虛失愉樂耳。一人修道，濟度幾許蒼生？免脫幾身
罪累？幸熟思之。（頁 89 上下）

（3）以事實印証。之推對於因果報應之說甚爲相信，歸心篇：

儒家君子，尚離疱廚；見其生不忍其死，聞其聲不食其肉。高柴折
像，未知內教，皆能不殺。此乃仁者自然用心。含生之徒，莫不愛
命；去殺之事，必勉行之。好殺之人，臨死報驗，子孫殃禍，其數
甚多，不能悉錄耳。且示數條於末。（頁 89 下～90 上）

之推舉了八則故事爲例，當然這些事例並非他所目擊，可是他卻頗爲相
信。之推另有「還冤志」一書，「還冤志」是現存專門以鬼神報應的故事的最
早作品。這種鬼神報應的觀點，在顏氏之前已有。祇是六朝時又受了佛家的

影響。因此之惟有「還冤志」的著作。一方面表示佛家對於小說的影響；另一方面表示之推信佛的篤誠。〔註104〕

3. 示子孫學佛之道

之推篤信佛教，但非全屬迷信，他曾指示子孫學佛之道。歸心篇：

> 治家者，欲一家之慶，治國者，欲一國之良。僕妾臣民，與身竟何親也？而為勤苦修德乎？亦是堯舜周孔，虛失愉樂耳。一人修道，濟度幾許蒼生？免脫幾身罪累？幸熟思之！汝曹若顧俗計，樹立門戶，不得悉棄妻子，一皆出家；但當兼修戒行，留心誦讀，以為來世津梁。人身難得，勿虛過也。（頁89上下）

（三）陰陽之術

除佛道之外，之推對舊有迷信，亦偶有論及。之推謂陰陽之術不可信，有論陰陽之術者二則。風操篇：

> 陰陽說云：「辰為水墓，又為土墓，故不得哭。」王充論衡云：「辰日不哭，哭則重喪。」今無教者，辰日有喪，不問輕重，舉家清謐，不敢發聲，以辭弔客。逆書又曰：「晦歌朔哭，皆當有罪，天奪之算。」喪家朔望，哀感彌深，寧當惜壽，又不哭也？亦不諭。偏傍之書，死有歸殺。子孫逃竄，莫肎在家，畫瓦書符，作諸獻勝。喪出之日，門前然火，戶外列灰，祓送家鬼，章斷注連。凡如此比，不近有情，乃儒雅之罪人，彈議所當加也。（頁22下～23下）

又雜藝篇：

> 卜筮者，聖人之業也。但近世無復佳師，多不能中。古者卜以決疑，今人疑生於卜。何者？守道信謀，欲行一事，卜得惡卦，反令恜恜，此之謂乎！且十中六七，以為上乎，粗知大意，又不委曲。凡射奇偶，自然半收，何足賴也？世傳云：「解陰陽者，為鬼所嫉，坎壈貧窮，多不稱泰。」吾觀近古以來，尤精妙者，唯京房、管輅、郭璞耳。皆無官位，多或罹災。此言令人益信。儻值世網嚴密，強負此名，便有註誤，亦禍源也。及星文風氣，率不勞為之。吾嘗學六壬

〔註104〕「還冤記」一書，見存於寶顏堂秘笈唐宋叢書、漢魏叢書、續百川學海等書。而「法苑珠林」（四部叢刊本）亦有。今新興書局「筆記小說大觀」四編冊二頁1143～1156有「還冤志」。又今人周法高有「顏之推還冤記考證」一文，見存於正中版周法高「中國語文論叢」冊下頁293～336。

式，亦值世閒好匠，聚得龍首、金匱、玉軨、變玉歷，十許種書，
討求無驗，尋亦悔罷。凡陰陽之術，與天地俱生，其吉凶德刑，不
可不信。但去聖既遠，世傳術書，皆出流俗，言辭鄙淺，驗少妄多。
至如反支不行，竟以遇害；歸忘寄宿，不免凶終。拘而多忌，亦無
益也。（頁 129 下～130 上）

七、顏之推的社會思想

南北朝時代的社會，有著嚴格的階級劃分。這種嚴格的階級劃分，影響
到民生，也影響到社會風氣。而身為社會最上層的士人，其言行正似草上之
風。是以本節首論士大夫應有的風操，而後評當時士大夫，南北習俗和一般
的風俗民情：

（一）論士大夫風操

之推本身是高門大族之後，他頗能以傳統的家庭教育自勉。更能堅持士
大夫風操。所謂風操，即是指風範操守而言，錢賓四曾論中國智識分子，他
說：

> 中國知識分子，並非自古迄今，一成不變，但有一共同特點，厥為
> 其始終以人文精神為指導之核心；因此一面不陷入宗教，一面也不
> 能向自然深入：其智識對象其中在現實人生政治教育文藝諸方面，
> 其長處在精光凝聚，短處則在無橫溢四射之趣。〔註105〕

之推之學主博學、切用、明恥、尚義。正是典型的智識份子。

當時士大夫所以能高高在上，實在有賴於他們自身的家教門風。勉學篇：

> 士大夫子弟，數歲已上，莫不被教，多者或至禮傳，少者不失詩論。
> 多至冠婚，體性稍定。因此天機，倍須訓誘。有志尚者，遂能磨礪，
> 以就素業；無履立者，自茲墮慢，便為凡人。（頁 32 下）

士大夫教育的目的，即是在使其有風操。

之推認為士大夫的風操，本之於禮經與古人。而後再輔之於個人的抉擇，
即是比較南北異同，而擇其合禮合情者。風操篇：

> 吾觀禮經，聖人之教，箕帚匕箸，咳唾唯諾，執燭沃盥，皆有節文，
> 亦為至矣。但既殘缺，非復全書。其有所不載，及世事變改者，學

〔註105〕見「國史新論」裡「中國智識分子」一文，頁 65。

> 達君子，自爲節度，相承行之，故世號士大夫風操。而家門頗有不
> 同，所見互稱長短；然其阡陌，亦自可知。昔在江南，目能視而見
> 之，耳能聽而聞之，蓬生麻中，不勞翰墨。汝曹生於戎馬之間，視
> 聽之所不曉，故聊記錄，以傳示子孫。（頁14下）

之推就自己江南江北所見，對士大夫風操頗有論述，他認爲風操之道，在於
不違禮與情，則於五倫自不會有所失教。失教在於不合禮情。在於輕脫。本
小節就「家訓」風操篇略述士大夫風操概要如下：

一、孝道：事父母盡孝，而孝當以合禮爲準。生事之以禮，死事之以禮。
過與不及，皆自取恥辱。

（1）生事之以禮。事父母盡孝，不可陷於輕脫。風操篇：

> 嘗有甲設饌席，請乙爲賓，而旦於公庭，見乙之子。問之曰：「尊侯
> 早晚顧宅？」乙子稱其父已往，時以爲笑。如此比例，觸類慎之，
> 不可陷於輕脫。（頁26上下）

又父親被彈劾則：

> 「子孫弟姪皆詣闕三日，露跣陳謝。子孫有官，自陳解職。子則草
> 屩麤衣，蓬頭垢面，周章道路，要候執事，叩頭流血，申訴冤枉。
> 若配徒隷，諸子並立草庵於所署門，不敢寧宅，動經旬日，官司驅
> 遣，然後始退。江南諸冤司彈人事，事雖不重，而以教義見辱者，
> 或被輕繫而身死獄戶者，皆爲怨讎，子孫三世不交通矣。（風操篇頁
> 27下～28上）

又父母疾篤，醫雖賤雖少，亦當涕泣拜謝且哀求。

（2）死事之以禮。父母死，當事之以禮。是以忌日不樂，不接外賓，不
理眾務。雙親逝去，遇試兒之日〔註106〕則設齋。父母所留遺物，感其手口之
澤，不忍讀用。言及先人，理當感慕。不可過與不及，否則有違人情。風操
篇：

> 禮云：「見似目瞿，聞名心瞿。」有所感觸，惻愴心眼。若在從容平
> 常之地，幸須申其情耳。必不可避，亦當忍之。猶如伯叔兄弟，酷
> 類先人，可得終身腸斷，與之絕耶？又臨文不諱，廟中不諱，君所
> 無私諱。益知聞名須有消息，不必期於顛沛而走也。梁世謝舉甚有
> 聲譽，聞諱必哭，爲世所譏，又有臧逢世，臧嚴之子也。篤學修行，

〔註106〕詳見風操篇頁26下。

不墜門風。孝元經牧江州，遣往建昌督事。郡縣民庶，競修牋書，
朝夕輻輳，几案盈積。書有稱嚴寒者，必對之流涕，不省取記，多
廢公事。物情怨駭，竟以不辦而還。此竝過事也。近在揚都，有一
士人諱審，而與沈氏交結周厚。沈與其書，名而不姓；此非人情也。
（頁 14 下～15 下）

……吳郡陸襄，父閑被刑，襄終身布衣蔬飯，雖薑菜有切割，皆不
忍食，居家唯以掐摘供廚。江陵姚子篤，母以燒死，終身不忍噉炙。
豫章熊康，父以醉而爲奴所殺，終身不復嘗酒。然禮緣人情，恩由
義斷；親以噎死，亦當不可絕食也。（頁 24 上下）

二、避諱。當時之人尙析理清談，頗重視避諱，之推認爲避諱，當以同
訓字代替，否則乖違本意，使成笑話。風操篇：

凡避諱者，皆須得其同訓以代換之。桓公名白，博有五皓之稱；屬
王名長，琴有修短之目。不聞謂布帛爲布皓，呼腎腸爲腎修也。梁
武小名阿練，子孫皆呼練爲絹，乃謂銷鍊物爲絹物，恐乖其意。或
有諱雲者，呼紛紜爲紛煙；有諱桐者，呼梧桐者，呼梧桐樹爲白鐵
樹，便似戲笑耳。（頁 15 下）

又爲文僅避正諱即可，其同音異字可不避。正諱即指名而言，風操篇：

古者名以正體，字以表德，名終則諱之，字乃可以爲孫氏。孔子弟
子記事者，皆稱仲尼；呂后微時，嘗字高祖爲季；至漢爰種，字其
叔父曰絲；王丹與侯霸子語，字霸爲君房。江南至今不諱字也。（頁
21 下）

劉縚緩綏兄弟，並爲名器。其父名昭，一生不爲照字，惟依爾雅火
傍作召耳。然凡文與正諱相犯，當自可避；其有同音異字，不可悉
然，劉字之下，即有昭音。呂尚之兒如不爲上，趙壹之下子儻不作
一，便是下筆即妨，是書皆觸也。（頁 26 上）

三、名字。之推認爲當時頗重避諱，取名字當愼重，否則徒增多事。風
操篇：

今人避諱，更急於古。凡名子者，當爲孫地。吾親識中有諱襄、諱
友、諱同、諱清、諱和、諱禹，交疏造次，一座百犯。聞者辛苦，
無慘賴焉。（頁 16 上下）

取名當以典雅爲主，不可以驢駒豚爲名，雖古人所行，但於今則不可。又不

可連古人姓名爲名字，亦不可取不雅之名。風操篇·

> 周公名子曰禽，孔子名兒曰鯉。止在其身，自可無禁。至若衛侯魏
> 公子楚太子，皆名蟣蝨，長卿名犬子，王修名狗子，上有連及，理
> 未爲通。古之所行，今之所笑也。北土多有名兒爲驢駒豚子者，使
> 其自稱，及兄弟所名，亦何忍哉？前漢有尹翁歸，後漢有鄭翁歸，
> 梁家亦有孔翁歸，又有顧翁寵。晉代有許思妣、孟少孤，如此名字，
> 幸當避之。（頁 15 下～16 上）昔司馬長卿慕藺相如，故名相如。顧
> 元歎慕蔡邕，故名雍，而後漢有朱張字孫卿，許暹字顏回，梁世有
> 庾晏嬰，祖孫登，連古人姓爲名字，亦鄙事也。（頁 16 下）

四、稱謂。凡稱親屬名稱，皆有一定的稱謂，不可不知，如古人有稱家
父，家父者，今並不行。風操篇：

> 凡與人言，言己世父，以次第稱之：不云家者，以尊於父不敢家也。
> 凡言姑姊妹女子子，已嫁則以夫氏稱之，在室則以次第稱之；言禮
> 成他族，不得云家也。子孫不得稱家者，輕略之也。（頁 18 上）

> 古人皆呼伯父叔父，而今世多呼伯叔。從父兄弟姊妹已孤，而對其
> 前，呼其母爲伯叔母，此不可避者也。兄弟之子已孤，與他人言，
> 對孤者前，呼爲兄子弟子，頗不爲忍；北士人多呼爲姪。案爾雅、
> 喪服經、左傳，姪名雖通男女，並是對姑之稱。晉世已來，始呼叔
> 姪。今呼爲姪，於理爲勝也。（頁 19 下）

> 凡親屬名稱，皆須粉墨，不可濫也。無風教者，其父已孤，呼外祖
> 母與祖父母同，使人爲其不喜聞也。雖質於面，皆當加外以別之。
> 父母之世叔父，皆當加其次第以別之；父母之世叔母，皆當加其姓
> 以別之；父母之群從世叔父母及從祖父母，皆當加其爵位若姓以別
> 之。河北士人，皆呼外祖父母爲家公家母，江南田里間亦言之。以
> 家代外，非吾所識。（頁 20 上下）

又凡宗親世族江南風俗；輩份高者通呼稱尊；輩份同者，雖百世猶稱兄弟。
對他人稱之，皆謂族人。又與他人交往，稱人親屬，亦有一定的稱謂，不可
不知。風操篇：

> 凡與人言，稱彼祖父母，世父母、父母、及長姑，皆加尊字。自叔
> 父母以下，則加賢字，尊卑之差也。王羲之書，稱彼之母，與自稱
> 己母同，不云尊字。今所非也。（頁 18 上）

至於自稱，則以稱名爲善。風操篇：

> 昔者王侯自稱孤寡不穀，自茲以降，雖孔子聖師，與門人言，皆稱
> 名也。後雖有臣僕之稱，行者蓋亦寡焉。江南輕重，各有謂號，具
> 諸書儀。北人多稱名者，乃古之遺風，吾善其稱名焉。（頁 18 下）

五、弔喪。喪爲大禮之一，之推對於弔喪之禮，亦有論及。風操篇：

> 南人冬至歲首，不詣喪家。若不修書，則過節束帶以申慰。北人至
> 歲之日，重行弔禮。禮無明文，則吾不取。南人賓至不迎。相見捧
> 手而不揖，送客下席而已。北人迎送並至門，相見則揖，皆古之道也，
> 吾善其迎揖。（頁 18 下）

> 江南凡遭重喪，若相知者同在城邑，三日不弔，則絕之；除喪，雖
> 相遇則避；怨其不己憫也。有故及道遙者，致書可也；無書亦如
> 之。北俗則不爾。江南凡弔者，主人之外，不識者不執手，識輕服
> 而不識主人，則不於會所而弔，他日修名詣其家。（頁 22 下）

六、慈幼。見無父母之幼兒，理當憐愛。風操篇：

> 已孤而履歲，及長至之節，無父拜母，祖父母世叔父母姑兄姊則皆
> 泣；無母拜父，外祖父母舅姨兄姊亦如之；此人情也。（頁 23 下）

綜上所述，可見之推的士大夫風操，在本質上是融合南北習俗，而使其合乎
禮情。

（二）評當時士大夫

前小節敘述之推士大夫風操的大要。當時南北的士大夫處境不同，概括
的說：北方是宗教人生，政治人生；而南方是藝術人生，田園人生。雖然兩
種不同形態的士大夫皆有其不可磨滅的貢獻，但二者亦皆帶給了社會不少的
惡風惡習。當時的士大夫，由於政治的黑暗與儒家的衰微，大皆沈醉於「清
談」之中，清談與世族的日常生活打成一片。所謂的風操，即是淪爲士大夫
的生活裝飾。持此，之推乃有士大夫風操的重整，雖其間仍不免有清談的韻
味，但在南北朝時，可說爲士大夫豎立起新的里程碑。之推對當時南方梁朝
的士大夫頗多指責。之推認爲當時梁朝士大夫的通病有：

一、不事學術。之推認爲當時士大夫皆忘修學，衹事清談。勉學篇：

> 梁朝全盛之時，貴遊子弟，多無學術。至於諺云：「上車不落則著作，
> 禮中何如則秘書。」（頁 33 上）

> 多見士大夫，恥涉農商，羞務工技，射則不能穿札，筆則纔記姓名，

> 飽食醉酒，忽忽無事，以此銷日，以此終年。或固家世餘緒，得
> 階半級，便自爲足，全忘修學。（頁 32 下〜33 上）

當時士大夫靠家世餘緒，全忘修學，及其有事，則束手無策。之推頗爲他們
感嘆。勉學篇：

> 及有吉凶大事，議論得失，蒙然張口，如坐雲霧。公私宴集，談古
> 賦詩，塞默低頭，欠伸而已。有識旁觀，代其入地。何惜數年勤學，
> 長受一生愧辱哉？（頁 33 上）

更有學無實際，專事耳受以爲有學。勉學篇：

> 江南閭里間，士大夫或不學問，羞爲鄙樸。道聽塗說，強事飾辭。
> 呼徵質爲周鄭……（頁 47 下）

> 梁世有蔡朗諱純，既不涉學，遂呼蓴爲露葵。面牆之徒，遞相倣效。
> 承聖中，遣一士大夫聘齊。齊主客郎李恕問梁使曰：「江南有露葵
> 否？」答曰：「露葵是蓴，水鄉所出。卿今食者，綠葵菜耳。」李亦
> 學問，但不測彼之深淺，乍聞無以覈究。（頁 51 下）

又書証篇：

> 漢書王莽贊云：「紫色蛙聲，餘分閏位。」蓋謂非玄黃之色，不中律
> 呂之音也。近有學士，名問甚高，遂云：「王莽非直鳶髆虎視，而復
> 紫色蛙聲。」亦爲誤矣。（頁 100 上）

二、靡爛：當時士大夫，不事生產，專事奢侈、靡爛，此皆優閒之過，
這種舒適懶散的生活，使士大夫的體格日趨柔弱，精神日趨萎靡。勉學篇：

> 梁朝全盛之時……。無不燻衣剃面，傅粉施朱，駕長簷車，跟高齒
> 屐，坐棊子方褥，憑斑絲隱囊，列器玩於左右，從容出入，望若神
> 仙。明經求第，則顧人答策；三九公讌，則假手賦詩。當爾之時，
> 亦快士也。（頁 33 上下）

又涉務篇：

> 梁世士大夫，皆尚褒衣博帶，大冠高履。出則車輿，入則扶侍。郊
> 郭之內，無乘馬者。周弘正爲宣城王所愛，給一果下馬，常服御之，
> 舉朝以爲放達。至乃尚書郎乘馬，則糾劾之。及侯景之亂，膚脆骨
> 柔，不堪行步；體羸氣弱，不耐寒暑。坐死倉猝者，往往而然。建
> 康令王復，性既儒雅，未嘗乘騎；見馬嘶歕陸梁，莫不震懾。乃謂
> 人曰：「正是虎，何故名爲馬乎？」其風俗至此。（頁 71 上下）

江南朝士，因晉中興南渡江，卒爲羈旅。至今八九世，未有力田，
悉資俸祿而食耳。假令有者，皆信僮僕爲之，未嘗目觀起一墢土，
耘一株苗，不知幾月當下，幾月當收，安識世間餘務乎？故治官則
不了，營家則不辦，皆優閒之過也。（頁71下～72上）

三、清談不切時務。之推認爲當時士大夫專注於清談，不知切時務。日
常所好，只是文學、藝術及辯論玄理的「清談」。涉務篇：

吾見世中文學之士，品藻古今，若指諸掌。及有試用，多無所堪。
居承平之世，不知有喪亂之禍；處廟堂之下，不知有戰陳之急；保
俸祿之資，不知有耕稼之苦；肆吏民之上，不知有勞役之勤；故難
可以應世經務也。晉朝南渡，優借士族；故江南冠帶有才幹者，擢
爲令僕已下，尚書郎中書舍人已上，典掌機要。其餘文義之士，多
迂誕浮華，不涉世務；纖微過失，又惜行捶楚，所以處於清高；蓋
護其短也。至於臺閣令史、主書監帥、諸王籤省，並曉習吏用，濟
辦時須。縱有小人之態，皆可鞭杖肅督，故多見委使：蓋用其長也。
（頁70下～71上）

又勉學篇：

梁朝全盛之時，……。及離亂之後，朝市遷革。銓衡選舉，非復曩
者之親；當路秉權，不見昔時之黨。求諸身而無所得，施之世而無
所用。被褐而喪珠，失皮而露質。兀若枯木，泊若窮流。鹿獨戎馬
之間，轉死溝壑之際。當爾之時，誠駑材也。（頁33上～34上）

當時士大夫雖喜好文學藝術。但皆不知爲學本末，蓋以治點文學藝術爲風雅。
文章篇：

近在并州，有一士族，好爲可笑詩賦，誂撆邢、魏諸公。眾共嘲弄，
虛相讚說。便擊牛釃酒，招延聲譽。（頁56下）

又省事篇：

近世有兩人，朗悟士也。性多營綜，略無成名。（頁72下）

所謂「略無成名」乃因攻乎異端所致。又有士大夫以好武讀兵書爲時尚。〔註107〕
更有「僞情」以博時譽，〔註108〕概皆不知切時務。

總之，當時士大夫有如上述的通病，是以所謂的士大夫風操皆屬矯俗干

〔註107〕詳見誡兵篇，頁79下～80上。
〔註108〕詳見名實篇，頁68上。

名而已。

（三）論南北習俗

　　之推本身頗重視東漢以來的名教禮法。所以他想重建道德的規範。所謂士大夫風操，即是實例。之推比較南北習俗的異同，再證之於禮、情。而後抉擇其一。這種比較法，其合理性較高。一般說來，南北因風土氣候不同，故影響民性亦不同。北方山高氣清，水深土厚，平原廣漠，景物蕭條，氣候寒苦，土地磽瘠，其人民務實際，重經驗，崇尚武德，躬行實際，喜於勞動；南方山秀水清，柳暗花明，川澤縱橫，風物茂美，氣候溫和，土地肥沃。其人民崇玄學，貪逸樂，愛自然，喜創造。之推論南北語音之不同，即本之於風土氣候而論。〔註109〕

　　之推於「家訓」一書裡，比較南北異同之處頗多。今就有關習俗部分臚列如下。其中已見「論士大夫風操」者，和論南北版本者皆不重述。論奢儉者，治家篇：

　　　今北土風俗，率能躬儉節用，以贍衣食。江南奢侈，多不逮焉。（頁11上）

　　　南間貧素，皆事外飾。車乘衣服，必貴齊整；家人妻子，不免飢寒。河北人事，多由內政。綺羅金翠，不可廢闕；羸馬頓奴，僅充而已。（頁12下）

論婦女者，治家篇：

　　　江東婦女，略無交遊。其婚姻之家，或十數年間未相識者，惟以信命贈遺，致殷勤焉。鄴下風俗，專以婦持門戶。爭訟曲直，造請逢迎，車乘填街衢，綺羅盈府寺；代子求官，為夫訴屈：此乃恒代之遺風乎！（頁12下）

　　　河北婦人，織紝組紃之事，黼黻錦繡羅綺之工，大優於江東也。（頁13上）

論情感者，風操篇：

　　　別易會難，古人所重。江南餞送，下泣言離。有王子侯，梁武帝弟，出為東郡，與武帝別。帝曰：「我年已老，與汝分張。」甚以惻愴。數行淚下，侯遂密雲，赧然而出。坐此被責，飄颻舟渚一百許日，

〔註109〕詳見音辭篇，頁119下～120上。

卒不得去。北閒風俗，不屑此事；岐路言離，歡笑分首。然人性自
有少涕淚者，腸雖欲絕，目猶爛然。如此之人，不可強責。（頁 19
下～20 上）

江左朝臣子孫初釋服；朝見二宮，皆當泣涕。二宮為之改容。頗有
膚色充澤無哀感者，梁武薄其為人，多被抑退。裴政出服，問訊武
帝，貶瘦枯槁，涕泗滂沱。武帝目送之曰：「裴之禮不死也。」（頁
23 下）

四海之人，結為兄弟，亦何容易！必有志均義敵，令終如始者，方
可議之。一爾之後，命子拜伏，呼為丈人，申父友之敬。身事彼親，
亦宜加禮。比見北人，甚輕此節，行路相逢，便定昆季。望年觀貌，
不擇是非。至有結父為兄，託子為弟者。（頁 28 下）

門不停賓，古所貴也。失教之家，闇寺無禮，或以主君寢食嗔怒，
拒客未通。江南深以為恥。（頁 28 下）

又論為學者。勉學篇：

江南閭里間，士大夫或不學問，羞為鄙樸，道聽塗說，強事飾辭。（頁
47 下）

雜藝篇：

（算術）……江南此學殊少，唯范陽祖暅精之，位至南康太守。河
北多曉此術。（頁 130 下）

就之推南北俗習的比較結果說來：南方尚「名理」之教，特色是「祖尚
浮虛」、「浮文妨要」與「崇尚自然」，屬於道家思想。〔註110〕是以他們不諱庶
孽、注重名字、稱謂、情感，言談重修辭；而北方尚「禮教」，特色是敦厚篤
實屬於儒家思想，是以他們重視名教，躬儉節用。當然這種的比較，套句之
推自己的話，亦祇是南北「皆有深弊，不可具論」。〔註111〕

（四）評風俗民情

之推對於當時的不良風俗民情，頗加指責，其可見者試列如下：

一、鮮卑語。當時學習鮮卑語的風氣頗盛，而其動機又是在巴結胡人。

〔註110〕參見學生版牟宗三「才性與玄理」第十章「自然與名教」第一節「浮文妨要
　　　　與崇尚自然」，頁 358～361。
〔註111〕見音辭篇頁 120 上。

之推不以爲然。教子篇：

> 齊朝有一士大夫，嘗謂吾曰：「我有一兒，年已十七，頗曉書疏。教
> 其鮮卑語，及彈琵琶，稍欲通解。以此伏事公卿，無不寵愛，亦要
> 事也。」吾時俛而不答。異哉此人之教子也！若由此業，自致卿相，
> 亦不願汝曹爲之。（頁 5 下～6 上）

二、反輕女。當時重男輕女觀念頗深。之推認爲不合理。治家篇：

> 太公曰：「養女太多，一費也。」陳蕃云：「盜不過五女之門。」女
> 之爲累，亦以深矣，然天生蒸民，先人傳體，其如之何？世人多不
> 舉女，賊行骨肉。豈當如此，而望福於天乎？吾有疏親，家饒妓媵。
> 誕育將及，便遣閽豎守之。體有不安，窺窗倚戶。若生女者，輒持
> 將去，母隨號泣，莫敢救之；使人不忍聞也。（頁 13 上）

三、論婚嫁。夫婦爲五倫之本，當以一夫一妻制爲上策，且門戶當相對，
不可高攀，更不宜重視陪嫁之財物。治家篇：

> 婚姻素對，靖侯成規。近世嫁取，遂有賣女納財，買婦輸絹，比量
> 父祖，計較錙銖，責多還少，市井無異。或猥壻在門，或傲婦擅室。
> 貪榮求利，反招羞恥，可不愼歟？（頁 13 下）

四、反游俠。游俠，乃俠義士，概皆罔視國法。製造社會問題。省事篇：

> 至如郭解之代人報讎，灌夫之橫怒求地：游俠之徒，非君子之所爲
> 也。（頁 75 下）

五、論終制。當時盛行厚葬，之推不以爲是，他認爲子孫當以傳業揚名
爲務，不可徒取虛有之厚葬。終制篇：

> 今年老疾侵，儻然奄忽，豈求備禮乎？一日放臂，沐浴而已，不勞
> 復魄，殮以常衣。先夫人棄背之時，屬世荒饉，家塗空迫，兄弟幼
> 弱，棺器率薄，藏內無磚。吾當松棺二寸，衣帽已外，一不得自隨，
> 牀上唯施七星板。至如蠟弩牙玉豚錫人之屬，並須停省，糧罌明器，
> 故不得營。碑誌疏旐，彌在言外。載以鼈甲車，襯土而下，平地無
> 墳。若懼拜掃不知兆域，當築一堵低牆於左右前後，隨爲私記耳，
> 靈筵勿設枕几。朔望祥禪，唯下白粥清水乾棗，不得有酒肉餅果之
> 祭。親友來餽酹者，一皆拒之。汝曹若違吾心，有加先妣，則陷父
> 不孝，在汝安乎？其內典功德，隨力所至，勿剗竭生資，使凍餒也。
> 四時祭祀，周孔所教，欲人勿死其親，不忘孝道也。求諸內典，則

無益焉。殺生爲之，翻增罪累。若報罔極之德，霜露之悲，有時齋供，及七月半盂蘭盆，望於汝也。孔子之葬親也，云：「古者墓而不墳，丘東西南北之人也。不可以弗識也。」於是封之，崇四尺。然則君子應世行道，亦有不守墳墓之時，況爲事際所逼也？吾今羈旅，身若浮雲，竟未知何鄉是吾葬地，唯當氣絕便埋之耳。汝曹宜以傳業揚名爲務，不可顧戀朽壤，以取湮沒也。（頁 133 上〜134 上）

第五節　餘　論

　　由前節所述，可知顏氏之學的博大。這種博大，或謂源之於家學，但與他對當時混亂社會所採取的態度亦當有關，顏氏雖非積極入世，亦絕非消極避世，祇是盡自己的能力。他雖然批評當時各種現狀，但非徹底的破壞；他接受應時而起的佛道，也接受各種優良的傳統；他批評時髦的清談，也指責不良的傳統。顏氏觸角之所以如此蔓延，乃是因爲他關心時代與社會。他批評時政，並非想從政；他批評文學，並非想當文人；他批評教育，並非想當教育家；他批評社會民俗，並非干名；他指明士大夫風操，並非想當道德家。申言之，顏氏無意爲文人，亦無意爲政治家或教育家。他所關心的乃是國計民生，他是一個典型的儒者，更是一個通人。在當時，關心時局的人雖不少，但在整體的面上總不如顏氏之廣。以下試列表以見南北朝的代表人物。

姓　名	年　代	事　蹟	成　就
謝靈運	385〜433	見宋書卷六十七頁 845〜862。又見南史卷一九頁 253〜255。	文人，有詩集傳世，其貢獻在于從事山水詩創作，擴大了詩的新領域。又表現方法偏重唯美，助長形式主義的發展。
范曄	398〜445	見宋書卷六十九頁 877〜883。又見南史卷三十三頁 396〜400	史學家，著有後漢書。
劉義慶	403〜444	見宋書卷五十一頁 718〜721。又見南史卷三十三頁 166〜167	文人，著「世說新語」，對後世雜著著筆記體裁影響甚深。
劉勰	〜473	梁書卷五十頁 348〜350。又見南史卷七十二頁 823。	著有「文心雕龍」是中國文學史上第一本有系統的文學論著專書。
鮑照	421 左右〜465 左右	見宋書卷五十一頁 720〜721。又見南史卷十三頁 167	詩人，與謝靈運、顏延之並爲元嘉三大家，其作品以樂府成就最高，非但開闢新的創作道路，且在七言詩的發展上亦有其地位，又下開唐人新樂府一派。

謝朓	464～499	見南齊書卷四十七頁 385～386。 又見南史卷十九頁 250～251。	詩人,有謝宣城集傳世,是永明文學的代表。
祖冲之	429～500	見南齊書卷五十二頁 418～419。 又見南史卷七十二頁 820。	精通曆算,好造奇器,曾造自運機、千里船、水碓磨。
沈約	441～513	見宋書卷一百自序頁 1177～1190。 又見南史卷五十七頁 649～655。 又見梁書卷十三頁 115～121。	永明詩人,著有「四聲譜」,對聲律頗多貢獻。
陶弘景	452～536	見梁書卷五十一頁 363～364。 又見南史卷七十六頁 872～874。	有名道士,精通陰陽五行星算、山川地理。
范縝	502 左右在世	見梁書卷四十八頁 327～330。 又見南史卷五十七頁 658～659。	文人,著有神滅論,對當時思想界頗有影響。
鍾嶸	505 年前在世	見梁書卷四十九頁 340～341。 又見南史卷七十二頁 822	著有「詩品」,是中國文學上第一本論詩專著。
酈道元	～527	見魏書卷八十九頁 956。 又見北史卷二十七頁 439～440。	文人,著有「水經注」,本屬地理著作,但對後世山水文學頗多影響。
蘇綽	498～546	見周書卷二十三頁 160～166。 又見北史卷六十三頁 986～992。	文人,曾藉政治力量行文體復古,惜未完全成功。
蕭統	501～531	見梁書卷八頁 83～86。 又見南史卷五十三頁 604～607	文人,編有「文選」一書,是我國現存最早且蒐羅較廣的一本文學選集。
徐陵	507～583	見陳書卷二十六頁 157～162。 又見南史卷六十二頁 705～707。	詩人,為宮體詩人的代表,編有「玉台新詠」。
庚信	513～581	見周書卷四十一頁 302～308。 又見北史卷八十三頁 1242～1243。	詩人,集六朝體貌風格之大成的詩人,更是開唐詩先河的作家。
顧野王	519～581	見陳書卷三十頁 189～190。 又見南史卷六十九頁 782～783。	文人,博學多聞,著作以玉篇最為著名。

　　以上所列歷史人物,其個人成就皆頗為精深,尤以劉勰著文心雕龍、鍾嶸著詩品,在中國文學批評上的成就,可謂獨步。但以整體性而言,仍嫌博大不足。錢賓四於「中國文化傳統在那裏」一文裏,〔註101〕曾謂中國文化有三大傳統:

　　1. 是中國人
　　2. 是中國的家
　　3. 是中國的國

〔註101〕見錢穆自印本「中國文化精神」第二篇「中國文化傳統在那裏」頁25。

　　至於如何使三者和諧，乃端視道德。在中國人的文化傳統下，道德觀念一向很被看重，他要負「修身齊家治國平天下」一番大責任；他要講「忠孝仁義廉恥節操」一番大道理。在這種道德觀念的鞭策下，中國的儒者便走向通儒的境界，身負文化承先與啓後的責任。

　　顏氏之學主「博雅、切用、明恥、尚義」，正是通儒的特色，其思想似乎無出奇之處，而其可貴處正在此。就整體性的中國文化傳統而言，顏氏自當比上述歷史人物更具代表性。顏氏雖無意爲文人、政治家、道德家，但他却爲我們留下一部「家訓」，使其人格典型能昭明于後世。

註釋

主要參考書目

（一）

1. 《顏氏家訓》，抱經堂本校刊，中華四部備要本。
2. 《顏氏家訓》，沈揆考證，世界書局（新編諸子集成第二冊）。
3. 《顏氏家訓》，顏嗣愼刊本，商務四部叢刊本。
4. 《顏氏家訓注》，抱經堂本，藝文印書館。
5. 《顏氏家訓彙注》，周法高撰輯，民國四十九年史語所專刊之四十一（分四冊）。
6. 《顏氏家訓彙注》，周法高撰輯，台聯國風出版社影印史語所刊本（精裝一冊）。
7. 《顏氏家訓斠補》，王叔岷撰，藝文印書館。
8. 《顏魯公集》，顏眞卿著，中華四部備要本。
9. 《全漢三國晉南北朝詩（冊三）》，丁福保輯，世界書局。
10. 《全上古三代秦漢三國六朝文（冊六、七、八、九）》，丁福保輯，世界書局。

（二）

1. 《宋書》，沈約撰。
2. 《南齊書》，蕭子顯撰
3. 《梁書》，姚思廉、魏徵撰。
4. 《陳書》，姚思廉撰。
5. 《魏書》，魏收撰。

6. 《北齊書》，李百藥撰。

7. 《周書》，令狐德棻撰。

8. 《隋書》，魏徵等撰。

9. 《北史》，李延壽撰。

10. 《南史》，李延壽撰。

11. 《舊唐書》，劉昫、張昭遠等撰。

12. 《新唐書》，歐陽修、宋祁等撰，以上俱採藝文版二十五史本。

13. 《陔餘叢考》，趙翼著，世界書局。

14. 《兩晉南北朝史》，呂氏，開明書店。

15. 《國史大綱》，錢穆著，商務印書館。

16. 《中國通史》，傅樂成著，大中國圖書公司。

17. 《國史新論》，錢穆著，自印本。

18. 《中國歷代政治得失》，錢穆著，自印本。

19. 《廿二史箚記》，趙翼著，世界書局。

20. 《陳寅恪先生論文集》，陳寅恪著，三人行出版社。

21. 《飲冰室專集（第七冊、第九冊）》，梁啓超著，中華書局。

22. 《飲冰室文集（第一冊、第二冊）》，梁啓超著，中華書局。

23. 《劉申叔先生遺著（四）》，劉申叔著，京華書局。

24. 《顏師古年譜》，羅香林著，商務人人文庫。

25. 《中國哲學史》，周世輔著，三民書局。

26. 《魏晉思想論》，中華書局。

27. 《魏晉清談述論》，周紹賢著，商務印書館。

28. 《漢魏兩晉南北朝佛教史》，湯氏，商務印書館。

29. 《隋代佛教史述論》，藍吉富著，商務人人文庫。

30. 《晉南北朝隋唐俗佛道爭論中之政治課題》，孫廣德著，中華書局。

31. 《魏晉南北朝政治制度》，沈任遠著，商務印書館。

32. 《中國政治制度史》，張金鑑著，三民書局。

33. 《中國政治思想史》，薩孟武著，三民書局。

34. 《中國政治制度史》，陶希聖編校，宏業書局。

35. 《中國社會政治史》，薩孟武著，自印本。

36. 《中國社會之史的分析》，陶希聖著，食貨出版社。

37. 《中國風俗史》，張亮采編，商務人人文庫。

38. 《歷代社會俗事物考》，尚秉和著，商務印書館。

39. 《中華倫理思想史》，楊君勱著，商務印書館。

40. 《中國教育思想史》，任時先著，商務印書館。

41. 《中國教育史》，王鳳喈著，正中書局。

42. 《中國教育史》，陳青之著，商務印書館。

43. 《中國教育史》，余書麟著，師大出版部。

44. 《中國歷代大學史》，李宗侗著，中華文化基本叢書。

45. 《中國歷代教學思想綜合研究》，王雲五著，商務印書館。

46. 《中國文學發達史》，劉氏，中華書局。

47. 《中國文學史》，葉慶炳著，自印本。

48. 《魏晉南北朝文學家》，章江著，大江出版社。

49. 《中國文學批評史大綱》，朱東潤著，開明書店。

50. 《魏晉六朝文學批評史》，羅根澤著，商務印書館。

51. 《中國文學批評史》，郭氏，明倫出版社。

52. 《漢魏六朝文學》，陳鐘凡著，商務印書館。

53. 《中國文學史研究》，梁容若著，三民書局。

54. 《中國語文論叢》，周法高著，正中書局。

（三）

1. 《顏氏家訓金樓子「伐鼓」解》，周法高著，民國卅七年七月史語所集刊第十三本頁 163～164。

2. 《顏之推人生哲學與教育思想》，伍振鷟著，民國四十八年六月師範大學教育研究所集刊第二輯，頁 113～119。

3. 《顏之推觀我生賦與庾信哀江南賦之比較》，周法高著，民國四十九年二月大陸雜誌二十卷四期頁 1～4。

4. 《家訓文學的源流》，周法高著，民國五十年一月二日大陸雜誌二十二卷二期頁 1～4。又三期頁 22～28。又四期頁 13～18。

5. 《顏之推還冤記考證》，周法高著，民國五十年五月六日大陸雜誌二十一卷九期頁 1～4。又十期頁 13～17。又十一期頁 14～22。

6. 《顏氏家訓彙注補遺》，周法高著，民國五十年六月史語所集刊外編，第四種下冊，頁 857～877。

7. 《還冤記》，周法高著，見漢堂讀書續記，該記見民國五十一年五月大陸雜誌特刊第二輯慶祝朱家驊先生論文集 193～308。

8. 《顏氏家訓斟注補錄》，王叔岷著，民國五十一年五月份大陸雜誌特刊頁

15～16。

9. 《顏氏家訓斠注補遺》，王叔岷著，民國五十二年十一月份第十二期文史哲學報頁 39～43。

10. 《顏氏家訓札記續篇》，陳槃著，五十四年九月份史語所「慶祝李濟先生七十歲論文集」頁 403～420。